키보시

정령왕 엘퀴네스

이환 판타지 장편소설

7

dream books
드림북스

정령왕 엘퀴네스 7

초판 1쇄 인쇄 / 2015년 4월 30일
초판 7쇄 발행 / 2022년 9월 9일

지은이 / 이환

발행인 / 오영배
책임편집 / 편집부
펴낸 곳 / (주)삼양출판사 · 드림북스

주소 / 서울시 강북구 도봉로 173
대표 전화 / 02-980-2112 팩스 / 02-983-0660
편집부 전화 / 02-980-2116 팩스 / 02-983-8201
블로그 / blog.naver.com/dreambookss

등록번호 / 제9-00046호
등록일자 / 1999년 3월 11일

ISBN 979-11-313-0164-7 (04810) / 978-89-542-4481-7 (세트)

* 지은이와 협의하에 인지는 생략합니다.
* 잘못된 책은 구입한 곳에서 바꾸어 드립니다.

이 도서의 국립중앙도서관 출판시도서목록(CIP)은 서지정보유통지원시스템홈페이지
(http://seoji.nl.go.kr)와 국가자료공동목록시스템(http://www.nl.go.kr/kolisnet)에서
이용하실 수 있습니다. **(CIP제어번호: 2015012276)**

정령왕 엘퀴네스
개정판
이환 판타지 장편소설
7
dream books
드림북스

정령왕 엘퀴네스 7

Contents

제1화

1.

시간이 매우 느리게 흐르는 것 같았다. 시선이 마주친 순간 금발의 소년은 눈을 느릿하게 깜빡였다. 그 역시 자신과 똑같이 생긴 나를 보고 놀란 것 같았다.

"어라?"

그는 조금은 당혹스러운 듯, 그러면서도 뭔가 흥미롭다는 듯이 눈을 빛내며 입술 끝을 말아 올렸다. 위에서부터 천천히 훑어 내리는 눈길에 저절로 몸이 긴장했다.

"……나한테 잃어버린 쌍둥이 동생이 있단 얘긴 들어본 적이 없는데 말이야. 이거 뭔가 일이 재밌게 돌아가네?"

"뭐, 뭐야. 엘 씨가 두 명?"

그때쯤 일행들도 소년의 모습을 발견하고 당혹감을 드러냈다. 놀란 숨을 삼키는 소리와 함께, 그와 나를 번갈아 바라보는 시선이 뚜렷하게 느껴졌다. 알리사가 중얼거린 말을 들었는지 소년은 조금 전보다 더 이채 어린 눈으로 나를 바라보았다.

"엘 씨? 설마 그쪽 이름도 엘이야?"

"……비슷해. 이름이라기보다는 애칭이지만."

"어쨌든 엘이라고 불린다는 거지? 거참, 정말 신기하네. 얼굴도 같은데 이름도 같다니. 지금 나이가 몇이야? 왠지 그것도 나랑 비슷할 것 같은데."

스스럼없이 물으며 가까이 다가오는 행동에 오히려 나는 뒷걸음 쳤다. 그런 내 모습에 소년은 어색한 표정을 지었다.

"잠깐만, 지금 그쪽 입장에서 내가 상당히 수상해 보인다는 거 아는데, 그렇게 경계하지 말아줘. 나도 지금 당황스러운 건 마찬가지거든. 이렇게 말해 봤자 내가 누군지는 모르겠지만……."

"……알아."

"응? 안다고?"

어리둥절해하는 그를 보며 나는 입술을 깨물었다. 차라리 몰랐으면 마음이 더 편하지 않았을까? 오히려 너무 잘 알 것 같아서 문제였다.

"엘……?"

그 순간 바로 옆에서 꺼질 것처럼 작은 음성이 울렸다. 흠칫 놀라 고개를 돌리자 시벨리우스가 멀거니 서 있는 것이 보였다. 그는 넋을 잃은 것 같은 얼굴로 눈앞의 소년을 바라보고 있었다.

"너…… 엘이야?"

동요를 담은 목소리에 소년의 시선이 나를 떠나 그에게 닿았다. 이번에도 그는 조금 놀란 듯 눈을 크게 떴다. 나를 향할 때와 조금 다른 건 그의 얼굴에 반가움이 깃들었다는 것이다.

"……시벨, 무사했구나."

안도감을 담은 목소리는 벅찬 감정을 고스란히 드러내고 있었다. 부드럽게 휘어진 두 눈이 금방이라도 울 것처럼 일렁거렸다.

"너, 정말……내가 얼마나 찾았는지……."

그러나 평화로운 분위기는 오래가지 않았다. 아련하게 바라보고 있던 소년의 눈빛이 돌연 사납게 변하는가 싶더니, 순식간에 그가 눈앞에서 사라졌다. 아니, 사라졌다고 느낀 것은 단순한 눈의 착각이었고, 실제론 시벨리우스에게 달려든 것이었다. 강한 바람이 뺨을 스치는 것을 느낌과 동시에 퍼억! 뼈가 부러지는 것 같은 둔탁한 소리가 울렸다. 소리가 난 곳을 돌아봤을 땐 시벨리우스는 이미 날아가다시피 쓰러져 있는 상태였다. 소년이 그의 배를 걷어찬 것이다.

"큭! 무, 무슨……!"

"이 망할 자식! 내가 가지 말라고 했었지! 내 말은 곧 죽어도 안 듣더니 결국 사지에 제 발로 기어 들어가서 납치나 당해? 내가 너 찾느라 얼마나 개고생 했는지 알아? 덕분에 나까지 잡히게 만들고! 이걸 어떻게 책임질 거야! 어?"

갑작스러운 공격에 혼란스러운 얼굴로 반응하던 시벨리우스는 이어진 폭언들에 다시 멍한 표정을 지었다. 그 모습에 소년이 얼굴을 찌푸리더니, 쓰러져 있는 그의 위에 올라타다시피 걸터앉아 덥석 멱살을 붙들었다.

"뭘 그렇게 멍하니 보고만 있어? 뭐라고 변명이라도 좀 해보시지?"

"……엘."

"내 이름 말고! 내 이름이 엘인 건 내가 제일 잘 알거든?"

소년의 몸짓에 따라 그의 꿀처럼 화사한 금색 머리카락이 커튼처럼 쏟아져 내렸다. 한동안 눈을 깜빡이던 시벨리우스가 천천히 손을 들어 소년의 뺨을 만졌다. 금방이라도 사라질 환상을 대하는 것처럼 조심스러운 손길이었다. 그러나 손이 닿아도 소년이 사라지지 않자, 그는 크게 흔들리는 눈동자로 믿을 수 없다는 표정을 지었다. 피부에 닿는 감촉에 놀란 듯 흠칫 손을 떼어낸 그가 이번엔 두 손으로 힘주어 소년의 얼굴을 감싸 잡았다.

"말도 안 돼……. 너……너, 진짜 엘이야?"

"말이 안 되긴 뭐가 안 돼. 그럼 내가 가짜 엘이겠냐? 왜, 이제 친구 얼굴도 못 알아보겠어?"

"하지만……."

어처구니없다는 듯 쏘아붙인 말에 시벨리우스는 크게 숨을 삼켰다. 충격과 혼란으로 뒤범벅된 시선이 나를 흘끗 살피는 것이 느껴졌다. 지금껏 내내 엘이라고 믿어 왔던 내 앞에 또 다른 엘이 나타났으니 혼란스러울 만도 했다. 그러나 흥분한 소년은 그 시선을 눈치채지 못했다.

“하지만은 뭐가 하지만이야? 너 진짜 이번엔 그냥 안 넘어갈 줄 알아! 네 부주의한 행동에 대한 건 물론이고, 네 일족들이 내게 한 짓까지 전부 사과를 받아야겠어! 사람을 다짜고짜 가둬 버리다니! 대체 뭐하는 작자들이야? 아무리 외부인에 대한 경계가 강하다지만 이건 정도가 심하잖아!”

“가, 갇혀 있었다고?”

“그래! 네 일족의 장로인지 뭔지 하는 영감님 말이야! 네가 있는 곳으로 데려다주겠다고 하더니 멋대로 이상한 주술진에 가둬 버렸다고! 어디론가 빨려 들어가는 느낌이 들더니 그 뒤로 아무 기억도 안 나!”

“……!”

설마 그 팔찌가 봉인구였던 건가? 이제야 어떻게 된 상황인지 이해됐다. 아무래도 그 역시 시벨리우스가 당한 것과 같은 수법으로 봉인되어 있었던 모양이다.

내가 판단한 상황을 시벨리우스가 깨닫지 못했을 리가 없었다. 시벨리우스는 투덜거리는 소년을 한참 동안이나 아무 말 없이 바라보았다. 어딘지 넋이 나간 것 같은 그의 모습에 소년이 떨떠름한 표정을 지으며 물었다.

“왜 그런 표정으로 봐?”

“……지금 내가 꿈을 꾸는 건가?”

"뭐?"

"내 눈앞에 있는 사람이 정말 엘이야? 나와 같은 기억을 공유한, 내 유일한 친구인 엘 맞아?"

"뭐야, 뜬금없이. 아니었으면 좋겠어?"

"아니!"

피식 웃으며 묻는 말에 시벨리우스는 어린아이처럼 도리질을 했다. 그는 금방이라도 울 것 같이 얼굴을 일그러트린 채 소년의 목을 와락 끌어안았다.

"엘! 엘이다. 진짜 내 친구 엘이야."

"켁! 뭐야, 너. 다 큰 사내자식이 징그럽게 어울리지 않는 응석을 부리고."

투덜거리는 소년의 태도에도 아랑곳하지 않고 시벨리우스는 그의 목을 더욱 강하게 끌어안았다. 소년 또한 별로 싫은 건 아니었는지 어쩔 수 없다는 표정으로 그의 머리를 툭툭 어루만졌다. 오래전부터 그래 왔던 것처럼 익숙한 모습이었다.

"미안해. 날 많이 찾았던 거지? 걱정 끼쳤었던 모양이네."

그 순간 기다렸다는 듯이 시벨리우스가 울컥 눈물을 터트렸다. 어린아이처럼 엉엉 매달려 울기 시작하는 그를, 소년이 꼭 끌어안아 다독였다. 나는 그저 숨죽이고 지켜보기만 할 뿐이었다. 이 넓은 공간에서 오직 그 둘만이 살아 숨 쉬는 존재가 된 것 같았다. 두 사람이 있는 곳은 내가 있는 이곳과는 이미 완전히 다른 세상이었다. 마치 몇천 년의 시간을 거슬러 올라가, 그들이 살던 시대에 도달한 기분이었다.

어느 정도 시간이 흐른 후에야 시벨리우스는 간신히 눈물을 멈췄다. 흐느낌이 잦아들고 들썩이던 공기가 차분해지자 그때까지 인내심 있게 기다려 준 소년이 부드럽게 웃으며 물었다.

"이제 좀 진정했어?"

"……응."

"그보다 시벨, 좀 궁금한 게 있는데."

"으응?"

"나 왠지 정령 계약이 끊어진 것 같거든."

"……."

가만히 어깨에 얼굴을 묻고 있던 시벨리우스가 흠칫 놀라며 고개를 들었다. 소년의 시선이 예리하게 그의 눈빛을 주시했다.

"표정을 보니 이유를 아는 것 같네?"

"어? 아, 그게……."

"그러고 보니 여긴 어디야? 왠지 너희 마을로 보이진 않는데. 게다가 갇힌 뒤로 꽤 시간이 흐른 느낌이 드는데 말이지. 그저 몇 년 정도가 아닌 것 같은 건 단순한 기분 탓인가?"

질문이 한 마디씩 이어질 때마다 시벨리우스의 얼굴은 점점 핼쑥해졌다. 당황하며 주춤거리는 그를 향해 소년은 화사하게 웃었다.

"자아, 뭐가 어떻게 된 건지 전부 다 설명해 보실까?"

2.

설명은 꽤 긴 시간 동안 이어졌다. 대부분 시벨리우스 혼자 떠들었고, 엘은 얌전히 듣기만 했다. 나와 이사나, 알리사는 마치 재판을 경청하는 배심원처럼 한쪽에서 두 사람을 지켜보고 있는 상태였다.

"그래, 그렇구나. ……4천 년이란 말이지."

자신이 봉인된 이후로 엄청난 시간이 지났음을 알게 된 엘은 예상외로 덤덤하게 반응했다. 물론 충격을 받지 않은 건 아닌 듯 한참 동안 머리를 붙잡고 심호흡을 가다듬긴 했다. 그래도 시벨리우스 때에 비하면 상당히 침착한 편이었다.

"그럼 엘퀴네스는 세대교체를 했겠구나. 그래서 나와의 계약이 끊어진 거고."

"아, 알겠어?"

"이미 그 당시에도 소멸할 시기가 다가온다고 했는걸. 아무리 정령왕의 수명이 길다 해도 그 이후로 몇천 년이나 더 살았을 리가 없지."

한숨을 토하듯 중얼거리는 말에 시벨리우스는 죄지은 사람처럼 고개를 들지 못했다. 그 모습을 발견한 소녀, 엘이 쓰게 웃었다.

"뭘 그렇게 풀 죽어 있어?"

"미안, 나 때문에……."

"사과하지 마. 네 탓이 아냐."

꺼질 듯한 목소리로 건넨 사과에 엘은 고개를 가볍게 저었다.

"아깐 감정이 격해져서 화부터 내긴 했지만 이런 걸로 널 탓할 마음은 없어. 누구도 예상하지 못했던 일이었잖아. 어쨌든 내가 행한 일의 결과고, 그건 온전히 내가 책임져야 할 몫이야. 지인들에게 작별 인사를 하지 못한 건 아쉽고 미안하지만 어쩔 수 없지. 그들도 이해했을 거야."

"……미안해."

"나 참, 그러니까 사과하지 말래도. 네 잘못이 아니라고 했잖아."

시벨리우스의 두 눈이 울 것처럼 빨개지자 엘은 부드럽게 웃으며 그의 어깨를 다독였다. 지금 가장 많이 힘들 사람은 그일 텐데도, 오히려 상대를 위로하는 모습에서 흔들림 없는 강단이 느껴졌다.

누구나 좋아할 수밖에 없는, 햇살처럼 밝고 강한 사람.

언젠가 시벨리우스가 표현했던 말 그대로였다.

두 사람의 모습을 물끄러미 지켜보고 있는데 문득 시벨리우스를 달래고 있던 '엘'과 시선이 마주쳤다. 당황해서 머뭇거리는 나를 향해 그는 빙긋 웃어 보였다.

"그쪽도 이름이 엘이라고 했었지? 그쪽이 시벨의 봉인을 풀어 준 거라고?"

"……결과적으로는."

"그렇구나. 대충 어떻게 된 상황인지 알 것 같네. 혹시 시벨이 그쪽을 나라고 착각하진 않았어?"

건네는 말은 의문형이었으나 이미 확신을 담고 묻는 말투였다. 그러자 내가 대답하기도 전에 그에게 매달리다시피 기대 있던 시벨리우스가 화들짝 고개를 들고 변명했다.

"네, 네가 환생한 거라고 생각했어!"

"아, 역시. 착각한 거 맞구나?"

"그, 그치만 너무 똑같아서……."

"으음, 그건 나도 인정할 수밖에 없군. 보는 순간 심장이 다 철렁할 정도였어. 나한테 잃어버린 쌍둥이 형제가 있는 줄 알았다니까?"

충격을 받았던 건 나 역시 마찬가지다. 하지만 그런 불만을 쏟아낼 분위기는 아니었기에 나는 잠자코 입을 다물고 있었다.

"아무튼 미안해. 아무래도 그동안 여러 가지 오해가 있었던 모양인데, 내가 대신해서 사과할게."

"어? 아, 아니, 괜찮아."

"아냐, 안 봐도 뻔해. 이 녀석이 무작정 귀찮게 굴었겠지. 뭐 해, 시벨? 너도 얼른 사과하지 않고."

그 말에 시벨리우스가 뚱한 얼굴로 고개를 들었다. 힐끗 나를 돌아보는 시선이 잠시 흔들렸으나 그 표정은 금세 불퉁하게 변했다.

"……난 잘못한 거 없어."

"잘못한 게 없긴 왜 없어? 다른 사람을 나라고 오해하고 있었던 거잖아. 아직 죽지도 않은 사람을 환생했다 착각이나 하고 말이야."

"그, 그건 확실히 내 실수긴 하지만……."

"그것 봐. 너한테 내 존재감이 그것밖에 안 된다니 서운한데?"

"아니, 그런 건……."

"하하! 농담이야, 농담. 뭘 그렇게 당황하고 그래?"

시벨리우스의 얼굴이 새파래지자 엘은 배를 움켜잡고 웃었다.

"노, 농담?"

"당연하지. 난 그 정도에 꽁해질 만큼 속이 좁진 않아. 세월이 그렇게 오래 흘렀으니 당연히 죽었다고 생각할 만도 하지. 게다가 이렇게 똑같이 생긴 사람이 나타나면 나라도 환생했다고 생각했을 거야. 심지어 이름까지 같다니, 이게 대체 무슨 인연이지?"

흥미롭다는 듯 부담스럽게 반짝거리는 눈동자가 내게 닿았다. 그 순간 시벨리우스가 발끈한 얼굴로 외쳤다.

"이름 아냐! 저 녀석은 애칭이라고!"

"응? 아, 그렇다고 했지. 하지만 애칭도 이름은 이름이잖아?"

"아니, 전혀 달라! 정식 이름과 남들이 적당히 지어 붙인 호칭이 어떻게 같아?"

사납게 일그러진 표정은 언젠가도 한 번 본 적이 있었다. 처음 나를 경계했을 때와 똑같이, 다른 사람이 자신의 친구와 동일한 이름을 갖고 있는 걸 견디지 못하겠다는 모습이다.

어떤 의미에선 참으로 한결같은 녀석이랄까. 심정을 이해 못 하는 바는 아니지만 한순간에 손바닥 뒤집듯 돌변한 태도를 보니 달가운 기분은 아니었다. 그 때문에 내가 무심코 얼굴을 찌푸렸던 모양이다. 시벨리우스가 경직된 얼굴로 쏘아붙였다.

"뭐, 뭐야! 넌 애칭인 거 맞잖아!"

"……그래, 맞아."

"나, 난 틀린 말 한 거 없어. 애초에 네가 헷갈리게 한 탓이야. 그렇게 똑같이 생기지만 않았어도……!"

"나도 알아. 별로 뭐라고 할 생각도 없었어. 어쨌든 찾았던 친구를 만나서 다행이네. 축하해, 시벨."

나름대로 진심을 담아 건넨 말이었는데 시벨리우스의 표정은 오히려 굳어졌다. 이어진 말에 나는 어리둥절해질 수밖에 없었다.

"그것뿐이야?"

"어?"

"네가 엘이 아니란 걸 알았는데 아무렇지도 않아?"

"……? 처음부터 그렇게 말했잖아."

당황스러운 기분으로 답하자 그는 뭔가 할 말이 있는 것처럼 복잡한 표정을 지었다가 입술을 악물었다.

"……하긴, 넌 내가 널 엘로 여기는 걸 끔찍하게 싫어했었지. 잘됐네. 이제 더 이상 오해 받을 일 없어서. 귀찮은 녀석이 떨어져 나갈 생각을 하니 그저 시원하기만 하지?"

"뭐? 아니, 그건……."

"시벨, 무슨 말을 그렇게 해? 이해해 주는 걸 고맙게 생각해야지. 저기, 미안해. 이 녀석이 워낙 귀하게 큰 편이라 예전부터 자기 입장만 생각하는 경향이 있어. 너무 나쁘게 듣지 말아 줘."

반박하려는 찰나, 그냥 두면 안 되겠다고 생각했는지 엘이 불쑥 끼어들었다. 그의 말에 얼결에 고개를 끄덕이고 나니 찝찝한 여운이 남았다. 마치 시벨의 주장에 긍정한 것 같은 기분이 들었기 때문이다. 그렇게 느낀 건 시벨리우스도 마찬가지인 듯, 그는 훨씬 더 화가 난 표정으로 나를 노려보고 있었다.

"으으, 잠깐만 기다려봐. 잠시 상황 좀 정리해야 할 것 같아."

잔뜩 굳어 있던 분위기가 전환된 건 알리사가 입을 연 덕분이었다. 모두의 시선이 자신에게 쏠리자 그녀는 심각한 얼굴로 나와 엘을 번갈아 바라보았다.

"대충 어떻게 돌아가고 있는 건지는 알겠어. 그러니까 이 사람이 시벨 씨가 알던 바로 그 옛날 친구라는 거지? 죽은 게 아니라 사실은 굉장히 오랫동안 봉인되어 있었을 뿐이고, 결국 엘 씨와는 아무런 상관이 없는 사람이라는 거네? 내가 제대로 이해한 거 맞아?"

그녀의 질문에 고개를 끄덕이자, 알리사는 얼굴을 찌푸렸다.

"그럼 시벨 씨는 이제 어떻게 할 거야?"

"응? 뭐가?"

"알고 있는 친구가 다른 사람이었고, 그 사람을 찾았잖아. 이제 우리랑은 같이 가지 않는 거야?"

"……!"

그래, 그러고 보니 그런 문제도 있었다. 시벨리우스가 지금까지 우리와 함께해 왔던 건 날 엘이라고 알고 있었기 때문이니까. 진짜 엘과 만난 지금은 굳이 동행을 계속할 필요가 없을 것이다. 뒤늦게 깨달은 상황에 나는 조금 움찔했다. 시벨리우스 역시 거기까진 생각을 못 했는지 당황한 얼굴로 머리를 긁적이고 있었다. 그럼에도 즉답을 내리진 못하는 모습에 알리사의 눈이 가늘어졌다.

"뭐야, 시벨 씨. 정말 안 가는 거야?"

"아니, 으음, 그치만……."

난처한 듯 눈을 굴리던 그가 황급히 옆쪽에 있는 엘에게 시선을 보냈다. 의견을 묻는 듯한 모습에 엘이 빙긋 웃었다.

"계속 동행해도 괜찮지 않아?"

"어? 그래도 돼?"

"어차피 너나 나나 이 세상에서 딱히 할 일도 없잖아. 우리끼리 낯선 세상에서 적응해 나가는 것보다야 일행이 많은 편이 더 재밌을 거고. 이렇다 할 목적이 생길 때까지만이라도 함께 다니면 좋을 것 같은데? 물론 나도 끼워 준다면 말이지만."

장난스럽게 웃는 시선이 내게 닿았다. 노골적으로 의향을 묻는 행동에 일행들 모두가 나를 주목하는 것이 느껴졌다. 상황의 특수성 때문일까. 왠지 주위를 감도는 공기가 긴장한 것 같은 기분이었다.

"뭐야, 그건 당연하지. 그치, 엘 씨?"

이번에도 분위기를 전환한 건 알리사였다. 내 옷소매를 가볍게 쥐는 손길에 시선을 내리자 흐름이 한층 부드러워졌다. 꽉 막힌 것 같았던 숨이 한결 편안해지는 것을 느끼며 나는 고개를 끄덕였다.

"으음, 난 이사나만 괜찮다면 상관없어."

"그래? 그럼 이사나 씨는?"

"나, 나도 괜찮아."

"좋아! 그럼 동행하는 걸로 결정!"

경쾌한 외침만큼이나 환한 미소가 알리사의 얼굴에 걸렸다. 다른 사람의 기분까지 즐겁게 만드는 미소였다. 시벨리우스 역시 그 모습에 감화한 듯 내내 불편하던 표정을 거두고 부드럽게 웃었다. 덕분에 보다 화기애애해진 분위기 속에서 알리사는 곧장 엘에게 악수를 청했다.

"그럼 일행이 되었으니 정식으로 인사할게. 당신도 엘 씨라고 부르면 되지? 난 알리사야. 앞으로 잘 부탁해."

"하하, 응, 나도 잘 부탁해, 꼬마 아가씨. 정령사인가? 아직 어린 나이인데 굉장하네."

"헉! 맞아, 난 땅의 정령사야. 그걸 어떻게 알았어? 혹시 예지력이 있어?"

"아니, 나도 정령사거든. 아니지, 이젠 '였거든'이라고 해야 하나? 지금은 정령 계약이 끊어지긴 했어. 그래도 자질까지 잃은 건 아니라서 대충은 느껴져."

"헤에, 아까 계약이 끊어졌느니 어쩌느니 하더니 그게 그런 얘기였구나. 아, 여기 있는 이사나 씨도 정령사야. 그것도 물의 상급 정령사!"

알리사가 마치 자신의 일처럼 한껏 자부심을 느끼며 소개하자 이사나의 얼굴이 붉어졌다. 엘이 이채 어린 눈으로 그런 이사나를 바라보았다.

"물의 정령사? 반갑네. 나도 물의 정령사였는데. 잠시 손을 잡아 봐도 될까?"

"네? 아, 예."

뜻밖의 제안에 이사나는 어리둥절해하면서도 순순히 손을 내밀었다. "접촉하면 기운을 더 확실히 느낄 수 있거든." 씩 웃으며 설명한 엘이 이사나의 손을 가만히 잡았다. 그렇게 얼마의 시간이 흘렀을까. 곧 그의 입가에 의미심장한 미소가 떠올랐다.

"……흠, 그냥 상급 정령사가 아닌 것 같은데?"

"예?"

이사나가 의아한 표정을 지으며 반문했지만 정작 그가 바라보고 있는 건 나였다. 갑자기 와 닿는 시선에 눈을 깜빡이자 그는 더욱 재밌다는 듯이 웃었다.

"하하, 그래, 그런 거였구나. 이제야 전부 알겠네."

"무슨……."

"네 머리색, 실은 아까부터 계속 마음에 걸렸거든. 내가 아는 사람이랑 똑같은 색이라서 말이야. 우연치고는 매우 흔치 않은 색이잖아?"

"……!"

"애칭이 엘이라……. 그럼 본명은?"

"……."

설마 내 정체를 눈치챈 건가? 딱히 숨길 생각이 있었던 건 아니지만 내가 밝히기 전에 상대가 먼저 알아본다는 건 생각지 못한 전개라 조금 당혹스러웠다. 그러고 보니 내 머리 색은 물의 정령왕 고유의 색인 만큼, 눈여겨본 사람이라면 알아볼 만도 했다. 물론 그 사실을 아는 사람 자체가 극히 드물긴 하지만.

문제는 엘이 그 매우 드문 경우에 속한다는 것이다. 어떤 식으로든 대응을 해야 하는데 마치 목에 무언가가 걸린 것처럼 말이 나오지 않았다. 그것만으로도 엘은 이미 답을 들은 사람처럼 느긋하게 고개를 끄덕였다. 시벨리우스와 이사나 역시 서로 어색한 시선을 주고받고 있었다. 상황을 이해하지 못한 건 알리사 한 명뿐이었다.

"응? 뭐야? 그걸로 끝이야? 왜 대화를 하다 말아?"

우왕좌왕하는 그녀를 향해 엘은 정황을 설명해 주는 대신 그저 빙긋 웃었다. 그리곤 내게 손을 내밀어 악수를 청했다.

"이런 방식으로는 아니었지만 만나보고 싶었는데 잘됐네. 반가워. 앞으로 잘 부탁해."

"아, 으응."

허둥지둥 손을 맞잡으려니 그의 몸이 성큼 가까이 다가왔다. 이상하리만치 다가서는 몸짓에 당황스러운 감정이 일었다. 뒤로 물러나지 못한 건 귓가에 그의 목소리가 닿았기 때문이었다.

"그거 알아? 정령왕은 소멸할 때 후임을 원하는 방식으로 정할 수 있대."

"……어?"

"외형이라든가, 성격 같은 것 말이야. 전부 반영되는 건 아니지만, 어느 정도는 선대의 바람에 따라 맞춰진다는 거지. 황제가 자신의 구상에 걸맞은 존재를 태자로 세우듯 말이야. 다음 세대를 위한 선배의 안배랄까."

"……!"

반사적으로 바라보자, 의미심장하게 웃고 있는 그의 눈동자가 보였다. 그의 깨끗한 녹안을 마주한 순간 몸 안에서 덜컥, 무언가가 내려가는 것 같은 느낌이 들었다.

선대의 바람에 따라 후임이 정해진다니, 처음 들어보는 이야기다. 하지만 그게 사실이라면 지금 내 모습은 엘뤼엔의 의지를 반영해 형성됐다는 뜻이기도 했다. 그가 누구를 생각하고 정한 것인지는 머리가 아플 정도로 선명해서 굳이 물어볼 필요도 없을 것 같았다.

"그러고 보니 트로웰은 잘 지내?"

산만한 기분을 정리하기도 전, 불쑥 튀어나온 이름에 저절로 몸이 긴장했다. 짧은 순간 수많은 감정들이 머릿속을 온통 헤집었다. 나는 복잡한 기분이 드러나지 않도록 애써 태연한 얼굴로 고개를 끄덕였다. 엘은 반가움과 그리움이 교차하는 표정을 지었다.

"그는 여전하겠지? 혹시 아는지 모르겠지만 나, 트로웰과는 형제 같은 사이였거든. 내가 갑자기 사라져서 그 녀석도 많이 놀랐을 거야. 괜찮다면 나에 대해선 당분간 비밀로 해주지 않을래? 갑자기 나타나서 깜짝 놀라게 해주고 싶어."

"아, 으응. 그럴게."

"고마워. 아아, 그치만 별로 놀라지 않을지도 모르겠네. 그 녀석이라면 내가 돌아올 거란 걸 이미 알고 있을 테니까. 게다가 나랑 이렇게 똑같이 생긴 동료도 생겼으니 이제 내 존재가 별로 아쉽지 않을 수도 있겠는걸?"

엘은 짓궂게 웃으며 한쪽 눈을 찡긋해 보였다. 나는 차마 따라 웃을 수가 없었다. 왠지 이다음으로 나올 말을 알 것 같은 기분이 들었다.

"아, 그런데 네 애칭 말이야. 혹시 트로웰이 지어준 거야?"

"……."

안 좋은 예감은 항상 맞는다. 귓가를 스치는 낮은 음성에 어깨가 저절로 떨렸다. 이럴 때 어떤 표정을 지어야 할지 알 수 없어서 나는 얼른 시선을 피했다. 숙인 머리 너머에서 그가 희미하게 웃는 것이 느껴졌다. 마치 그럴 줄 알았다는 듯이.

최악이다.

가장 바라지 않던 상황을 가장 처참한 방법으로 확인한 느낌이었다. 부글거리는 속을 느끼며 나는 주먹을 꽉 움켜쥐었다.

"그러니까 대체 무슨 말이냐고오!"

알리사의 외침만이 소리 높이 울려 퍼졌다.

*　　　*　　　*

엘의 주위가 왁자지껄한 소란으로 물들어가고 있는 그 시각, 조금 떨어진 장소에서 그들을 지켜보는 시선이 있었다. 마왕의 명령을 받고 내려온 데르온이었다. 들키지 않도록 극도로 기척을 죽인 채 높은 나뭇가지 위에 걸터앉은 그는, 면밀하게 감시 대상의 모습을 주시했다.

'정령사 소녀에…… 저건 성마인가? 그리고 정체를 알 수 없는 소년 한 명이라. 일이 왠지 묘하게 돌아가는군.'

얼마간 보지 못한 사이 황제의 일행엔 많은 변동이 있었다. 드래곤인지 뭔지 정체를 알 수 없었던 붉은 남자가 사라지고, 새로운 일행이 셋이나 늘었다. 루카르엠으로부터 따로 언질 받지 못한 부분이라 그는 내심 혼란스러웠다. 비록 지켜보기만 하는 역할이라곤 하나 아무것도 파악하지 못하는 것도 곤란했기 때문이다.

하물며 성마라니. 아직 중간계에 성마가 남아 있다는 것도 놀라웠지만 느껴지는 기세마저 범상치 않았다. 자신을 알아볼 사람이 없단 생각 때문인지 그는 기운을 거의 갈무리하지 않고 드러내고 있는 상태였는데, 그 때문에 데르온에겐 그가 가진 힘이 고스란히 느껴졌다. 이 정도면 최소 마계 4대 공작 급이거나, 그 이상이라고 할 만큼 성마 중에서도 고위의 신분인 건 확실했다. 정령왕 하나만으로도 충분히 위협적인데 모여드는 이마다 이렇게 특출한 존재뿐이라니. 억지로 모으려고 해도 이렇게 하긴 쉽지 않을 것이다. 이거야 마치 세상이 어린 황제에게 힘을 실어주는 것 같지 않은가.

루카르엠이 아무런 조치도 하지 않고 그냥 돌아온 것이 이상했다. 마왕의 계약자가 황제와 대립하고 있는 이상, 이곳에 모인 모두가 마왕의 정적이나 다름없었다. 그의 성격이라면 마왕의 명이 달갑진 않더라도, 한두 명쯤은 제거해서 어느 정도는 견제를 해두었을 것이다.

루카르엠은 왕에 대한 존경심은 개미의 눈곱만큼도 지니고 있지 않았지만, 그가 불리한 상황에 처하거나 누군가에게 얕보이는 것도 달갑게 여기지 않았다. 완전히 기세를 기울게 만들어주진 않더라도 호각을 이룰 상황만큼은 마련해 두는 편이었다. 그런 그가 이번엔 아무것도 하지 않고 보란 듯이 귀환했다. 누가 봐도 일부러 다친 게 분명한 상흔을 입고서.

'대체 무슨 꿍꿍이지. 이번엔 누구의 숨통을 조여 놓으려고.'

좀처럼 안심할 수 없는 마족인 만큼 데르온은 이 순간에도 입안이 바짝바짝 마르는 기분이었다. 그가 계획하는 것이 무엇이건 간에, 아무쪼록 자신이 그의 패로써 잘 움직여주고 있기만을 바랄 뿐이었다.

'그보다 저 소년은 정말 이상하군. 엘퀴네스와 똑같은 모습을 가진 인간이라니. 대체 정체가 뭐지?'

데르온은 다시금 황제 일행을 주시했다. 조금 전 새로 합류한 인간 소년은 정령왕 엘퀴네스와 놀라울 만큼 흡사한 외모를 지니고 있었다. 머리칼과 눈동자 색을 제외하면 판으로 찍어서 만들었다고 해도 믿을 수 있을 정도였다.

넘치는 인구수를 생각하면 한두 명쯤이야 우연히 서로 닮을 수도 있다. 하지만 그 대상이 정령왕이라면 상황이 많이 달라진다. 정령왕은 그 존재적 가치만큼이나 외형 역시 특별하게 타고난다. 언제나 그 시대의 기준에서 가장 아름답고 고귀한 모습으로 태어나게 되어 있었다. 그런데 한낱 인간이 그런 정령왕과 똑같은 외형을 지니고 있다니. 있을 수 없는 우연이었다.

하지만 그것보다 더 거슬리는 건 소년의 힘을 전혀 느낄 수 없다는 것이었다. 제법 강해 보이긴 하는데 소년이 가진 힘의 종류가 어떤 것인지, 심지어 육체의 단련 여부조차 파악하기가 어려웠다. 어쩌면 기세만 대단한 것일 뿐, 실제로는 별다른 능력이 없는 걸지도 모른다. 하지만 그렇게 여기면서도 마치 피부 위에 벌레가 기어가는 것처럼 불쾌한 기분을 멈출 수가 없었다.

'아니, 그래 봤자 인간일 뿐.'

데르온은 찌푸린 얼굴을 거두며 고개를 가로저었다. 인간이 아무리 강해 봤자 마족의 힘에 비할 바는 아니다. 설령 저 소년이 뜻밖의 힘을 드러낸다 해도 자신의 능력이라면 얼마든지 대처할 수 있을 것이다. 이런 고민을 할 시간에 차라리 성마를 공략할 방법을 연구하는 게 더 나을 터였다. 그렇게 단정 지은 데르온이 시선을 거두려고 할 때였다.

"……!"

문득 고개를 든 소년이 자신이 있는 쪽을 바라보았다. 단지 의미 없이 주위를 둘러보는 것이 아니었다. 정확히 그의 존재를 인지하고 그가 있는 쪽으로 선명한 시선을 보내고 있었다.

'그런…….'

인간의 시야로 감지할 수 있는 거리가 아니었다. 게다가 지금은 완벽하게 은신하고 있는 상태이기에 정령왕일지라도 자신의 존재를 눈치챌 리가 없었다. 흠칫 놀란 데르온이 반사적으로 검집을 움켜쥐자 소년은 그를 빤히 쳐다보다가 피식 웃었다. 그리곤 이내 아무렇지 않게 고개를 돌려 조금 전처럼 다시 일행들과 잡담을 나누기 시작했다. 마치 자신은 아무것도 모른다는 듯이.

그의 태연한 행동에 데르온은 혼란스러워졌다.

설마 눈이 마주쳤다고 느낀 건 착각이었던 걸까? 하지만 그를 향해 지은 미소는 절대 잘못 본 것이 아니었다. 데르온은 검집을 움켜쥐고 있는 손에 다시금 힘을 주었다.

아무래도 예감이 좋지 않았다.

제2화

1.

"고, 공. 오셨습니까."

검은색 정복 위, 붉은 망토를 길게 늘어트린 남자가 문 앞으로 다가오자 시종장은 몹시 긴장했다. 파이런 드 카리브디스. 얼굴을 마주한 세월만도 벌써 햇수로 몇 년이나 되건만, 매번 마주할 때마다 도무지 친근함을 느낄 수 없는 사내였다.

백성들 사이에서는 영웅이었고, 기사나 병사들 중에서도 그를 흠모하는 자가 많았으나 황궁의 시종들은 대다수 그를 꺼려했다. 평범한 일반인은 그에게서 풍기는 날카로운 기운을 감당할 수 없었기 때문이다. 물론 카리브디스는 그런 점을 전혀 신경 쓰지 않았다. 그는 경계하는 시종장의 태도를 무심히 흘리며 물었다.

"전하께선 안에 계신가?"

"저, 그게……."

"가장 효율이 좋았던 노선을 통째로 날려먹다니! 대체 무슨 일을 이따위로 하는 거야!"

와장창!

그 순간 문 안에서 터져 나온 고함에 카리브디스는 문고리를 잡기 위해 뻗던 손을 멈췄다. 시종장이 식은땀을 흘리며 난처한 미소를 지었다.

"누가 와 있나?"

"마신전의 신관들께서 알현 중이십니다."

"……그렇군. 나중에 다시 오겠다."

섭정을 하고 있지만 마신전 내에서 대공이 지니고 있는 신관장의 직분은 여전히 유효한 상태였다. 때문에 마신전 쪽에서 주기적으로 방문하곤 했는데, 그런 날엔 대공은 다른 사람들의 알현을 일제히 거절하곤 했다. 게다가 오늘은 기분이 몹시 나쁜 모양이니 용무가 쉽게 끝나지도 않을 것 같았다.

대공으로부터 반강제적으로 받은 휴가가 어느새 몇 달을 채우고 있었다. 이번만큼은 반드시 반납할 예정이었던 카리브디스는 살짝 한숨을 내쉬었다. 그가 돌아가기 위해 걸음을 돌리려 할 때였다.

"카리브디스 공, 여기서 보는군."

뒤에서 들려온 음성에 그는 행동을 멈추고 돌아보았다. 화려한 코트를 입은 채 지팡이를 짚은 백발의 노인이 서 있었다. 완고해 보이는 얼굴을 한 그는 세월이 느껴지지 않는 매우 날렵한 눈매를 지니고 있었다. 카리브디스는 한눈에 그를 알아보고 목례했다.

“웨칸 공작님, 오랜만에 뵙습니다.”

웨칸 공작은 건국 공신 가문의 가주이자 한때 북토의 야만족을 정벌한 공훈을 세운 장군으로, 대공이 황자이던 시절부터 그를 꾸준히 지지해 온 사람이었다. 선황이 제위에 오르던 당시 대공이 도망치듯 신전으로 숨었을 때에도 그만은 끝까지 남아 그를 후원했다. 어떻게 보면 지금의 대공을 만들어준 사람이라고 해도 과언이 아니었다.

“전하를 뵈러 오셨습니까?”

“그랬는데 아무래도 오늘은 날이 아닌 것 같군.”

웨칸 공작은 여전히 소음을 토해내고 있는 문 쪽을 가리키며 시큰둥하게 대꾸했다. 주군의 체면에 관계된 일인 만큼 이런 상황에선 조금이라도 부끄러워하거나 당황하는 것이 정상이었지만, 카리브디스는 그저 묵묵히 침묵할 뿐이었다. 여전히 속을 알 수 없는 남자라고 생각하며 웨칸 공작은 허탈하게 웃었다.

“자네 활약은 잘 듣고 있네. 그래, 드래곤을 잡았다고?”

“소문이 이상하게 와전되었나 봅니다. 실제론 짧게 마주한 것이 전부였습니다.”

“드래곤 본신과 마주치고도 멀쩡히 살아 돌아왔다는 것 자체가 대단한 일이지. 자넨 이제 인간의 경지를 넘어서려는 모양이군.”

"과찬이십니다."

과묵한 대답에 웨칸 공작은 눈으로만 슬쩍 카리브디스의 모습을 훑었다.

"휴가를 받았다고 들었는데 황궁엔 웬일인가?"

"전하의 곁을 너무 오래 비우는 것 같아 마음이 불편해서 왔습니다."

"자네도 참 고생을 사서 하는 사람이군. 다른 자들 같으면 모처럼 쉴 수 있을 때 마음껏 즐길 텐데 말이야. 하지만 안쪽의 상황이 저래서야 자네의 휴가도 길어지겠어."

"……."

이번엔 카리브디스도 조금 난처한 표정을 지었다. 웨칸 공작은 껄껄 웃으며 말했다.

"그렇게 시간이 남아돌면 이 늙은이한테 내줄 것도 있겠군."

"제게 뭔가 하실 말씀이라도……?"

"별거 아니네. 그저 전하께 바람맞은 사람들끼리 위로주나 한잔 나누자는 거지."

가벼운 말투였으나 웨칸 공작은 의미 없이 자리를 권할 사람이 아니었다. 카리브디스는 잠시 침묵했다가 고개를 끄덕였다.

"알겠습니다."

*　　*　　*

다그닥 다그닥

경쾌하게 울리는 말발굽 소리와는 다르게 마차에 앉아 있는 카리브디스의 표정은 어두웠다. 조금 전 모든 용건을 마치고 자택으로 돌아가는 길이었다. 그의 머릿속엔 웨칸 공작과 나눈 대화가 맴돌고 있었다.

"자넨 최근 대공 전하의 행보를 어떻게 생각하나?"

위로주라는 말이 농담은 아니었는지 웨칸 공작은 그를 고급 술집으로 데려갔다. 고급 술집이라 해도 여느 술집과 다를 바가 없었다. 단지 사방이 밀폐되어 있고, 따로 들이는 사람이 없이 단둘만 마주하고 있다는 점에서 평범한 술집과는 주 용도가 구분됐다. 카리브디스는 그가 건넨 잔을 정중히 받아 마신 다음 묵묵히 대답했다.

"무슨 말씀이신지 잘 모르겠습니다."

"별로 깊은 뜻은 없네. 그저 가장 가까이에서 전하를 모시는 사람의 소견을 궁금해하는 거라고 생각해 주게."

"전 전하를 지키는 검일 뿐입니다."

고집스럽다시피 단조로운 대답에 웨칸 공작은 얼굴을 찌푸렸다.

"그 검은 말도 못 하고 의지도 갖지 못하나 보군. 그래서 그저 주인이 휘두르는 대로만 쓰이겠다는 겐가?"

"……."

"정말 그런 생각으로만 전하를 모시고 있었다면 조금 실망스럽군. 주인의 오른팔이라는 자가 일개 병졸들이나 품을 생각을 지니고 있다니 말이네. 자네가 지키고 싶은 건 전하의 살아 있는 몸뿐인가?"

"그게 무슨 말씀이신지."

"충신이라면 쓴 말도 뱉을 줄 알아야 한다는 소리네."

끌끌 혀를 찬 뒤 웨칸 공작은 품 안에서 종이 더미를 꺼내 그에게 던지다시피 내밀었다. 무심코 내용을 읽어 내리던 카리브디스의 얼굴이 굳었다.

"이건……."

"오늘 전하께 묻기 위해 가져온 것이었네."

종이에 적힌 건 최근 마신전의 동향과 국경 부근에서 일어나고 있는 의문의 이동에 관한 것이었다. 알폰프 제국에서 출발한 모종의 수레마차가 스왈트 제국에 있는 마신전 본단으로 몇 년간 꾸준히 반입되고 있다는 것이다.

"안에 실린 것이 정확히 무엇인지는 아직 밝혀지지 않았네. 그런데 근처를 기웃거리던 병사 하나가 그 안에서 아이들의 울음소리를 들었다더군."

"……!"

순간 감정을 내보인 카리브디스가 반사적으로 고개를 들었다. 웨칸 공작은 품 안에서 또 다른 서류를 꺼내 그 앞에 내밀었다.

"그리고 이건 오늘 새벽에 들어온 첩보네. 얼마 전 알폰프 제국의 상징과 같은 라무스 학술원에서 다수의 아이들이 납치되었다가 풀려났다더군. 이 납치에 마신교가 개입했다는 의혹을 받고 있네.”

“…….”

“납치되었던 아이들은 모두 10대 초반이었지. 피해자의 증언에 따르면 그들은 곧 어디론가 이동될 예정이었다고 하네. 자네도 알고 있겠지만 요즘 우리 제국의 백성들 사이에선 대공 전하가 어린 아이들을 모으고 있다는 소문이 돌고 있는 중이지.”

뒷말을 잇지 않아도 결론을 짐작하기란 어렵지 않았다. 카리브디스는 동요를 감추려고 노력하며 숨을 천천히 내쉬었다. 집무실 안에서 대공이 내지르던 고함소리가 새삼 다시 떠올랐다.

대공이 마신관들에게 화를 내는 건 몹시 드문 일이었다. 물론 성자가 아닌 이상에야 가끔은 분노할 때도 있을 것이다. 게다가 납치사건에 마신전이 개입했다는 의혹을 받은 만큼, 그 부분에 관한 질책일 가능성도 있었다. 그러나 그게 단순한 희망사항이라는 것은 카리브디스 그 자신이 누구보다 잘 알고 있었다. 대공은 그저 어떤 일의 실패에 관해서 분노하고 있었을 뿐이다.

웨칸 공작은 침묵하고 있는 카리브디스를 예리하게 훑으며 말했다.

“최근 전하께서 병력을 무리하게 모으고 있다는 건 알고 있나? 전국 각지에서 젊은이란 젊은이는 전부 군대로 차출하고 있다더군. 얼마 전엔 귀족의 사병까지 내놓으라고 하셔서 다들 말들이 많아. 명에 따르지 않는 자는 그 자리에서 참수하고 효시까지 하신다고 하네."

"……몰랐습니다."

"그렇겠지. 최근엔 세트니오 백작에게 전부 맡기고 계신 모양이니까. 덕분에 황궁에서 그의 위세가 얼마나 대단한지 모르네. 자넨 이것도 몰랐겠지만."

"……."

딱히 빈정거리는 어조는 아니었다. 오히려 순수하게 정보를 알려주려는 목적 같기도 했다. 웨칸 공작은 잔에 든 술을 단숨에 털어 넣었다. 그 어느 때에도 날카로운 빛을 잃지 않았던 얼굴이 지금만큼은 먹은 세월만큼이나 초췌하게 보였다.

"전하는 너무 많이 변하셨어. 황자 시절에는 매우 총명하고 다정하신 분이었네. 난 그분이 선황 폐하보다 더 제왕의 자질을 지니고 있다고 보았지. 하지만 어째서일까. 지금은 완전히 다른 사람이 되신 것만 같아. 그때 내가 보았던 전하는 이제 좀처럼 찾아볼 수가 없군."

"……왜 제게 이런 이야기를 하시는 겁니까?"

"뜻밖인가? 하긴, 나도 자네와 이런 대화를 하게 될 줄은 생각지도 못했네. 하지만 지금의 자네라면 말해도 괜찮을 것 같더군."

"그게 무슨……."

"전하가 자네를 찾지 않으신 지 얼마나 되었지? 휴가라는 둥, 뻔히 보이는 핑계는 댈 생각하지 말게."

움켜쥔 주먹이 경련을 일으켰다. 아마도 정곡을 찔린 탓일 것이다. 웨칸 공작은 한숨을 내쉬었다.

"자넨 그 멍청한 세트니오 백작과는 완전히 다른 유형이지. 주군과 대의를 위한 일이라면 진창도 뒤집어 쓸 각오가 되어 있지만, 결코 선을 넘지 않아. 게다가 그렇게 보이지 않아도 눈치가 제법 빠른 편이지. 난 전하가 자네의 그런 점을 불편하게 여기기 시작하셨다고 생각했네. 그리고 내 판단이 틀리진 않은 것 같군."

"……."

"슬슬 정신 차리게, 카리브디스 공작. 전하의 과한 손속에 불만을 품는 자들이 날이 갈수록 늘어나고 있어. 이대로 두면 모든 자들이 전하를 등지게 될 걸세. 자네가 이쯤에서 멈추시게 해야 하네."

"오해……하시는 겁니다. 뭔가 오해가 있을 겁니다."

꺼질 듯 가는 목소리로 중얼거리자 웨칸 공작은 피식 웃었다. 몹시 지친 모습이었다.

"나도 그랬으면 좋겠군."

"자네가 지키고 싶은 건 전하의 살아 있는 몸뿐인가?"

추궁하듯 가시 박힌 목소리가 다시금 가슴을 찔렀다. 카리브디스는 한계까지 고개를 뒤로 넘긴 채, 두 눈을 감고 긴 숨을 내뱉었다. 머릿속이 너무 복잡해서 어떤 생각부터 이어 나가야 할지 알 수가 없었다.

그때 마차의 속도가 조금씩 느려지더니 곧 이동이 멈췄다. 바깥에서부터 술렁거리는 소리들이 밀려들어 왔다. 아직 도착할 시간이 아니었기에 카리브디스는 창밖으로 고개를 내밀어 마부를 확인했다.

"무슨 일이지?"

"아이고, 죄송합니다, 주인님. 앞서 가던 마차에서 사고가 난 모양입니다. 아무래도 돌아가야 할 것 같습니다."

"사고?"

찌푸린 얼굴로 앞쪽을 응시한 카리브디스의 눈에 마차 한 대가 서 있는 것이 들어왔다. 사람들이 그 주위를 잔뜩 에워싸고 있어 지나가기는 힘들 것 같았다. 때마침 근처에 있던 구경꾼들이 떠드는 소리가 들려왔다.

"대체 무슨 일이래?"

"저 마차가 골목을 건너던 여인을 친 모양이에요. 손을 쓸 사이도 없이 그 자리에서 죽었다나 봐요."

"아이도 있는 것 같던데 정말 안됐군."

수군거리는 소리는 혼자 살아남은 아이에 대한 동정으로 이어지고 있었다. 다시금 앞쪽으로 시선을 준 카리브디스는 이내 관심을 거두고 등받이에 몸을 파묻었다. 어쩔 줄 몰라 하는 마부에게 이제 그만 출발하자고 말할 생각이었다. 그런데 그 순간 이상한 기운이 느껴졌다. 가슴 속을 술렁거리게 만드는 독특한 감각. 마치 바람의 검 블레스터를 만났을 때와 비슷한 느낌이었다.

"주인님, 그만 출발할까요?"

"……아니, 잠시만."

기운은 바깥에서 느껴지고 있었다. 할 수 없이 카리브디스는 마차에서 내려 기운이 있는 쪽으로 걸어갔다. 마치 무언가에 홀린 기분 같았다.

붉은 망토를 늘어트린 그가 다가가자 몰려있던 사람들이 우르르 길을 내주었다. 곧 그의 앞에 주저앉아 있는 아이의 모습이 드러났다. 서럽게 울고 있는 아이는 아무래도 조금 전 마차에 치었다는 여인의 자식인 모양이었다. 고사리 같은 작은 손으로 어미의 상처를 보듬으려는 모습이 안쓰럽기 그지없었지만, 정작 카리브디스의 시선을 사로잡은 건 그런 것이 아니었다.

그는 아이 앞에 성큼 다가가 한쪽 무릎을 굽히고 앉았다. 갑자기 나타난 건장한 남자의 모습에 놀랐는지 아이가 울던 것을 멈추고 눈을 동그랗게 떴다. 카리브디스는 그 반응에 전혀 신경 쓰지 않고 아이의 품에 손을 뻗었다. 찰그랑, 금속의 가벼운 마찰음과 함께 아이의 목에 있던 목걸이가 그의 손에 걸려나왔다.

황금색으로 된 동그란 메달엔 익숙한 그림이 새겨져 있었다. 단숨에 황실의 문양임을 알아본 카리브디스의 눈동자가 흔들렸다. 이걸 소유할 수 있는 건 황가의 직계 혈족뿐이었다.

"황제로군."

조금 전부터 느끼고 있는 기묘한 기운은 바로 목걸이 안에서 시작되고 있었다. 단숨에 눈빛이 차가워진 그가 목걸이를 강제로 아이에게서 떼어내려고 할 때였다.

"……!"

돌연 따끔한 감각이 들더니 카리브디스의 손에서 피가 주룩 쏟아졌다. 찌푸린 얼굴로 고개를 든 그의 시야에 놀라운 광경이 보였다. 목걸이 앞에서 손바닥만 한 작은 형체가 부들거리고 있었던 것이다. 솜사탕처럼 풍성한 푸른색 머리카락이나 깜찍하게 생긴 얼굴만 봐서는 요정처럼 보였는데, 하반신이 물고기의 형태를 취하고 있었다. 카리브디스는 그 모습이 말로만 듣던 인어 같다고 생각했다.

"……정령이다!"

어디선가 누군가 외치는 소리가 들렸다.

그 말을 듣고서야 카리브디스는 자신을 홀린 친숙한 감각을 이해했다. 블레스터에게서 풍기는 독특한 그 느낌이 아마도 정령의 기운이었던 모양이다. 어째서 황실의 목걸이에 정령이 깃들어 있는 건지는 알 수 없었지만.

작은 정령은 아이의 앞을 막아선 채, 목걸이를 쥔 손을 떼어내기 위해 안간힘을 쓰고 있었다. 아마도 아이를 지키려고 하는 것 같았다. 어지간한 장정도 뛰어넘을 만큼 강한 힘이었지만, 상대가 매우 나빴다. 작은 정령 하나의 악력으로는 일당 천의 역할을 하는 소드 마스터, 더불어 바람의 검을 지니기까지 한 그의 힘을 이길 순 없었다. 게다가 정령이 힘을 쓸 때마다 아이의 안색이 눈에 띄게 창백해져 가고 있었다. 결국 정령은 울상을 지었다.

그 하는 양을 한동안 가만히 지켜보던 카리브디스는 곧 목걸이에서 손을 떼어내곤 다시 아이의 품에 집어넣었다. 그러자 정령 역시 냉큼 품 안에 들어가 빼꼼히 고개를 내밀었다. 그게 마치 그의 의도를 읽으려는 것 같아 카리브디스는 자기도 모르게 웃었다. 그 때까지 아이는 영문을 모르는 얼굴로 말없이 굳어 있을 뿐이었다.

"아무에게도 보이지 마라."

나직한 경고에 아이는 떨면서 고개를 끄덕였다. 카리브디스는 살짝 한숨을 내쉰 다음 여전히 얼어 있는 아이를 그대로 안아 올렸다. 어떻게 된 건지는 알 수 없으나 이 아이는 황제와 연이 닿은 것이 분명했다. 게다가 확실하진 않지만 아무래도 정령사인 모양이다. 자세한 진상을 알아보기 위해서라도 데려가야 했다.

"주인님. 제가……."

그가 아이를 안아드는 것을 본 마부가 뒤늦게 달려와 허둥거렸다. 카리브디스는 가볍게 고개를 저었다.

"아니, 이대로 가겠다. 자네는 사람을 불러 시신을 수습하도록."

"예, 예. 알겠습니다."

품 안에서 아이가 가만히 몸을 떨었다. 카리브디스는 훌쩍이는 아이의 얼굴을 가만히 쳐다보다가 다시금 한숨을 내쉬었다.

파도가 조금씩 일고 있었다.

조만간 그를 전부 집어삼켜버릴 파도가.

2.

“다, 다시 한 번 말해 봐. 누가 누구라고?”

확연히 떨림을 담은 목소리에 나와 이사나는 서로 난처한 시선을 교환했다. 알리사는 입을 크게 벌린 채 얼굴 가득 경악을 드러내고 있었다. 조금 전 내가 진짜 정체를 밝힌 뒤부터 쭉 같은 얼굴이었다. 뒤집어쓰고 있던 후드가 어느새 벗겨져 나부끼는데도 전혀 모르고 있는 눈치였다.

“저, 정령왕? 진짜 엘 씨가 정령왕이야? 그것도 물의 정령왕이라고?”

믿을 수 없다는 듯 연거푸 반복하는 질문에 나는 끈기 있게 고개를 끄덕여주었다. 함께 하기로 결정한 뒤로 언젠가는 밝힐 거라 막연하게 생각하긴 했지만 이렇게 그 날이 빨리 올 줄은 몰랐다. 하지만 그녀 혼자만 아무것도 모르는 상태로 마냥 놔둘 수도 없었다.

엘이 합류한 이후 우리는 인가를 벗어나 사막으로 곧장 진입했다. 근방은 전부 이시올타의 영역권이었고, 아직 마신교의 잔당들이 근처에 남아 있을 우려가 있으니 인가 쪽은 안심할 수 없었다. 때문에 최대한 빨리 이 구간을 돌파해서 조금이라도 더 멀어지는 쪽을 택한 것이다. 그 결과 황량한 풍경만이 나날이 이어지는 일정이 또다시 반복되고 있었다. 그런 만큼 목적지는 하루가 다르게 가까워지는 중이었다.

내 정체를 밝힌 건 이사나와 충분히 의논한 끝에 내린 결정이었다. 자업자득이긴 했지만, 알리사의 추궁이 날이 갈수록 집요해지고 있었기 때문이다. 사실 그녀를 제외한 모든 사람이 내 정체를 알고 있는 상황인 만큼 조심성이 흐려진 문제도 있었다. 앞으로도 실수는 계속 늘어날 테고, 그때마다 변명하느니 차라리 미리 밝혀 두는 게 나을 것 같았다.

"그동안 속여서 미안해, 알리사."

어색하게 사과를 건네자 알리사의 눈동자가 다시금 크게 흔들렸다. 지금 그 말로 인해 내가 농담하는 게 아니라는 걸 깨달은 것 같았다. 굳어 있는 그녀를 보며 나는 어색하게 웃어 보였다. 매도 빨리 맞는 것이 낫다고, 이렇게 되니 차라리 후련하기까지 했다. 반대로 알리사는 심경이 매우 복잡해진 것 같았다. 내 정체를 의심하면서도 정작 인간이 아닐 거라는 생각은 하지 못했을 것이다. 일단 겉모습에선 인간과 큰 차이가 나지 않으니까. 역시나 그녀는 한참 동안 나를 훑어보며 내 몸 여기저기를 마구 만지작거렸다.

"그, 그치만 인간이랑 똑같은데? 정령이면 뭔가 조금 더 투명한 느낌 같은 게 있어야 하지 않아? 아니면 촉감이 남다르다거나. 멀든이나 시큐엘의 경우엔 딱 봐도 뭔가 이질적인 느낌이 드는데 엘씨는 그런 게 전혀 없는걸?"

"정령왕은 완벽하게 위장할 수 있거든. 이곳에서 형체를 이루고 있을 땐 상처도 생기고 피도 흘려. 물론 목숨이 위험할 정도로 다치면 나도 역소환되지만."

"그, 그런 거야? 그럼 신성력은? 치유술을 썼었잖아?"

"아아, 그건 신성력이 아니라 내 고유 능력이야."

"고유 능력? ……헉, 맞아! 내가 본 책에서도 그런 내용이 있었어! 물의 정령왕이 치유술로 사람들을 구한 이야기. 동화라서 지어낸 설정인 줄 알았는데 그게 정말이었던 거구나."

알리사가 말한 책이란 아마 트로웰이 줬다는 바로 그 책일 것이다. 그녀는 상기된 얼굴로 숨을 크게 몰아쉬었다.

"어쩐지 좀 이상하다 싶었어. 치유술을 쓴 걸 보면 분명 마신관은 아닌데, 다른 사제를 사칭했는데도 멀쩡했었잖아? 진짜 신관이라면 그럴 수가 없다고 들었거든. 게다가 이상할 정도로 힘도 세고. 그래서 어쩌면 신관이 아닐지도 모른다고 생각하긴 했어. 그런데 설마 정령왕일 줄이야……."

멍한 얼굴로 중얼거린 다음 순간, 알리사는 무언가를 깨달은 표정으로 고개를 번쩍 들었다. 그녀가 응시한 사람은 바로 이사나였다.

"자, 잠깐! 그럼 이사나 씨랑은 어떤 관계인 거야? 물의 정령사와 물의 정령왕이라니. 그냥 우연히 만난 사이는 아닌 거 맞지?"

"이사나가 날 소환했어."

"헉! 역시! 한마디로 말해서 이사나 씨가 정령왕의 계약자란 말이네?"

놀란 시선이 자신에게 와 닿자 이사나는 민망한 얼굴로 고개를 끄덕였다. 그 모습에 알리사가 허탈한 표정을 지었다.

"하아, 그랬구나. 어쩐지 너무 범상치 않더라니."

"그게 무슨 소리야?"

"으음, 뭐랄까. 자랑은 아니지만 난 상대의 얼굴만 봐도 그 사람을 대충 알 수 있거든. 사회적인 중요도나 가치? 아무튼 그런 걸 저절로 아는 편이야. 느낌이 강할수록 그 사람이 지니고 있는 지위도 높은 편인데, 이사나 씨는 지금까지 만난 사람들 중에서 가장 강렬하더라고. 그래서 대체 얼마나 대단한 사람인 건가 싶었는데, 정령왕의 계약자라서 그랬나 봐."

그러고 보니 처음 만났을 때 알리사가 유난히 이사나에게 관심을 보이긴 했었다. 그 행동에 대장장이 팔론이 그를 귀족으로 확신했던 것이 떠올랐다. 물론 이사나는 실제 지위도 높긴 했다. 하지만 이사나는 그 사실을 알려주는 대신 그저 어색한 표정으로 웃기만 했다. 아직 거기까지는 밝힐 용기가 없는 모양이었다.

"그치만 좀 이상하네. 정작 특별한 걸로 치면 정령왕인 엘 씨가 더 대단한 거잖아? 근데 엘 씨를 보면서는 별다른 느낌이 없었거든. 왜지?"

"그, 글쎄?"

"그건 알리사가 인간이라서 그래."

그 순간 예상치 못한 사람에게서 대답이 돌아왔다. 바로 '엘'이었다. 모두가 자신을 주목하자 엘은 빙긋 상냥한 웃음을 지어 보였다. 활기찬 첫인상답게, 그는 여정에 합류하자마자 순식간에 우리들 속으로 녹아들었다. 스스럼없이 친근한 말투라거나 우리를 대하는 태도 하나하나가 마치 처음부터 함께했던 것같이 자연스러워, 일행들도 거부감 없이 그를 받아들이고 있었다.

특히 그가 지닌 지식들은 곧잘 모두의 환심을 사곤 했다. 살았던 시대도 다르고 나이도 그렇게 많지 않은 편인데, 의외로 엘은 다방면에서 견문이 풍부했다. 심지어 정령에 관해서조차 정령왕인 나보다 더 잘 아는 것 같았다(물론 이건 내가 좀 특수한 경우인 탓도 있지만).

"내가 인간이라서?"

"정령왕은 거의 준 신(神)이나 다름없어서 인간보다 상위 존재거든. 그래서 인간의 예지력으로는 알아볼 수 없는 거야. 특히 정령왕 쪽에서 정체를 감추기로 마음먹은 상황에선 더더욱 그렇지."

"흐아아, 그렇구나."

한숨 같은 탄성을 내뱉은 후 알리사는 부담스러울 정도로 긴장한 눈으로 바라보았다. 이제야 내가 정령왕이란 사실을 실감했다는 표정이었다. 그녀는 한참 동안 머뭇거리며 나를 힐끔거렸다. 뭔가 할 말이 있는 것 같은데, 좀처럼 입을 열지 못하는 모습이었다.

"왜, 알리사?"

내가 반응을 보이고서야 알리사는 어쩔 수 없다는 듯이 난처한 어조로 말했다.

“어, 저기, 그럼 이제부터 어떻게 해야 하지?”
“응? 뭘 어떻게 해?”
“정령왕이잖아. 내가 엘 씨한테 이렇게 함부로 대하면 안 되는 거 아닌가? 이, 이젠 존댓말 써야 하나?”
“뭐? 그게 무슨 소리야. 그냥 평소처럼 해.”
뜻밖의 말에 나는 당황해서 손사래를 쳤다. 하지만 알리사는 좀처럼 불편한 표정을 풀지 못했다. 예상했던 것보다 내 정체를 더 무겁게 받아들이고 있는 것 같았다. 어떻게 달래야 할지 난감해하고 있는데 엘이 불쑥 끼어들었다.
“하하, 알리사도 참. 그렇게 하면 엘이 더 곤란하지 않겠어? 엘은 알리사를 신뢰해서 정체를 밝힌 거잖아. 그가 원하는 대로 해줘.”
“그치만…….”
“괜찮아. 정령왕이라고 해서 알리사가 아는 엘이 사라진 건 아냐. 너무 심각하게 생각할 필요 없어. 봐, 우리도 엘의 정체를 알지만 이렇게 편하게 대하고 있잖아? 엘도 전혀 신경 쓰지 않고 말이야. 그치, 엘?”
능숙하게 동의를 구하는 말에 고개를 끄덕이자 엘은 그것 보라며 어깨를 으쓱였다.
“게다가 알리사는 정령사잖아. 다른 사람은 몰라도 우리들 정령사는 정령을 너무 어려워하기만 해선 안 돼. 우린 가족 같은 사이니까.”

"가족……?"

"그래, 가족. 참고로 난 선대 엘퀴네스의 계약자였어. 정령사의 계보로 따지면 이사나의 직계 선조인 셈이지. 모르는 게 있으면 얼마든지 물어봐."

엘이 장난스럽게 으스대자 알리사도 겨우 긴장을 푼 듯 웃었다. 덕분에 굳어 있던 공기가 단숨에 풀어지면서 본격적으로 분위기가 달아올랐다. 떠들썩한 화제의 중심엔 엘이 있었다.

"엘 씨는 다시 정령왕과 계약 못 해?"

"음, 글쎄. 자격이 없는 건 아닌데, 지금의 엘하고는 불가능해."

"왜?"

"이미 이사나가 있으니까. 정령 계약을 마친 경우 그 아래 단계의 정령은 따로 절차 없이 능력껏 몇이든 불러낼 수 있지만, 그건 그냥 일시적으로 도움을 받는 것뿐. 기본적으로 정령과의 계약은 1대 1이 원칙이야. 계약된 정령은 다른 사람이 불러낼 수 없어. 먼저 소환한 사람이 선점하는 구조인 셈이지."

"그렇구나. 그럼 한발 늦은 사람은 굉장히 억울하겠다."

"하하, 그런가? 하지만 그런 경우는 거의 없을 거야. 사실 지금이 워낙 특수한 상황이라 그렇지, 정령왕은 아무나 소환할 수 있는 존재가 아니거든. 그런 재능을 가진 사람은 몇 세대에 걸쳐서 겨우 한 명 나올까 말까 할걸. 나만 해도 원래대로 치면 4천 년 전의 사람이잖아?"

"아, 생각해 보니 그렇네. 그럼 정령왕들은 그동안 계약을 하고 싶어도 못 하는 거야?"

"아니, 드래곤들과 계약하지."

"드, 드래곤?"

"응. 조금 전 말한 원칙은 보편적인 기준이고, 드래곤은 예외야. 몇 명하고든 원하는 만큼 전부 계약할 수 있어. 나랑 계약했을 당시에도 선대 엘퀴네스에겐 이미 다수의 드래곤 계약자가 있었지. 그들에게 몇 차례 도움을 받기도 했어."

"그럼 드래곤을 만나 봤단 말이네?"

"당연하지. 정령왕의 계약자 정도 되면 인맥이 굉장히 화려해진다고."

"우와아! 부럽다. 나도 드래곤 보고 싶어!"

'실제로 보면 그렇게 좋지만은 않을 텐데 말이지.'

나는 까칠하고 거만한 어느 붉은 용을 떠올리며 속으로 조용히 중얼거렸다. 어차피 나중에 만나게 될 테니 이르든 늦든 언젠가는 깨달을 일이었다. 지금만큼은 마음껏 환상을 품도록 내버려 둬도 될 것이다. 무엇보다 별처럼 눈을 반짝이고 있는 알리사의 모습이 너무 보기 좋아서 망치고 싶지 않았다. 언제나 의젓하고 어른스러운 모습만 보다가 처음으로 그녀의 진짜 나이를 발견한 것 같았다. 엘 역시 그런 그녀를 귀엽다는 듯이 바라보고 있었다.

"드래곤은 없지만 그만큼 대단한 녀석이 이 자리에 있잖아?"

"어, 누구?"

"시벨, 이 녀석 말이야. 그냥 평범한 엘프처럼 보이지만, 사실은 유니콘이라고 불리는 굉장히 고귀한 종족이거든."

"헉! 유니콘? 그럼 시벨 씨도 위장한 거였단 말이야?"

"그렇다니까. 자부심으로 삼아도 돼. 어떻게 보면 드래곤보다 더 굉장한 존재니까."

"에, 엘."

추켜세워 주는 말이 쑥스러운 듯 시벨리우스는 붉어진 얼굴로 어쩔 줄 몰라 했다. 그래도 기분이 나쁜 건 아닌지 흐뭇한 표정이었다.

주위의 공기가 어느새 화기애애하게 무르익어 가고 있었다. 평소와 다를 바 없이 명랑하게 웃고 있는 알리사는 이미 내 정체에 대한 거부감 따윈 깨끗이 잊은 듯 보였다. 그 모습을 보며 나는 내심 안도했다. 그녀에게 정체를 밝힌 건 나로서도 조금은 모험에 가까웠다. 굳이 숨길 만한 일은 아니었지만, 나를 다른 시선으로 보게 될까 봐 걱정스러운 건 어쩔 수 없었다. 실제로 우려한 일이 벌어지기도 했으니 아주 틀린 짐작도 아니었다.

이대로 사이가 어색해지는 건 아닌가 했는데, 다행히 엘의 유려한 화술 덕분에 무난히 넘어가는 듯했다. 특히 시벨리우스의 정체를 자연스럽게 밝힌 것이 가장 큰 역할을 한 것 같았다. 충격이 겹쳐지면서 오히려 상쇄된 것이다.

엘에게 고마운 시선을 보내자 그는 한쪽 눈을 찡긋하며 다시금 장난스럽게 웃었다. 그러자 마치 전염된 것처럼 내 입가에도 저절로 미소가 지어졌다. 그에게 가진 복잡한 감정과는 별개로, 좀처럼 미워할 수 없는 사람이었다.

"아참, 그런데 엘 씨!"

"응?"

"어?"

그 순간 들려온 부름에 나와 엘이 동시에 응답했다. 그러고 나자 아차 싶은 기분이 들었다. 부른 사람—알리사의 시선이 엘에게 향해 있는 걸 뒤늦게 발견했기 때문이다. 알리사도 민망한 표정을 짓고 있었다.

"아, 미안. 인간 쪽 엘 씨 말이야."

"아아, 그래."

머쓱한 기분으로 고개를 끄덕이자 주위가 썰렁해지는 것이 느껴졌다. 조금 전까지만 해도 들떠 있던 공기가 한순간에 식고, 어색한 기류가 감돌았다. 나는 속으로 나직이 혀를 찼다. 오늘만 벌써 세 번째 겪는 일이었다.

엘과 함께한 후로 불편한 일이 있다면 아무래도 이런 점일 것이다. 거울을 보는 것같이 똑같은 얼굴은 지니고 있는 색이 다른 탓인지 정작 착각하는 일이 거의 없는데, 같은 호칭만은 자주 문제가 됐다. 내가 실수하지 않을 땐 엘이, 엘이 실수하지 않을 땐 대체로 내가 실수를 범했다. 아니, 정확히 말하면 대부분 내 판단에 따라 갈리는 편이었다. 엘은 누가 부르든 무조건 일단 반응부터 하고 보았기 때문이다. 이사나의 경우엔 나와 알리사를 제외한 사람에겐 전부 경어를 쓰는데도, 그의 부름조차 헷갈려하는 일이 많았다.

서로 대수롭지 않게 여기면 상관없겠지만 그럴 때마다 일행들이 죄를 지은 사람처럼 당황해서 곤란했다. 이번에도 빠르게 굳어진 표정들을 보니 저절로 한숨이 나왔다. 괜히 나 때문에 좋은 분위기를 망친 것 같다는 자책감마저 들었다. 엘 역시 난감한 표정이긴 마찬가지였다.

"하하, 이것 참. 같은 이름이란 게 의외로 꽤 불편하네. 이게 벌써 몇 번째지?"

"으음, 그러게."

"흠, 계속 이렇게 헷갈리는 것도 곤란하겠지? 어쩔 수 없으니까 그냥 내가 이름을 바꿀게."

"응, 알았…… 뭐?"

마치 잠시 산책을 다녀오겠다는 것처럼 대수롭지 않은 어조였다. 덕분에 그가 한 말의 의미를 깨닫는 데 조금 시간이 걸렸다. 뒤늦게 상황을 파악하고 고개를 들었을 땐 다른 일행들도 모두 당황한 표정으로 허둥거리고 있었다.

시선이 마주치자 엘은 '그러면 됐지?'라고 말하듯이 방긋 웃었다. 황망한 기분에 나는 얼른 고개를 저으려고 했다. 조치가 필요한 건 사실이지만 이런 식으로 결론을 맺을 순 없었으니까. 하지만 나보다 다른 사람이 입을 여는 것이 더 빨랐다.

"그게 무슨 소리야. 네가 왜 이름을 바꿔?"

불만스러운 음성의 주인은 바로 시벨리우스였다. 딱히 새삼스러운 일은 아니었다. 엘에게 지극한 그가 이런 일에 나서지 않을 리가 없었으니까. 잔뜩 굳어진 그와는 다르게 엘은 여상한 얼굴로 대꾸했다.

"그야 내가 나중에 들어온 사람이잖아."

"그래도 넌 본명이야. 진짜 이름을 바꾸는 경우가 어딨어? 누군가 바꿀 거라면 차라리 애칭 쪽을 바꾸는 게 낫지. 애칭 같은 거야 어차피 적당히 지어 붙이는 건데, 얼마든지 다른 걸로 해도 되잖아."

살벌한 눈빛이 못마땅하게 나를 노려보는 것이 느껴졌다. 그 시선의 의미야 뻔했지만 나는 습관적으로 웃어주려고 했다. 웃는 얼굴에 침 못 뱉는다는 명언(?)이 있기도 하고, 이왕이면 좋게좋게 지내고 싶었기 때문이다. 하지만 시벨리우스는 전혀 그럴 생각이 없는 것 같았다.

"다 들었어. 그 애칭, 트로웰이 지어준 거라고?"

"……."

한순간 굳어지려는 얼굴을 억지로 눌러 참았다. 그 덕분에 안면 근육이 꿈틀거렸지만 표정이 변하는 건 간신히 막을 수 있었다. 내가 차분히 응시하자 시벨리우스는 더욱 불쾌하다는 표정을 지었다.

"정말 이해할 수가 없군. 어차피 다 밝혀진 김에 그냥 편하게 물을게. 너, 스스로 정령왕이란 자각은 하고 있는 거야?"

"……그게 무슨 소리야?"

"속이 없는 거냐고 묻는 거야. 설마 그 녀석이 누굴 생각하고 붙인 애칭인지 모르는 건 아니겠지. 그런데도 계속 그 이름을 쓰고 싶단 생각이 들어? 그것도 본 주인 앞에서?"

"……."

지끈, 날카로운 가시가 박힌 것처럼 통증이 일었다. 몸 안쪽에서 반복적으로 울리는 아릿한 감각을 의식하며, 나는 살짝 주먹을 움켜쥐었다. 괜찮아. 생각보다 아프진 않았다. 솔직히 말하면, 엘을 만났을 때부터 언젠가는 이 문제에 직면할 거라는 걸 알고 있었다. 그래서일까? 드디어 올 것이 왔다는 기분이었다.

"시벨, 그렇게 말하지 마. 그의 잘못이 아니잖아."

오히려 상처가 된 건 나를 동정하는 듯이 감싸는 엘의 말이었다. 어쩔 줄 몰라 하며 미안해하는 모습에 입술을 악물었다. 그가 염려하는 눈으로 나를 바라보는 것이 싫었다. 속이 꼬인 탓인지 어떤 행동을 하든 전부 승자의 여유인 것처럼 느껴졌다.

"엘, 사람이 좋은 것도 정도껏 해. 이름을 빼앗긴 거나 다름없는데 불쾌하지도 않아?"

"그래도 말이 너무 심했어. 여러 가지 일들이 한꺼번에 닥쳤는데 그도 경황이 없었겠지. 당사자인 내가 가만히 있는데 왜 네가 더 야단이야?"

"네가 가만히 있으니까 내가 나서는 거잖아. 자기 권리를 찾기는커녕 네 쪽에서 이름을 바꾼다는 소리나 하고!"

"그럼 어떡해? 그렇게 하는 쪽이 내 마음이 더 편할 것 같은걸.

아무튼 트로웰도 참. 상황을 왜 이렇게 만들었는지 몰라."
"흥, 그 녀석 속이야 뻔하지. 저 녀석을 너와 똑같이 꾸며 놓고 네 대신으로 삼으려던 거 아니겠어?"
"트로웰은 그렇게 음습하지 않아. 그냥 나랑 닮아서 기쁜 마음에 무심코 붙인 거겠지. 우리들 엄청 많이 닮긴 했잖아."
"전대 엘쿼네스의 바람에 의해서 말이지?"
"……못살아. 그것도 들었어?"
엘이 난감한 듯 고개를 설레설레 흔들었다. 그 한마디가 시벨리우스의 말을 긍정한 것이나 다름없었다. 단숨에 기세등등해진 시벨리우스가 형형한 눈으로 나를 바라보았다. 그의 사나운 시선에 나는 반사적으로 긴장했다. 그러자 당장이라도 폭언을 퍼부을 기세였던 시벨리우스가 양미간을 살짝 찌푸리더니 한숨을 내쉬었다. 위축된 모습이 조금은 불쌍해 보였던 모양이다. 그는 조금 전보다는 누그러진 어조로 말했다.
"널 탓하려던 건 아냐. 말이 심했다면 사과할게."
"……아니, 괜찮아."
"너도 피해자란 거 알아. 다른 정령왕들한테 농락당한 건 나 역시 유감스럽게 생각해. 아무래도 인정하고 싶지 않겠지. 하지만 이제 그만 깨달아. 이게 바로 현실이야. 무작정 외면해서 해결될 일은 아니잖아?"
"……."
"난 널 위해서 충고하는 거야. 더 창피당하기 전에 네가 알아서 제자리로 돌려줬으면 해. 설마 남의 대신으로 살고 싶어 할 만큼 자존심 없는 녀석은 아니겠지? 너도 정령왕이니 긍지 정도는 있을 거 아냐."

이번엔 흐려지는 얼굴을 감출 수가 없었다. 한꺼번에 솟구쳐 뒤섞이는 감정들에 머릿속이 다 얼얼했다. 마치 얼음물 속에 들어갔다 나온 것처럼 시린 한기가 차오르는 기분이었다. 여전히 난처한 표정을 짓고 있는 엘, 그 어느 때보다 엄격하게 나를 응시하는 시벨리우스의 시선이 차례로 시야에 들어왔다. 이사나와 알리사는 심각한 이야기에 차마 끼어들지 못하고 좌불안석의 얼굴을 하고 있었다. 두 사람의 불안한 표정을 보고서야 정신이 조금 돌아왔다. 그와 동시에 허탈한 웃음이 흘러나왔다. 새삼 시벨리우스가 나에 대해서 아무것도 모르고 있다는 걸 깨달았다.

'자존심? 엘퀴네스로서의 긍지? 그런 건 몰라. 난 단지…… 진짜 내 자리가 있다는 게 기뻤을 뿐이야.'

명계에서 내가 잘못 태어난 거라는 말을 들었을 땐 솔직히 안심했었다. '이번에야말로 제대로 된 가정에서 행복하게 살아갈 수 있겠구나'라고. 인생을 제대로 꽃피워 보기도 전에 절명한 내게 신이 다시 한 번 기회를 주는 거라고 생각했다. 정령왕이라는 사실을 알고 나서는 오히려 실망했을 정도였다. 그럼 평범한 가족을 만나지 못할 테니까.

하지만 이곳의 모든 이들이 내가 태어나길 바라고 있단 사실엔 가슴이 설렜다. 누군가 날 필요로 하고 있다는 것, 내가 없으면 안 되는 세상이 있다는 것은 무서울 정도로 달콤한 일이었다. 그 기분 좋은 감각에만 취해 있느라, 정작 오랜 가뭄에 시달렸다는 사람들의 고통은 크게 생각해 보지 않았다. 그래서 이런 벌을 받는 모양이다.

마음을 가라앉히느라 대답을 꺼내는 것이 느렸다. 그 잠깐의 시간이 천근처럼 무겁게 느껴졌다. 그건 다른 사람들도 마찬가지였는지 모두 금방이라도 숨이 넘어갈 것 같은 표정을 짓고 있었다. 결국 엘이 더 이상 못 견디겠다는 듯 머리를 짚으며 말했다.

"으음, 역시 안 되겠어. 이름은 그냥 내가 양보할게. 왠지 굉장히 못 할 짓을 하는 기분이야."

"뭐? 지금 무슨 소리를 하는 거야, 엘?"

이번에도 시벨리우스가 펄쩍 뛰어올랐다. 엘은 몹시 귀찮다는 표정으로 손을 휘저었다.

"괜찮아. 이름 같은 거야 아무려면 어때? 그런다고 내가 아니게 되는 것도 아니잖아."

"그치만……."

"뭐야, 시벨. 넌 내 이름이 달라지면 날 버릴 거야?"

"그, 그럴 리가 없잖아."

"그럼 됐네."

엘이 뭐가 문제냐는 표정을 짓자 시벨은 울상을 지었다. 하지만 그의 말에 울고 싶은 건 나 역시 마찬가지였다.

'이름이 바뀌어도 내가 아닌 건 아니다, 라…….'

그렇게 말할 수 있는 건 그가 강한 사람이기 때문이다. 소유하지 않아도 흔들리지 않을 확신이 있기 때문에.

그게 얼마나 굉장한 일인지 그는 알고 있을까? 그가 당연하게 여기는 그 모든 것들이, 어느 세상의 누군가에는 간절하게 좇아도 닿을 수 없던 것이라는 건?

다시금 허무한 웃음이 흘러나왔다. 시벨리우스는 대체 뭘 견제하고 있는 걸까? 아마도 나는 절대 그처럼 될 수 없을 것이다.

이름을 잃는 건 무섭다. 나는 이미 과거에 한 번 내 이름을 잃은 적이 있었다. 한국에서의 17년. 치열하다면 치열하게 살아온 그 삶 속에서 단 석 자의 이름은 내가 지닌 유일한 것이었다. 오직 그 하나를 지키기 위해 살았다고 해도 과언이 아니었다. 하지만 얄궂은 운명은 처음부터 그 삶이 존재하지 않았던 것으로 멋대로 결론을 내리곤 아무런 기록도 남기지 않았다. 애초에 가진 것조차 아니었던 것이다.

이후 엘퀴네스란 낯설디낯선 이름을 받았지만, 직함이란 의식이 더 강해서인지 온전한 내 것이란 느낌이 들진 않았다. 그럴 때 엘이란 애칭이 생겼다. 내게는 처음으로 주어진, 제대로 된 이름이나 다름없었다.

별다른 의미 없이 붙여준 것이었을지라도, 아니 정말은 누군가를 대신하기 위해서였던 거라고 해도. 내겐 그 이름이 마치 이곳에 존재해도 되는 자격처럼 느껴졌다. 내내 지니고 있던 전생에 대한 미련을 처음으로 끊어낸 날. 이 세상에서의 첫 발걸음을 응원해

준 사람에게 받은 이름이라 더욱 그랬을지도 몰랐다. 적어도 나한텐 몹시 특별한 의미였다.

"그냥 내가 바꿀게."

그렇기에 지금 이 순간 이런 말을 뱉어야 하는 것이 매우 힘겨웠다. 하지만 그럼에도 말할 수밖에 없었다. 아니, 반드시 말해야 했다. 아무리 간절히 원해도, 내 것이 아닌 건 붙잡히지 않는다. 그것을 무시한 채 억지로 쥐려고 하면 내 손에 상처만 날 뿐이다. 전생에서 얻은 가장 큰 교훈이었다.

"그래도 괜찮겠어?"

반응은 곧장 돌아왔다. 무리하지 말라는 듯한 시선에 나는 어깨를 으쓱해 보였다. 다행히 목소리도, 표정도 전부 멀쩡했다.

"시벨의 말대로 내 쪽은 애칭이잖아. 게다가 네가 먼저 쓰던 이름이니까 바꿔야 한다면 내가 하는 게 맞는 것 같아. 미안해. 진작 이랬어야 하는 건데."

"아냐, 나야말로 강요한 꼴이 된 것 같아서 오히려 미안하네."

"어차피 나도 불편하던 참이었어. 계속 같은 이름을 쓸 순 없었을 테니 결국 어떻게든 동일한 결론이 났을 거야."

"흠, 네가 그렇게 생각한다면 다행이긴 한데……그럼 정해 둔 이름은 있어?"

"아아, 그건……."

그 순간 퍼뜩 떠오른 이름에 쓴 웃음이 지어졌다. 아무래도 나는 정말 발전이 없는 모양이다.

"……지훈. 지훈이라고 불러."

내키지 않은 걸 억지로 뱉으려니 목이 메는 것 같았다. 눈이라도 질끈 감고 싶었다.

"지……훈?"

이곳에선 약간 생소한 억양 탓인지, 일행들이 어리둥절한 표정으로 서로를 바라보았다. 그게 무슨 뜻인지 궁금해하는 얼굴이었다. 나는 의미를 알려주는 대신 그냥 웃기만 했다.

그들은 결코 알 수 없을 것이다. 이 이름을 입에 담는 데 생각보다 많은 용기가 필요했다는 걸. 내가 아무것도 지니지 못한 그 시절로 다시 돌아간다는 의미였으니까.

지저분한 고수머리에 못난이. 물거품 같았던 강지훈.

버렸던 이름을 다시 주워 삼킨 날이었다.

*　　　*　　　*

저녁 식사는 그 어느 때보다 조용한 분위기에서 이뤄졌다. 모처럼 실력을 발휘한 시벨리우스가 먹음직스러운 음식들을 한가득 내왔지만 모두 내 눈치만 보느라 선뜻 손을 대지 못했다. 나름대로 내색하지 않았다고 생각했는데, 기분이 가라앉아 있는 것이 보였던 모양이다. 이러다 체하게 만들 것 같단 생각에 나는 자리에서 몸을 일으켰다. 그러자 모두의 시선이 일제히 내게 쏟아졌다. 긴장한 얼굴들을 보며 나는 쓰게 웃었다.

"음, 그럼. 식사들 맛있게 해."

"어? 엘 씨…… 아니, 지훈 님은 안 먹는 거야?"

다른 사람들은 으레 그럴 줄 알았다는 반응을 보이는 반면, 알리사는 당황한 표정을 지었다. 지금까지 그녀의 앞에선 적당히 먹는 시늉을 해 왔으니 당연했다.

"앞으론 내가 식사 자리에 함께하는 일이 더 드물 거야."

"왜, 왜? 우리랑 같이 먹기 싫어?"

"뭐? 아니, 그런 게 아니라…… 안 먹어도 되거든."

볼을 긁적이며 말하자 알리사의 눈이 휘둥그레졌다. 세상에서 가장 해괴한 답을 들은 사람 같았다. 그러다 곧 이유를 깨달았는지 이채 어린 표정이 떠올랐다.

"아, 그렇구나. 정령이라서……."

"응, 뭐, 그런 셈이지."

고개를 끄덕이자 알리사는 복잡한 얼굴을 했다. 다시 한 번 내 정체를 실감함과 더불어, 날 어떻게 대해야 할지 모르겠단 기색이 고스란히 드러난 모습이었다.

"그래도 지금까진 먹었잖아? 그럼 계속 같이 식사해도 되는 거 아냐? 이제 와서 자리를 피할 것까진……."

"으음, 그건 실은 일부러 참고 먹은 거야. 솔직히 말하면 안 먹는 게 제일 편해."

"그, 그래?"

"응, 애초에 영양 공급이 필요한 몸이 아니라서 먹는 즐거움이란 걸 못 느끼거든."

"먹으면 과식하는 기분이 들지?"

불쑥 질문을 던진 사람은 엘이었다. 시선을 보내자 그가 의미심장하게 웃어 보였다.

"미각이나 식감이 없는 건 아닌데 단순한 정보로서 받아들이는 정도일 뿐이고. 먹으면 속이 매스껍거나 답답한 기분이 들고. 더 나아가서는 몸이 오염된 것 같은 껄끄러운 기분까지 들고 말이야."

"……응, 맞아."

"헤헤, 역시. 아버지한테 들었거든."

낯익으면서도 낯선 단어에 몸이 움찔했다. 방심하다 갑자기 허를 찔린 심정이었다. 나는 조금 얼떨떨한 기분으로 그를 바라보았다.

"……아버지?"

"응? 아차, 미안. 전대 엘퀴네스 말이야. 나도 모르게 평소 부르던 버릇이 나와 버렸네."

"……."

아, 그래. 그러고 보니 그렇게 불렀다고 했던가.

잊고 있던 현실 하나가 다시 존재감을 드러냈다. 뿔뿔이 흩어져 있던 조각들이 그의 존재를 찾아 하나둘씩 자리를 찾아오는 것 같았다.

"엘 씨, 정령왕을 아버지라고 불렀어?"

"그냥 별명 같은 거야. 난 실은 천애고아인 데다 마땅히 친구도 없었거든. 그래서 엘퀴네스를 아버지처럼 여겼어."

"우와, 그거 동화책에서 봤던 내용이랑 똑같아! 설마 그게 엘 씨 얘기였단 말이야?"

"하하, 그런 책이 있었어?"

호들갑스럽게 종알거리는 알리사와 그에 화답하는 엘의 목소리가 마치 잠결에 울리는 것처럼 아득하게 느껴졌다. 나는 쑥스러워하는 엘의 얼굴을 가만히 응시했다. 시선을 느꼈는지 엘이 의아한 표정으로 나를 바라보았다.

"……지훈?"

다른 일행들도 하나둘씩 나를 주목하는 것이 느껴졌다. 나는 한참 동안 엘에게서 시선을 떼지 않았다. 그는 내가 말하기를 얌전히 기다리고 있었다. 고개를 갸웃거리고 있는 모습은 아무런 의도 없이 순수해 보이기만 했다. 그저 내가 처해 있는 입장상 어쩔 수 없이 겪는 일일 것이다. 하지만 '이름'에 이어 이번엔 '아버지'라…….

"내가…… 과민한 것 같긴 한데. 일부러 자꾸 날 자극하는 기분이 드는 건 착각인가?"

"으응?"

"너, 지금 무슨 소리를 하는 거야?"

엘의 눈빛에 당혹감이 서리는 것과 동시에 시벨리우스가 굳은 얼굴로 쏘아붙였다. "시벨!" 가벼운 부름으로 그를 제지한 엘이 나를 난처하게 바라보며 말했다.

"저기, 미안해. 인간인 내가 정령왕을 아버지로 여겨서 기분 상했어? 난 그냥 친근한 의미로……."

"……아니, 됐어. 그냥 별 생각 없이 한 말이니까 신경 쓰지 마."

여기서 대화를 더 이어나가 봤자 마음만 더 복잡해질 것 같아, 나는 곧장 몸을 돌려 자리를 벗어났다. 갑갑하던 속은 차가운 밤공기를 맞고서야 겨우 개운해졌다.

아무것도 모르는 사람에게 애먼 화풀이를 했다는 자각은 있었다. 몇십 번 상황을 곱씹어 봐도 그의 잘못은 아니었다. 오히려 객관적으로 보면 엘은 상당히 좋은 사람 축에 속했다. 하지만 그 말을 꺼낸 것이 후회가 되진 않았다.

정작 상황을 이렇게 만든 건 다른 사람들인데도, 엘에게 느끼고 있는 반감이 가장 컸다. 대체 왜 이런 기분을 느끼는지 나 자신도 이해가 되지 않을 정도였다. 설마 그만 없으면 다 괜찮을 거라고 여기는 걸까? 그런 내 모습이 우스운 것을 넘어 치졸하게 느껴져 화가 났다.

어쩌면 이런 것도 현실 도피의 일환일지도 모른다. 나는 긴 한숨을 내쉬었다. 해야 할 일들이 많은데, 자꾸만 머릿속에 쓸데없는 잡념이 서리는 것 같았다.

제3화

1.

일주일쯤 지나자 언제까지나 똑같을 것 같았던 풍경에 변화가 생겼다. 척박하고 메마르기만 했던 땅이 조금씩 습기를 머금더니, 점차 색이 짙어지고 윤을 띠기 시작했다. 곳곳에 듬성듬성 수풀이 우거진 곳도 나타났다.

수풀은 작은 꽃나무에서 점차 조금 큰 정원수 수준으로, 그리고 어느 순간부터는 우리들의 키를 훌쩍 넘어섰다. 하루마다 하나씩 늘어나던 나무가 어느새 완전히 숲을 이루었을 땐, 이미 주위는 사막이라 할 수 없는 환경이 되어 있었다.

잔디가 돋아난 바닥은 푹신푹신했고, 양질의 과실을 잔뜩 품은 나무에선 좋은 향기가 풍겼다. 풀숲 사이로는 이름 모를 곤충들과 작은 동물들이, 하늘엔 무리 진 새 떼가 힘차게 날아다녔다. 기온이 조금 높은 편인 것만 빼면 스왈트 제국의 안락한 기후와 견주어도 못지않았다. 국경 부근의 밀림에 가까웠던 지역보다도 살기 좋은 환경이었다.

"우리 제국에 이런 곳이 있었다니……."

온실처럼 화사한 경치에 가장 크게 놀란 사람은 알리사였다. 그녀가 살던 고향도 사막치곤 매우 풍요로운 환경이었지만, 이곳에 비하면 보잘 것 없는 수준이었다. 마치 알폰프 제국에서 이곳만 뚝 떨어져 나온 것 같았다.

"이곳에 사는 사람들은 좋겠다. 그런데 왜 마을이 하나도 보이지 않는 걸까?"

"사람이 살지 않는 곳인 게 아닐까?"

"말도 안 돼. 이렇게 큰 숲이 있는데?"

"그걸 아무도 모르고 있다면 가능하지."

"그게 무슨 소리야, 시벨 씨?"

알리사가 되묻자 시벨리우스는 들여다보고 있던 지도를 한 손으로 툭 치며 말했다.

"지도상으로 보면 여긴 이미 바론 사막 경계 안이야."

"뭐?"

"슬슬 목적지에 닿을 시기잖아. 지금까지 노선에 없는 지름길로만 이동해서 거리감이 애매했는데 아무래도 맞는 것 같아. 어느 부근에도 이런 숲이 있단 표시가 없거든. 이 지도에서 표시가 되지 않은 지역은 바론 사막밖에 없으니까."

어리둥절해하던 알리사가 한참 만에 그 의미를 깨달았는지 눈을 부릅떴다.

"……바론 사막이 이런 낙원이었단 말이야?"

"글쎄, 낙원인지 아닌지는 두고 봐야 알지."

시벨리우스는 피식 웃으며 지도를 품에 넣었다. 그의 대답에 알리사는 다시 영문을 모를 표정을 지었지만, 난 그 의미를 알 것 같았다. 분명 보기 좋고 아름다운 경치인 건 확실한데 이상할 정도로 가슴 안이 술렁거렸다. 마치 벼랑을 타고 있는 것 같은 아슬아슬한 기분이었다. 이사나 역시 굳은 얼굴로 검집을 움켜쥐고 있었다.

"굉장한 살기인걸. 마치 이 숲 자체가 살아 움직이고 있는 것 같아. 보통 사람이었다면 들어오자마자 잡아먹혔겠어."

엘이 순수하게 감탄한 얼굴로 주위를 돌아보며 중얼거렸다. 말과는 다르게 정작 긴장과는 거리가 먼 모습이었다. 그의 말을 듣고서야 나는 주위에 깔려 있는 이 기묘한 기운의 정체를 깨달았다. 그건 누군가가 우리에게 보내는 살의였다. 정확히는 하나가 아니라 상당히 많은 숫자였다. 지금까지 지나쳐 온 몬스터의 숫자를 다 통틀어도 비교할 수 없을 정도로 많은.

그러고 보니 이곳에 지옥 땅거미의 서식지가 있다고 했었지. 알폰프 제국에서 가장 악명 높은 몬스터라고 했던 것 같다. 새삼 이곳에 들어온 사람들 중 누구도 살아나가지 못했단 사실이 떠올랐다. 확실히 이만한 살기라면 군대가 들어와도 속수무책일 것 같았다.

"자, 잡아 먹혀?"

"응, 하지만 걱정하지 마. 제법 똑똑해 보이는 놈들 같으니. 함부로 공격해 오진 않을 거야."

겁에 질린 알리사가 묻자 엘이 싱긋 웃으며 안심시켰다.

"그리고 혹시 공격해 오더라도 여기 있는 인원이면 문제없어."

"정말?"

"물론이지. 무엇보다 이곳엔 정령왕이 있잖아?"

그가 나를 돌아보며 한쪽 눈을 찡긋했다. 이런 식으로 존재감이 부각되는 건 달갑진 않았다. 하지만 알리사가 노골적으로 안심하는 걸 보니 싫은 티를 낼 수도 없어 나는 어색하게 웃어 보일 수밖에 없었다.

"뭐, 그래도 조금은 경고를 해 둘까."

엘은 한껏 기지개를 켠 다음 허리띠에서 검집을 분리했다. 근래 들어서는 딱히 이렇다 할 전투가 일어난 적이 없었기 때문에 그가 무언가를 선보이는 건 이번이 처음이었다. 엘이 검을 빼어드는 것을 본 이사나의 눈빛이 번뜩였다. 지금도 틈틈이 검술 수련을 빼놓지 않는 그답게, 또 다른 검사의 실력이 궁금해서 견딜 수 없다는 표정이었다.

엘은 한걸음 앞으로 나아가 두 손으로 검 손잡이를 가볍게 잡았다. 그리곤 앞으로 내리치는 것 같은 자세를 취한 채 천천히 눈을 감았다. 단지 그것뿐이었는데, 갑자기 주위의 공기가 들썩이기 시작했다. 단순한 착각이라고 할 수 없었던 건 엘의 머리칼이 실제로 나부끼기 시작했기 때문이다. 주위의 공기란 공기가 모두 그의 검 안으로 빨려들어 가는 것 같았다. 아니, 반대로 검 자체가 바람을 뿜어내는 것 같기도 했다.

"검풍……."

이사나가 신음하는 것처럼 중얼거리는 소리가 들렸다. 충격을 받다 못해 얼이 빠진 얼굴이었다.

"합!"

이윽고 엘이 힘차게 기합을 외쳤고, 그를 중심으로 몰아치던 기류가 폭발하듯 사방으로 퍼져나갔다. 쿠우욱 쏴아아! 사납게 뻗어나간 바람이 일대의 나뭇가지를 온통 뒤흔드는 것이 느껴졌다. 그러자 숨이 막힐 정도로 압박하고 있던 살기가 흔적도 없이 사라졌다. 그가 내보낸 기운에 겁을 먹고 몸을 숨긴 것이다.

"응, 됐어. 이제 정말로 한동안은 덤빌 생각 못 할 거야."

검 등으로 자신의 어깨를 툭툭 두드린 엘이 활짝 웃으며 우리를 돌아보았다. 그 모습 어디에서도 방금 전 엄청난 위력을 선보인 전사의 모습은 찾아볼 수 없었다. 하지만 알리사와 이사나는 이미 완전히 넋을 잃은 상태였다.

"네가 검을 쓰는 모습, 오랜만에 보네."

시벨리우스가 어딘지 그리운 듯한 표정을 지으며 말했다. 엘은 미소로 화답하며 검을 다시 집어넣었다. 그 간단한 동작마저 그린 듯이 유려해서 시선을 떼기 힘들었다. 그제야 정신을 차린 듯 한달음에 달려간 알리사가 엘에게 달라붙었다.

"바, 방금 뭘 한 거야, 엘 씨? 마법?"

"아니, 그냥 겁을 좀 준 건데."

"뭘 어떻게 하면 정령을 부리지도 않는데 검에서 바람이 나와?"

"엘 님, 소드 마스터셨군요."

질문에 대한 대답은 이사나에게서 나왔다. 차분한 말투였지만 그 역시 알리사만큼이나 동요한 것을 감추지 못한 모습이었다. 생각해 보니 이사나는 엘을 전대 정령왕의 계약자라고만 알고 있을 뿐 다른 능력까진 모르고 있었다. 그에 대한 이야기를 했을 당시 수련을 하느라 자리에 없었기 때문이다. "소드 마스터?" 알리사가 경악해서 외치는 것과 동시에 엘이 고개를 갸웃거렸다.

"그게 뭐야?"

"검성이란 뜻이래, 엘."

"아, 그렇구나. 응, 그럼 소드 마스터 맞아."

가벼운 긍정에 이사나는 다시금 숨을 삼켰다. 아직 이 세계의 기준들에 문외한인 나라도 그게 상당히 엄청난 일이라는 것쯤은 알고 있었다. 엘의 나이에 이루기 힘든 성취라는 것도.

"제, 제게 검술을 지도해 주시면 안 되겠습니까?"

"으음, 그건 힘들 것 같은데."

"……그렇군요. 무례한 부탁을 드려서 죄송합니다."

"아니, 그게 아니라…… 가르쳐주고 싶어도 불가능해."

"예?"

즉답에 얼굴이 흐려졌던 이사나가 이어진 말에 고개를 들었다. 엘은 머쓱한 표정을 지으며 머리를 긁적였다.

"그동안 네가 수련하는 걸 봤는데, 넌 이미 익히고 있는 검법이 있잖아? 내가 쓰는 검법은 솔직히 좀 막 배운 것인 데다 정도도 아니어서 너완 맞지 않아. 오히려 길을 잘못 들어서 몸을 더 망치게 될 수도 있어."

"그, 그렇군요."

"뭐, 간단한 정도는 봐줄 수 있지만. 네가 그 정도도 괜찮다면."

"……! 꼭 부탁드리겠습니다!"

이사나가 순식간에 환해진 얼굴로 소리쳤다. 저렇게 밝게 웃는 그의 모습은 처음 보는 것 같았다. 항상 검술에서 발전을 보이고 싶어 했으니 지금 붙잡은 기회가 정말 기쁘긴 할 것이다. 그게 흐뭇하면서도 씁쓸한 기분이 들기도 했다.

엘의 존재가, 그가 지닌 능력들이 모두에게 큰 도움이 되고 있다. 마치 갑자기 튀어나온 선물 같은 사람이었다. 이 일행 안에서 엘에게 부정적인 영향을 받는 건 나 하나뿐인 것 같았다. 그의 존재감이 강해질수록 반대로 내 자리는 사라져 가는 느낌마저 들었다.

……다르게 말하면 내 존재가 고작 그것밖에 안 된다는 뜻이지 않을까. 언제든지 다른 누군가로 대체해도 되는, 그저 그런 사람 중 하나 말이다.

'아, 또 부정적인 생각.'

나는 얼른 머리를 흔들었다. 요즘 들어 안 좋은 생각이 이상할 정도로 부쩍 늘었다. 정작 전생에서도 이렇게 침체된 적은 없는 것 같은데, 아무래도 쉴 틈 없는 여정에 피로가 쌓인 모양이다.

"근데 지도에 아무런 표시가 없다고 했지? 목적지 위치는 찾을 수 있겠어?"

때마침 화제도 자연스럽게 전환돼, 나는 복잡한 상념에서 바로 벗어날 수 있었다. 엘의 질문에 시벨리우스가 지도를 다시 펼쳐 들고 미간을 찌푸렸다.

"으음, 실은 그게 문제야. 던전 자체는 표시가 되어 있긴 한데, 이곳이 어딘지를 알 수가 없어서 거리감이 전혀 잡히지 않아."

"흠, 그거 곤란하네. 정령왕의 '눈'으로 일일이 다 살피는 건 시간이 너무 오래 걸릴 텐데."

사실은 그럴 작정이었기 때문에 나는 속으로 움찔했다. 시벨리우스도 같은 생각이었는지 조금 머쓱한 얼굴을 했다.

"그래도 지금은 그 방법밖에 없지 않아?"

"아니, 왠지 다른 해결책이 있을 것 같아."

"다른 해결책?"

"던전에 가는 이유가 마검을 찾기 위해서였지?"

불쑥 엘이 내 쪽에 시선을 보내며 물었다. 고개를 끄덕이자 그는 의미심장한 얼굴로 검을 빼어 들었다. 그의 두 눈이 장난스럽게 휘어졌다.

"실은 방금 전에 쓸 만한 생각이 떠올랐거든."

말을 뱉음과 동시에 그가 어딘가로 크게 검을 휘둘렀다. 쐐애액! 조금 전의 검풍보다 더 사납고 강한 바람이 그가 휘두른 방향으로 쏘아져 나가는 것이 보였다. 아주 먼 곳에 있던 나무들이 그 일격을 맞고 와르르 쓰러져 나갔다. 놀라운 일은 그 순간 일어났다. 공격이 닿기 직전, 나뭇가지들 사이에서 누군가 공중으로 튀어 오른 것이다. 전신을 검은 망토로 휘감고 있는 장신의 남자였다.

'잠복?'

당황해서 쳐다보는 동안 엘이 다시 한 번 검풍을 날렸다. 미처 자세를 잡기도 전에 이어진 공격이었지만 상대는 빠르게 몸을 틀어 피했다. 갑작스러운 공격을 당한 사람답지 않게 침착한 반응이었다. 계속 이쪽을 주시해 온 게 틀림없었다.

"잘됐어. 안 그래도 어떻게 처리할까 했는데."

서로 대치한 상태에서 엘이 느긋하게 중얼거렸다. 대체 언제부터 알고 있었던 걸까. 평소에도 좀처럼 생각을 알 수 없는 사람이라는 느낌은 있었는데, 그중에서도 지금이 가장 그의 의도를 읽기가 힘들었다. 게다가 상대 남자의 기운이 왠지 낯익었다. 다른 여러 가지 것들과 섞여서 상당히 흐려진 상태긴 했지만 본질이 완전히 가려지진 못했다. 그렇게 느낀 찰나, 남자가 뒤도 돌아보지 않고 빠르게 멀어져 갔다. 도주를 시도하려는 것이다.

"하하, 제법 근성이 있잖아?"

엘이 재밌다는 듯이 웃으며 검을 쥔 손에 힘을 실었다. 마치 사냥감을 쫓는 고양이 같은 얼굴이었다.

"좋아, 그렇게 나오시겠다 이거지."

그의 손을 타고 뻗어나간 기운이 검신에 새파랗게 맺히기 시작했다. 검기였다. 샴페인 용병단들 역시 검기를 다루긴 했지만 그가 지닌 것이 훨씬 월등했다.

"지훈, 뒤처리를 부탁 좀 해도 될까?"

"응?"

"죽으면 안 되거든."

"그게 무슨……."

그가 한 말의 의미를 깨닫는 데는 오랜 시간이 걸리지 않았다. 그 순간 빠르게 튀어나간 엘이 달아나는 남자에게 곧장 따라붙었기 때문이다. 정령왕인 내 시력으로도 그가 어디를 딛고 어떤 식으로 도약했는지, 움직임을 좇을 수 없을 정도였다.

그러니 당연하게도 상대는 더욱 예상하지 못했을 것이다. 경직된 몸에서 그가 지금 느끼고 있을 경악이 고스란히 전해졌다.

이후는 거의 일방적인 전투였다. 상대는 엘이 휘두르는 검을 거의 받아내지 못했다. 속도를 못 따라가는 건 아니지만 엘의 공격 패턴이 워낙 다양해서 대응하기 힘든 것 같았다. 콰앙! 콰아앙! 두 사람의 기운이 서로 맞부딪칠 때마다 우렁찬 소음과 함께 지축을 뒤흔드는 것 같은 진동이 느껴졌다.

"굉장해……."

이사나는 물론, 이런 전투에 문외한인 알리사조차도 입을 다물지 못하고 엘을 지켜보았다. 그 옆에서 시벨리우스가 의기양양한 표정을 짓고 있었다.

"엘이 진심으로 상대하면 피할 수 있는 녀석이 거의 없거든."

흐뭇함이 느껴지는 말투에서 그를 대견해하는 기분이 한껏 묻어나왔다. 자식 자랑하는 팔불출이 따로 없는 모습이었다. 하지만 누구도 그 말에 반박하지 못했다. 실제로 엘은 정말 대단한 활약을 보이고 있었으니까.

"이제 끝이군."

콰앙! 콰지직!

그의 말이 신호가 된 것처럼, 곧 요란한 소리와 함께 망토를 쓴 남자가 바닥에 처박혔다. 엘의 힘에 완전히 밀려난 결과였다. 그는 바닥에 긴 자국을 남기고도 한참을 더 멀리 쓸려가서야 간신히 멈췄다.

"……크윽!"

구겨지듯 엉망으로 웅크린 남자에게서 신음 소리가 흘러나왔다. 의식을 잃은 것 같진 않았지만, 몸을 움직일 수 있는 상태도 아닌 것 같았다. 둘러쓴 망토는 이미 완전히 넝마나 다름없었다. 가볍게 착지한 엘이 그런 그의 머리 위로 검을 겨눴다. 전투의 승패가 갈리는 순간이었다.

"후우, 하마터면 죽일 뻔했네. 아무튼 상대가 강하면 적당히 손을 쓸 수가 없어서 곤란하다니까."

"……."

상처 하나 입지 않은 상태에서 해 봤자 상당히 효력이 떨어지는 말이었지만. 엘은 마치 고전한 사람처럼 너스레를 떨었다. 그가 지니고 있는 고전의 기준이 일반인과 매우 다르단 것만 알 수 있을 뿐이었다. 황당한 것은 나만이 아니었는지 이사나와 알리사가 질린 표정으로 그를 바라보았다. 아무렇지 않게 반응하는 것은 시벨리우스뿐이었다.

"이 녀석 마족인 것 같은데. 살려 두려고?"

"응, 지금부터 필요할 거야."

'마족?'

시벨리우스와 엘의 대화를 듣고서야 나는 쓰러져 있는 남자에게서 미약한 마기를 감지했다. 익숙하다고 느꼈던 것이 바로 마족 특유의 기운이었던 모양이다.

루카르엠이 돌아간 이후로는 전부 다 끝난 줄 알았는데, 설마 그 사이 또 감시가 붙었던 건가? 전혀 눈치채지 못했기에 가슴이 철렁했다.

"지훈, 이 녀석 치료 좀 해줘. 숨만 간신히 붙어 있는 정도면 돼."

"아, 으응."

나는 조금 복잡한 기분으로 남자에게 다가갔다. 망토를 거둬내자 마족 특유의 새카만 흑발이 흐트러졌다. 온통 피투성이인 얼굴은 눈을 감고 있음에도 한눈에 준수하다는 걸 알 수 있었다. 그런데 그 모습이 상당히 익숙했다. 나는 치료하기 위해 손을 뻗다가 그 자리에서 잠시 굳었다.

"……데르온?

2.

안쪽으로 들어갈수록 바론 사막은 산지에 더 가까운 모습이 되어갔다. 평지가 사라지고 깎아지른 듯한 경사들이 나타나면서 경로는 급속도로 험악해졌다. 이미 지도란 존재는 무용지물이 된 지 오래. 하다못해 나침판조차 없는 상태였지만, 앞으로 이동하는 발걸음에 망설임을 담은 사람은 아무도 없었다. 모두의 선두에 서서 길을 안내하는 남자가 있었기 때문이었다.

"여기, 이쪽 방향입니다."

단조로우면서 무뚝뚝한 음성에 일행들은 아무런 의문 없이 그의 뒤를 따랐다. 모두 저 하나만 의지하고 있는 상황에 불만을 품을 만도 하련만, 남자는 그저 묵묵히 길을 찾는 일에만 집중했다.

새카만 흑발에 붉은색 눈동자. 후드를 쓰지 않아 훤히 드러난 그의 얼굴은 마족의 특성을 고스란히 내보이고 있었다. 그렇게 철저하게 감추고 있던 마기도 이젠 숨길 생각조차 하지 않는다.

눈이 마주치자 남자는 머쓱한 표정을 지었다. 무덤덤해 보이면서도 의외로 쑥스러움을 잘 타는 성격이란 건 최근 그와 어울리게 되면서 깨달은 사실이다. 머뭇거리며 시선을 피하는 모습에 나는 피식 웃었다. 그는 얼마 전 엘에게 호된 방식으로 붙잡힌 마족—데르온이었다.

"오랜만에 뵙습니다."

몸 상태가 정상이 되자마자 데르온은 침착하게 인사부터 건넸다. 엘은 적당히 치료하라고 했지만, 모르는 사람도 아니고 대화까지 나눴던 사람을 방치할 순 없어서 완벽하게 치유한 참이었다. 혹시 다시 저항하고 도망칠지 모른다는 우려도 있었지만, 일전에 만난 그의 성격이라면 왠지 그럴 것 같지는 않았다. 예상대로 그는 일찌감치 체념한 모습을 보였다.

"생각보다 재회가 빨랐네요, 데르온. 이런 방식을 생각한 건 아니었지만요."

"면목 없습니다."

웃으며 건넨 말에 그는 담담하게 대답하면서도 나와 시선을 맞추지 못했다. 이 상황이 몹시 민망하긴 한 모양이었다. 애초부터 그에겐 호감이 더 컸기 때문에 나는 부드럽게 말했다.

"설마 또 잠복하고 있을 줄은 몰랐어요. 이번에도 감시하라는 명을 받은 건가요?"

"네, 그렇습니다."

"루카르엠이 돌아간 지 얼마나 됐다고. 그쪽 마왕님도 참 포기를 모르는 성격이네요."

"……왜 절 죽이지 않으셨습니까?"

"으음, 그건 제가 결정한 게 아니라서요."

난처한 기분으로 엘을 돌아보자 그가 기다렸다는 듯 우리 앞에 자리를 잡고 앉았다. 그와 동시에 평온하던 데르온의 얼굴이 급격히 굳어졌다.

"안녕? 난 엘이야. 과격한 방법을 써서 미안하게 됐어. 딱히 네게 불만이 있었던 건 아냐."

"……원하는 게 뭐지?"

나를 대할 때와는 전혀 다른, 경계심을 드러낸 눈빛이 엘을 천천히 살폈다. 그 모습을 보며 나는 내심 복잡한 기분을 느꼈다. 정령왕보다 인간을 더 견제하는 상황이라니. 내게 적의가 없다고 좋게 여겨야 할지, 인간보다 만만하게 본다고 반성을 해야 할지 알 수가 없었다.

"후후, 다짜고짜 본론이야? 그래도 말이 잘 통하는 녀석이라 다행이네. 네가 한 가지 해줘야 할 일이 있어."

"말해라."

"별로 어려운 부탁은 아니니까 너무 긴장하지 마. 그저 마검 하나를 찾아줬으면 해서 말이야."

"마검?"

엘의 말에 반문하던 데르온이 곧장 사나운 빛을 품고 그를 노려보았다. 지금까지 봤던 그의 모습 중에서 가장 격정적인 반응이었다.

"내 검은 넘겨줄 수 없다. 차라리 죽여라."

악문 입술 사이에서 이를 가는 것 같은 목소리가 흘러나왔다. 모멸과 치욕의 감정이 그의 붉은 눈동자를 가득 채우다 못해 뚝뚝 떨어지는 것 같았다. 그 서슬 푸른 반응에 나를 비롯한 지켜보는 일행들 모두가 긴장했다. 하지만 엘은 전혀 당황한 기색 없이 가볍게 어깨를 으쓱일 뿐이었다.

"하하, 뭘 오해하는 모양이네. 걱정 마. 나도 마검이 귀한 줄은 알아. 마족들 중에선 제 검을 목숨처럼 생각하는 녀석이 많다는 것도. 그런 걸 억지로 강탈할 생각은 없어."

"……내 검을 달라는 게 아니란 건가?"

데르온이 의외라는 표정을 짓는 것과 더불어 나 역시 의아해하며 엘을 바라보았다. 솔직히 말하면 나 또한 그가 데르온의 검을 노리는 거라고 생각했기 때문이다. 마검을 찾는 상황에서 마족을 붙잡은 만큼 그렇게 생각하는 것이 가장 자연스러운 연상일 것이다. 엘은 여전히 무슨 생각인지 알 수 없는 표정을 지으며 웃었다.

"물론 네가 준다면 일이 더 편해지긴 하겠지만 그걸 바라는 건 아냐. 그냥 말 그대로 찾아달라는 거야."

"그게 무슨……."

"이 지역 안 어딘가에 주인 없는 마검이 봉인되어 있대. 하지만 위치를 전혀 알 수가 없어. 마족은 다른 마기와 공명한다지? 너라면 대략적인 위치를 가늠할 수도 있을 것 같아서 말이야."

그때서야 나는 엘이 굳이 그를 생포한 이유를 깨달았다. 처음부터 마검을 찾기 위한 길잡이로 쓰려고 했던 것이다. 데르온 역시 의미를 파악했는지 다시 무표정한 얼굴로 돌아와 있었다.

"그것만 하면 되나?"

"응, 해 줄 거야?"

"마치 내키지 않으면 안 해도 된다는 것처럼 말하는군."

"물론 이것도 강제할 생각은 없어. 하지만 널 살려둔 보람 정도는 느끼게 해주는 게 서로에게 좋지 않겠어?"

"……좋아, 해 보지."

어투는 부드러웠지만 사실상 협박에 가까운 말이었다. 한숨과 함께 미간을 찌푸린 데르온이 짧게 고개를 끄덕였다. 탐탁지 않은 기색이긴 했지만 이 상황에 순응하기로 한 것 같았다. 역시나 체념이 빠른 사람이었다.

이후로의 상황은 일사천리였다. 엘의 예상대로 데르온은 근방에 있는 다른 마기를 감지해 냈다. 다만 근방이라는 건 그저 에두른 표현일 뿐이고, 실제론 상당히 멀리 떨어진 거리였다. 기척 또한 매우 희미한 편이라 정확히 찾아가지 못하고 이리저리 헤매는 날이 더 많았다. 그래도 백지에 가까운 지도에 비하면 보증수표나 다름없는 존재란 것만은 분명한 사실이었다.

"어때요, 데르온?"

"기운이 점점 강해지고 있습니다. 조만간 도착할 수 있을 것 같습니다."

"그래요? 정말 다행이네요."

그즈음 나는 다른 일행들과는 동떨어져 데르온과 동행하는 일이 더 잦았다. 엘을 중심으로 돌아가는 분위기에 소외감을 느끼는 것도 질렸고, 달리 교감할 만한 화제도 없었기 때문이다. 지금으로선 그들 사이에 형성된 끈끈한 유대감에 끼어들 엄두도 나지 않았다.

데르온은 그런 면에서 나와 합이 잘 맞는 동지였다. 살벌한 첫인상 탓인지 그는 유달리 엘을 꺼렸으며, 가까이 하고 싶어 하지도 않았다. 그러다 보니 매시간 엘과 함께 하는 다른 일행들과도 거의 교류하지 않았다. 덕분에 내 입장에선 편하게 어울릴 수 있어 좋았지만 말이다.

"이 여정에도 드디어 고지가 보이긴 하는군요. 전부 데르온 덕분이에요. 도와줘서 정말 고마워요. 일을 강제로 떠넘긴 셈이라 미안한 마음이 더 크지만요."

"괜찮습니다. 그다지 어렵지도 않으니까요. 그런데 이제와 새삼스러운 질문이긴 합니다만, 마검은 왜 찾으시는 건지 여쭤 봐도 되겠습니까?"

그 때문에 착취당하고 있는(?) 입장에선 당연히 품을 만한 의문이었다. 별로 숨길 만한 일도 아니라 나는 선선히 대답했다.

"저주를 풀기 위해서예요."

"마신관의 저주입니까? 마검을 필요로 하시는 걸 보니 꽤 강력한 저주인가 보군요."

"그렇다고 들었어요."

"흐음, 저주를 푸는 용도라면 마검이 통째로 소비되겠군요. 재활용은 힘들겠네요."

중얼거리는 데르온의 얼굴이 흐려졌다. 한눈에 봐도 마검을 아까워하는 기색이라 나는 조금 의아해하며 물었다.

"마족에게도 마검이 귀한가요? 마계에선 흔한 건 줄 알았는데요."

"드문 건 아니지만 구하기 쉬운 것도 아닙니다. 마검은 마신의 힘이 서린 특별한 광물로만 제작이 되는데, 이 광물 자체가 구하기 어려운 편이거든요. 저희 마족들이야 좋은 검 하나를 차지하기 위해서라면 혈투도 감수하는 종족이니, 마검의 가치가 높긴 합니다."

"그렇구나. 몰랐어요. 루카르엠은 굉장히 선뜻 건네주려고 했거든요. 아, 물론 계약서를 제시했으니 선뜻은 아닐지도 모르겠지만."

"……그렇습니까. 전 그 남자가 마검을 갖고 있단 사실이 더 놀랍습니다. 좀처럼 무기를 소지한 걸 본 적이 있어야 말이죠."

"굉장히 많던데요? 단검으로도 있고, 장검으로도 있고."

"……빌어먹을 마족."

"네?"

"아뇨, 별거 아닙니다. 그저, 제 검을 볼 때마다 자신에겐 좋은 무기가 없어서 부럽다며 비아냥거리던 어느 밉살맞은 얼굴이 떠올라서 말입니다."

……루카르엠 얘기구나.

나는 그가 이를 가는 상대를 단번에 깨닫고 어색하게 웃었다. 왠지 지극히 루카르엠답다고 해야 하나. 아무래도 그 얄미운 성격은 누구에게나 똑같이 느껴지는 모양이다.

"그러고 보니 루카르엠은 괜찮나요? 심한 부상을 입은 채 돌아가서 마음이 안 좋았거든요. 아, 오해할까 봐 말해 두지만 그 부상엔 이유가 있었어요."

"압니다. 어차피 자업자득이었겠죠. 본인도 그렇게 말하더군요. 상대방을 골탕 먹이기 위해선 제 목숨도 내놓을 작자입니다, 그는."

"……이런 말하기엔 좀 미안한데요, 루카르엠은 도무지 무슨 생각을 하는지 모르겠어요."

"그 남자의 생각은 이해하지 못하는 게 오히려 정상입니다. 앞으로도 쭉 이해하지 않으시려고 하는 게 나을 겁니다. 굳이 납득함으로써 같은 수준으로 떨어지실 필요는 없으니까요."

대놓고 독설에 가까운 말이라 나는 다시금 식은땀을 흘렸다.

"루카르엠을 굉장히 싫어하나 봐요?"

"제가 루카를 말입니까? 설마요. 어느 쪽이냐고 한다면 오히려 존경하는 편입니다."

"어? 그래요?"

의외의 대답에 나는 눈을 깜빡였다. 앞선 대화만 봐서는 개인적인 유감이 많은 걸로 보였기 때문이다. 데르온은 담담히 고개를 끄덕였다.

"그는 상대를 홀리는 마력을 가진 존재죠. 그의 진가를 아는 자라면 누구나 그를 흠모하게 될 겁니다. 그 재수 없는 빈정거림과 사람 좋은 척하는 얼굴이 무척 짜증나긴 하지만요. 그래도 시선만으로 소름을 돋게 하는 힘은 저절로 경외할 수밖에 없습니다. 아, 물론 그걸 악용하는 걸 볼 때면 가끔 죽여 버리고 싶을 때도 있긴 합니다만."

……아니, 지금 하는 말들이 다 서로 안 맞는 것 같은데요.

왠지 판도라의 상자에 다가선 느낌이다. 여기서 더 깊이 들어가면 안 될 것 같아 나는 그쯤에서 얌전히 침묵하기로 했다.

"하지만 지금은 저 엘이란 자가 더 거슬립니다."

"……."

이어진 말을 들었을 때는 더욱 입을 열 수 없었다. 데르온의 시선이 뒤쪽의 무리를 흘끗 곁눈질했다.

"소드 마스터인 데다 전대 엘퀴네스의 계약자였다고 했던가요. 저자의 정체가 뭔지는 모르겠지만, 아마 자연스러운 존재는 아닐 겁니다."

"그게 무슨 뜻이에요?"

"인간이란 종족이 주신의 은총을 받는 건 사실이지만, 그렇다고 해도 한계는 있습니다. 한 사람에게 다수의 기적이 겹치는 건 정말 드문 일입니다. 하물며 그만한 성취를 이룰 정도의 나이로 보이지도 않는군요. 저렇게 주신의 특혜를 한 몸에 받은 듯한 존재가 그저 우연히 생겼을 리가 없습니다. 물의 왕께선 저자를 예의 주시하시는 게 좋을 듯합니다. 저런 류는 반드시 언젠가는 뒤통수를 치거든요."

"그, 그래요?"

"제 경험상 장담합니다. 특히 저자의 생김새는 정말 주의할 필요가 있습니다. 신(神)의 외모는 유일무이한 것. 마찬가지로 신에 가까운 정령왕 역시 그러하지요. 아름다움의 수준을 견줄 수는 있어도, 어느 누구도 완전히 똑같은 외형을 가질 순 없습니다. 그건 드래곤의 마법으로도 불가능합니다. 그런데 물의 왕과 똑같이 생긴 인간이 있다니. 아무리 생각해도 비현실적인 일입니다."

"……."

뭐라고 대답해야 좋을지 알 수 없어서 나는 다시 침묵했다. 엘이 아니라 내가 그쪽을 닮은 거라는 말을 해야 하는데, 차마 입이 떨어지지 않았다. 데르온 역시 그 이상의 말은 언급하지 않았기 때문에 우리들 사이엔 자연히 정적이 내려앉았다. 그나마 뒤쪽에서 들려오는 시끌벅적한 소리들 덕분에 말없이 걷는 길이 고요하진 않았다.

데르온이 다시 입을 연 것은 그로부터 약 한 시간 정도가 지났을 무렵이었다. 문득 걸음을 멈춘 그가 주위의 냄새를 맡더니 반가운 말을 꺼냈다.

"도착한 것 같습니다."

"엇, 정말요?"

"네, 바로 저 앞입니다."

기다려 왔던 순간에 나만이 아니라 일행 모두가 서둘러 다가왔다. 하지만 그가 가리키는 쪽을 확인한 나는 잠시 멍해질 수밖에 없었다. 반가운 기분을 표현하기도 무색하리만치, 보란 듯 길이 끊겨 있었기 때문이다. 그 밑은 까마득한 절벽이었다.

"데르온, 저 앞은 절벽인데요?"

"……그렇군요."

이어지는 대답이 조금 느렸다. 그 역시 뭔가 이상하다는 생각을 한 모양이다.

"하지만 저곳이 확실합니다."

재차 거듭된 확언에 나와 일행들은 난처하다는 표정으로 서로를 바라보았다. 더 나아갈 수 없이 끊어진 길. 눈앞에 펼쳐진 것은 그저 허공일 뿐, 그 어디에도 마검이라고 할 만한 것은 보이지 않았다. 이 상황에서 내릴 만한 결론은 하나밖에 없었다.

"아무래도 절벽 아래에 있나 본데."

"으음, 역시 그런 건가."

츠츠츠—

뒤이어 벌어진 상황은 생각을 차분히 이어나갈 틈을 주지 않았다. 갑자기 어디선가 몹시 신경을 거슬리는 소리가 울리더니, 사방에서 새카만 것들이 모습을 드러내기 시작한 것이다. 바짝 가시를 세운 둥그런 형태가 거대한 성게 같기도 하고, 억센 밤송이 같기도 했다. 그 양옆으로는 몸체보다 더 큰 4쌍의 다리가 갈고리처럼 뻗어 있었다.

"……지옥 땅거미?"

지난 며칠간 온 숲을 다 헤매고 다녀도 흔적조차 보이지 않았던 녀석들이었다. 갑자기 나타난 것도 당황스러운데, 문제는 그 수가 많아도 너무 많았다. 기겁하는 내 옆에서 엘이 가볍게 휘파람을 불었다.

"막다른 길이라 해볼 만하다 싶었나 보네. 밑은 벼랑이니 함부로 움직일 수 없을 테고, 잘 밀어붙이면 떨어트려 죽일 수도 있을 거라 여긴 건가? 역시 똑똑한 놈들이라니까."

어느새 사방이 전부 검은 덩어리들로 가득해졌다. 바닥은 물론 나무까지 바글바글 뒤덮은 탓에 새카만 파도가 넘실거리는 것처럼 느껴질 정도였다. 얼굴을 굳힌 이사나가 알리사를 보호하듯 그녀의 앞을 막아섰다. 시벨리우스 역시 주위를 경계하며 엘을 돌아보았다.

"어떻게 할까, 엘?"

"흠, 글쎄. 하나하나 다 해치우기엔 좀 귀찮은데. ……그냥 원하는 대로 해줄까?"

"응? 그게 무슨……."

모든 일은 눈 깜짝할 사이에 벌어졌다. 별안간 검을 뽑아든 엘이 그 자리에서 곧장 지면에 그것을 꽂아 넣었다. 그러자 쩌적, 땅이 갈라지는 소리가 일어나더니, 동시에 바닥이 형편없이 흔들리기 시작했다. 발밑이 허전하다고 느꼈을 땐 어느새 디딜 곳이 사라져 있었다. 그 의미를 깨닫는 건 오래 걸리지 않았다.

"꺄아아악!"

"알리사!"

비명 소리와 함께 모두의 모습이 빠른 속도로 추락했다. 나를 향해 뻗은 손이 닿기도 전에 순식간에 멀어지는 것을, 나는 망연자실한 기분으로 바라보았다.

지독한 악몽을 꾸는 기분이었다.

3.

결론부터 말하자면 일행들은 전부 무사했다. 내가 큰 물기둥을 만들어 공중에서 떨어지는 그들을 하나씩 받아냈기 때문이다. 최대한 충격이 가지 않도록 머리 위에서부터 삼키듯이 가두는 방식으로 했더니 물을 좀 마시긴 했지만 아무도 다치진 않았다. 이때만큼 내가 정령왕이란 사실을 감사하게 여긴 적이 없었다.

한동안 미동 없던 시벨리우스도 내가 일행들을 구하기 시작하자 뒤늦게 정신을 차리고 급히 본체로 변해서 엘을 태우고 날았다. 덕분에 일행들 중에서 물에 젖지 않은 건 나를 제외하면 그 두 사람뿐이었다.

"다들 무사해?"

"으아아, 진짜 죽는 줄 알았어."

늘어진 상태에서 물을 몇 모금 뱉어낸 알리사가 탈진한 얼굴로 중얼거렸다. 이사나와 데르온도 조금 전보다 확연히 지친 모습이었다.

"와아, 역시 정령왕은 굉장해. 이런 방법으로 받아낼 줄은 몰랐네. 모두 괜찮아?"

때마침 엘을 태운 유니콘이 지면에 가볍게 착지했다. 일행들의 처참한 상태를 보면서도 엘은 전혀 심각한 표정이 아니었다. 나는 바닥에 내려서는 그에게 다가가 멱살을 잡듯이 옷깃을 강하게 움켜쥐었다.

"너, 이게 대체 무슨 짓이야!"

"하하, 미안, 미안. 많이 놀랐어?"

"지금 웃음이 나와? 다짜고짜 지면을 무너트리다니! 그러다 누가 다치기라도 했으면 어쩌려고!"

"어쨌든 전부 무사하잖아. 시간을 절약하려면 이게 제일 좋은 방법인 것 같았어. 게다가 아무도 다치지 않을 거란 확신이 있었거든."

"그걸 지금 말이라고……!"

누구든 충분히 위험해질 수 있는 상황이었다. 이런 엄청난 짓을 벌여놓고도 가볍게 넘어가는 엘의 태도를 이해할 수가 없었다. 울컥해서 더 항의하려고 하는데 누군가 그를 잡은 내 손을 강제로 떼어냈다. 어느새 사람의 모습으로 돌아온 시벨리우스였다.

"그쯤 해 둬."

"하지만!"

"조금 과격한 방식이긴 했지만 엘의 말대로 그 상황에선 나쁘지 않은 선택이었어. 어차피 우린 벼랑을 타야 했고, 수많은 몬스터들을 일일이 잡고 있을 수도 없었잖아. 결과적으론 전부 무사하니 이렇게 화를 낼 일도 아냐."

"결과만 괜찮으면 다 좋다는 거야?"

"그런 뜻은 아니지만, 아주 틀린 말도 아니지."

"뭐?"

"애초에 뭘 그렇게 걱정하는지 모르겠는데, 우리가 이런 일에 어떻게 될 만큼 약한 일행은 아니잖아. 네가 나서지 않았더라도 다들 알아서 살아남을 정도의 실력은 있어. 엘은 그걸 알고 있었을 뿐이야."

화가 날 정도로 차분한 말투에 나는 입술을 악물었다. 힘을 주어 노려보자 시벨리우스는 잠시 움찔하더니, 이내 마주 응수했다. 그나마 내 심정을 이해하긴 하는지 평소처럼 아주 퉁명스럽지는 못하고 조금 복잡한 표정이었다.

"자, 자. 다들 싸우지 마. 내가 잘못했어. 갑자기 한꺼번에 몰려든 몬스터들을 보니까 나도 모르게 조금 긴장했었나 봐. 어떻게든 이 상황을 모면해야 한다는 데만 집중해서 미처 다들 놀랄 거란 것까진 생각을 못했어. 용서해줘, 지훈. 응?"

대치하던 상황은 엘이 끼어들고 나서야 간신히 종료됐다. 조르듯이 사과하는 사람에게 더 화를 낼 수도 없어서, 나는 한숨을 내쉬었다.

"……앞으로 이런 일을 벌일 땐 미리 예고라도 해 줘."

"응, 그럴게. 정말 미안."

엘이 재차 사과하며 어색하게 웃었다. 정말로 난감해하는 모습이라 나도 완전히 마음을 풀었다. 어차피 이미 지나간 일, 여기서 더 다그쳐 봤자 서로 마음만 상할 것 같았기 때문이다.

무엇보다 다른 일행들은 가만히 있는데 나 혼자 흥분하는 것도 바보 같았다. 시벨리우스의 말 역시 틀린 건 하나도 없었다. 내가 나서서 구하지 않았더라도 일행들은 스스로 살아남았을 것이다. 다들 그 정도의 실력은 갖고 있으니까. 그러니 엘은 추락해도 모두 괜찮을 거라고 믿었던 거다. 결국 나 혼자만 일행들의 능력을 믿지 못하고 있었던 걸지도 모른다. 그렇게 생각하자 부끄럽고 괴로워졌다.

"오붓한 대화를 나누고 계시는데 죄송하지만, 다들 이곳으로 와주지 않으시겠습니까?"

그때 멀찍이서 데르온의 목소리가 들렸다. 언제 이동했는지 그가 조금 떨어진 곳에 서서 우리를 돌아보고 있었다. 절벽 바로 밑에 있는 구석진 장소였는데, 그 앞으로 무성한 덤불이 자라 있었다.

"무슨 일이에요, 데르온?"

"관심을 가지실 만한 걸 찾은 것 같습니다."

관심을 가질 만한 것?

나와 일행들은 의아해하면서 그가 있는 곳으로 다가갔다. 그러자 데르온이 덤불의 한 부근을 손으로 걷어냈다. 당연히 벽으로 막혀 있을 줄 알았는데 의외로 뒤쪽이 텅 비어 있었다. 그 너머로 또 다른 통로가 이어지고 있었던 것이다.

"이건……."

이윽고 드러난 광경에 나는 살짝 숨을 삼켰다. 통로 안쪽 빼곡한 바위덩어리들 틈 사이에 새카만 동굴이 입을 벌리고 있었다. 입구에서부터 터를 닦아 지하로 이어지는 형태를 봐선 자연적으로 형성된 동굴은 아니었다. 말없이 숨만 삼키고 있는 일행들을 대신하듯, 데르온의 담담한 음성이 울렸다.

"던전입니다."

*　　*　　*

동굴 안은 생각보다 밝았다. 둥그스름한 내부는 바위를 통째로 깎아서 만든 것을 증명하듯 이음새가 전혀 없었고, 표면이 매끄러웠다. 벽면 쪽엔 마름모꼴 형태의 돌멩이가 일정 간격으로 하나씩 박혀 있었는데, 놀랍게도 희미한 빛을 품고 있었다. 마치 돌 자체가 스스로 빛을 뿜어내고 있는 것 같았다. 횃불도 없는 동굴 안이 환한 이유가 바로 그 덕분인 듯했다.

"이게 뭐지? 전구……일 리는 없고."

"야명주야."

호기심에 들여다보고 있자 옆에 있던 시벨리우스가 시큰둥하게 대답했다.

"야명주?"

"……몰라?"

"그게 뭔데?"

되묻는 말에 시벨리우스는 잠시 복잡한 표정을 지었다.

"……자체적으로 빛을 내는 보석의 일종이야. 랄케라고 하는, 주위 성질을 강하게 흡수하는 광물이 있거든. 이 광물에 벼락이 떨어지면 빛을 발하는 성질로 변해. 그렇게 변한 광물을 가공해서 만든 보석이 바로 야명주지. 랄케 자체도 구하기가 어렵고, 공정도 까다로워서 상당히 귀한 보석이었어."

"헤에, 그렇구나."

감탄하면서 중얼거리자 시벨리우스의 표정이 더 복잡하게 변했다. 어떻게 그런 걸 모를 수 있냐는 의문을 담은 시선이 나를 천천히 훑는 것이 느껴졌다. 그의 기분을 모르는 건 아니었다. 정령왕이라면 태어난 순간부터 자연스럽게 알게 되는 당연한 지식일 테니까.

"야명주라고요? 이게 전부 야명주란 말입니까?"

뒤늦게 우리의 대화를 접한 이사나가 깜짝 놀란 얼굴로 반응했다. 그제야 내게서 시선을 거둔 시벨리우스가 고개를 끄덕이며 설명을 이어 나갔다.

"그래. 게다가 빛이 일정한 걸 보니 전부 한 덩어리에서 나온 거야. 이 정도 크기면 부르는 게 값이었을 텐데, 그걸 고작 이런 구석진 던전에나 박아두다니. 이것도 청금석처럼 가치가 많이 떨어졌나?”

“아, 아뇨. 야명주라면 지금도 상당히 값비싼 보석입니다. 손톱 크기 하나면 저택 하나를 살 수 있을 겁니다.”

“그래? 그럼 오히려 가치가 더 올랐네. 그렇다는 건 이 던전을 만든 당시에도 시세는 비슷했을 거란 말인데. ……이 던전을 만든 녀석이 누군지 몰라도 상당히 돈이 썩어 넘치는 작자였던 모양이야.”

“앗, 나도 야명주 알아! 그거 굉장히 귀한 거 맞지? 귀부인들의 사교회에 어느 공녀가 야명주로 만든 브로치를 차고 나와서 큰 화제가 된 적이 있었거든.”

아는 단어가 나와서 기쁜지 알리사가 냉큼 대화에 참여했다. 덧붙인 말에 의하면, 야명주 브로치를 차고 나온 공녀는 그 날의 주인공이 되어 뭇 여인들의 부러움과 질시를 한 몸에 받았다고 했다. 그러자 그 다음 사교회에서 다른 여인이 야명주로 만든 귀걸이를 걸고 나왔고, 또 다음 사교회에서는 황녀가 야명주로 만든 목걸이를 걸고 나와 승리의 미소를 지었다나. 귀족 여인들 사이에서 벌어진 기 싸움 중에서는 역대 가장 큰 규모로, 다음 경쟁은 더 이상 이어지지 않았다. 황녀가 구입한 목걸이가 너무 비싼 나머지 황실 재정이 휘청거리자, 분노한 황제가 야명주로 된 장신구의 착용을 일절 금지했기 때문이다. 전제왕권이라 가능한 마무리였다.

"가뭄이 끝난 지 얼마나 됐다고. 정말 한심하지 않아? 그래도 이렇게 보니까 진짜 예쁘긴 하네. 그냥 봐도 굉장히 비싸 보여. 이걸 내다 팔면 전부 얼마지?"

"글쎄, 작은 왕국 정도는 살 수 있지 않을까?"

"헉! 이런 곳에 두긴 좀 아깝다. 캐낼 수 있지 않을까?"

"아니, 던전 안의 것들은 어지간하면 건드리지 않는 게 낫……."

시벨리우스의 말은 끝을 맺지 못했다. 이미 알리사가 야명주를 만지고 있었기 때문이다.

"응?"

뒤늦게 그의 말을 들었는지 알리사가 눈을 깜빡이며 돌아보았다. 이사나가 낭패한 표정으로 신음을 흘리는 순간 조짐은 일어났다. 우르릉, 요란한 소리와 함께 동굴 전체에 큰 진동이 느껴지기 시작한 것이다.

"뭐, 뭐야!"

"알리사, 이리로!"

당황한 알리사가 야명주에서 손을 급히 떼어낸 후 이사나의 품에 뛰어들었다. 그녀가 무사히 안착한 것과 동시에 뒤쪽이 갑자기 어두워지는 것이 느껴졌다. 아차 싶은 마음에 돌아보았을 땐 이미 우리가 들어온 입구가 까맣게 막혀 있었다. 마치 거대한 바위가 굴러들어 와 박힌 것 같았다. 아마도 던전 안의 무언가를 건드리면 닫히도록 설정되어 있는 듯했다.

"이런, 완전히 갇혔네."

입구 쪽으로 다가간 엘이 바위를 두드려 보더니 어깨를 으쓱였다. 알리사의 얼굴은 하얗게 질려 있었다.

"미, 미안해. 나 때문에……."

"괜찮아, 알리사. 신경 쓸 거 없어. 어차피 아래로 내려가야 했으니까."

울먹이며 사과하는 알리사를 본 엘이 상냥한 얼굴로 달랬다. 다른 일행들도 그녀가 죄책감을 갖지 않도록 아무렇지 않게 여기는 분위기였다. 하지만 데르온의 표정은 좋지 않았다.

"문이 닫힌 걸 보니 장소는 제대로 찾은 것 같군요. 통로를 막았다는 건 침입자를 감지했단 뜻입니다. 아마 던전에 있을 장치들이 작동되기 시작했을 겁니다."

"장치요?"

"이 던전은 마검을 봉인해 두기 위해 만들어졌을 테지요. 원래 이런 목적의 던전은 침입자를 제거하는 걸 최우선으로 하는 편이라 위험한 함정이 설치되어 있기 마련입니다. 지금부턴 아무거나 함부로 건드리거나 밟지 않도록 주의하셔야 합니다. 가능한 한 큰 소리를 내는 것도 자제하십시오."

그의 말에 일행들이 모두 긴장한 얼굴로 고개를 끄덕였다. 나는 우리 앞쪽에 펼쳐져 있는 길을 바라보았다. 거대한 입을 벌리고 있는 통로는 이미 한참 전부터 지하로 이어지는 길을 내보이고 있었다. 그 안으로 쭉 연결되고 있는 야명주의 희미한 빛이, 마치 따라

오라고 손짓하고 있는 것처럼 보였다.

슬쩍 옆을 보자 바짝 굳어 있는 이사나가 보였다. 나는 그에게 말을 걸려고 했다. 본격적으로 이동하기 전에 조금이나마 긴장을 풀어주고 싶었기 때문이다.

"이……."

"자아, 이사나. 뭘 그렇게 굳어 있어? 힘내자. 이제 막바지잖아."

하지만 나보다 엘이 말을 건네는 것이 더 빨랐다. 기운을 북돋아주듯 활기한 음성에 이사나의 얼굴이 한결 편해졌다.

"네, 고맙습니다, 엘 님."

"고맙긴. 너도 그렇지만, 다른 사람들도 모두 충분히 강하니까 너무 걱정하지 마. 별일 없을 거야. 그보다 이곳만 무사히 다녀오면 원하는 걸 얻을 수 있다는 것만 생각해. 형님을 살릴 수 있는 유일한 희망이 코앞에 다가왔는데 흥분되지 않아? 난 너무 기뻐서 몸이 다 떨릴 정돈데."

"예, 맞습니다."

힘차게 고개를 끄덕이는 이사나의 얼굴이 감동으로 일렁거렸다. 그들의 깊은 교감 속에 내가 끼어들 틈은 없었다.

"자, 그럼 다들 출발할까?"

엘의 말에 일행들이 자연스럽게 그의 인솔을 따랐다. 그 무리에 섞여들지 못하는 건 나와, 여전히 엘을 꺼리는 데르온밖에 없었다.

"저자, 작정하고 당신의 자리를 집어 삼키고 있군요."

앞서 걷는 무리를 노려보면서 데르온이 중얼거렸다. 나는 그저 힘없이 웃을 수밖에 없었다.

"그렇게 보여요?"

"네. 제 눈엔 저자가 당신과 닮은 얼굴을 이용해서, 본래 당신에게 가야 할 호의를 빼앗고 있는 걸로 보입니다. 분하지도 않습니까? 계속 방치하면 전부 삼켜질 겁니다."

나직한 경고에 나는 살짝 숨을 크게 쉬었다. 사정을 전혀 모르는 사람의 눈에는 그렇게 보일 수도 있겠다 싶었다. 하지만…….

"……삼킨 건 내 쪽이었을지도 몰라요."

"예? 그게 무슨 말씀입니까?"

"아니, 아무것도 아니에요."

나는 천천히 고개를 가로 저었다. 이번에도 웃고 싶은데, 웃음이 나오지 않았다.

저만치 앞에서 걷고 있는 일행들의 화기애애한 모습이 보였다. 내가 빠져도 전혀 어색하지 않은 무리를 보니 문득 의문이 들었다. 애초에 저 곳에 내 자리가 있기는 했던 걸까? 선대가 아들처럼 사랑한 계약자. 그의 소원으로 형성된, 계약자와 판박이처럼 똑같은 성격과 얼굴을 가진 나. 결국 복제하고 있는 것은 나. 그러니까, 그의 자리를 빼앗은 것도 나.

결국 나는 삼켰던 것을 그저 다시 뱉어내고 있는 것뿐일지도 모른다. 그러니 잃어가는 것을 괴로워해선 안 된다. 이것 역시 처음부터 내 것이 아니었던 거다.

하지만, 그러면 나는?

난 앞으로 어떻게 해야 하는 거지?

억지로 다잡은 마음이 가슴 안을 할퀴는 것 같았다. 머릿속이 빙빙 도는 것 같아 나는 숨을 크게 내쉬었다.

삼킨 걸 전부 다 뱉어내고도 내가 버틸 수 있을까. 호수의 표면에 돌이 던져지는 것처럼, 자꾸만 마음속에 파문이 인다. 던져진 돌을 따라 내 의지도 점점 가라앉고 있었다. 언제까지 견딜 수 있을지 모르겠다. 왠지 갈수록 지탱하기 힘든 기분이었다.

4.

"무슨 용건이야."

라피스는 뚱한 얼굴로 자신의 앞에 앉아 있는 상대를 노려보았다. 티 한 점 없이 새하얀 피부, 사내라면 누구나 군침을 흘릴 만큼 육감적인 몸매를 지닌 여인이 그를 향해 매혹적인 미소를 지었다. 여인의 머리에서부터 허리 아래까지 길고 풍성한 붉은 머리칼이 불꽃처럼 화려하게 넘실거렸다. 바로 그녀가 눈빛만으로 사람을 홀린다고 알려진 클리프 상단의 총수 이카나였다.

물론 여인의 진정한 정체를 알고 있는 라피스는 그녀의 유혹적인 몸짓에도 전혀 반응하지 않았다. 단지 '나이 먹고 저게 무슨 추태인가' 라는 시선만을 싸늘하게 보냈을 뿐이었다.

"애쓰네. 그렇게 헐벗어서 순진한 인간들 꾀고 다니면 기분이 좋아?"

"시끄러. 이건 그냥 이번 유희의 설정일 뿐이거든?"

"변태 총수가 설정이야?"

"아냐! 세상에서 제일 섹시하고 요염한 여인 총수라고!"

뭘 그런 이상한 설정을 했냐고 묻는 얼굴에 이카나—이프리트가 울컥해서 대꾸했다. 덕분에 그린 듯이 짓고 있던 유혹적인 미소가 사라지자 라피스는 이제야 살 것 같다는 표정으로 고개를 끄덕였다.

"피차 다 아는 사이에 원래대로 해, 원래대로. 네 웃기지도 않는 유희에 장단 맞춰줄 기분 아니니까. 게다가 그런 꼴로 그 설정은 좀 힘들지 않겠어?"

"내가 어디가 어때서?"

"성숙미가 전혀 없잖아. 공들여 가슴을 만들면 뭐해? 그래 봤자 이제 막 소녀티 벗은 풋내기 처녀일 뿐인데. 완벽하게 할 거면 연령대도 같이 높이든가."

"연령을 바꾸는 건 유지하는 데 힘이 많이 들어간단 말이야! 그리고 너만 그렇게 생각하는 거거든? 이곳 남자들이 날 보면 얼마나 얼굴을 붉히는 줄 알아?"

"아, 그거 말인데. 내가 좀 알아보니까 이 제국 인간들이 눈이 많이 낮은 모양이더라고."

"……너 진짜 재수 없어."

"그 말 그대로 돌려주지."

한마디도 굽히지 않고 받아치는 말에 이프리트는 입술을 악물었다. 사납게 일그러진 표정에서 짜증 나는 녀석이라는 감정이 노골적으로 묻어 나왔다. 라피스 역시 동일한 감정으로 이프리트를 노려봤다.

전대 이프리트 때도 그랬지만, 그는 정말 불의 정령왕과는 상성이 맞지 않았다. 기운이 아니라 감정적인 문제다. 지나치게 화려한 외형이라든가, 거침없고 거만하며 위풍당당한 성격은 불의 속성을 지닌 자들에게서 대체적으로 나타나는 특징이다. 그 속성을 가장 강하게 타고나는 것이 레드 드래곤이다 보니, 불 그 자체인 이프리트의 모습이 마치 거울을 보는 것처럼 느껴지는 것이다.

보통은 자신과 닮은 존재에게 호감을 느끼게 마련이지만, 라피스는 반대로 불쾌감을 느꼈다. 일종의 동족 혐오에 가까웠다. 이번 이프리트는 여성체라고 해서 귀여운 맛이라도 있을 줄 알았더니, 웬걸. 상성에 성별은 상관없다는 깨달음만 하나 더 추가됐을 뿐이었다.

"그래서, 갑자기 부른 이유가 뭐야."

신경질적으로 머리를 쓸어 넘기며 묻자 이프리트는 어깨를 으쓱한 뒤 근처에 있던 두루마리를 하나 집어 그에게 던졌다. 무심코 잡아챈 라피스가 얼굴을 찌푸린 채 눈으로 설명을 요구했다.

"오늘 아침에 도착한 밀서야. 황제의 기사들이 이곳으로 오는 중인 건 알지? 우리 상단을 호위하는 용병으로 위장해서 들어오고 있었는데, 거의 다 도착했단 연락을 받았거든. 그런데 오늘 새벽 마지막 관문 앞에서 발목이 묶인 것 같아.”

“뭐야, 붙잡힌 거야?”

“아직 정체를 들킨 건 아냐. 그들의 신분을 문제 삼는 상황이긴 하지만.”

“잡힌 거 맞네.”

“글쎄 그런 게 아니라니까?”

어쩜 하나같이 이렇게 얄미운 대꾸만 할까. 이프리트는 다시금 이를 갈며 라피스를 노려보았다. 외모가 성격을 이기지는 못한다더니. 쓸데없이 말끔한 얼굴 가죽 말고는 도무지 마음에 드는 구석이 없는 남자였다. 전대의 엘퀴네스가 그와의 계약을 수차례 거절한 심정을 이제야 정확히 알 것 같았다. 옆에서 지켜보기만 하는 것도 이렇게 울화가 치미는데, 직접 계약한 관계였으면 복장이 터졌을 것이다. 그 거절당한 기억 때문인지 지금 엘과의 계약은 제법 중하게 여기고 있는 것 같긴 하지만. 저래서야 과연 얼마나 갈 수 있을지 의심스럽기만 했다.

그래도 이용할 수 있을 때까진 활용해 줘야겠지. 이프리트는 초반의 목적을 상기하며 마음을 차분히 가라앉혔다.

“위장에는 아무 문제가 없어. 단지 요즘 우리 상단의 상황이 별로 좋지 않을 뿐이지. 너도 알다시피 우리를 집요하게 괴롭히고 있는 놈들이 있잖아? 이번에도 그런 종류인 것 같아.”

“흐응, 마신전이야?”

라피스는 심드렁한 얼굴로 대꾸하면서 두루마리의 내용을 눈으로 훑어 내렸다. 길게 펼쳐진 종이에는 현재 기사단이 처한 상황이 구구절절한 어휘로 빼곡히 적혀 있었다. 위장을 위해 모조로 만든 용병패를 사용하고 있었는데, 아무래도 그게 문제가 된 모양이었다.

용병 길드에 정식으로 등록되는 건 동패부터로, 그 외의 지망생들이나 임시직들에겐 나무(木)패가 발급된다. 나무패는 딱히 신원을 확인하지도 않고 아무한테나 발급해주는 것이라, 구하기도 쉽고 모조품을 만들기도 쉬웠다. 황제의 기사들이 사용한 모조품 역시 나무로 만든 것이었다.

워낙 허술한 구석이 많은 만큼, 본래 나무패 자체는 활용도가 크지 않았다. 신원을 증명하기 위해선 다른 신분패를 보유하고 있거나 길드에 등록된 정식 용병이 동행하여 보증을 해줘야 하는 것이 원칙이었다. 이 부분만 놓고 보면 검문에서 걸린 게 당연한 상황일 것이다. 하지만 실제로는 이 규정이 완벽히 지켜지진 않았다. 고용 계약을 마친 상태에선 고용주의 신분만 확실해도 어느 정도는 인정을 해주는 편이었기 때문이다.

사실 길드의 관리를 받는 건 번거로운 데다 세금도 많이 들어가는 편이라, 하급 용병 중에선 일부러 길드에 소속되지 않는 자들도 많았다. 그런 점은 용병을 고용하는 쪽 역시 마찬가지여서 때로는 정식 용병보다 나무패를 지닌 용병들을 더 선호하기도 했다. 그렇기에 나무패만으로 구성된 용병단도 드물지만 아예 없는 건 아니었다.

실태가 이렇다 보니 관문의 병사들이 그 부분을 문제 삼는 일 역시 매우 흔치 않은 경우에 속했다. 클리프 상단의 신원 증명이 부족하지는 않을 테니 누가 보아도 노골적인 시비였다.

"보통은 적당히 어르고 달래면 조금 괴롭히다 놔주는 편이었는데, 이번엔 무슨 지시를 받았는지 상황이 별로 좋지 않아. 무조건 지하 감옥까지 끌고 들어갈 작정인 것 같아. '용병단'의 신원만 문제 삼고 있는 상황이라 상단에서도 더 이상 개입할 수 없어. 아마 이런 식으로 우리 쪽의 평판을 떨어트릴 작정이겠지. 신원을 보증하지 못하는 상단이란 인식이 생기면 어떤 용병단도 우리와 계약하지 않으려고 할 테니까."

"그런데?"

"상황은 전부 들었잖아? 감옥에 갇히면 족히 한 달은 나오지 못하고 꼼짝없이 갇혀 있어야 해. 기사들의 정체를 들킬 확률도 굉장히 높아지지. 네가 가서 해결 좀 해줘야겠어."

"내가 왜?"

삐딱한 대꾸에 이프리트의 눈빛이 사나워졌다. 물론 라피스 역시 지지 않고 맞받아쳤다.

"내가 부탁받은 건 이사나의 사촌이라는 여자를 보호하는 것뿐이야. 그 외의 것까지 맡을 생각 없어."

"이것도 그 일의 연장선이나 마찬가지야. 황제의 기사들은 앞으로 에이프릴 공녀를 도울 사람들이라고. 그들에게 닥친 위기가 곧

네 아가씨의 위기나 다름없단 말이지."

"내 아가씨는 누가 내 아가씨야? 웃기지 마. 귀찮은 일은 전부 나한테 떠넘기려는 수작인거 모를 줄 알아?"

라피스가 입술을 비틀며 이죽거리자 이프리트의 눈빛이 흔들렸다. 하지만 이내 언제 그랬냐는 듯, 그는 곧 이카나의 모습으로 돌아와 화사하게 웃었다.

"어머나, 싫으면 안 해도 돼. 하지만 엘이 이 사실을 알면 좀 실망하겠네."

"뭐야?"

"그렇잖아. 기껏 힘들게 마검을 구해서 돌아왔는데 이곳 상황이 엉망이 되어 있으면 얼마나 힘이 빠지겠어? 공녀 쪽이 기반을 닦아둬야 귀환한 다음 일을 진행하기도 훨씬 수월해질 텐데 말이야. 정말 실망할 거야. 그치?"

"……."

"이참에 아무나 믿고 일을 맡겨선 안 된다는 것도 깨닫는다면 좋을 텐데. 하긴, 아무리 엘이 순진해 빠져도 이런 것까지 쉽게 넘어가진 않겠지. 이왕 이렇게 된 거 계약도 다시 재고해 보라지, 뭐."

젠장!

결국 그로부터 얼마 후 라피스는 이를 갈며 관문 쪽으로 향했다. 천하에 두려울 것이 없는 그에게 유일한 약점이 있다면 물의 정령왕과의 계약일 것이다. 이제 와서는 어쩔 수 없다는 것을 인지하면서도 그 사실이 오늘만큼 짜증 난 적이 없었다.

"다신 이런 부탁 들어주나 봐라."

애초에 남아달라는 부탁에 응하는 것이 아니었다. 이런 귀찮은 일들이 떠넘겨질 줄 알았다면 아무리 간절히 요청해도 절대 수락하지 않았을 것이다. 가뜩이나 수개월이 넘도록 방치되고 있는 것도 불쾌한데, 대체 뭘 하고 다니는지 피를 토할 때까지 마나를 죄다 뽑아가질 않나. 그 사실에 불만을 품었더니 무신경하다고 혼나기까지 했다. 그의 입장에선 이래저래 손해만 넘치는 거래였다.

"알아서 해결하라고 했겠다? 좋아, 뒷감당에 몸서리를 치게 만들어주지."

붉게 타오른 두 눈이 복수심으로 희번덕거렸다. 황제의 기사들이란 게 어떤 놈들인지는 몰라도, 자신을 귀찮게 한 대가는 톡톡히 치르게 할 작정이었다.

같은 시각, 이런 사실을 까맣게 모르는 황제의 기사들은 관문 앞의 검문소와 대치하고 있었다. 에이프릴이 보낸 편지 하나만 보고 무작정 출발한 여정이 어느새 막바지에 이른 참이다. 클리프 상단의 도움을 받아 용병으로 위장한 것까진 좋았으나, 목적지를 코앞에 두고 발이 묶이는 바람에 그들은 그 어느 때보다 신경이 날카로워져 있었다.

"상단 쪽도 더 이상 나서기 힘든 것 같군요. 이래서야 곧 경비대에 넘겨지겠습니다."

상단 측 사람들이 병사들과 실랑이를 벌이는 동안, 페리스는 바람의 정령 실프를 통해 돌아가는 상황을 도청하고 있었다. 그가 전해 준 좋지 못한 소식에 황제의 친위대장 케이의 얼굴이 흐려졌다.

"역시 그렇군. 애초에 순조로울 거란 기대는 하지 않았지만……."

"어떡하지, 대장? 이대로 끌려가면 안 되는 거 아니야?"

초조한 음성에 케이 역시 주먹을 움켜쥐었다. 경비대에 넘겨지면 본격적인 신원 확인 작업이 시작될 것이다. 클모어는 제국에서도 중요한 입지에 속한 곳이라 이곳의 관료들 중에선 중앙에서 파견되었거나, 한때 일한 경험이 있는 자들이 많았다. 운이 나쁘면 그들 중에서 근위 기사들을 알아보는 자가 나올지도 몰랐다.

공국의 주인인 카웰 공작이 온전하지 않은 지금, 클모어는 대공의 감시하에 놓여 있다고 해도 과언이 아닌 상태였다. 그 증거로 관문 앞까지 그의 병사들이 즐비하게 주둔해 있었다. 수배를 멈췄다 해서 추적을 완전히 포기한 것은 아닐 터. 여기서 상황이 더 악화되더라도 붙잡히는 것만은 반드시 피해야 했다.

"모두 마음의 준비를 해라. 여의치 않을 시 그냥 돌파한다."

나직한 명에 기사들의 눈빛이 달라졌다. 여차하면 전투라도 불사할 기세였다. 실제로 그러고도 남을 사람들이라는 걸 누구보다 잘 아는 페리스가 난감함을 표했다.

"그래도 괜찮겠습니까? 큰 소란이 일어날 겁니다."

"이대로 얌전히 잡히는 것보다는 낫겠지. 페리스, 엄호를 부탁한다."

"으음, 알겠습니다."

이미 관문의 병사들은 그들을 연행하기로 마음을 굳힌 듯했다. 무장한 채 다가오는 병사들의 손에 그들을 결박할 밧줄이 들려 있었다. 이 상황에서 달리 뚜렷한 해결책이 없는 건 페리스 역시 마찬가지인지라 그는 순순히 정령을 소환할 준비를 했다. 어차피 할 거라면 확실하게 판을 키울 작정이었다.

"리스, 여기서 뭐하는 거예요?"

"……!"

뜻밖의 방해자가 나타나지 않았다면 틀림없이 그랬을 것이다. 느닷없이 자신의 팔을 붙잡는 손길에 페리스는 화들짝 놀라 기운의 운용을 멈췄다. 두 눈을 부릅뜨고 바라본 곳엔 굉장히 화려한 외모를 지닌 소년이 서 있었다. 밤하늘을 옮겨 담은 듯 새카만 머리칼 아래, 태양처럼 선명한 황금색 눈동자가 드리웠다. 보기 좋게 그을린 다갈색의 피부는 한여름의 화창한 녹음을 연상시키는 듯했다.

생각지 못한 소년의 미색에 숨을 삼키느라, 페리스는 그가 자신에게 말을 걸었다는 사실을 한참 만에야 상기했다. 오랜 지인들 사이에서나 불리는 애칭을 불렀다는 사실 역시.

무심코 아는 사람이었던가 기억을 되짚어보기 무섭게 그는 곧장 고개를 저었다. 살아가다 보면 까마득한 과거 저편으로 묻히게 되는 인연도 많다지만 그것도 어느 정도일 때나 가능한 법이다. 이런 외모를 지닌 사람을 봤다면 한눈에 알아보지 못할 리가 없었다. 맹세컨대 그의 인생에서 처음 보는 소년이었다.

"다들 이런 곳에 있었군요. 너무 늦어서 걱정했잖아요."

소년의 시선이 이번엔 페리스를 넘어 그 뒤에 있는 기사들을 향했다. 마치 이전부터 알고 지내던 사이 같은 말투였다. 영문을 모르긴 기사들 역시 매한가지라, 그들은 돌격하려던 자세를 거두고 서로 멀뚱히 바라보았다. 물론 명쾌한 해답을 내주는 사람은 아무도 없었다.

"이봐, 넌 뭐지? 이자들과 아는 사이인가?"

뜻밖의 개입엔 관문의 병사들 또한 당황한 기색이 역력했다. 소년은 아무렇지 않게 고개를 끄덕였다.

"일행이에요. 이들에게 무슨 문제가 있나요?"

이어진 답문에 기사들은 다시 어리둥절해졌다. 그들의 기억에도 소년은 오늘 처음 본 사람이었다. 혹시 상단 측에서 준비한 사람인가 싶어서 상인들 쪽을 바라보았지만 그들 역시 어리둥절한 표정을 짓고 있긴 마찬가지였다. 그럼에도 나서지 못하는 건 돌아가는 상황이 흥미로웠고, 소년에게서 묘한 박력이 느껴졌기 때문이다. 덕분에 병사들은 공범을 대하는 시선으로 소년을 바라보기 시작했다.

"신원이 불분명한 자들이라 조사 중이었다. 너도 이들과 일행이라면 조사를 받아야겠군."

"나무패가 문제인 건가요? 용병단의 신원이라면 상단과의 고용 계약서로도 충분히 증명이 가능할 텐데요."

"이번부터 방침이 바뀌었다. 전부 원칙대로 처리하라는 명이다."

역시 통하지 않는 건가. 병사들의 험악한 분위기에 기사들은 다시 몸을 긴장시켰다. 그들의 눈엔 저 가냘픈 느낌을 지닌 소년이 도저히 이 상황을 해결할 수 있을 것 같지 않았다. 마침 다들 방심하고 있는 것 같으니 이 틈에 자리를 박차고 달려 나가는 게 차라리 더 나을 것 같았다.

그렇게 생각한 순간, 마치 속을 읽기라도 한 것처럼 소년의 시선이 닿았다. 흠칫 놀라 뻣뻣하게 굳은 기사들을, 소년의 황금색 눈동자가 느릿하게 훑었다. 쓸데없는 짓 하지 말고 가만히 있으라는 무언의 경고였다.

'무슨 꼬마의 눈빛이…….'

자기도 모르게 숨죽인 기사들은 곧 충격을 받고 얼굴을 굳혔다. 자신들보다 한 자나 작은 소년에게 눈빛만으로 기선을 제압당했다는 사실을 믿을 수가 없었기 때문이다. 소년은 그들의 동요를 무시한 채 빙긋 웃었다.

"그랬군요. 이런 일이 생겼으면 저한테 바로 연락을 해주셨어야죠, 리스. 제가 오지 않았으면 어쩔 뻔했어요."

"네? 아, 그, 으음, 저기……."

이번에도 애칭을 불린 페리스가 식은땀을 삐질 흘렸다. 낯설고 당황스러운 마음에 대답조차 제대로 나오지 않았지만, 다른 사람의 눈으로 보기엔 보고가 늦어 미안해하는 것으로 보였다.

"저들의 신원은 제가 증명할게요."

"네가 증명한다고?"

황당함이 역력한, 그러면서도 미심쩍다는 시선이 소년을 노골적으로 훑어 내렸다. 병사들이 보기엔 소년 역시 제대로 된 용병 같지는 않았지만, 뛰어난 미색을 보아 혹시 어느 귀족가의 자제인가 싶었던 것이다. 존대를 하고 있지만 자연스럽게 아랫사람을 대하는 듯한 태도만 봐도 그랬다.

그러나 소년의 정체는 그들의 예상을 가볍게 뛰어 넘었다. 찰랑, 가벼운 금속음과 함께 눈앞에 떨어지는 둥근 메달을 보는 순간 병사들은 두 눈을 휘둥그렇게 떴다. 메달의 표면에 음각으로 새겨진 검과 도끼가 교차된 문양은 용병 길드의 상징이라 새삼스러울 것이 없었다. 그런데 그 색이 이상할 정도로 선명한 은빛으로 반짝이고 있었다.

"으…… 은패?"

뒤늦게 그 의미를 깨달은 병사들이 헛숨을 삼켰다. 페리스와 황제의 기사들 역시 경악하긴 마찬가지였다. 용병 길드에서 은패는 검기를 다룰 줄 아는 전사에게만 지급되는 등급이었다. 저 작은 소년이 제국의 기사와 동일한 실력자라는 걸 믿을 수가 없었다. 한순간에 모두를 충격으로 빠트린 소년은 그저 화사하게 웃고 있을 뿐이었다.

"원칙대로 길드 소속의 정식 용병이 신원 증명을 했어요. 이제 됐나요?"

"그, 그런…… 너 같은 꼬마가 어떻게……."

"제 신원까지 문제 삼고 싶다면 용병 길드에 정식으로 문의하시죠. 샴페인 용병단의 매튜라고 하면 친절하게 절차를 밟아줄 거예요."

"샤, 샴페인 용병단?"

애써 침착함을 유지하던 병사들의 얼굴에서 여유가 완전히 사라졌다. 금패의 용병 휴센이 이끄는 샴페인 용병단은 어느 정도 전사의 길을 걷는 사람이라면 누구나 다 알 만큼 유명한 이름이었다. 소식을 많이 접할 수밖에 없는 관문에서는 특히나 익숙한 이름이기도 했다.

'그러고 보니 샴페인 용병단 중에 십 대의 소년이 있다고 했었지. 과장된 소문인 줄 알았는데 그게 사실이었다니…….'

상황 파악을 끝마치자마자 병사들은 아쉬운 한숨을 삼켰다. 은패의 용병, 더구나 샴페인 용병단같이 유명한 곳에 소속된 사람의 보증이라면 없는 신용이라도 만들어서 놔줄 수밖에 없었다. 어떻게든 꼬투리를 잡아 클리프 상단을 난처하게 만들 예정이었는데 그 계획이 틀어진 것이다.

"그만 가보시오."

퉁명스럽게 쏘아붙인 뒤, 병사들은 내키지 않는 기색이 역력한 얼굴로 몸을 돌렸다. 황제의 기사들은 어안이 벙벙한 상태로 서로를 바라보았다. 설마설마 했는데 정말로 병사들이 완전히 떠나고 있었다. 절체절명 위기의 순간이 이렇듯 허무하게 끝나니 실감이 나지 않았다.

"따라와요."

어찌할 바를 모른 채 멍해 있는 그들을 향해, 영웅처럼 사건을 해결한 소년이 말했다. 기사들과 상단 사람들은 머뭇거리며 소년의 뒤를 따랐다. 그렇게 관문 앞을 벗어날 때까지, 소년은 앞서 걷기만 할 뿐 아무 말도 하지 않았다.

"저, 저어……."

어느 정도 관문과 거리가 벌어졌을 때쯤 페리스가 용기를 내어 소년에게 말을 걸었다. 도움을 받았으니 감사 인사를 하는 게 먼저이긴 한데, 그보다 앞서 물어보고 싶은 말들이 머릿속을 가득 채우고 있었다. 하지만 소년은 그를 돌아보지도 않고 대꾸했다.

"기다려요. 곧 사람이 올 거예요."

"예?"

뜻 모를 말을 이해할 겨를은 없었다. 그 순간 저편에서 누군가 버럭 내지르는 소리가 들려왔기 때문이다.

"아, 젠장! 뭐야!"

음성은 왠지 상당히 화가 난 듯 울분에 차 있었다. 고함이 들려온 곳으로 고개를 돌린 페리스와 기사들은 다시 눈을 크게 떴다. 그곳엔 피처럼 붉은 머리칼을 지닌 남자가 서 있었다. 눈앞의 소년보다 화려한, 아니, 화려하다 못해 인간인지 의심스러울 정도로 아름다운 남자였다.

"아, 저분은……."

누군가 그를 알아본 듯, 상단 측 사람들 사이에서 웅성거리는 소리가 울렸다. 소년은 남자를 향해 가볍게 웃었다.

"한발 늦었어, 라피."

아는 사이인가 의문을 품고 있을 때 붉은 머리칼의 남자가 씩씩거리며 다가왔다. 가까이서 본 얼굴은 더 위협적일 정도로 화려해서 기사들은 연신 마른침만 삼켰다.

물론 화가 나서 돌아버리기 일보 직전인 남자에겐 그들의 그런 상태는 전혀 눈에 들어오지도 않았다. 기껏 마음 다잡고 행차했는데 남에게 공로를 가로채인 것은 물론, 약 올림까지 당했다. 심지어 상대는 그가 마음대로 대할 수 없는 얼마 되지 않는 존재 중 하나였다. 붉은 머리의 남자, 라피스는 소년의 코앞으로 얼굴을 들이밀며 으르렁거렸다.

"너 왜 아직도 여기서 얼쩡거리고 있어. 떠날 경비는 다 모은 거 아니었어?"

"상단 호위 의뢰가 들어왔는데 마침 가는 길이라 수락했거든. 출발 일정이 어중간하게 남아서 대기하는 중이었어."

"그럼 숙소에서 잠이나 잘 것이지 왜 남의 일을 방해하고 난리야?"

"말은 똑바로 해야지. 방해가 아니라 도와준 거거든?"

소년, 트로웰이 싱긋 웃으며 대꾸했다. 그 뻔뻔한 모습에 라피스는 욕설을 내뱉으려는 걸 간신히 참았다. 구해주는 걸 핑계 삼아 화풀이나 실컷 하려고 했는데, 아무래도 저 얄미운 대부 때문에 전부 다 그른 듯했다.

"대체 무슨 생각이야?"

"그냥 곤란해 보이는 것 같길래."

"장난해? 네가 언제부터 남의 곤란한 사정에 그리 관심이 많았다고?"

"엘과 관계된 사람들이잖아."

뭐가 문제냐는 듯 바라보는 얼굴에 라피스는 다시 머리를 짚었다. 엘의 관계자라서 도와줬다고? 이쯤 되면 성격이 변한 정도가 아니라 아예 사람 자체가 바뀐 수준이었다. 정령왕 하나 새로 태어났다고 해서 이렇게까지 바뀔 수가 있나? 아무래도 이 대부가 뭔가 이상한 것을 주워 먹은 게 틀림없었다. 아니면 엘이 이상한 것을 먹였거나.

"에, 엘? 혹시 엘……님과 아는 사이십니까?"

대화 속에 섞인 낯익은 이름을 용케 알아들은 페리스가 기겁하며 물었다. 트로웰은 돌아보았고, 페리스는 헛숨을 삼켰다.

무심하리만치 고요한 황금빛 눈동자와 마주치는 순간, 마치 광활한 대지가 눈앞에 펼쳐지는 것 같은 환상이 이어졌다. 청명한 하늘과 그 아래 끝없이 이어져 있는 거대한 대지의 운동. 쉴 새 없이 돌고 도는 위대한 자연의 섭리! 그곳에서 페리스는 아주 볼품없는 작은 생명체 하나에 지나지 않았다.

"허억!"

"어이, 페리스? 갑자기 왜 그래? 이봐!"

정신을 차렸을 때 그는 이미 숨조차 쉬기 힘들 만큼의 압박감을 느끼고 있었다. 갑자기 가슴을 움켜쥐고 비틀거리는 그를, 기사들이 당황하여 부축했다.

견디려 할수록 더 심하게 압박해오는 기운에 페리스는 정신을 차릴 수 없었다. 가만히 있기만 해도 온몸에서 식은땀이 비 오듯이 쏟아졌다. 그 다급한 상황에서도 페리스는 어쩔 수 없다는 듯 한숨을 내쉬는 소년의 모습을 똑똑히 보았다. 소름 끼치도록 낮은 목소리와 함께.

—너무 예민한걸. 엘이 도와준 부작용인가? 친화력이 지나칠 정도로 상승했군. 들킬 생각은 없었는데.

"……!"

그 순간 온몸을 억압하고 있던, 알 수 없는 무형의 기운이 씻은 듯이 사라졌다. 억눌려 있던 숨이 한순간에 터져 나오자 그는 급하게 기침을 내뱉기 시작했다.

"흐읍! 쿨럭, 쿨럭!"

"어이, 페리스! 괜찮아? 설마 어디 아프기라도 한 거야?"

"콜록! 하아, 괘, 괜찮습니다. 너무 긴장해서 잠깐 과호흡이 일어났던 것 같습니다."

걱정스러운 말들에 차분히 대꾸한 페리스는 다시 트로웰을 바라보았다. 조금 전 그로부터 전해졌던 끝 모를 아득한 느낌은 이제 더는 존재하지 않았지만, 여전히 그 모습을 편하게 바라볼 수는 없었다. 짙푸른 녹음이 펼쳐지던 환상. 숨 막히도록 강한 존재감이 경고하는 것처럼 계속해서 심장을 두드렸다. 머릿속을 직접 파고드는 것 같던 음성도 선명히 기억했다. 난처한 듯 중얼거린 목소리는 분명히 들킬 생각이 없었다고 말했다. 대체 무엇을?

그러고 보니 내 이름은 어떻게 알았지?

잠시 잊고 있던 의문이 다시 떠올랐다. 상황을 보아하니 그들을 도운 건 계획된 일이 아니었던 것 같았다. 그런데도 그는 처음부터 모든 상황을 알고 있었던 것처럼 보였다.

'그래, 마치 내 속을 읽기라도 한 것처럼…….'

그 순간 그의 머릿속에 오래전 정령술을 공부하며 읽었던 책의 한 구절이 떠오르기 시작했다.

> 땅의 왕을 만났을 때에는 그 생각을 조심하라. 마주하는 순간부터 이미 머릿속은 그의 지배하에 속함이니. 진실을 감추는 자는 화를 당하게 되리라.

그건 바로 땅의 정령왕 트로웰을 언급했던 부분이었다. 미래를 읽고 타인의 감정과 생각을 투시한다는 대지의 왕. 네 정령왕 중 풍요와 지성의 상징이자, 수많은 예언자들과 현자들의 어버이.

'설마…….'

감당하기 힘든 충격이 다시금 전신에 휘몰아쳤다. 페리스는 급히 숨을 죽이고 눈을 부릅떴다. 그의 경련이 이는 눈동자를 가만히 바라본 트로웰이 빙긋 웃었다.

대답은 그것으로 충분했다. 딸꾹질을 시작한 페리스를 뒤로한 채, 트로웰은 라피스를 다시 돌아보았다.

"모처럼 나왔으니 허튼짓하지 말고 얌전히 안내해 줘. 그게 네 역할이잖아."

"……할 말이 많지만 지금은 그냥 넘어가지. 이따 다시 얘기해."

라피스는 짜증스러운 표정을 굳이 감추지 않았다. 돌아서기 전 가볍게 보낸 눈짓엔 가지 말고 기다리라는 의미가 담겨 있었다. 트로웰은 피식 웃으며 고개를 끄덕였다.

에이프릴 공녀와 황제의 기사들의 만남은 숙연한 분위기에서 이뤄졌다. 마법사의 철부지 제자를 자처하던 공녀도 오늘만큼은 본래의 외모와 신분으로 돌아와 엄숙하게 기사들을 맞이했다.

"어서 오세요, 친위기사단의 여러분. 황제 폐하의 가장 충성스러운 기사 분들을 뵙게 되어 영광입니다. 이런 날이 오다니 정말 꿈만 같네요."

"에이프릴 공작 영애를 뵙습니다."

공녀의 환대에 정중한 인사로 화답한 기사들이 눈시울을 붉혔다. 이제야 겨우 출발점에 섰다는 사실에 이루 말할 수 없는 감격이 몰아쳤다. 그건 에이프릴 역시 마찬가지였다. 그들은 마련된 자리에 앉아 오래도록 지난 이야기를 나눴다.

그동안 라피스는 홀로 그곳을 빠져나와 건물이 즐비한 골목길을 벗어났다. 그가 이른 곳은 사람이 잘 오가지 않는 한적한 공터였다. 먼저 와 있던 트로웰이 기대 있던 나무 기둥에서 천천히 몸을 일으켰다.

"어서와, 라피."

"그래서 할 말이 뭔데."

"용건은 네 쪽에서 있던 거 아니었어?"

"장난치지 마. 네가 굳이 내 앞에 나타났다는 건 할 얘기가 있단 소리잖아."

오랜 시절 알아온 덕분에 이미 대부의 습성을 꿰고 있는 라피스는 그의 말장난에 넘어가지 않았다. 트로웰은 아쉽다는 표정을 지으면서도 순순히 본론에 들어갔다.

"최근에 엘하고 연락하고 지내?"

"아니. 그 녀석 내 연락 안 받은 지 한참 됐어. 귀찮다고 무시한다고."

"용케 얌전히 있네?"

"한 번만 더 연락하면 반려석을 바다에 집어 던진다잖아. 그래서 얼마간은 참아주는 거야."

라피스는 불만스러운 표정으로 투덜거렸다. 마치 장난감을 빼앗긴 어린아이 같은 얼굴이라 트로웰은 내심 혀를 찼다. 상당히 쓸모가 많은 녀석이니 계약자로서 나쁘지는 않지만, 역시 저 성격만은 문제였다.

"근데 그런 건 왜 물어보는데?"
"음, 뭐라고 해야 할지 모르겠네. 실은 요즘 물의 느낌이 심상치 않아."
"그게 무슨 소리야?"
"정확히 어떻다는 식으로 설명하는 건 불가능해. 그냥 그렇게 느껴지는 거니까. 아무튼 얼마 전부터 엘의 기분이 상당히 저조한 것 같아. 뭔가 감정적으로 자극을 받는 만남을 겪은 것 같긴 한데……."
"흐응, 자극받을 만한 만남이라면 그걸 말하는 거 아냐?"
"뭔가 알고 있어?"
"아는 건 너겠지."
"뭐?"
"뭐긴 뭐야. 네가 전에 말했잖아. 기대하는 인연인지 뭔지가 있다며."
흐트러진 퍼즐처럼 난해한 형식으로 의미심장하게 말했던 것이 바로 얼마 전의 일이었다. 그 사실을 짚어주자 트로웰이 눈을 깜빡거렸다.
"그건 엘을 말한 게 아닌데?"
"뭐야? 엘이 아님 누군데?"
"인연을 기대하고 있는 건 그의 계약자 쪽이었어."
"나?"
"너 말고. 인간 계약자 쪽 말이야."

"뭐야, 헷갈리게 하지 마."

멋대로 착각했으면서 적반하장 식으로 쏘아붙이는 라피스를 보며 트로웰은 한숨을 내쉬었다.

"예전에 반려성의 운명을 타고난 소녀를 만났거든. 엘의 계약자는 제왕의 운명을 타고났고. 곧 두 사람이 만나게 될 것 같아서 기대했을 뿐이야."

"그게 다야?"

"이게 단데?"

그 외에 뭐가 있겠냐며 트로웰이 어깨를 으쓱했다. 결국 큰 의미가 담긴 말은 아니었단 뜻이었다.

"그럼 엘이 무슨 자극을 받고 있는 건데? 남의 인연에 심란해질 리는 없…… 아, 잠깐만. 뭐야, 설마 엘이 그 여자한테 반한 건 아니겠지?"

"설마……."

생각지 못한 말에 트로웰의 얼굴이 굳었다. 라피스는 아예 오물을 삼킨 것 같은 얼굴이었다.

"하지만 그 녀석은 정령왕인 주제에 아직 인간의 의식 수준에서 벗어나질 못하고 있잖아. 심지어 남자로서의 정체성도 확고한 상태고. 충분히 가능성 넘치는 일이지."

"그 앤 소녀라니까. 설령 그렇다 해도 아직 여자로 보일 시기가 아냐."

"아, 젠장. 그럼 대체 뭔데. 아니, 그보다 그런 게 궁금하면 네가 직접 찾아가서 확인하면 되는 거 아냐? 그게 제일 빠르잖아."

"안 그래도 그러려고 했어. 그런데 갑자기 엘의 모습이 보이질 않아."

"뭐? 그게 말이 돼?"

"나도 당황스러워. 어느 부근에 있다는 건 알겠는데 정확한 위치를 짚을 수가 없어. 마치 일전에 네가 엘을 납치했을 때와 비슷한 느낌이야."

"흠, 그럼 결계에 갇힌 건가? 그건 나도 진짜 죽을 고생하면서 만든 건데 대체 누가 또 그런 걸…… 야, 근데 나 납치한 거 아니거든? 그냥 소환했을 뿐이거든?"

누굴 납치범으로 모느냐며 버럭거리는 라피스의 말을 한 귀로 듣고 흘리며 트로웰은 심각한 표정을 지었다.

"아무튼 뭔가 이상한 일에 휘말린 건 확실해. 예감이 별로 좋지 않아."

중얼거린 음성이 작았다. 분노하면 할수록, 기분이 저조할수록 트로웰은 목소리를 낮추는 경향이 있었다. 그제야 라피스 역시 화내던 것을 멈추고 진지하게 말했다.

"과민한 생각이야. 아무리 어설퍼도 녀석은 물의 정령왕이야. 내가 만든 결계도 결국 그 녀석 스스로 부쉈어. 무슨 일이 생겼다 해도 알아서 해결하겠지."

"그렇게 생각해?"

"당연하지. 천재인 이 몸이 만든 것보다 더 강한 결계가 있을 것 같아? 게다가 그 녀석이 보호가 필요한 꼬마가 아니란 건 네가 더 잘 알잖아."

그 말을 듣고서야 트로웰은 굳은 표정을 겨우 풀었다. 그러나 그의 황금색의 눈에 서린 불안의 기운은 아직 그대로 자리 잡은 채였다.

"부디 아무런 일도 없어야 할 텐데."

제4화

1.

데르온의 경고와는 다르게 막상 시간이 지나도 던전 안에선 별다른 일은 일어나지 않았다. 단지 내려갈수록 점점 더 어두워지고, 서늘한 느낌만 들었을 뿐이었다. 하염없이 이어질 것 같았던 야명주의 빛도 어느 기점에서부터는 사라져서 주위는 더욱 음침해졌다. 그나마 데르온이 마법으로 빛을 만들어준 덕분에 사물을 확인하는 게 어렵진 않았다.

"대체 언제까지 내려가는 거지? 뭔가 되게 기분 나빠."

찌푸린 얼굴로 중얼거리는 알리사의 말에 나 역시 속으로 공감했다. 꽤나 한참을 내려온 것 같은데 전부 똑같은 길만 보일 뿐, 어느 것 하나 변하는 것이 없었다. 주변엔 그 흔한 자연체의 정령조차 보이지 않았다. 이건 나로선 그다지 좋지 않은 징조였다. 적어도 이 던전 안에서는 정령왕의 '눈'을 사용할 수 없다는 것과 마찬가지 의미였기 때문이다. 굳이 살벌한 장치가 없더라도 충분히 거북한 기분이 드는 곳이었다.

'이래서야 나 혼자 왔어도 마검을 찾긴 힘들었겠네.'

자연체의 정령조차 존재하지 않는 던전이라니. 대체 이건 누가 만들어낸 걸까? 치솟는 의문을 삼키며 나는 좀 더 주변을 경계했다. 언제 어디서 무슨 일이 생길지 모르는 이상, 정신을 바짝 차리고 있을 수밖에 없었다.

"다리가 너무 아파. 더 이상 못 걷겠어."

시간이 좀 더 흐르자 알리사가 가장 먼저 피로를 호소했다. 그녀의 앓는 소리를 들은 일행들이 잠시 이동을 멈추고 휴식을 취했다. 내색하진 않았어도 그들 역시 상당히 지친 기색이었다.

"그러고 보니 꽤 걷긴 했구나. 못해도 몇 시간은 걸은 것 같은데 아직도 끝이 보이질 않다니. 얼마나 깊은 던전인 거지?"

"생각보다 많이 내려온 건 아닐 거다."

엘의 혼잣말에 데르온이 답했다. 모두의 의아한 시선이 닿자 그는 한 손으로 벽면을 천천히 훑었다.

"재질, 온도, 감촉, 형태. 모든 게 전부 다 똑같군. 지금이 다섯 번째다."

"……무슨 뜻이지?"

그의 알 수 없는 중얼거림이 거슬린 듯 시벨리우스의 눈매가 사나워졌다. 데르온은 아랑곳하지 않고 가벼운 말투로 대답했다. 물론 그 안에 담긴 내용은 전혀 가볍지 않았지만.

"우리가 다섯 번째 같은 장소를 지나고 있단 소리다."

"……!"

단숨에 의미를 깨달은 일행들이 모두 얼굴을 빠르게 굳혔다. 같은 길을 계속 지나고 있다는 건 결국 이 장소를 벗어나지 못했다는 뜻. 그제야 비슷한 길이 무한정 이어지고 있는 이유를 알 것 같았다. 별다른 이상이 없다 했더니 아무래도 이 장소 안에 갇힌 모양이었다.

"다섯 번째라니. 그런 건 좀 더 빨리 말하라고."

"확실히 확인해 두고 싶었을 뿐이다. 갈림길도 없이 쭉 한 방향으로 내려오기만 했는데 미로가 되는 건 흔치 않은 일이니까."

"으음, 하긴. 이런 건 주술이나 마법의 힘이 아니고서야 불가능하지. 하지만 그런 영향권에 들어온 느낌은 전혀 받지 못했어."

"나도. 지훈은 뭔가 이상한 점 못 느꼈어?"

불쑥 이어진 엘의 질문에 나는 머뭇거리며 대답했다.

"아, 그게…… 정령들이 보이지 않긴 했는데."

"그래? 언제부터?"

"이 던전에 들어오면서부터 못 본 것 같아."

"이런, 그럼 거의 처음부터 걸렸단 소리네."

낭패한 얼굴로 중얼거리는 소리를 듣자 가슴이 덜컥 내려앉았다. 정령이 없다는 게 이런 의미였을 줄이야. 심상치 않은 곳이라고 생각하긴 했지만 내 짐작보다 더 심각한 상황이었던 모양이다. 그러고 보니 일전에도 정령이 보이지 않았던 적이 한 번 있었다. 라피스가 나를 소환했을 때, 그 당시에도 하급 정령들을 전혀 찾아볼 수 없어 당황했던 기억이 떠올랐다. 그가 설치해 둔 결계에 의해 공간이 변형되었기 때문이었지.

왜 그런 중요한 사실을 잊고 있었던 걸까. 내가 미리 알리기만 했어도 일행들이 사태를 판단하기 쉬웠을 거라 생각하니 눈앞이 캄캄해지는 것 같았다.

"빠져나갈 방법이 있을까요?"

초조한 기분으로 질문하자 데르온은 턱을 쓰다듬으며 고심하는 표정을 지었다.

"가장 쉬운 건 진짜 길을 찾는 겁니다."

"진짜 길?"

"저희는 지금 변형된 공간 안에 갇힌 거니까요. 이곳 어딘가에 진짜 길과 이어진 부분이 있을 겁니다. 그곳을 찾아 강제로 틈을 낸다면 결계를 부술 수 있습니다."

"그걸 어떻게 찾죠?"

"이런 형태로 된 장소의 결계라면 범위가 지정되어 있기 마련입니다. 혹시 부자연스럽다거나, 이질적인 기분이 드는 곳은 없으십니까?"

그 말에 나는 가만히 정신을 집중하고 주위를 훑었다. 하지만 아무리 예민하게 살펴도 이질적인 느낌이 드는 부분은 찾을 수 없었다. 내가 고개를 젓자 데르온의 얼굴에 서린 그늘이 짙어졌다.

“정령왕의 감각까지 속이는 결계라니. 보통 던전은 아니다 싶긴 했지만 생각보다 더 위험한 것 같군요. 파훼하는 것이 쉽진 않겠습니다.”

“벽을 전부 다 부숴버리는 건 어때? 그럼 어딘가에서 틈이 나오지 않겠어?”

제안을 한 사람은 시벨리우스였다. 하지만 데르온은 단칼에 고개를 저었다.

“함부로 건드리면 이 공간이 전부 무너질 거다. 그런 무모한 방법에 찬성할 순 없어.”

“그렇다고 계속 이대로 갇혀 있자는 거야?”

“사이좋게 매몰되는 것보다는 낫겠지.”

“의외로 대범하지 못하군. 마족이면서.”

“그런 네가 고삐 풀린 망아지처럼 구는 건 성마이기 때문인가?”

데르온의 빈정거림에 시벨리우스의 입술이 비틀렸다. 마주 보는 두 사람 사이에서 강렬한 전류가 흐르는 것 같았다.

그동안에도 나는 계속 데르온이 말한 감각을 찾기 위해 신경을 곤두세우고 있었다. 잘못 건드리면 무너진다는 건 결국 부술 수 있는 기회가 단 한 번뿐이라는 소리다. 정확한 부근을 찾지 못하면 큰 낭패를 볼 수가 있으니 어느 때보다 신중해야 했다.

‘가만, 구간이 반복되고 있다는 건 분명 어느 기점에서 다시 처음으로 돌아간단 말이겠지? 그럼 이 안에서의 공기의 흐름 역시 마찬가지라는 소린데. 이걸 기체나 액체 같은 형태로 확인할 수 있으면 왜곡된 부분을 찾을 수 있지 않을까?'

그래…… 예를 들어 물 같은 걸로 말이다.

문득 스치는 의문에 나는 일단 실험을 해보기로 했다. 의식을 집중하자 천천히 차오른 물이 순식간에 발밑을 적셨다. 그것은 곧 중력의 법칙에 따라 계단을 타고 아래로 흘러내려 가기 시작했다.

갑자기 바닥에서 물이 흐르자 일행들은 당황한 듯했지만 그저 가만히 숨을 죽인 채 내 행동을 주시했다. 서로 노려보기 바쁘던 시벨리우스와 데르온 역시 마찬가지였다.

모두가 지켜보는 가운데, 나는 물의 흐름에만 온 감각을 집중했다. 물은 하염없이 내려가기만 할 뿐 좀처럼 흐름을 바꾸지 않았다. 마치 이곳까지 오는 우리들의 모습 같았다.

묘한 기분을 느낀 것은 물의 흐르기 시작한 지 어느 정도 시간이 흘렀을 즈음이었다. 어느 순간부터 물이 흐르는 감각이 이중창처럼 겹쳐져서 느껴지지 시작했다. 처음엔 매우 희미한 감각이 따라붙는 것 같았는데, 갈수록 선명해지더니 어느 순간부터는 서로 우열을 가릴 수 없게 되었다.

'마치 두 개의 물줄기가 같이 흐르는 것 같은…….'

이유를 깨닫는 건 오래 걸리지 않았다. 무심코 고개를 든 순간 보이는 광경에 나는 눈을 크게 떴다. 일행들 역시 나를 따라서 고개를 들었다가 모두 그 상태로 굳었다. 천장에서 시내가 흐르고 있었던 것이다. 그것이 지금 내 앞에서 흐르고 있는 물과 연결되어 있다는 건 몰라볼 수가 없었다.

"흐음, 이제 알았네. 옆이 아니라 위였구나?"

재밌다는 듯 중얼거린 엘이 불쑥 검을 뽑아들었다.

"엘?"

"이봐, 잠깐……."

아직 당황한 기색을 거두지 못한 시벨리우스와 데르온이 얼굴을 찌푸린 채 입을 벙긋거렸다. 하지만 그땐 이미 엘이 검을 내지른 뒤였다. 슈우욱, 콰지지직! 퍼버버벙! 마치 폭풍이 이는 것 같은 사나운 소리가 천장을 빠르게 훑고 지나갔다. 예상치 못한 일은 다음에 일어났다. 정작 공격을 받은 천장은 멀쩡한데, 우리가 서 있던 바닥이 무너지기 시작한 것이다. 아니, 지반 자체가 주저앉는 느낌 같기도 했다.

"이런, 무너진다!"

"다들 조심해!"

당황한 일행들 사이에서 허둥거리는 움직임이 느껴졌다. 하지만 이번엔 그들을 건사할 틈도 없었다. 충격을 방어하려고 하는 순간 이미 바닥에 닿았기 때문이다. 요란한 진동과 소음도 아주 잠깐이었을 뿐 순식간에 사라졌다. 주위를 돌아보니 엉덩방아를 찧은 것 외에 별다른 피해는 없어 보였다. 애초에 추락이라고 할 만한 높이는 아니었던 것 같았다.

시간이 지남에 따라 사방을 자욱하게 채우고 있던 먼지도 서서히 걷혔다. 눈앞엔 조금 전까지와는 비교도 할 수 없이 넓은 공간이 펼쳐져 있었다. 일정 간격으로 둥근 기둥이 박혀 있는 모습이 마치 신전을 연상하게 만드는 곳이었다. 그 너머로 활짝 열려진 두 개의 문이 긴 복도를 내보이고 있었다.

"콜록, 콜록! 뭐야, 이걸로 끝이야?"

기침을 내뱉은 알리사가 어이없어하며 중얼거렸다.

"아니."

그 말에 대답한 건 엘이었다. 다들 주저앉은 상황에서도 그는 혼자 멀쩡히 서서 검을 어깨에 걸치고 있었다. 엘이 바라보는 곳을 따라 시선을 돌린 나는 살짝 신음을 흘렸다.

"이제부터 시작이지."

복도의 입구 앞에서 붉은 빛들이 번쩍이고 있었다. 사납게 치켜뜬 짐승의 안광이었다.

2.

덜컹! 쿠우웅!

"꺄아악! 엄마야!"

"알리사!"

요란한 소리와 함께 갑자기 구덩이로 변한 바닥에서 무수히 많은 쇠창살이 튀어 올랐다. 미처 피하지 못한 알리사가 그대로 떨어지려는 순간, 이사나가 황급히 시큐엘을 소환하여 그녀를 잡아

채 밖으로 끌어 올렸다. 아주 잠깐이라도 늦었다면 놓쳤을 아찔한 상황이었다.

"괜찮아, 알리사? 어디 다친 덴 없어?"

"어, 엄청 놀랐어."

"하아, 내가 더 놀랐다. 이러다 심장마비로 먼저 죽는 거 아니야?"

창백한 얼굴로 심호흡하는 알리사 옆에서 이사나와 시벨리우스가 같이 숨을 몰아쉬었다. 데르온과 엘의 안색도 창백하긴 마찬가지였다. 조금 전 다른 함정을 간신히 피한 참에 바로 연이어진 일이라 다들 더 크게 놀란 참이었다.

나는 알리사의 상태를 간단히 점검한 후 우리가 지나온 길을 힐끗 돌아보았다. 견고하고 웅장하게 세워진 내벽, 그 양 사이로 펼쳐진 거대하고 긴 통로는 여느 왕성의 복도를 떠올리게 했다. 그러나 바닥은 잘 다져진 대리석 대신 온통 폭격을 맞은 듯한 흔적들만 가득했다.

발 디딜 틈도 없이 파인 수많은 구덩이, 종류를 알 수도 없는 살벌한 무기와 빼곡하게 전개된 갖가지 살육용 장치들. 보통 사람이라면 이미 몇 번은 황천길에 올랐을 현장을 돌아보고 있노라니 한숨이 저절로 흘러나왔다.

끝은 언제 닿는 걸까. 쫓기듯 정신없이 이동하는 동안 꽤 깊숙한 곳까지 들어온 듯했는데, 여기가 던전의 어디쯤인지는 정확히 가늠하기가 힘들었다.

도대체 어떻게 되어먹은 구조의 건물인 건지. 같은 장소를 반복하게 만들던 결계를 부쉈음에도 결과적으로는 크게 달라진 점이 없었다. 정령들은 여전히 보이지 않았고, 시야가 닫힌 것처럼 막막한 기분이 드는 것도 똑같았다. 하다못해 해가 뜨고 지는지조차 판단할 수 없어서 시간 감각마저 모호해진 상태였다. 다만 확실한 건, 이곳에서 벌어진 첫 전투가 어느새 가물가물하게 여겨질 정도로 상당한 시간이 흘렀다는 것뿐이었다.

'……그것도 정말 굉장했었는데 말이지.'

다시 떠올려도 끔찍한 기억에 얼굴이 저절로 찌푸려졌다. 입구 앞에서 우리를 맞이했던 짐승은 검은 털을 지닌 거대 늑대였다. 매우 날렵한 데다 덩치가 몹시 컸지만 상대하기 곤란할 정도로 강한 편은 아니었다. 문제는 그 수가 많아도 너무 많았다. 아니, 정확히는 죽여도 다시 살아나서 덤벼들었다. 베어내면 쓰러지는 건 그때뿐, 사체가 곧장 증발하는가 싶더니 다시 한데 뭉쳐져서 늑대의 모습으로 변하는 것이다. 처리하고 처리해도 끝도 없이 계속 밀려드는 바람에 나중에 가서는 그냥 기계적으로 베어낸 기억밖에 없었다.

지긋지긋하게 이어지던 공방은 결국 내가 늑대들을 전부 물에 가둬 얼려버리고 나서야 간신히 끝을 고했다. 애초에 죽이는 게 아니라 포획하는 쪽으로 초점을 맞춰야 했었던 듯했다. 깨닫는 게 늦어 오랜 시간을 헛수고한 셈이다. 그때쯤엔 이미 다들 너무 지쳐서 심한 탈수 증상까지 보였다.

하지만 엘의 말대로 그것은 단지 시작에 불과했을 뿐이었다. 그 이후부터 던전은 본격적으로 본래의 기능에 충실하기 시작했다. 그게 무슨 말이냐면, 곳곳에 함정들이 산재해 있었다는 뜻이다. 돌연 사방에서 뾰족한 송곳이 내려온다거나 화살 비가 쏟아지는 건 예사였고, 지금처럼 바닥이 갑자기 꺼지거나 거대한 돌덩이가 굴러오기도 했다.

잊을 만하면 살아 있는 것들이 튀어나오기도 했는데, 그 대다수가 기괴한 형태의 처음 보는 것들뿐이었다. 처음엔 단순히 마법으로 만들어진 것이라 생각했지만, 데르온 덕분에 뜻밖의 사실을 알게 됐다. 그것들 대부분이 마계에서 서식하는 종류라는 것이다.

"네? 그게 마계의 생물이라구요?"

"예, 그것도 경계에 사는 생물들입니다."

"경계?"

"마계 주 영토 밖에 있는 외곽 지대를 말합니다. 주민은 살지 않는 버려진 땅이죠. 그곳에 서식하는 생물들은 마족들 중에서도 실력이 없는 자는 함부로 건드리지 못합니다. 마검이 봉인되었다더니, 아무래도 이 던전은 마족이 설계한 것 같군요. 최소한 큰 조력자였던 것은 분명합니다."

설계에 관여한 마족은 상당한 고위 계급이었을 거라는 게 데르온의 총평이었다. 내친김에 그는 상대의 정체까지 파악하려고 했지만, 상당히 치밀한 자인지 그 어디에도 단서로 삼을 만한 흔적을 발견하지 못했다. 그래선지 이동하는 내내 데르온은 심기가 매우 불편한 얼굴을 하고 있었다. 같은 마족이기 때문인지 경쟁심을 느끼는 것 같았다.

"어? 문이다!"

목적지에 다다르고 있다는 증거일까. 영원히 끝나지 않을 것만 같았던 모험은 잠시 후 뜻밖의 국면을 맞이했다. 하염없이 이어지던 기나긴 복도가 끝나고, 그 앞에 굳게 닫힌 문이 나타난 것이다.

"혹시 모르니까 다들 뒤로 물러서."

엘의 말에 일행들은 모두 긴장한 얼굴로 한 걸음 물러났다. 지금까지 생각지 못한 부분에서 계속 장치가 튀어나온 만큼, 이 문 자체가 함정일 거란 의심도 지울 순 없었다.

엘 역시 긴장했는지 살짝 심호흡을 한 다음 문고리를 잡아 돌렸다. 끼이익, 나무가 비틀리는 것 같은 억센 소리와 함께 닫힌 문이 천천히 열리기 시작했다. 반쯤 드러난 틈 너머로 희뿌연 빛이 새어 나왔다. 그 외의 다른 일은 일어나지 않았다.

시간이 흘러도 아무런 반응이 없자 일행들은 천천히 경계 자세를 풀었다. 그래도 누구 하나 안을 들여다보려는 사람은 없었다. 결국 머뭇거리는 그들을 대신해서 내가 문을 활짝 열었다. 그제야 제대로 드러난 광경에 나는 살짝 얼굴을 찌푸렸다. 문 너머에도 여전히 기나긴 복도가 이어지고 있었다. 그런데 내부를 이루고 있는 것이 지금까지와는 달랐다. 이전보다 폭이 좁았고, 바닥과 천장을 제외한 모든 곳이 반들거리는 재질로 이뤄져 있었다. 매끄러운 표면 위엔 주위의 광경이 그대로 내비쳐 보였다.

"……거울?"

재질의 정체는 한눈에 깨달았다. 그것도 상당히 선명한 거울이었다. 실험하는 기분으로 살짝 안에 들어서자 양쪽에서 내 모습이 고스란히 비쳤다. 마치 내가 끝도 없이 복제되어 늘어나 있는 것 같은 느낌이라 기분이 썩 좋진 않았다.

"취향이 의심스러운 곳이군요."

뒤따라 들어온 데르온 역시 불쾌한 표정으로 중얼거렸다. 다른 일행들도 신기한 표정으로 주위를 살피고 있었다.

"전부 거울이네요."

"여기도 평범한 곳은 아닌 것 같지?"

"뭔가 되게 기분 나빠."

"일단 안쪽으로 들어가 보자."

엘의 말에 우리는 고개를 끄덕인 후 천천히 걷기 시작했다. 주위는 고요했고, 우리가 걷는 소리 외에는 아무것도 들리지 않았다. 분위기만 봐선 당장 무슨 일이 벌어져도 이상하지 않을 것 같은데, 의외로 별다른 일은 일어나지 않았다. 밟기만 하면 나타나던 구덩이도, 갑자기 날아오는 화살이나 살벌한 흉기들도 없었다. 오히려 던전에 들어온 이후로 가장 쾌적한 시간을 보내고 있는 것 같았다. 물론 무한정 반복되는 공간에 갇힌 경험도 있으니만큼 평화롭다고 해서 무조건 안심할 건 못 되었지만 말이다.

"아무 일도 없으니 오히려 불안하군요."

"그러게 말이에요."

불편하게 주위를 응시하는 데르온을 따라 나 역시 한숨을 내쉬었다. 그때 누군가 툭툭, 내 어깨를 가볍게 두드렸다. 고개를 돌리자 바로 뒤에서 걷고 있던 이사나가 어리둥절한 표정을 지었다.

"왜 그래, 지훈?"

"응? 지금 내 어깨 두드리지 않았어?"

"으응? 아니, 난 아무것도 안 했는데."

"……그래?"

내가 잘못 느낀 건가?

꽤 뚜렷한 감각이었는데 착각이었다는 게 좀 이상했다. 그래도 이사나의 당황한 표정이 거짓인 것 같지도 않아 나는 대수롭지 않게 고개를 돌리려 했다. 그런데 무심코 스쳐 지나가는 광경에서 문득 위화감이 느껴졌다. 거울에 비치고 있는 이사나의 얼굴들 중 하나가 마치 나를 향해 웃고 있는 것처럼 보였던 것이다. 흠칫 놀라 돌아봤지만, 전부 똑같기만 할 뿐 아무런 특이점을 발견할 수 없었다.

"지훈?"

"……아, 미안. 아무것도 아냐."

'뭐야, 또 착각…….'

너무 지나치게 긴장한 건가? 속으로 혀를 찬 후 다시 몸을 돌리려고 할 때였다. 그 순간 거울 속에서 빛이 반짝이는 것 같은 느낌이 들었다. 반사적으로 바라본 곳에서 당황스러운 광경이 펼쳐졌다. 거울 속에 비친 알리사가, 품속에서 천천히 단검을 빼 들고 있었다. 알리사가 저런 무기를 갖고 있었나? 나는 깜짝 놀라 알리사를 제대로 바라보았다. 하지만 그녀의 손엔 아무것도 들려 있지 않았다.

"뭐……."

상황을 판단하기도 전에 몸이 나서는 것이 더 빨랐다. 나는 황급히 알리사의 옆에 있던 시벨리우스를 붙잡아 내 쪽으로 잡아끌었다. 갑자기 일어난 상황에 놀란 시벨리우스가 눈을 휘둥그렇게 뜨는 것이 보였다.

"뭐, 뭐야, 너?"

당황한 그가 항의하듯 외치는 소리가 들렸다. 다른 일행들도 모두 놀란 표정으로 나를 바라보고 있었다. 하지만 나는 그들을 돌아볼 겨를이 없었다. 거울 속의 알리사가 자신의 옆을 단검으로 힘껏 찌르고 있었으니까. 방금 내가 잡아끌기 직전까지, 시벨리우스가 서 있던 바로 그 자리였다.

'뭐지? 거울에 비친 모습이 멋대로 행동을?'

너무 충격적인 상황이라 등줄기에 저절로 식은땀이 흘렀다. 공격한 쪽도 공격당한 쪽도 전부 거울 속의 광경이긴 했다. 그래도 왠지 피하게 해야 할 것 같았다. 저 공격이 실제 우리에게까지 영향을 미치지 않는다고는 장담할 수 없었으니까.

결과적으로 그 판단은 현명했다. 다음 순간 거울 속의 이사나가 빙긋 웃더니, 마찬가지로 거울 속에 비치고 있는 나를 보란 듯이 툭툭 두드렸다. 그러자 정말로 내 어깨 쪽에서 선명한 감각이 느껴졌다. 조금 전 나를 건드린 것도 거울 속의 이사나였던 모양이다.

'설마…… 거울 속의 내가 공격을 받으면 진짜 나도 다치는 건가?'

거기까지 파악하자마자 나는 황급히 거울을 돌아보았다. 그 즉시 들어오는 광경에 나는 헛숨을 삼켰다. 이번엔 내가 검을 꺼내 들고 시벨리우스를 겨냥하고 있는 게 아닌가!

"나한테서 떨어져!"

"뭐?"

비명을 지르듯 내뱉은 고함에 시벨리우스의 얼굴이 일그러졌다. 하지만 그는 곧 경악한 표정을 지으며 서둘러 뒤쪽으로 물러섰다. 그 역시 거울 속의 광경을 발견한 것이다.

"뭐, 뭐야, 이거!"

그제야 다른 일행들도 뒤늦게 상황을 눈치채고 얼굴을 굳혔다. 거울 속의 자신이 제멋대로 움직이고 있으니 발견하지 못할 수가 없었다.

"다들 멀찍이 물러나!"

그나마 다행스럽게도, 거울 속의 우리는 실제 우리가 위치한 자리에서 멀리 이탈하지는 못하는 것 같았다. 상황을 파악한 엘이 지시를 내리자 일행들은 주춤거리면서도 빠르게 일정 간격 이상으로 거리를 벌렸다. 거울 속의 우리들도 각자 무기를 빼어 들고 대치하고 있었다. 그 모습을 본 시벨리우스가 낭패한 표정을 지었다.

“쯧, 어쩐지 평범한 곳 같진 않더라니. 설마 그림자 주술인 건가.”

“그림자 주술?”

“암흑 주술 중 하나야. 대상의 그림자를 삼켜서 모습을 그대로 본뜬 분신을 만들어내지. 저주를 걸거나 누명을 씌우기 위한 용도로 주로 쓰였어. 거울에 비친 형체를 이용하는 방식은 나도 처음 봤지만. 이건 조금 변형된 형태 같아.”

“주술의 파훼법은 알겠나?”

이번에 물은 건 데르온이었다. 시벨리우스는 복잡한 표정으로 머리를 긁었다.

“어떤 주술이든 사물을 매개체로 한 건 사물 자체가 발동 조건이야. 아무리 대단한 거라도 조건이 사라지면 더는 유지할 수 없으니까. 이 경우엔 거울을 깨면 될 것 같긴 한데…….”

“그런데?”

“말했다시피 사물을 매개체로 하는 건 발동 조건만 없애면 돼서 파훼가 쉽거든. 그래서 보통은 눈에 띄지 않는 걸로 정해. 하지만 지금은 노골적으로 드러내고 있지.”

“이 자체가 함정일 수 있단 말이군.”

“바로 그거야.”

일행들은 한동안 고심하는 표정을 지었다. 마냥 이대로 있을 수도 없지만, 섣불리 주술을 깨트렸다가는 더 위험해질 수도 있으니

다음 일을 결정하는 것이 쉽진 않았다. 하지만 선택의 시기는 곧 강제로 찾아왔다. 별안간 거울 속의 이사나가 검을 자신의 목에 가져간 것이다.

"자해도 하는 거였어?"

경악하는 우리의 반응을 즐기듯, 거울 속 이사나가 빙긋 웃었다. 그러자 보란 듯이 다른 그림자들도 차례로 자기 자신에게 검을 겨누기 시작했다. 공격은 피할 수라도 있지만 자해는 막을 방법이 없었다. 상황이 그렇게 되자 일행들의 표정도 다급해졌다.

"젠장! 할 수 없지. 거울을 전부 깨트려!"

"그, 그래도 돼?"

"여기서 목이 베이는 것보다는 낫잖아!"

그 말은 사실이었기 때문에 나는 곧바로 파도를 일으켜 양쪽 거울 벽을 크게 강타했다. 쿠구구궁! 와장창! 요란한 소리와 함께 우리를 비추고 있던 거울이 산산조각 나면서, 그림자들의 모습 역시 일시에 사라졌다.

예상치 못한 일은 그 다음 순간 일어났다. 파괴된 벽면 밖으로 공간이 순식간에 넓어지는가 싶더니, 바닥에서 멋대로 거대한 기둥들이 튀어나오기 시작한 것이다.

쿠웅! 쿠우웅!

"뭐, 뭐야!"

솟아나는 기둥들에 따라 우리가 서 있던 바닥도 꿈틀거리며 변형되기 시작했다. 마치 장소 자체가 새로 조립되고 있는 것 같았다. 문제는 거울의 그림자 때문에 우리가 서로 떨어져 있는 상태라는 것이었다. 그 간격 사이에도 벽면이 치솟아 올라 새로운 형태를 취하기 시작했다.

"꺄악!"

"지, 지훈!"

"이런! 알리사! 이사나!"

빠르게 세워지는 기둥들 사이로 알리사와 이사나의 모습이 삼켜지듯 사라졌다. 그들에게 재빨리 달려가려는데 내 앞에도 벽이 나타나 앞을 가로막았다. 갑자기 튀어나온 기둥 때문에 넘어지려는 걸 누군가 뒤에서 받쳐주었다. 시벨리우스였다.

"괜찮아?"

"아, 으응."

고개를 끄덕이고 나니 문득 주위가 고요해진 느낌이 들었다. 그제야 나는 요란하던 바닥의 들썩임이 멈췄다는 걸 깨달았다. 시선을 들자 조금 전까지와는 전혀 다른 공간이 눈앞에 펼쳐져 있었다. 사방이 전부 꽉 막힌 밀실 같은 방이었다. 왼편의 한구석에 이 공간의 유일한 출구로 보이는 문 하나가 달려 있었다. 안에 있는 사람은 나와 시벨리우스뿐, 다른 사람의 모습은 보이지 않았다.

"아무래도 다들 흩어진 것 같아."

내가 주위를 훑어보는 이유를 짐작했는지 시벨리우스가 착잡한 표정으로 말했다. 설마 싶었던 상황을 분명히 확인하게 된 내 기분도 착잡하긴 마찬가지였다. 한동안 주위를 돌아본 시벨리우스가 한숨을 내쉬며 중얼거렸다.

“설마 공간이 변형되는 반술(反術)이라니. 이 던전을 만든 녀석, 누군지 몰라도 정말 보통이 아니야.”

“반술?”

“주술 안에 숨겨진 주술이야. 첫 번째 주술이 강제로 깨지면 그 반작용으로 발동하게 되어 있지. 이 경우 보통 처음 주술은 깔아 두는 용도일 뿐이고, 이쪽이 진짜 주술에 가까워.”

“그렇구나. 역시 거울은 함정이었단 말이네?”

“그런 거지. 게다가 함정인 걸 알아도 피할 수 없도록 착실히 유도까지 했어. 이런 식의 반술은 고위 주술사 중에서도 아무나 할 수 있는 게 아니…… 근데 정령왕이라면 이 정도는 저절로 알지 않아?”

설명하다 말고 찝찝했는지 시벨리우스가 의심스러운 시선으로 나를 바라보았다. 딱히 변명할 말이 없었으므로 나는 멋쩍게 어깨를 으쓱해 보였다.

“넌 진짜 이상해.”

“으음, 뭐, 그럴 수도 있지. 나도 전부 모르는 건 아냐. 그냥 깨닫는 게 조금 느린 것뿐이지.”

“……마치 서로 바뀐 것 같아.”

“뭐가?”

“엘과 너 말이야. 엘은 인간인데 너무 인간 같지 않아서 이상했거든. 그런데 넌 정령왕인데 인간 같아.”

어쩌면 정말로 뒤바뀐 걸지도 모르지. 씁쓸한 생각을 하며 나는 피식 웃었다. 그러자 조금 화가 난 듯한 시벨리우스의 목소리가 이어졌다.

"참는 게 버릇이야?"

"응?"

예상치 못한 질문에 나는 어리둥절해하며 고개를 들었다. 그는 나를 바라보지 않은 채 시선을 다른 곳에 두고 있었다. 왠지 복잡해 보이는 표정이었다.

"내가 이런 말 할 자격은 없다는 건 알아. 하지만 지금까지의 상황들, 네 입장에선 전부 부당한 것뿐이잖아. 그런데 왜 화를 내지 않아? 다른 정령왕들한테는 그렇다 치더라도, 나나 엘한테는 화풀이라도 해야 하는 거 아니야?"

"……딱히 너희 잘못은 아닌걸."

"그러니까, 그렇게 생각하는 게 이상하다고. 내가 아는 한 정령왕들은 자신의 감정이 먼저지, 그런 식으로 잘잘못을 가려가며 참아주는 족속은 아니었어. 너 그럴 때마다 얼마나 엘 같은지 알아? 젠장, 하긴 그러고 보니 네 그 유한 성격도 선대에 의해 형성된 거라고 했지. 왜 엘 같은지 이해는 되네."

"……."

노골적인 빈정거림에 말문이 턱 막혔다. 스스로도 아차 싶었는지 시벨은 바로 후회하는 표정을 지었다.

"미안. 이런 말 하려던 건 아니었는데. 이상하게 너만 보면 화가

나. 네가 엘이 아니라는 사실을 알았을 때부터 어쩐지 배신당한 기분이었거든."

"……난 한 번도 내가 '엘'이라고 말한 적 없어."

"알아. 오히려 싫어했지. 그래도 나는 네가 틀림없이 엘일 거라고 생각했어. ……솔직히 말하면 지금도 그 생각을 버리지 못하는 중이고."

"뭐?"

마지막 말은 거의 중얼거림에 가까웠지만, 알아듣지 못할 정도는 아니었다. 생각을 버리지 못했다니, 설마 아직도 나를 엘의 환생이라 여기고 있다는 뜻인가? 예상치 못한 일이라 나는 당황하여 시벨리우스를 바라보았다. 그는 짜증스럽다는 듯이 머리칼을 쓸어 올리곤 짧게 한숨을 내쉬었다.

"아까 널더러 엘 같다고 했었지. 반대로 지금의 엘을 보고 있으면 왠지 그답지 않다는 느낌을 받을 때가 있어. ……예를 들면 갑자기 지면을 무너트려서 모두를 위험하게 한 일이라거나."

"아?"

그치만 그때는 오히려 엘을 두둔하지 않았었나? 사람들 앞에서 무안을 당한 기억이 아직도 선명한데 이제 와서 이렇게 말하니 어이가 없었다. 그 자신도 겸연쩍었는지 시벨리우스는 민망한 표정을 짓고 있었다.

"그땐 사실 나도 좀 놀랐거든. 엘이 그렇게 한 이유를 알기 때문에 바로 납득은 했지만, 그답지 않다고 여긴 건 사실이야. 그 외에도 그가 조심성 없이 행동하는 모습을 보면 조금 당황스러워. 엘에게 이런 면이 있었나 싶어서."

"그, 그랬구나."

"물론 예전에도 엘은 좀 과감하긴 했어. 분명 지금의 엘이 내 기억 속의 모습과 똑같은 행동, 똑같은 가치관을 지니고 있다는 것도 알아. 그런데도 낯선 느낌이 들어서 이상해. 왜 그런 건가 곰곰이 생각해 봤는데, 아무래도 그동안 너한테 익숙해진 탓인 것 같아."

"그게 무슨 말이야?"

"네 반응에 이미 적응해서, 엘이 너처럼 행동하지 않으면 오히려 그게 이상하게 느껴진다고. 무의식적으로 엘을 너와 비교하고 있단 말이야."

"……!"

이건 정말로 생각지 못한 말이었다. 나와 눈이 마주치자마자 시벨리우스는 한껏 비틀린 미소를 지었다. 자조와 경멸, 수치심과 후회의 감정들이 일그러진 얼굴 위에 나타났다 사라지길 반복하고 있었다.

"우습지? 마음껏 비웃어도 돼. 나도 이러는 내가 납득이 안 돼서 혼란스러우니까."

"비웃다니……."

"왜? 누가 봐도 비웃을 만한 일이잖아? 난 그럴 때마다 내가 정말 짜증나! 엘은 내 소중한 친구야! 그런데 왜 내가 그를 남과 비교하면서 그답지 않다고 여겨야 하는 거지? 너 진짜 정체가 뭐야? 대체 뭐하는 녀석이냐고!"

나를 보는 시선에 원망이 가득했다. 정작 몰아세워진 쪽은 나인데, 마치 그가 버림받은 아이 같은 얼굴을 하고 있었다. 무슨 말이라도 하고 싶었지만, 입술을 벌려도 그저 벙긋거리기만 할 뿐 한마디도 제대로 흘러나가지 않았다. 결국 침묵을 택한 나를 보며 시벨리우스는 다시금 한숨을 내쉬었다.

"후우, 아니다. 이런 얘기 너한테 해 봤자 소용없겠지. 이건 결국 내가 스스로 해결해야 할 문제니까. 미안하다. 방금 한 말은 신경 쓰지 마. 널 탓할 생각은 없었어."

"시벨……."

"어쨌든 이 얘긴 여기까지 하자. 일단은 다른 애들을 찾는 게 먼저인 것 같아. 지금쯤 다들 헤매고 있을 거야."

그가 알아서 이야기를 결론짓고 상황을 마무리할 때까지, 내가 할 수 있는 일은 아무것도 없었다. 시벨리우스는 낮게 한숨을 내쉬고는 먼저 몸을 돌려 걸어 나갔다. 문이 여닫히는 소리가 들리자마자 나는 황급히 그의 뒤를 따라나섰다. 하지만 서둘러 나간 복도엔 이미 아무도 존재하지 않았다.

"시벨?"

이름을 불렀지만 대답은 돌아오지 않았다. 그 잠깐 사이에 벌써 소리가 닿지 않을 정도로 멀리 가버린 듯했다. 길은 양쪽으로 뻗어 있었고, 두 군데 전부 안쪽으로 꺾어지는 형식이었다. 시벨리우스가 어느 쪽으로 갔는지 알 수가 없어, 나는 일단 무작정 걸음을 옮겼다. 그 순간 굽어진 길에서 누군가 불쑥 튀어나왔다. 흠칫 놀라 방어 자세부터 취하려는데 낯익은 목소리가 들려왔다.

"아, 여기 있었구나?"

"……엘!"

마주친 사람은 다름 아닌 엘이었다. 익숙한 얼굴을 발견하자 몸의 긴장이 저절로 풀렸다. 그 역시 우리를 찾으러 다니고 있었던 듯했다. 혼자 떨어져 있었던 게 분명한데, 다급한 기색도 없이 태연하게 말을 걸어오는 모습이 그답단 생각이 들었다.

"의외로 가까운 곳에 있었네?"

"그러게. 만나서 정말 다행이야. 그런데 혹시 시벨 못 봤어?"

"시벨? 아니, 못 봤는데."

"그렇구나. 실은 방금 전까지 나랑 같이 있었거든. 먼저 나갔는데 벌써 사라져서 보이질 않아."

"흠, 그래?"

"아무래도 반대편으로 갔나 봐. 놓치기 전에 어서 따라가자."

"응, 그래야지."

왠지 모르게 돌아오는 반응이 미적지근했다. 앞서 가려다 말고 나는 뒤를 돌아보았다. 엘은 여전히 그 자리에 서서 움직이지 않고 있었다.

"엘?"

"시벨이 왜 먼저 간 거야?"

"어?"

"이런 상황에서 단독 행동이 위험하다는 건 누구나 당연히 알 거야. 보통은 같이 움직이려고 하는 게 정상일 텐데. 굳이 널 놔두고 먼저 간 이유가 있나 해서."

"아, 그건……."

허를 찌르는 질문이라 나는 바로 대답하지 못하고 머뭇거렸다. 엘이 뭔가 짐작했다는 듯한 얼굴로 물었다.

"싸웠어?"

"그, 그런 건 아니고……."

"아니면, 시벨이 너랑 있는 게 괴로웠던 건가?"

"……!"

아마도 내 눈빛이 흔들렸던 것 같다. 집요할 정도로 날 주시하던 엘이 피식 웃었다.

"실은 알고 있었거든. 그 녀석이 아직도 너와 날 보며 혼란스러워한다는 거. 그걸 인정하고 싶지 않아서 일부러 더 너와 거리를 둔다는 것도. 그냥 다 같이 친하게 지내면 될 걸, 누가 진짜인지 아닌지 일일이 구분하려고 할 필요는 없는데 말이야. 참 미련한 성격이라니까."

"저기, 엘……."

"네가 이해해 줘. 유니콘들은 원래 타인과의 교류에 미숙하거든. 평생에 걸쳐 좁고 협소한 관계를 이루는 편인데, 그런 대신 그 몇 안 되는 관계를 매우 특별하게 여기고 집착하지. 자신의 친구와 닮은 사람이 있다는 것만으로도 그 녀석 입장에선 위협을 받는 기분일 거야. 심지어 헷갈리기까지 하니 더욱 혼란스러울 수밖에."

"……결국은 나 때문인 거네."

"아니라고는 할 수 없지. 그게 네 잘못은 아니라도."

"……."

딱 자른 말투에 가슴 한편이 서늘해졌다. 입술에 걸린 미소와는 달리 엘의 두 눈은 전혀 웃고 있지 않았다. 혹시 화가 난 걸까? 조심스럽게 그의 기분을 살피려고 할 때였다.

"그래서 말인데, 넌 너에 대해서 어떻게 생각해?"

"으응?"

"지금 네 모습이랑, 성격. 남의 닮은꼴이라는 게 억울하지 않아? 계속 그렇게 있고 싶어? 이제 슬슬 정체성을 찾아야 한다고 생각하지 않아?"

"무슨…… 말을 하는 거야."

당황해서 되물은 말에 엘의 웃음이 더 짙어졌다.

"네 생각이 궁금한 것뿐이야. 솔직히 말하면 난 지금 이 상황이 좀 재밌거든. 그래서 그냥 지켜보기만 하려고 했는데, 시벨이 이렇게 힘들어하는 걸 보니까 더 이상 가만히 있으면 안 될 것 같네. 일전에 시벨도 충고했을 텐데. 네가 알아서 제자리로 돌려놓길 바란다고. 설마 그새 잊어버린 건 아니지? 아니면, 설마 너도 같이 즐기고 있는 거야? 나와 시벨을 괴롭히고 싶어서?"

"뭐? 아, 아냐! 그럴 리가 없잖아."

"아니라면 태도를 확실히 해 줄래? 정령왕도 인간도 아닌 상태잖아, 너. 네가 어중간한 위치를 고수하는 바람에 다른 사람들도 널 대하는 걸 어려워하는 거야. 이사나와 알리사가 널 볼 때마다 긴장하는 거, 느끼지 못했어?"

물론 알고 있었다. 하지만 내가 나서서 어떻게 할 수도 없는 문제이기도 했다. 이름을 바꾸고 엘을 받아들임으로써 나는 내가 할 수 있는 최선을 다했다고 생각했다. 하지만 그것만으로는 부족했던 걸까. 내가, 주위 사람들을 괴롭게 만들고 있는 걸까.

나를 향해 분통을 터트리던 시벨리우스의 얼굴이 떠올랐다. 일방적으로 화내고 있었지만, 그 역시 괴로워한다는 게 아플 만큼 느껴져서 아무 말도 할 수 없었다. 내가 존재한다는 것 자체가, 누군가에게 그렇게 큰 상처가 되는 건가?

"난…… 그럴 생각이……."

변명하기 위해 힘겹게 입을 열자 엘은 바로 고개를 저었다. 들려오는 한숨 소리에 어깨가 저절로 움츠러들었다.

"물론 넌 그러고 싶지 않겠지. 하지만 상황이 그렇게 흘러가고 있잖아."

"……그게 전부 내 탓이야?"

"글쎄. 우리 둘이 너무 닮는 바람에 빚어진 혼란이니까. 이 경우엔 따라 한 쪽의 잘못이겠지."

따라 한 쪽.

적나라한 표현에 머릿속이 뜨거워졌다. 화가 난 것 같기도 하고, 울고 싶은 것 같기도 했다. 이런 감정이 얼굴에도 고스란히 드러났는지, 엘이 가볍게 고개를 갸웃했다.

"왜? 내가 너무 노골적으로 말하니까 당황스러워? 하긴 네가 원해서 이렇게 된 건 아니긴 하지. 하지만 둘 중 하나가 가짜라면, 결국 가짜인 쪽이 진짜를 따라 한 게 맞잖아?"

"……."

"자신 있다면 대답해 봐. 넌 누구야? 지금의 네가 과연 진짜 너라고 할 수 있어?"

아니, 그럴 리가 없잖아.

말문이 막혀 입을 다물려는데, 뭔가 미지근한 것이 볼을 타고 흘러내렸다. 무심코 만지자 손이 흥건히 젖는 느낌이 들었다. 그때서야 나는 내가 울고 있다는 걸 깨달았다. 이런 상황에서도 그게 조금 신기해서 나는 한참 동안 눈을 깜빡거렸다.

눈물을 흘려본 게 얼마 만이더라? 언제부터인가 아무리 노력해도 눈물이 나오질 않았다. 이젠 우는 법도 잊어버린 줄 알았는데, 그게 아니었던 모양이다.

가만히 내려다보는 동안 손가락 위를 감돌던 물방울들이 마치 피부에 흡수되듯이 사라져 갔다. 평범한 인간에게서는 있을 수 없는 현상이다. 내가 물의 정령왕이란 증거는 이렇게나 명백하다. 그럼에도 나를 표현할 길이 없다는 사실에 헛웃음이 나왔다.

내가 누구냐고?

글쎄, 이젠 나도 모르겠다. 내가 누구지? 난 무엇을 위해 태어났고, 무엇을 위해 존재하고 있는 거지? 이전에도 지금도, 나는 그저 나로 존재하고 있었을 뿐이다. 단지 그것뿐이었는데.

전생에서의 부모님도 그렇게 말했었다. 네 행동 때문에 사랑받지 못하는 거라고. 그러니 네가 변해야 한다고.

난 변하려고 노력해야만 인정받는 존재인 건가? 지금의 내 모습을 있는 그대로 받아들여 주는 사람은 아무도 없는 거야? 그럼 진짜 나는 어디에 있는 거지? 진짜 나를 찾으면 인정받을 수 있나? 그게 진짜 나이긴 한 건가?

'……왜 이렇게 힘들지.'

지치고 지쳐서 온몸이 너덜너덜해진 것 같았다. 누군가에게라도 이 답답한 감정을 하소연하고 싶은데, 문득 나한텐 그럴 대상조차 없다는 것이 떠올랐다. 엄마도 없고, 아버지도 없다. 그래도 예전엔 친구라도 있었던 것 같은데. 이젠 그렇지도 않은가. 그럼 이제 전부 다 놔버리는 게 낫지 않을까.

'이럴 바엔 처음부터 태어나지 않는 편이 나았을 텐데.'

부정적인 생각은 사람을 한없이 침몰하게 만든다. 그걸 알면서도 멈출 수 없는 것은, 더 이상 내려갈 수도 없는 밑바닥에 있는 것이 차라리 마음은 편하기 때문인지도 모른다. 그럼 기대 따위는 하지 않아도 될 테니까.

더는 아무것도 생각하고 싶지 않았다. 나는 천천히 눈을 감고 귀를 틀어막았다. 왠지 머릿속이 점점 아득해지는 것 같았다. 마치, 깊은 잠에 빠져드는 것처럼.

"……지훈?"

엘이 날 부르는 소리가 들렸다.

반응해야 한다는 걸 알면서도 의식적으로 무시했다. 저 부름에 응답하면 나는 또 상처를 입을 것이다. 이번엔 견딜 수 없을 것 같았다. 그러니까, 이제 듣지 않을 거다. 응, 그래도 될 거야.

"어? 잠깐만. 설마 정말 잠드는 거야?"

희미해지는 의식 너머로 그의 당황이 느껴졌다. 아아, 그래, 나는 지금 잠들고 있는 거구나. 그 말을 듣고서야 나는 지금 내 상태를 깨달았다. 그런데 그게 딱히 나쁘지 않았다. 온몸이 나른해지는 느낌이 오히려 기분 좋은 것 같기도 했다. 그냥 이대로 모든 것을 다 내려놓고, 영원히 잠들면 소원이 없을 것 같았다.

"……훈? 아니, 엘? 엘! 정신 차려! 으아, 이게 아닌데?"

잠결의 착각인 걸까. 다급하게 외치는 엘의 목소리가 낯설게 변하는 것처럼 느껴졌다. 게다가 왜 나를 엘이라고 부르는 걸까. 정작 그 이름은 자신의 것이면서.

스치는 의문을 마지막으로 까무룩, 새카만 암흑이 눈앞을 뒤덮었다. 귓가에서 누군가 난처하게 중얼거리는 소리가 들리는 것 같았다. 이미 무겁게 가라앉은 감각으로 인지하기에도 처음 들어 보는 목소리였다.

"으으음, 어떡하지. 이건 좀 많이 혼나겠네."

*　　*　　*

"지훈! 알리사! 시벨 님! 다들 어디에 있어?"

쭉 뻗어 있는 복도 한복판에서 이사나는 불안한 표정으로 소리쳤다. 정신없이 뒤틀리는 공간에 휘말려 한동안 이리저리 쓸려 다녔던 것 같다. 정신을 차리고 보니 그 혼자 덩그러니 낯선 공간에서 있었고, 주위엔 아무도 없었다.

도대체 다들 어디에 있는 걸까? 마지막 순간을 뚜렷하게 기억하진 못하지만 각자 허둥거리는 사이에 하나둘씩 사라졌던 것만은 생각났다. 아무래도 전부 뿔뿔이 흩어지게 된 것 같았다. 이사나는 초조함을 감추지 못하고 입술을 깨물었다. 이보다 더 위험한 상황에서도 침착했던 것 같은데, 지금은 불안해서 견딜 수가 없었다. 특히 엘퀴네스가 그의 곁에 없다는 사실이 가장 무서웠다.

계약을 한 이후로 엘퀴네스는 단 한 번도 자신의 곁을 말없이 떠난 적이 없었다. 그만 같이 있어 주면 아무리 아슬아슬한 상황이 닥쳐도 별로 걱정되지 않았다. 마치 천하를 손 안에 쥔 것처럼 어떻게든 잘될 거라는 든든한 마음이 들었다. 그제야 이사나는 자신이 엘퀴네스를 얼마나 많이 의지하고 있었는지 깨달았다. 지금까지 괜찮았던 건 그가 늘 함께 해주었기 때문이라는 것도.

"지훈! 지…… 엘퀴네스!"

엘퀴네스가 새로 정한 가명은 아무리 노력해도 입에 잘 붙지 않았다. 어색한 이름이 익숙지 않다 보니 부르는 일이 줄어들었고, 그러다 보니 그와의 교류마저 서먹해졌다. 엘퀴네스와 떨어지게 된 것도 다 그 탓인 것만 같았다. 결국 이사나는 그 이름으로 부르길 그만두고 본명을 외쳤다.

"엘퀴네스! 어딨어, 엘퀴네스? 엘! 대답해 줘! 엘?"

본명이 원래의 호칭으로 돌아가기까지는 오래 걸리지 않았다. 이미 남의 것이 되었지만 역시 엘퀴네스를 부르기엔 이쪽이 더 친숙하고 편안한 기분이 들었다. 동시에 이사나는 그 이름이 엘퀴네스에게 가장 잘 어울린다고 생각했다. 쭉 그렇게 생각해 왔으면서도 일행들 앞에서는 차마 말하지 못했다. 엘퀴네스 또한 그 호칭에 애정을 갖고 있었던 걸로 보였다.

자신만이라도 끝까지 그렇게 불렀어야 했던 게 아닐까. 시벨리우스가 저의 친구를 위해 나섰던 것처럼, 자신 역시 엘퀴네스를 위해 그랬어야 했는지 몰랐다. 엘퀴네스는 다정해서 일행들 간에 분쟁을 만들고 싶지 않았을 것이다. 사실은 이름을 바꾸고 싶지 않았을지도 모르는데.

만약 그랬다면 얼마나 서운했을까. 뒤늦은 후회에 입 안이 썼다. 그러려고 했던 건 아닌데 '엘'이랑 같이 있다 보면 자신의 머리가 자신의 것이 아니게 된다. 그가 주도하는 대로 정신없이 끌려다니기만 해서 미처 주위를 돌아볼 수가 없었다. 사람에게 홀린다면 바로 이런 기분일 것 같았다. 그래서 본의 아니게 엘퀴네스를 방치하게 됐지만, 결코 그러고 싶었던 건 아니었다. 다시 만나면 꼭 사과부터 하고 내 생각을 솔직히 말해야지. 그래서 그에게 어울리는 이름을 다시 돌려줄 것이다. 이사나는 속으로 다짐에 다짐을 거듭했다.

"시큐엘! 시큐엘? 나와 봐!"

아무리 불러도 엘퀴네스의 대답이 없자, 이사나는 차선책으로 시큐엘의 소환을 시도했다. 혼자 있는 것보다는 누구라도 함께 있는 게 나을 것 같아서였다. 그러나 어찌 된 일인지 시큐엘에게서도 반응이 없었다. 운디네와 나이아스들 또한 대답이 없기는 마찬가지였다.

설마 이곳에서는 정령술을 쓸 수 없는 걸까? 예상보다 상황이 심각하다고 판단한 이사나는 긴장한 얼굴로 검집을 움켜쥐었다. 이 던전의 위험성은 지금까지 겪은 일들만으로도 충분히 알고 있었다. 정령의 힘을 쓸 수 없다면 검에 의지할 수밖에 없었다.

그렇게 얼마나 걸었을까. 문득 그의 시야에 반가운 광경이 들어왔다. 복도 한구석에 알리사가 주저앉아 있는 것을 발견한 것이다.

"알리사!"

이사나는 기쁜 마음에 얼른 달려가 알리사를 끌어안았다. 아니, 끌어안으려고 했다. 그렇게 하지 못한 건 그의 손이 알리사의 몸에 닿지 않고 그대로 그녀의 몸을 통과했기 때문이었다. 이사나는 믿을 수 없다는 표정으로 숨을 삼켰다. 그 순간 울먹이는 목소리가 허공에 울려 퍼졌다.

"흑……. 다들 어디로 가버린 거야. 놈! 멀든! 나와 봐! 왜 아무도 안 나타나는 거야!"

"아, 알리사?"

"여기 싫어. 무서워. 너무 무서워. 이사나 씨! 지훈 님! 엘 씨! 시벨리우스 씨! 다들 어디 있어? 아무나 좋으니까 제발 나타나! 흐흑!"

"알리사! 내가 안 보이니? 알리사!"

반복된 부름에도 알리사는 전혀 이사나의 존재를 눈치채지 못했다. 더욱 놀라운 것은 그녀의 형체가 점점 흐릿해지고 있다는 사실이었다. 당황한 이사나가 무심코 손을 내미는 순간, 그녀의 모습이 증발하듯이 사라졌다. 마치 처음부터 그 자리에 존재하지도 않았던 것처럼.

"……!"

숨도 쉬지 못한 채 굳어 있는데 바로 옆에서 다른 누군가가 모습을 드러냈다. 나타난 사람은 바로 데르온이었다. 그는 무심한 표정으로 주위를 둘러보고 있었다.

"여긴 대체 어떻게 된 공간이지? 기운을 전혀 운용할 수 없다니. 이것도 주술의 영향인가?"

"데르온?"

"주술이라면 역시 서쪽이겠지. 세르피스는 아닌 게 확실하고. 과거 서(西)공작들 중 한 명의 작품일지도 모르겠군. 금지된 암흑 주술이 빈번하던 시대에는 대공작 중에서 서의 주인이 가장 강했다는 기록도 있을 정도니까. 지금이야 명맥만 간신히 유지하는 수준이지만. 주술이라곤 전혀 모르던 이바크 같은 녀석도 있었고……."

"데르온! 당신도 내가 안 보여요?"

이사나는 필사적으로 달려가 데르온을 붙들었다. 그러나 이번에도 알리사 때처럼 그의 몸을 그대로 통과했을 뿐이었다. 그가 사라지자 이번엔 시벨리우스의 모습이 나타났다. 그는 자꾸만 뒤를 돌아보고 있었다.

"……녀석도 데리고 나올 걸 그랬나? 내가 먼저 나오면 뒤따라 나올 줄 알았는데 왜 움직이질 않지?"

"시벨 님……."

"이럴 때 혼자 행동하는 건 위험한데. 쯧, 어쩔 수 없군. 다시 가서 데리고 와야…… 어? 뭐야. 문이 어디로 갔지?"

"시벨 님도……내가 안 보여요?"

"또 주술에 갇힌 건가. 미치겠네. 설마 던전 전체가 주술로 만들어진 건 아니겠지? 대체 이건 누가 만든 거야? 이런 주술은 들어본 적도 없는데."

중얼거리는 시벨리우스의 얼굴엔 낭패감이 가득했다. 아마도 이 시간 어딘가에서 짓고 있을 표정일 것이다. 이윽고 그의 모습마저 사라져버리자 이사나는 힘없이 자리에 주저앉았다. 만져지지도 않고 말이 들리지도 않다니, 마치 자신이 유령이라도 된 기분이었다. 아니, 정말 살아 있기는 한 걸까?

엄습하는 두려움에 입술을 깨문 순간, 갑자기 공간이 크게 흔들렸다. 방금 전까지만 해도 멀쩡하던 복도가 구겨진 종이처럼 다시 엉망으로 일그러지고 있었다. 지탱할 곳을 잃은 그의 몸은 순식간에 아무것도 보이지 않는 깊은 암흑 속으로 추락하기 시작했다.

쿠구구구구궁!

"으아아악!"

얼마나 그렇게 있었을까. 이사나는 문득 자신이 온전하게 서 있다는 사실을 깨닫고 천천히 눈을 떴다. 그러자 곧 방금 전까지 있었던 복도와는 비교도 할 수 없을 만큼 밝고 화려한 색채가 느껴졌다.

가장 먼저 눈에 들어온 것은 바닥에 깔린 붉은 융단과 화려한 금실이 수놓아진 커튼이었다. 가운데에는 접대를 위해 마련된 테이블과 의자가, 저편으로는 침실로 이어지는 입구가 드리워 있었다.

언뜻 보기에도 화려한 공간은 이 방의 주인이 어떤 신분인지를 알려주고 있었다. 응접실을 겸한 거실은 여느 대저택의 홀보다 넓었고, 가구는 물론 자잘한 장신구마저 장인이 정성 들여 제작한 것이 분명한 고급품이었다. 그런데 그 꾸며진 모습들이 하나같이 매우 눈에 익었다. 이사나는 굳은 표정으로 주변을 둘러보았다.

"여긴 설마…… 태자궁 시절에 쓰던 내 방?"

틀림없었다. 태자궁은 그가 어린 시절을 전부 보냈다고 해도 과언이 아닐 정도로 그가 황궁에서 가장 오래 지낸 장소였다. 머무르는 기간 동안 단 한 번도 바뀌지 않은 배치를 못 알아볼 리가 없었다.

이게 어떻게 된 것일까. 그 순간 무심코 자신의 옷차림을 내려다본 이사나는 두 눈을 부릅떴다. 이때까지 걸치고 있던 평범한 로브는 온데간데없이 사라지고, 붉은색의 예복이 그 자리를 대신하고 있었던 것이다. '그날' 이후로는 단 한 번도 걸친 적이 없는, 황태자의 정복이었다.

똑똑!

상황을 판단하기도 전에 울리는 노크 소리에 이사나는 흠칫 몸을 떨었다. 이윽고 문이 열리면서 한 남자가 안으로 들어섰다. 그의 모습을 확인한 즉시 이사나는 숨을 멈췄다. 자신이 보고 있는 것을 믿을 수가 없었다. 그곳에 서 있는 사람은 결코 이런 식으로 마주할 리 없는 존재였으니까.

"태자 전하, 기분은 좀 어떠십니까?"

남자는 하얀색의 법복을 입고 있었다. 아무런 장식도 없이 통짜로 짜인 옷은 밑단에 마신관을 상징하는 붉은색 문양을 핏물처럼 드리우고 있었다. 살짝 묶어 어깨 아래까지 내린 머리칼은 본래의 자신과 꼭 닮은 짙은 금색. 마찬가지로 자신과 빼닮은 푸른색 눈동자가 보였다. 단정하고 선해 보이는 얼굴 역시, 조금 더 나이가 들어 보이는 것만 빼면 이사나 그 자신과 소름 끼치도록 닮아 있었다. 그가 자라면 딱 저렇게 클 것만 같았다. 그리고 이사나는 이토록 자신과 닮은 사람이 누군지 누구보다 잘 알고 있었다.

"……수, 숙부?"

더듬거리며 물으면서도 이미 그의 머리는 상대의 정체를 확신했다. 저렇게 생긴 사람이 또 있을 리가 없지 않은가. 눈앞에 있는 남자는 그의 숙부이자, 섭정왕인 유카르테 대공이 분명했다.

대체 어떻게 저자가 이곳에 있단 말인가. 이건 말도 안 되는 일이다. 이런 게 사실일 리가 없었다. 이사나는 애써 정신을 다잡으려고 노력했다. 그러나 현실은 그를 마주한 것만으로도 온몸이 덜덜 떨렸다. 다리는 물론 두 손에조차 힘이 제대로 들어가지 않았다. 마치 거대한 뱀과 마주친 쥐가 된 기분이었다.

시선이 마주치자 대공은 고개를 기울이며 희미하게 웃었다. 어딘지 안타까우면서도 처연해 보이는 미소였다. 그 얼굴을 보는 순간, 이사나는 지금 이 상황이 어디에선가 많이 보던 장면이라고 생각했다. 굳이 기억을 되짚어볼 필요는 없었다. 바로 눈앞에서 똑같은 상황이 전개되고 있었으니까.

"형틀이 마련되었습니다. 폐하의 마지막을 지켜보셔야지요."

잔인한 예감은 어김없이 맞아떨어졌다. 이사나는 천천히 두 눈을 깜빡였다. 아마 그때도 이랬었던 것 같다.

"……형틀? 마……지막?"

"너무 슬퍼하지 마십시오. 폐하께서는 이 땅의 모든 재앙을 대신 짊어지시고 가시는 겁니다. 그러니 태자 전하는 그분의 희생을 위업으로 받들고 강건한 황제가 되셔야 합니다."

"……! 마, 말도 안 돼. 이게 어떻게 된……?"

이사나는 자신도 모르게 두 손으로 입을 틀어막았다. 모든 것이 뚜렷하게 떠올랐다. 왜 이제야 깨달은 걸까. 이건 아버지가 처형되던 바로 그 날의 기억이다. 그가 가장 상기하고 싶지 않은, 온 세상을 저주하게 만들었던 끔찍한 하루가 다시 눈앞에서 펼쳐지고 있었다.

일순 머릿속이 하얗게 변한 것 같았다. 숨을 쉬고 있긴 했던가? 정신이 들었을 땐 갑자기 시야가 달라진 것 같은 기분이 들었다. 눈앞에 있는 대공의 무릎을 보고서야 이사나는 자신이 주저앉아 있다는 것을 깨달았다.

"이제 가시지요, 전하. 서두르셔야 합니다."

대공이 뻣뻣하게 굳어 있는 그를 억지로 일으켜 세웠다. 강하게 붙잡은 팔이 그를 강제로 이끌었다. 반사적으로 저항했지만, 그럴수록 대공의 걸음은 더욱 빨라지고 있을 뿐이었다. 기사들이 서 있는 기나긴 복도를 지나 본궁의 성문 앞에 이르기까지, 이사나는 그에게 잡힌 상태로 쉬지 않고 끌려갔다. 잠시 후 커다란 함성과 수많은 군중들의 모습이 보이기 시작했다.

"와아아아!"

환호하고 있는 백성들 속에서, 커다란 형틀 앞에 서 있는 한 남자의 모습이 보였다. 그를 확인한 이사나의 두 눈이 다시금 흔들렸다. 단출한 의상을 걸친 채 초연하게 서 있는 금발의 남자는 한때 가장 영화롭고 고귀한 자리에 존재했던 그의 아버지였다. 이곳 스왈트의 군주이자, 누구보다도 백성을 사랑하고 배려했던 청렴

한 황제였다. 그런데 왜 그가 저런 끔찍한 장소에 있는가! 그리고 백성들은 어째서 그 모습을 보면서 환호하는가!

그의 머리 위에서 흔들리고 있는 단단한 밧줄이 보였다. 그 모습을 발견한 이사나가 힘없이 비틀거렸다. 이번에는 대공도 그를 붙잡지 않았다. 그 대신 근처에 있던 기사들 중 하나가 그를 부축했다. 아마도 친위대의 대장인 케이였던 것 같다. '태자 전하, 정신 차리십시오! 부디 견디셔야 합니다!' 울먹임을 담은 목소리가 귓가에서 빠르게 속삭였다. 그의 새빨개진 눈을 보고서야 간신히 정신이 들었다.

아니, 차라리 정신을 잃는 게 더 낫지 않았을까. 그는 케이의 얼굴을 바라보며 숨을 크게 몰아쉰 다음 다시 천천히 처형장으로 시선을 돌렸다. 눈앞의 광경을 보지 않고 외면해야 한다는 생각이 머릿속을 가득 채웠다. 그럼에도 그는 밧줄에서 시선을 뗄 수 없었다. 이제 곧 저 밧줄이 아버지의 목을 졸라 단번에 숨을 앗아갈 것이다.

'아버님!'

속으로 비명을 지르는 그의 옆에서, 엷게 입꼬리를 올린 대공이 말했다.

"황족의 유체를 온전히 보존하기 위해 교수형을 선택했습니다. 마음에 드십니까?"

'마음에 드냐고?'

"보십시오. 백성들이 환호하고 있군요. 폐하께서 돌아가시고 나면 이 모든 재앙이 끝날 거라고 믿고 있으니 어쩔 수 없는 일이겠지요. 태자 전하도 조금쯤은 그들의 기쁨에 동조해 주십시오."

'동조해 주라고? 내가? 날더러 저들의 기쁨에 동조하라고?'

후두둑, 두 눈에서 뜨거운 눈물이 떨어졌다. 다시는 생각하고 싶지 않았던 일이다. 꿈에서조차 잊기 위해 몇 날 며칠을 술로 지새웠었다. 신을 저주하고, 백성을 저주하고, 스스로를 저주한 게 몇 번이었던가! 왜 하필 이 악몽이 다시 재현되는 거지? 왜!

"자, 보십시오, 전하. 폐하께서 교수대에 오르십니다. 절 따라 나오길 잘하셨지요? 아버님의 가시는 길을 축복해 주십시오. 지금 배웅하시지 않으면 앞으로 영원히 배웅하실 기회가 없으실 겁니다."

"……그만."

"왜 그렇게 굳은 표정이십니까? 이제 폐하께서도 저주에서 벗어나 영원한 안식에 드실 수 있습니다. 모두가 염원하던 날이 아닙니까. 전하께선 이런 기회를 주신 마신께 마음 깊이 감사드리셔야 할 겁니다."

"……그마안!"

쉴 새 없이 눈물이 흐르는 동안에도 처형은 예정대로 진행됐다. 뿌옇게 변해버린 시야에 교수대에 오르는 그의 아버지가 보였다. 밧줄을 목에 걸기 직전 그를 발견한 아버지가 부드럽게 미소 지으며 눈짓했다. 마치 '울지 말라'고 하는 듯이. 이사나는 차라리 비명이라도 지르고 싶었다.

떨어지는 발판, 숨이 막혀 버둥거리는 몸. 그것을 보고 더 크게 환호하는 백성들.

……왜 나는 이곳에 있는 거지?

귓가에서 웃음소리가 울렸다. 제 형을 사지에 밀어두고 조카의 비명을 안주 삼아 술잔을 기울이는 악마의 웃음소리였다. 그가 딛고 있는 바닥을 중심으로 모든 것이 빨갛게 물들어 갔다. 역한 냄새를 풍기는 붉은 액체가 넘실거리며 그의 몸까지 집어삼키기 시작했다. 방금 전 스러진 아버지의 피다.

"싫어! 안 돼! 그만! 제발 그마아안!"

두 귀를 틀어막고 몸부림을 친다. 피를 토하듯 외치는 소리에도 변하는 것은 아무것도 없었다. 이사나는 두 눈을 질끈 감았다. 그의 두 눈에서도 붉은 피가 떨어지고 있었다.

아아, 이대로 영원히 미쳐버렸으면……!

제5화

1.

눈을 떴을 때 가장 먼저 보인 건 나를 뚫어지게 바라보고 있는 한 쌍의 검은 눈동자였다. 깜짝 놀라 나도 모르게 몸을 일으키자, 쾅하고 커다란 소리가 울리더니 눈앞이 번쩍거렸다. 동시에 끔찍한 두통이 찾아들었다.

"아윽! 뭐, 뭐야!"

"크흑! 아, 젠장! 진짜 아파! 뭐긴 뭐야, 이 빌어먹을 놈아! 점심시간 됐는데도 안 일어나니까 이 몸이 몸소 깨우러 온 거잖아!"

타격을 입은 건 상대도 마찬가지였는지 머리 위에서 앓는 소리가 쏟아져 들었다. 비록 그 말의 의미를 파악하긴 어려웠지만. 어쨌든 상당히 거침없는 반응이었다. 최근 들어 나한테 저렇게 막말을 한 사람은 없었던 것 같은데. 너무 아파서 본성이 나온 건가? 이런 식의 대응은 오랜만이라 그런지 불쾌하다기보다는 왠지 모르게 반가움이 더 앞섰다.

"이씨! 너 돌머리지? 뭐가 이렇게 단단해? 코 박살 나는 줄 알았네."

"돌머리긴 누가 돌머리……어? 너 누구야?"

아직도 얼얼한 이마를 문지르며 고개를 드니 투덜거리는 상대의 모습이 눈에 들어왔다. 그런데 그 모습이 참 낯설었다. 아니, 낯선 게 아닌가? 왠지 생소한 느낌인데도 이상할 정도로 익숙한 모습이었다. 어리둥절해져서 묻자 상대가 끙끙거리다 말고 뭘 잘못 먹었냐는 듯한 시선을 보냈다.

"너 누구야? 하, 이 새끼 잔머리 굴리는 것 좀 보게? 네가 지금 기억상실인 척해서 눈앞에 직면한 위기를 모면하려는 모양인데. 쇼해도 소용없거든, 강지훈? 나한테 그딴 게 통할 것 같냐?"

"어? 강……지훈?"

"그래, 강지훈! 너 말이야, 너!"

불쑥 들이밀어진 얼굴에 무심코 물러서다 말고 나는 눈을 크게 떴다. 가까이에 있는 얼굴이 낯익어도 너무 낯익었다. 어디서 많이 본 정도가 아니라, 한때는 지겨우리만치 줄곧 붙어 다니던…….

"어어? 설마…… 하태진?"

"설마는 무슨 설마야. 뭐야, 아직도 잠에서 덜 깼냐?"

황당하다는 듯이 쏘아붙이는 말에 헛숨이 삼켜진다.

맙소사, 이게 어떻게 된 거지? 눈앞에 있는 녀석은 분명 전생에서 가장 친한 친구였던 하태진이 맞았다. 단정한 교복 차림과 훤칠한 키. 색소가 옅다는 친가를 닮아 약간 갈색 빛이 도는 머리칼까지. 내가 기억하는 마지막 모습보다는 조금 더 어려 보였지만 분명 그였다.

교복이 회색인 걸 보면 중학생 때쯤인가. 같은 반이라면 3학년 때일 거다. 빠르게 주위를 둘러보자 익숙한 풍경이 들어왔다. 눈에 익은 교실과 어지럽게 늘어진 책, 걸상들. 역시나 익숙한 아이들이 여기저기 둘러앉아 도시락을 먹고 있었다. 방금 전까지 던전에 있던 내가 왜 이곳에 와 있는 걸까? 어? 던전? 그건 또 뭐지? 게다가 기억하고 있던 마지막 모습? 전생에서 친한 친구라니? 그럼 내가 죽어서 새로 태어나기라도 했단 거야, 뭐야?

"으윽! 뭐가 뭔지 모르겠어."

조금 전까지만 해도 당연하게 이어가던 생각이 갑자기 뚝 끊어진 것 같았다. 뭔가 생각이 날듯 말 듯한 느낌에 나는 머리를 부여잡고 끙끙거렸다. 그런 나를 향해 태진이 끌끌 혀를 차며 한심하다는 시선을 던졌다.

"하루 종일 퍼 자니까 그렇지. 정신 차려, 인마. 대체 무슨 꿈을 꿨기에 아직도 비몽사몽이야?"

"……꿈?"

"그래, 꿈. 너 일 교시부터 한 번도 안 깬 건 아냐? 수학이 잡아먹을 듯이 노려보는데도 꿈쩍도 안 하더라."

태진의 눈이 불순한 빛을 띠고 내 위아래를 훑었다. 그 시선이 '독한 놈.'이라고 말하는 듯했다. 하긴 일 교시부터 점심시간까지라면 정말 많이 자기도 했다. 내가 생각해도 민망해서 나는 어색하게 웃을 수밖에 없었다. 그런 내 모습을 기가 막힌다는 듯이 바라본 태진도 곧 피식 실소를 흘렸다.

"할 말 없으니까 웃기는. 아무튼 배고파 죽겠다. 얼른 밥이나 먹으러 가자. 민식이가 네 것까지 도시락 싸왔다더라. 더 기다리게 했다간 지가 다 먹어버릴걸?"

"아, 알았어. 근데 저기, 나 진짜 꿈꾼 거 맞아?"

"뭐?"

"그게, 뭔가 좀 이상한 것 같아서……. 정말 실감 났었거든. 난 분명히 방금 전까지 캄캄한 동굴 속에 있었는데. 이상한 괴물들이랑도 막 싸우고……."

그 말에 태진이 못 말리겠다는 듯이 어깨를 으쓱였다. 그리곤 이내 진지한 표정으로 질문하기 시작했다.

"첫째, 여기가 어딜까요?"

"학교."

"둘째, 그럼 지금은 무슨 시간?"

"어…… 점심시간?"

"셋째, 그럼 너는 학교 점심시간에 괴물이랑 싸운 용감한 학생이 되는 걸까?"

"……아니."

"꿈꾼 거 확실하지?"

"……응."

마치 어린애를 달래는 듯한 목소리에 무의식적으로 고개를 끄덕이면서도, 뭔가 이게 아니지 싶었다. 그러나 평소처럼 웃고 있는 태진을 보는 순간 찝찝한 기분이야 아무렴 어떤가 싶어졌다. 꿈이라면 꿈인 거겠지, 뭐. 사실 교실에 있는데 그게 꿈이 아니면 뭐겠는가. 나는 머릿속 잔상을 털어내면서 자리에서 일어섰다. 그때 태진이 책상 한 귀퉁이에 놓여 있던 무언가를 집어서 내게 건네주었다.

"응? 뭐야?"

"뭐긴, 안경이잖아. 이거 안 쓰면 멀리 있는 건 하나도 안 보이면서."

"으음, 그, 그랬던가? 나 눈이 굉장히 좋아졌던 걸로 기억하는데?"

"마이너스를 눈앞에 두고 있는 주제에 좋기는 개뿔. 헛소리 그만하고 빨리 써. 너 하나 때문에 애들 다 기다리잖아."

태진의 재촉에 못 이겨 나는 마지못해 두꺼운 돋보기안경을 얼굴에 걸쳤다. 그러자 왠지 갑갑하다고 생각했던 주변이 순식간에 환하게 밝아졌다. 머리가 멍하다고 느꼈던 건 주위가 잘 보이지 않았기 때문이었나 보다.

"……이제 잘 보이네."

"그치? 이 자식은 어째 갈수록 맹해지는지 몰라. 꿈이 그렇게 재미있었냐? 일어났을 때 친구 얼굴도 한순간 못 알아볼 만큼?"

"아니, 그런 건 아닌데……."

"아니긴 뭐가 아니야? 뭐, 대충 알 만하다. 괴물이랑 싸웠다는 걸 보니 무슨 전설의 영웅이 되어서 거창한 모험이라도 했겠지. 만날 판타지 소설 들고 다닐 때부터 알아봤다니까? 정말 언제나 크려는지."

"그런 거 아니라니까!"

그 순간 나도 모르게 화가 나서 소리쳤다. 태진의 놀란 시선과 반 아이들의 당황한 시선이 순식간에 내게 몰려들었다. 아, 이게 아닌데. 뒤늦게 차오른 낭패감에 시선을 어디다 둬야 할지 알 수가 없었다. 그러자 태진이 약간 기죽은 얼굴로 조심스럽게 말을 걸어왔다.

"야, 알았어. 뭘 그렇게 화를 내고 그러냐? 그냥 장난 좀 친 걸 가지고. 미안해. 많이 삐쳤냐?"

"아, 아니야. 그냥……갑자기 좀 답답해져서. 너한테 화나서 그런 게 아니라……."

"됐다. 네가 아직도 잠의 여운에서 벗어나질 못한 모양인데, 이 형님이 그런 거 하나 이해해 주지 못할 만큼 좀생이는 아니다. 그 대신 내가 확실하게 정신이 들도록 만들어 주지. 에잇!"

"우아악! 이 자식! 무슨 짓이야!"

갑자기 태진이 나를 끌어안고 간지럼을 태우는 통에 나는 기겁을 하고 비명을 질렀다. 주위의 녀석들은 태진을 말리기는커녕 좋다고 낄낄거리기만 했다. 다른 건 다 그렇다 치고, 휘파람을 부는 놈은 대체 무슨 생각을 하는 거야!

“순순히 항복하는 게 좋을 텐데? 안 그럼 단계를 더 높인다?”

“으아악! 알았어! 항복! 항복! 내가 다 잘못했어! 항복한다니까?”

“훗, 진작 그럴 것이지.”

그제야 거만한 표정으로 손을 탁탁 털고 물러서는 태진의 모습은 말 그대로 악마 같았다. 나는 질린 기분으로 녀석을 노려보았다. 아무튼 이 녀석도 라피스 못지않게 재수없…….

‘응? 라피스가 누구지?’

불현듯 떠오른 이름에 고개가 갸우뚱 기울어진다. 굉장히 낯익은 게 어디선가 꼭 들어본 느낌인데 그게 누구였는지는 모르겠다. 영어라면 알파벳도 헷갈리는 내가 외국인 친구를 사귀었을 리는 없고. 얼마 전에 본 영화에 나왔던 주인공 이름인가? 잠시 기억을 되짚어봤지만 도무지 떠오르는 게 없어 나는 머리를 마구 흔들었다.

왜 이렇게 묘한 기분이 들까. 주위의 모든 것이 익숙하면서도 낯설다. 이건 아니다 싶은데도 왜 그런 생각이 드는 건지조차 알 수가 없었다. 마치 딴 세상에 다녀온 기분이었다.

“다녀왔습니다.”

현관 앞에서 조심스럽게 건넨 인사에 돌아오는 답변은 없었다.

집에 사람이 없는 건 아니다. 단지 나라는 존재가 그들 사이에서 철저히 무시당하고 있을 뿐.

돌아보지 않는 가족들을 잠시 바라보다가, 나는 천천히 집 안의 모습을 둘러보았다. 30평형의 아파트. 현관과 연결된 복도를 지나 조금 앞으로 들어가면 아늑한 거실이 펼쳐진다. 왼편으로는 부엌이, 양옆으로는 유리 창문이 달린 발코니가, 그 너머의 공간으로 방들이 하나씩 배치된 구조였다. 거실 정면 벽에 설치된 검은색 TV에선 최근 한창 화제가 되고 있는 드라마가 방영되고 있었다. 맞은편에 있는 4인용의 가죽 소파는 몇 달 전에 새로 교체한 것이다. 분명 오늘 아침에도 본 모습인데 이상하리만치 오랜만에 본 것 같았다.

"야."

시비조의 목소리에 정신이 들었다. 황급히 고개를 들자 퉁명스러운 표정을 짓고 있는 형의 모습이 보였다.

아, 그러고 보니 나한테 형도 있었지. 정말 이상한 일이다. 잊어버릴 만한 일도 아닌데 형의 모습을 보는 순간 그런 생각부터 먼저 들었다. 심지어 나한테 형이 그 하나뿐인 것도 아니었다. 그렇게 생각하기 무섭게, 거실에서 다른 형이 힐끔 쳐다보는 것이 보였다. 바로 그가 첫째 형, 지금 내 앞에 있는 사람이 둘째 형이다. 이 사실도 조금 늦게 떠올랐다. 드디어 내가 미치기라도 한 걸까? 나 스스로도 이해할 수 없는 현상에 반응이 늦어지자 둘째 형의 얼굴이 단숨에 험악해졌다.

"뭐 하냐, 너?"
"으응?"
"멀뚱히 서 있지 말고 거기서 꺼지라고. 처맞고 싶냐?"
"아, 아니. 미안해."
노려보는 눈빛에 잔인함이 깃드는 것을 보고 나는 얼른 몸을 돌렸다. 안방을 중심으로 배치된 다른 방들과는 다르게, 내 방은 현관 바로 앞에 있는 통로에 붙어 있다. 평소였다면 거실까지 가지도 않고 곧장 방으로 들어갔을 것이다. 오늘따라 이 집이 유난히 생소하게 여겨졌다곤 하나, 가족들이 전부 있는데 안쪽으로 들어섰던 건 나답지 않은 행동이었다. 형들 역시 의아했는지 걸어가는 뒤쪽에서 빈정거리는 대화 소리가 들려왔다.
"뭐야, 저거. 꼴에 시위라도 하나?"
"몰라. 비루먹은 것 같은 새끼가 머리 좀 컸다고 슬슬 기어오르네. 저거 조만간 손봐 줄 거야. 눈이 다시 밤탱이가 되어 봐야 형님 무서운 줄을 알지."
"야야, 격투기도 배웠는데 살살해, 살살. 네 주먹에 잘못 맞으면 저 새끼 그대로 골로 간다."
"쯧, 덩치라도 있으면 때리는 맛이라도 있지. 아무튼 쓸 데가 없어."
딱히 목소리를 낮추지는 않는다. 일부러 겁먹게 하려는 것이 분명한 말들이 방에 들어서는 순간까지 내 뒤를 따라붙었다. 부엌에 있는 어머니는 말없이 형제가 먹을 과일을 깎을 뿐, 아무런 반응이 없다. 평소 형제끼리 말다툼이라도 할라치면 빗자루를 들고 와서 훈계하는 사람답지 않았다. 아니, 어쩌면 당연한 일일지도 모르겠다. 이 집에서 나를 괴롭히는 건 죄가 아니니까.

늘 있었던 일이지만 오늘따라 어색한 기분이 드는 건, 오늘 학교에서 꾸었던 꿈 때문일 것이다. 그 안에서 나는 그래도 사랑받고 있었던 것 같다. 가능하면 오래도록 깨어나고 싶지 않았을 만큼. 그래서 꿈이라는 것마저 잊어버렸을 만큼.

그런데 내가 왜 일어났더라? 문득 궁금해졌지만 나는 곧 쓰게 웃었다.

'뭐, 그래 봤자 꿈이라는 걸 깨달았기 때문이겠지.'

아무리 아름답고 행복한 꿈이어도, 결국 꿈은 꿈일 뿐. 깨고 나면 아무것도 아닌 거다. 오히려 그 잠깐의 환상 때문에 현실이 더 버거워진 것 같아서 뒷맛이 씁쓸하기만 했다.

거울 앞에 서서 창백한 얼굴을 비춰본다. 오늘따라 유난히 내 못생긴 얼굴이 신경에 거슬렸다. 약간은 각진 얼굴에 거칠고 창백한 피부도. 바둑알처럼 검고 탁한 눈동자도. 덥수룩한 머리카락까지도 본래의 내 것이 아닌 기분이 들었다. 내 얼굴이 원래 이랬었나? 나는 한참이나 빤히 거울을 노려보았다.

그때 문득 바깥쪽에서 소란스러운 느낌이 들었다. 아마도 회사에서 퇴근한 아버지가 들어오시는 모양이었다.

그렇게 생각했을 때 쿵! 방문에 날카로운 물건이 부딪치는 소리가 들렸다. 나도 모르게 어깨를 움츠리고 벽에 바짝 붙어 섰다. 좋지 않은 예감이 들었다.

"이 후레자식 놈! 당장 안 기어 나와? 오냐, 그래 이제 아비고 뭐고 눈에도 안 들어온다 이거지? 이래서 재수 없는 자식은 키우면 안 된다니까!"

끝도 없이 올라가는 고성에 한숨이 흘러나왔다. 혀 풀린 음성은 명백히 술에 취한 사람의 것이었다. 예상이 맞았다. 이런 날은 곱게 넘어간 적이 없었다.

"여보! 내가 오늘은 술 드시지 말라고 했잖아요?"

"시끄러워! 가서 지훈이 새끼나 불러와! 아버지가 왔는데도 나와서 인사를 안 해? 저딴 것도 아들이라고 집에 들여놔! 당장 내쫓아버려, 당장!"

"쫓아내려면 당신이 해요! 정말이지 내가 못 살아! 언제까지 이러고 살아야 해? 이제 좀 그만둘 수 없어요?"

"뭐가 어째? 당신이 뭘 잘했다고 큰소리야? 그러게 누가 저딴 녀석 낳으랬어?"

"누가 낳고 싶어서 낳았어요? 이게 다 누구 때문인데! 이럴 거면 지운다고 할 때 말리지나 말지! 왜 이제 와서 난리야? 왜 이제 와서!"

울분에 받친 목소리와 통곡하는 울음소리. 이럴 때 나누는 대화의 대부분이 나를 향한 저주라는 건 이미 오래전부터 알고 있던 일이다. 내가 태어난 뒤로 벌써 몇 년 동안 반복되는 상황이라는 것도.

형들이 나를 싫어하는 것도 어쩔 수 없었다. 부모님이 싸우는 이유는 거의 다 나 때문이었으니까. 그들이 아는 아버지는 어지간하면 화내는 일이 없는, 자식 사랑이 지극한 가장이었다. 내가 없는 곳에서의 어머니는 언제나 웃는 얼굴로 아이들을 다독이는 현숙한 여인이라고 했다. 누구나 부러워할 수밖에 없는, 남부럽지 않게 화목한 집안이었다. 그래, 나만 아니었다면.

하지만 나 역시 그들이 화를 내는 원인을 알지 못한다. 단 한 번도 그 의문에 납득이 가는 답을 해주는 사람이 없었다. 하다못해 누군가 이유라도 알려준다면 좋겠다. 그럼 이 참담한 시간도 조금 더 견디기 쉽지 않을까?

"간혹, 흔히 있는 일은 아닙니다만……. 원래 가야 할 운명의 길이 아닌 다른 쪽으로 잘못 분배되는 경우가 생길 때가 있습니다."

"……!"

"부모 형제와 유대감이 없지는 않았습니까?"

어디선가 낯선 음성이 들려왔다. 흠칫 놀라 주위를 둘러봤지만 여전히 나는 어둡고 좁은 방 안에 혼자 앉아 있을 뿐이었다. 뭐야, 환청인가? 당황스러우면서도 어리둥절한 기분으로 고개를 갸웃거렸을 때였다.

"상처투성이로군."

"……."

또 다시 방향을 알 수 없는 곳에서 누군가 말을 걸었다. 이번엔 조금 전에 들었던 목소리와는 다른 음성이었다. 앞서 들은 음성이 조금 당황스러운 것뿐이라면, 이번에 이어진 음성엔 왠지 가슴이 술렁거렸다. 무뚝뚝하고 한심해하는 듯한 말투인데도 무섭지 않았다. 오히려 조금 더 듣고 싶었다.

"다시 만나면 선물을 주지."

심장이 빠르게 뛰기 시작한다.

눈앞에 한 광경이 천천히 펼쳐졌다. 꿈처럼 아늑한, 동화 같은 공간 속에 누군가 서 있었다. 바람에 흩날리는 머리칼조차 아름다운, 한 폭의 유화를 닮은 사람이 이쪽을 향해 천천히 고개를 돌린다. 얼음처럼 차갑던 시선이 나를 발견하자 부드럽게 변한다. 마치 어쩔 수 없다는 것처럼.

"너, 내 아들 해라."

나도 모르게 질끈 눈을 감았다. 온몸을 가득 채운 따뜻한 공기에 질식할 것만 같았다. 이 모든 게 꿈이란 건 알고 있었다. 이렇게 아름다운 게 꿈이 아닐 리가 없다. 하지만 주저하는 나를 향해 조심스럽게 손을 내밀던 그 사람은 누구였을까? 그리고 난 왜 이렇게 서럽고 그리운 느낌이 드는 거지?

맹세코 이런 꿈은 꾸고 싶지 않았다. 그것이 결코 이룰 수 없는 망상이라는 것을 다시 한 번 깨닫고 마니까.

나는 무릎을 바짝 세우곤 그 사이에 얼굴을 파묻었다. 이유도 알 수 없이 울고 싶어지는 기분이었다.

2.

"야, 찌질이."

등교하기 위해 현관을 나서는데 등 뒤에서 투박한 목소리가 들렸다. 큰 형이었다. 나는 조금 불편한 기분으로 큰 형을 바라보았다. 평균에 조금 못 미치는 키, 마른 체구인 그는 곰처럼 거대한 덩치를 지닌 둘째 형처럼 위압적이진 않았지만, 다른 의미로 더 불편한 타입이었다.

"찌질이 너 대답 안 해?"

"……왜."

"너 돈 얼마나 있냐?"

"돈?"

"이 새끼가 자꾸 모른 척한다? 너 알바 하잖아. 그동안 모은 거 얼마나 되냐고."

"……그런 건 왜 묻는데."

예감이 좋지 않다. 나는 얼굴을 찌푸리면서 방어하기 위해 슬쩍 발을 뒤로 뺐다. 언제든 열고 나갈 수 있도록 몸은 현관문 앞에 바짝 붙인 채였다. 그런 내 모습을 본 큰 형이 가소롭다는 표정을 지었다.

"나 여친 생긴 거 알지? 조만간 백 일이라 이벤트 하려고 하는데 비용이 부족해. 좀 내놔 봐라."

"뭐?"

"이게 진짜! 자꾸 두 번 말하게 할래? 돈 가진 거 있음 좀 내놓으라고. 아빠가 용돈을 너무 적게 줘서 반지 맞출 돈이 부족하단 말이야."

"……."

나는 조금 아연한 심정으로 큰형을 바라보았다. 형의 나이가 지금 몇 살이더라? 21세? 22세? 어쨌거나 대학생인 건 확실하다. 다니는 대학은 서울권에서 벗어난 곳이지만, 집안의 장남이 자취하며 고생하는 꼴을 볼 순 없다며 아버지가 집에서 통학하게 했다. 그 대신 교통비를 포함한 용돈을 듬뿍 지원해 준 것으로 알고 있었다.

그가 말하는 적다는 용돈이 내 한 달 시급보다 많다는 건 알고 나 있을까? 하물며 나는 용돈이라는 걸 받아본 적이 없다. 아르바이트를 시작하게 된 것도, 중학생이 된 후로는 부모님이 학비조차 내주지 않았기 때문이다.

"야! 내 말 안 들려? 돈 좀 내놓으라고."

"……없어."

"없긴 왜 없어? 너 알바 하잖아."

"아르바이트비로는 학교 수업료랑 차비랑 점심값 해결하면 끝이야. 남는 건 전부 적금 통장에 넣어서 못 꺼내."

따로 쓸 돈이 아주 없는 건 아니지만, 완전히 틀린 말도 아니었다. 어차피 형이 원하는 건 목돈일 텐데 내가 실제로 지니고 있는 현금이라고 해봐야 몇만 원 정도였으니까. 물론 큰 형은 쉽게 물러서지 않았다.

"적금을 깨면 되잖아, 이 새끼야!"

"모, 못 해. 통장 나한테 없어."

"그게 무슨 개소리야?"

"태, 태진이한테 맡겨 놨어. 졸업하면 받기로 했어."

그 말에 큰형이 뒤통수를 맞은 것 같은 표정을 지었다. 그 모습을 보고 나는 속으로 안도의 한숨을 삼켰다. 집 안에선 모질어도 밖에서만큼은 친절한 내 가족들은 절대 남에겐 함부로 대하지 못한다. 게다가 태진은 유복한 집안의 자식이었고, 그의 부모님이 하시는 사업이 아버지가 다니는 회사와도 밀접하게 엮여 있다고 들었다. 그래서 태진에게 맡겨 둔 거다. 아무리 형들이라도 녀석은 협박할 수 없을 테니까. 큰형 역시 내 의도를 바로 알아차린 눈치였다.

"하, 너 완전 잔머리 굴린다? 그렇게 나오면 후회할 텐데?"

"……없는 걸 내놓을 순 없잖아."

"좋아. 두고 보자, 너."

큰형이 비틀린 표정으로 웃으며 몸을 돌렸다. 나는 그 틈에 얼른 문을 열고 밖으로 뛰어나왔다. 형한테 저항해 본 건 이번이 거의 처음이다. 심장이 쿵쾅거리다 못해 입 밖으로 튀어나올 것 같았다.

"아야! 아프잖아! 살살해!"

"시끄러, 바보 같은 놈아! 좀 가만히 있어!"

체육이 4교시에 들어가 있는 요일은 일주일 중에서 가장 급식소의 경쟁이 치열한 날이다. 한창 왕성하게 먹는 시기의 아이들이 가장 활동을 많이 한 직후기 때문이다. 오늘이 바로 그 결전(?)의 날이었고, 태진은 아침부터 호시탐탐 기회를 엿보고 있었다. 하지만 막상 점심시간이 된 지금, 가장 먼저 급식소로 달려갔어야 할 태진은 내 팔을 붙들고 씨름하는 중이었다. 대체 어디서 구해온 건지 약이며 파스를 이것저것 늘어놓고 열심히 내 팔에 발라주는 그를 보며 나는 속으로 한숨을 삼켰다.

운동하는 중에 더워서 무심코 소매를 걷었다가 하필이면 피멍이든 것이 걸리고 말았다. 평소엔 잘 하지 않는 실수였는데, 오늘은 다른 때보다 몸 상태가 좋은 편이라 다쳤다는 사실을 깜빡 잊었다. 추궁하는 그에겐 계단에서 굴렀다고 둘러댄 참이었다.

"나 참, 덤벙거리는 것도 어지간히 해야지. 뭘 어떻게 하면 계단에서 구르냐? 게다가 이렇게 다쳤으면 진작 치료라도 받든가! 이걸 왜 그냥 방치하고 있어?"

타박하는 태진의 말에 나는 가볍게 웃었다. 그런 날 보며 태진이 오만상을 찌푸렸다.

"좋다고 웃고 싶기도 하겠다. 아픈데 웃음이 나와? 너 매저냐?"

"별로 안 아팠거든? 네가 눌러서 아팠던 거거든?"

"웃기시네! 우길 걸 우겨라! 피멍이 이렇게 심하게 들었는데 아프지 않기는!"

투덜거리면서도 태진의 손은 멈추지 않고 치료를 계속한다. 멍이든 자국을 살피는 얼굴이 풀어질 줄을 몰랐다.

"너 이거 진짜 계단에서 굴러서 생긴 상처 맞지?"

"당연하지. 그럼 계단을 날다가 생겼겠냐?"

"농담하지 말고."

"정말이야."

모른 척 잡아떼자 태진은 가만히 나를 바라보다가 나직이 한숨을 내쉬었다. 그는 거즈로 환부를 감싸며 말했다.

"맞아서 생긴 타박상이랑 굴러서 생긴 거랑 형태가 다른 건 아냐?"

"……어?"

"됐다. 네가 굴렀다면 구른 거겠지. 단지 네가 구른 게 아니라 다른 게 굴렀던 것 같긴 하지만?"

시선이 마주치면서 잠시 침묵이 흘렀다. 계속 거짓말하면 가만히 두지 않겠다는 표정이라 나는 한숨을 내쉬었다.

"아버지가…… 술에 좀 많이 취해서 오셨어. 재떨이가 날아왔는데 내가 미처 그걸 피하지 못했을 뿐이야."

틀린 말은 아니었다. 단지 일부러 겨냥해서 던진 거라 피하고 싶어도 피할 수 없었을 뿐. 하지만 그렇게 말하면 경악할 게 분명하니 굳이 쓸데없는 설명은 추가하지 않았다. 팔에 든 피멍 이외에 보이지 않는 곳엔 더 많은 상처들이 있다는 것도.

사실 태진에게 상처가 걸린 게 이번이 처음은 아니다. 그와 친해진 이후로 벌써 열 번은 넘게 들켰던 것 같다. 아버지는 술에 취하면 몹시 폭력적으로 변하는 사람이었다. 그는 매일 술을 마셨고, 그가 휘두르는 폭력의 대상은 주로 나였다. 어제는 그나마 양호한 편이라 재떨이에 맞고 몇 대 밟힌 정도에서 끝났지만, 운이 나쁠 땐 거동이 힘들 정도로 맞을 때도 있었다. 그렇다 보니 아무리 조심하려고 해도 자잘한 상처들은 드러날 수밖에 없었다. 대다수는 내 실수라고 넘겼지만 계속 반복되자 태진이 의심했고, 결국 아버지의 술버릇에 대해 털어놓았다. 물론 전부 솔직하게 밝히지는 않고 적당히 순화해서 설명해 둔 상태였다. 태진은 알아들었다는 듯이 고개를 끄덕였다.

"내가 그럴 줄 알았어. 또 술에 취해서 물건을 마구 던지신 거야? 학창시절 때 투포환 선수여서 술만 드시면 물건을 집어 던지신댔나?"

"으응, 그렇지, 뭐."

"거참. 그쯤 되면 네 아버지 술 못 드시게 해야 하는 거 아냐? 그리고 너도 웬만하면 잘 좀 피해라. 그냥 마구잡이로 아무 데나 집어 던지는 거라며. 일부러 겨냥해서 던지는 것도 아닌데 민첩성이 얼마나 떨어지면 매번 그렇게 얻어 맞냐?"

"하하, 그러게."

"……라고, 지금은 그렇게 말하는 편이 네 마음이 편하겠지?"

"응. ……응?"

뭐야, 설마 거짓말인 걸 눈치챈 건가? 화들짝 놀라서 고개를 들자 태진이 복잡한 표정으로 날 내려다보고 있었다. 안타까움과 힐난이 뒤섞인 시선에 나는 차마 그를 똑바로 쳐다보지 못했다.

"네가 바보라고 나까지 멍청해 보이냐?"

"……미안."

"됐어. 암튼 네가 꺼리니까 더는 묻지 않을게. 하지만 나중엔 솔직히 말해줘. 친구 좋다는 게 뭐냐? 혼자 전부 끌어안고 있지 마라. 난 무조건 네 편이야. 알았지?"

힘주어 강조하는 말에 나는 천천히 고개를 끄덕였다. 치부를 들켜 얼굴은 화끈거리는데 왠지 속은 후련했다. 아마도 누구 하나쯤은 내 사정을 알아주길 바랐던 걸지도 모른다. 태진에게 미안하고 민망하면서도, 그가 나를 경멸하거나 동정하지 않는 게 좋았다.

그래, 그래서 결국 그에게 전부 다 털어놨었던 것 같은데. 그때도 태진은 이렇게 묵묵히 내 옆을 지켜줬었던 것 같다. 졸업을 하고 고등학생이 된 후로는 키까지 부쩍 커져서, 같이 있어 주는 것만으로 몹시 든든했었다.

고등학생? 내가 지금 고등학생이라고 했나? 나는 물끄러미 태진을 쳐다보았다. 지금은 1학기 초반이고, 졸업 이후의 진로는 정해두지 않았다. 아직 일어나지도 않은 일을 이미 겪은 것인 양 회상하다니, 왜 이런 기분이 드는 건지 모르겠다. 웃고 있는 태진의 얼굴 위로 조금 더 성장한 그의 얼굴이 겹쳐진다. 처음 보는 게 맞아야 하는데 오히려 이쪽이 더 익숙하고 친근했다. 이건 단지 내 희망사항인가? 그게 아니면 지금 여기가…….

"뭘 그렇게 봐?"

불퉁하게 묻는 목소리를 듣고서야 나는 간신히 정신을 차렸다. 태진은 어리둥절한 표정을 짓고 있었다. 체형도, 얼굴도 다시 원래의 모습으로 돌아온 채다. 방금 내가 겪은 게 무슨 현상일까? 뭔가 깨달을 것 같은 느낌이었는데 고지에 다다르자마자 증발한 듯 허무한 기분이 들었다. 뭐라고 설명을 해야 할지 알 수 없어서 나는 그냥 대충 둘러댔다.

"아니, 그냥. 오늘따라 네가 왠지 늙어 보여서."

"허어, 이 가련한 중생이 말하는 것 좀 보게? 넌 오늘따라도 아니고 그냥 꾸준히 계속 못생겼거든?”

“내가 뭐! 나 정도면 평균이지!”

“쯧쯧, 꼭 못난이들이 이렇게 현실을 모른다니까. 친구로서 진지하게 충고하는데 넌 못생긴 거 맞아. 얌전히 현실을 받아들이고 순응해라.”

“죽을래? 그러는 너는 얼마나 잘생겼다고?”

그 말에 태진이 훗 하고 건방진 미소를 날리더니 도도하게 팔짱을 꼈다. 마치 이 질문을 기다리고 있었다는 듯한 얼굴이었다.

“이 몸의 미모야 자타가 공인한 사실이지. 자, 봐라. 이 잘생긴 얼굴과 매끄러운 피부, 찰랑거리는 머리카락! 여자애들이 나만 보면 좋아서 달려드는 거 너 모르지? 시대가 낳은 꽃미남이란 바로 나를 두고 하는 소리다, 이 말씀!”

뻔뻔함도 이 정도쯤 되면 국보급이 아닐까. 나는 자아도취에 빠져있는 태진을 떨떠름하게 바라보았다. 이런 사람은 건드리지 않는 게 제일 좋다. 어지간하면 모른 척하고 싶었지만, 그가 친구로서 내게 충고해 준 것처럼 나 역시 그에게 잔인한 현실을 깨우쳐줘야 할 것 같았다.

“후, 불쌍한 녀석. 네가 아직 진정한 꽃미남을 못 봤구나.”

“진정한 꽃미남?”

“이 형님의 말을 잘 들어. 진짜 꽃미남은 말이지. 여자들이 긴장해서 접근도 하지 못해. 반경 삼 미터 뒤로 물러서서 힐끔힐끔 바라보는 게 전부라고. 왠지 알아? 얼굴을 보는 순간 그냥 넋이 나

가버리거든. 후광이란 거 들어봤지? 이게 살아 있는 사람인가 싶을 정도로 얼굴에서 광채가 번쩍번쩍 난다니까?"

"마치 그런 사람을 실제로 보기라도 한 것 같다?"

"당연하지. 엘뤼엔부터 시작해서 트로웰, 라피스, 이사나 등등. 다들 얼마나 잘생겼는데."

"엘…… 뭐? 그게 다 누군데?"

"엥? 그, 글쎄? 누구였지?"

"……재떨이에 맞은 게 팔이 아니라 머리였냐?"

의심스럽다는 듯이 묻는 말에 나는 대답 대신 그의 머리를 후려쳤다. 아프다고 소리치는 태진을 무시한 채 교실로 먼저 향하면서도 기분은 찜찜했다. 사실 내가 생각해도 요즘 내가 좀 이상하긴 했다. 왠지 갈수록 헛소리를 하는 일이 늘어난 것 같은데, 뭔가 이상한 병이라도 걸린 건 아니겠지?

교실에 들어서니 분위기가 몹시 소란스러웠다. 무슨 일인지 반 애들 대부분이 우르르 창가에 달라붙어 밖을 내다보고 있었다. 옆 건물인 여학생 교실 쪽에서는 비명 소리가 들려오는 것 같기도 했다.

"뭐야, 뭐야? 무슨 일인데?"

뒤따라온 태진이 냉큼 그들 틈에 끼어 창밖을 내다보았다. 그러더니 한 팔만 뒤로 내밀어 내 어깨를 마구 두드려대기 시작했다. 하필 다친 부분이라 나는 인상을 팍 찡그렸다.

"아파!"

"아, 미안. 야, 근데 저기 좀 봐봐. 네가 말한 꽃미남의 조건에 완벽하게 들어맞는 사람이 있어."

"엥? 어디?"

태진이 손가락으로 가리킨 곳은 교문 앞이었다. 그쪽으로 시선을 보내자마자 나는 눈을 크게 떴다. 그곳에 서 있는 사람이 외국인이었기 때문이다.

조각같이 섬세하고 작은 얼굴에 늘씬한 체형, 훤칠한 키가 가장 먼저 눈에 들어왔다. 단정하게 하나로 묶어 등 뒤로 늘어트린 머리칼은 화려한 백금색. 짙은 정장 위에 검은색 케이프 코트를 걸치고 있었는데 그 모습이 그린 듯이 잘 어울렸다. 사람이 맞긴 한 건가? 멀리 떨어져 있어 제대로 보이지 않는데도 불구하고 그의 모습에서 광채가 느껴졌다. 마치 그림 속의 존재가 현실로 튀어나온 것만 같았다.

그는 누군가를 기다리는 듯 교문 담에 기대어 무료하게 담배를 태우고 있었다. 그러다 문득 우리들의 시선을 느꼈는지 이쪽을 응시했다.

착각이었을까? 그 순간 그와 나의 시선이 마주친 것 같은 느낌이 들었다. 그러자 무슨 이유에서인지 그의 얼굴이 얼핏 굳었다. 물론 이렇게 먼 거리에서 본 표정이 정확할 리가 없겠지만 말이다.

"히야~ 진짜 기똥차게 잘생긴 남자네. 누굴 만나러 온 걸까? 웬만한 연예인은 저 사람 앞에서 명함도 못 내밀겠다. 그치?"

"으응. 근데 저 사람, 아까부터 이쪽만 보고 있는 것 같지 않아?"

"그래? 헉! 혹시 내 미모에 질투라도 한 게 아닐까? 이런, 어쩌지? 이러다 결투장이라도 날아오면……."

"어휴, 그냥 꺼져라. 내가 말을 말지."

어째 이놈의 왕자병은 점점 더 심해지는 건지 모르겠다. 저 녀석 부모님은 아들이 이러고 다니는 걸 아시기나 하려나?

태진과 투닥거리는 동안 나는 교문 앞에 서 있던 외국인에 대해서는 까맣게 잊어버렸다. 그것은 수업이 끝나고 하교할 때까지 마찬가지였다.

3.

친구들과 헤어져 아르바이트를 하러 가는 길은 한적했다. 학교가 끝난 이후인 7시부터 새벽 1시까지 하는 주유소 아르바이트는 몸은 조금 고단하지만 시급이 꽤 괜찮았다. 무엇보다 미성년자인데다 고작 중학생에 불과한 나를 일하게 해주는 곳은 많지 않았기 때문에 내 입장에선 그저 감지덕지한 일터였다. 내 사정을 안타깝게 여긴 사장님이 편의를 봐주지 않았다면 절대 불가능했을 것이다. 함께 일하는 사람들도 전부 좋은 사람들뿐이라 여러모로 굉장히 운이 좋은 편이었다. 아마 대학에 갈 때까진 쭉 다니게 될 것 같았다.

"너 지금 여기서 뭘 하는 거냐?"

횡단보도 앞에 서서 신호를 기다리는데 누군가의 목소리가 들렸다. 나는 무심코 돌아보았다가 깜짝 놀랐다. 푸른 눈을 지닌 외국인이 바로 내 옆에 서 있었기 때문이다. 게다가 상대의 정체는 더 뜻밖이었다. 새카만 케이프 코트와 하나로 내려 묶은 백금색의 머리칼. 휘황찬란하리만치 잘생긴 얼굴이 눈에 익었다. 점심시간에 교실 창문에서 봤던 바로 그 남자가 틀림없었다.

'와아…….'

멀리서 봤을 때도 충분히 감탄한 외모지만 가까이에서 보니 차원이 달랐다. 피부 결이며 속눈썹 한 올 한 올마저 예술가가 온 힘을 다해 그려낸 것 같은 게, 바라보기만 해도 압도당하는 기분이었다.

어떻게 저렇게까지 잘생길 수가 있지? 인간 같지 않게 화려한 외모에 감탄하느라 나는 그가 나를 의아하게 바라보고 있는 것을 뒤늦게 발견했다. 내게서 반응이 돌아오길 기다리는 모습이었다. 그때서야 그가 나에게 무언가를 '물었다'는 사실이 떠올랐다. 그렇다. 외국인인 그가, 한국인인 나에게 말이다. 그것을 깨닫자 머릿속이 하얗게 물드는 것 같았다.

"왜 대답이 없지? 내 말이 안 들리는 건가?"

"앗! 저, 저기, 죄송해요! 제가 영어를 전혀 못 하거든요! 으아, 그러니까 이럴 땐 뭐라고 말해야 하지? 아, 아임 쏘리?"

"……난 영어를 쓰라고 한 적이 없다만."

"네? 그치만…… 어엇! 그러고 보니 말이 통하네요?"

다시금 깨달은 사실에 눈을 껌뻑이자 남자는 살짝 한숨을 내쉬었다. 어처구니없어하는 표정이라 민망했지만, 그래도 말이 통한다는 사실에 느끼는 안도감이 더 컸다. 긴장이 풀리니 그를 바라보는 것도 조금 편해졌다.

"하하, 죄송해요. 그나저나 한국말 되게 잘하시네요. 혹시 유학생이세요? 아니면 한국계?"

"내 질문에 대한 대답부터 듣고 싶은데."

"아, 맞다! ……근데 뭐라고 하셨죠?"

내 질문에 그의 결 좋은 눈썹이 꿈틀거렸다. 이걸 어떻게 처리할까 고민이라도 하는 듯 보였다. 그런 동작 하나까지 멋있게 보이다니, 역시 사람은 타고난 얼굴이 잘나야 하나 보다.

"여기서 뭐 하고 있냐고 물었잖아."

"아, 그러셨구나. 그건 왜 물으시는데요?"

"대답."

"하, 학교가 끝나서 집에 가는 길이에요."

아무리 잘생겼다곤 하나 낯선 사람이다. 일부러 사실을 말할 필요는 없는 것 같아 나는 적당히 대답했다. 남자는 왠지 마음에 들지 않는다는 듯이 나를 바라보았다.

"집? 여기에 너희 집이 어디 있는데?"

"버스 타고 두 정류장 정도 가면 있어요."

"그게 아니라, 이곳에 네가 있을 곳이 어디 있냐는 뜻이다."

"……예?"

도대체 무슨 소리를 하고 있는 건지 모르겠다. 그의 질문을 이해하지 못한 내가 멍해져서 바라보자, 남자는 아까보다 더 불쾌한 표정을 지었다. 안 그래도 푸른 눈이 파도가 이는 것처럼 일렁거리자 더욱 박력이 느껴졌다. 잠시 그렇게 나를 쏘아보던 그가 문득 내 이마 쪽을 보더니 얼굴을 굳혔다. 덥수룩한 앞머리에 가려져 있는 상처를 발견한 것이 분명했다. 태진조차 알아차리지 못한 부분이었는데 눈썰미가 좋은 사람 같았다.

그의 손이 내 머리칼을 쓸어 올리려 해서 나는 뒤로 물러서려고 했다. 하지만 성큼 앞으로 다가온 남자가 내 손목을 강하게 붙잡는 것이 더 빨랐다. 남자는 기어코 내 이마의 상처를 살피고는 화난 음성으로 물었다.

"누가 이랬지?"

"네? 아아, 별거 아니에요. 제가 좀 칠칠맞지 못해서……."

"누가 이랬냐고 물었다."

"윽, 왜 화를 내고 그래요? 그냥 제가 좀 잘못한 일이 있어서 아버지한테 맞았어요. 됐어요?"

"누가 아버지라고?"

음성이 더 낮아진다. 나는 대체 그가 무엇 때문에 화를 내는 건지 전혀 이해할 수 없었다. 가정 폭력에 대한 안 좋은 추억이라도 가진 사람인가? 그렇다고 해서 나한테 화를 낼 필요는 없잖아. 내가 원해서 맞는 것도 아닌데 말이다. 더 상대했다간 피곤해질 것 같아 나는 억지로 남자를 떨쳐내고 돌아서려고 했다.

"저기요, 제가 지금 좀 바쁘거든요? 그럼 이만……."

"회피하지 말고 날 똑바로 쳐다봐. 누가 네 아버지라는 거냐? 네가 그렇게 부를 사람은 그쪽이 아닐 텐데?"

"대체 아까부터 무슨 소리를……."

"못 알아듣는 척하지 마. 내가 무슨 말을 하는 건지 전부 다 알고 있잖아."

"뭐라구요?"

"기껏 도망친다는 게 이런 곳이었나? 과거에 숨어들면 전부 다 괜찮아질 것 같았어? 그것도 고작 이런 기억 따위에? 이렇게 될 때까지 왜 바보같이 그냥 참고만 있어! 날 봐, 엘! 네 앞에 있는 내가 누구지?"

"……!"

그 순간 온몸에 오싹 소름이 돋았다. 기억하고 싶지 않은 어떤 것을 억지로 떠올리는 기분? 거북한 무언가가 속에서 강하게 충동질하는 것 같았다. 아아, 그래. 나는 이 사람을 알고 있었던 것 같다. 하지만 그가 누구인지 기억하고 싶지는 않았다.

"이, 이것 놔요!"

"엘!"

"내 이름은 엘 아니야!"

나도 모르게 반사적으로 소리치자 남자의 손길이 주춤거렸다.

나는 그 틈에 그를 밀쳐낸 다음 무작정 달렸다. 뒤에서 부르는 소리가 들렸지만 돌아보지 않았다. 왠지 그가 쫓아오는 것 같은 느낌이라 마음이 초조했다.

그때 눈앞에 있는 어느 건물에서 낯익은 얼굴을 발견했다. 놀랍게도 그는 태진이었다. 검도 유단자인 태진은 수업이 끝나면 곧장 도장으로 간다. 특히 지금은 대회를 앞둔 시점이라 다른 때보다 더 연습에 매진하는 중이었다. 지금쯤이면 한창 도장에 있을 시간인데 왜 이곳에 있는 걸까. 게다가 여긴 그가 다니는 도장이 있는 방향도 아니었다. 이상하다는 생각이 들었지만 지금은 그런 걸 따질 때가 아니다. 이런 급박한 상황에서 짜 맞춘 것처럼 아는 사람을 발견하니 눈물이 날 것 같았다. 나는 힘껏 달려가 태진의 등에 덮치듯 매달렸다.

"으악! 깜짝이야! 뭐야! 어? 강지훈?"

"헉헉! 헉! 태, 태진아!"

갑자기 닥친 상황에 화들짝 놀란 태진이 화난 얼굴로 돌아보았다가 나를 발견하고 황당하다는 표정을 지었다. 그러다 내 모습을 훑어 내리곤 빠르게 얼굴을 굳혔다.

"너 표정이 왜 이래? 귀신이라도 본 사람처럼. 무슨 일 있었어?"

"그게……."

나는 그를 방패 삼은 채 슬쩍 뒤를 돌아보았다. 다행히 금발의 남자의 모습이 보이지 않았다. 쫓아오는 중간에 포기했거나, 일행이 나타난 걸 보고 그냥 돌아간 것 같았다. 나는 길게 한숨을 내쉬었다.

“하아아. 태진이 너 이제부터 히어로 해라. 소질이 있는 것 같아.”

“무슨 헛소리야. 대체 무슨 일이 있었냐니까?”

다그치는 목소리에 오히려 안도감이 밀려든다. 끔찍한 공포에서 벗어나 다시 평범한 일상으로 돌아온 것 같았다. 그래도 설명하고 싶은 기분은 아니라서 나는 어색하게 웃기만 했다. 다행히 태진은 투덜거리기만 할 뿐 재촉하지는 않았다. 대신 염려하는 눈으로 확인해두기만 했다.

“괜찮은 거지?”

“응, 걱정 끼쳐서 미안해.”

“됐어. 근데 너 알바 갈 시간 아냐? 7시 다 돼가는 것 같은데?”

“헉! 맞다, 알바!”

태진의 말을 듣고서야 잊고 있었던 것이 떠올랐다. 나는 얼굴을 굳힌 채 황급히 시계를 내려다보았다. 가는 시간만 30분이 넘게 걸리는 곳인데 이미 바늘이 6시 40분을 가리키고 있었다.

“으아, 망했다. 오늘 기순 형이 급한 볼일 있다고 꼭 시간 지켜 달랬는데!”

“전 타임 알바 형 말이지?”

“응! 미안해, 태진아! 나 먼저 가볼게! 내일 학교에서 보자!”

“뛰어가려고?”

"버스 타면 좋긴 한데. 버스 기다리는 시간이나 뛰어가는 시간이나 그게 그거야."

"버스 말고 다른 걸 타면 되지."

"다른 거?"

"쯧쯧, 이게 뭐게?"

한심한 듯 혀를 차며 묻는 말에 나는 어리둥절해졌다. 태진이 가리키는 곳을 따라 시선을 내리자 그의 옆에 서 있는 물체가 눈에 들어왔다. 둥그런 바퀴가 두 개 달린 검은색의 날렵한 물체는 바로 자전거였다.

"어? 그거 네가 통학할 때 타고 다니는……."

상황을 파악하는 건 오래 걸리지 않았다. 고개를 번쩍 치켜들자, 짓궂게 웃고 있는 태진의 얼굴이 들어왔다.

"이게 탐이 나는가, 형제여?"

"예! 몹시 탐납니다!"

"형님이라고 부르면 빌려주지."

"형님!"

"음하하하! 귀여운 놈! 네가 사회생활 하는 법을 좀 아는구나!"

호탕하게 웃은 태진이 기꺼이 내게 자전거를 건넸다. 이게 얼마나 특별한 일인지는 누구보다 내가 가장 잘 알고 있었다. 평소 태진은 자기 물건에 애착이 강한 편이라 남에겐 지우개도 잘 빌려주지 않는 녀석이었다. 특히 자전거는 그가 소유한 것들 중에서 가장 아끼는 애장품이다. 그런 녀석이 아르바이트에 지각할 친구를 위해 선뜻 그것을 내준 것이다.

다른 건 몰라도 내가 친구 하나는 잘 둔 것 같다. 감동을 만끽하고 있는 날 보며 태진이 피식 웃었다.

"왜 안 가고 멀뚱히 쳐다보고 있어?"

"태진아. 난 역시 너만 있으면 될 것 같아."

"헐, 됐거든? 내가 좀 멋있는 건 아는데, 사내자식의 구애 따위는 정중하게 사양하마. 이거 죄다 빚으로 달아둘 거야. 나중에 성공해서 전부 갚을 생각이나 해."

엄격하게 하는 말도 내 자존심을 위한 것이란 게 느껴져 기분 상하지 않았다. 진정한 친구는 평생 동안 하나 만들기도 어렵다던데. 그런 면에서 보면 내 인생도 썩 쓸 만한 걸지도 모른다. 그렇게 생각하니 더 이상 아무것도 불안하지 않았다.

바라건대 이렇게 평온한 순간이 영원하길. 나는 마음속으로 조용히 기도했다.

*　　*　　*

문을 열고 들어가니 집 안의 공기가 이상했다. 늦은 시간이라 떠들썩하진 않아도 아직 다들 모여 TV를 시청할 때였는데, 오늘은 아무 소리도 들리지 않았다. 그렇다고 거실에 사람이 없는 건 아니었다. 평소처럼 불도 켜져 있었고, 형들이 현관을 내다보는 기척도 느껴졌다.

"어, 왔네."

고개를 힐끔 내민 둘째 형이 날 발견하고 말했다. 웃고 있는 것 같았는데 그 표정이 조금 이상했다. 물론 날 아는 척한 것만으로도 충분히 이상하긴 했지만 말이다.

"지금 왔니?"

신발을 막 벗으려는 순간 들려온 목소리에 나는 귀를 의심했다. 황급히 고개를 들자 눈앞에 엄마가 서 있었다. 믿을 수가 없어서 나는 잠시 아무 반응을 하지 못했다. 그녀는 내게 지독하리만치 무심한 사람이었고, 지금까지 단 한 번도 귀가를 맞이해 준 적이 없었다. 이런 일은 한 번도 상상해 본 적이 없어서 어떻게 해야 할지 알 수가 없었다. 한참 머뭇거리던 끝에 나는 아무 대답을 하지 않았다는 걸 간신히 떠올렸다.

"아, 다녀왔습……."

하지만 서둘러 건네려던 인사는 끝말을 맺지 못했다. 짜아악! 날카로운 소음과 함께 뺨에서 화끈한 감각이 느껴졌기 때문이다. 고개가 옆으로 돌아갔다는 것을 깨닫고 난 후에야 방금 전에 일어난 일을 인지했다. 때렸다. 엄마가, 나를.

당황스러운 마음으로 쳐다보자 이번엔 반대쪽 뺨이 뜨거워졌다. 연달아 친 후에도 분이 풀리지 않는지 엄마의 숨소리가 거칠었다.

"이 배은망덕한 놈."

사납게 내뱉는 말에 어깨가 저절로 떨렸다. 갑자기 닥친 상황에 정신이 하나도 없었지만 나를 바라보는 엄마의 시선만큼은 분명히 보였다. 경멸이 담긴 눈빛이었다.

"어, 엄마……?"

"엄마라고 부르지도 마! 키워주고 가르쳐준 은혜를 몰라도 유분수지. 네가 감히 이런 짓을 해? 네 주제도 모르고?"

"무, 무슨 말씀이세요?"

"진수가 서랍에 넣어둔 곗돈을 훔쳤어!"

예상치 못한 소리에 나는 잠시 눈을 껌뻑였다. 진수라면 큰형의 이름이다. 오늘 아침 날 보며 의미심장하게 웃던 그의 얼굴이 떠올랐다. 돈이 필요하다고 하더니 설마 엄마의 곗돈에 손을 댈 줄은 몰랐다. 하지만 그 일이 나한테까지 불똥이 튄 것은 이해가 되지 않았다.

"형이…… 훔친 거잖아요?"

"얘 눈 똑바로 뜨는 것 좀 봐. 그래! 훔치기는 진수가 훔쳤지. 왜 그런 짓을 한 건지 추궁했더니 돈이 너무 급해서 그랬다더라. 그래서 네 잘못은 없다는 거니? 넌 아무것도 모르시겠다?"

"그야……."

"계속 그렇게 잡아뗄래? 진수한테 이미 전부 다 들었거든? 너한테 빌려달라고 했더니 지잡대 다니는 병신은 꺼지라고 했다며! 그것도 모자라서 뭐? 마마보이는 엄마한테나 가서 젖이나 빌어먹으라고? 세상에, 어떻게 그런 막말을! 내가 그 소리를 듣고 얼마나 낯이 뜨거워지던지!"

아니다. 그런 게 아닌데. 그녀가 내뱉는 것마다 전부 처음 듣는 말들뿐이었다. 눈앞이 하얗게 되는 것 같아 나는 필사적으로 고개를 흔들었다.

"저, 저는 그런 식으로 말한 적……."

"거짓말하지 마! 내 앞에서는 착한 척 불쌍한 척 온갖 궁상을 다 떨더니. 뒤로는 이런 호박씨를 까고 있었니? 아무튼 넌 뱃속에 들어설 때부터 내 맘에 든 적이 한 번도 없었어! 네가 그렇게 잘났니? 네가 그러고도 인간이야? 큰형 공부하느라 많이 힘든 거 몰라? 안 그래도 먼 거리를 통학하느라 고생하는 거 안쓰러워 죽겠는데, 넌 막내가 돼 가지고 형을 돕지는 못할망정 그런 식으로 더러운 모욕감을 줘? 그래서 결국 엄마 돈에까지 손을 대게 만든 거니? 그 여린 애가 얼마나 기댈 곳이 없으면 혼날 줄 알면서 그런 짓을 했겠어!"

"아, 아니에요, 엄마. 정말로 저는 그런 적이……!"

"그럼 지금 진수가 거짓말을 한다는 거니? 정말 기가 막혀서. 못된 것만이 아니라 뻔뻔하기까지 하구나, 너? 내가 진수를 몰라? 어릴 때부터 남이 제 물건을 훔쳐가도 한마디도 못하던 순둥이였어, 그 애는! 그런 착한 애가 그럴 리가 없잖니!"

그럼 나는요?

엄마, 나도 엄마 아들이에요. 형에 대해 아는 만큼 나에 대해서도 아셔야 하잖아요.

가슴 안이 먹먹해지는데 목소리가 하나도 나오지 않았다. 소리치는 엄마의 뒤쪽에 큰형이 서 있는 것이 보였다. 나를 보며 피식 웃은 그가 입술 모양만으로 말을 건네 왔다. '내가 두고 보라고 했지?' 그가 전하는 내용을 알아듣는 건 어렵지 않았다.

울컥 차오른 속을 다스리느라 저절로 주먹이 쥐어졌다. 그러자 그것을 본 엄마의 눈이 더 사나워졌다.

"어머, 너 지금 주먹을 쥔 거니? 왜? 날 치기라도 하려고?"

"아, 아뇨. 그게 아니라……."

"세상에, 요즘 지 부모 때리는 패륜아가 그렇게 많다더니! 너 같은 애를 두고 하는 말이었구나? 내가 사람을 낳은 게 아니라 짐승 새끼를 낳았어!"

"엄마! 그런 게 아니에요, 엄마! 저는……!"

"엄마라고 부르지 말랬지? 널 내 배로 낳았다고 생각하면 소름이 끼친다! 못나게 태어났으면 사랑받을 노력을 해야지! 조용히 눈에 띄지 않게, 있는 듯이 없는 듯이 살아달라는 것뿐인데 그거 하나도 제대로 못 하겠니? 꼭 이렇게 튀어서 분란을 만들어야 속이 시원해? 우리 집에 왜 너 같은 게 태어나서! 너만 아니었으면 아무 문제도 없는 집인데!"

충격에 머릿속이 얼얼했다. 이번에도 나는 입을 벙긋거리는 것 외엔 아무 말도 할 수 없었다. 해명할 기회도, 하다못해 말을 끝까지 잇는 것조차 허락하지 않는다. 처음부터 내 말을 들을 생각이 아예 없는 거다. 이런 상황에서 진실이 무슨 의미가 있을까. 허탈한 기분에 나는 멍하니 서 있기만 했다. 그런 나를 엄마가 밖으로 떠밀었다.

"나가! 이 집에서 당장 나가! 너랑 같이 사는 게 끔찍해서 견딜 수가 없어! 다시 우리 앞에 나타나지 말고 당장 썩 사라져버려!"

"어, 엄마! 엄마!"

저항하려고 했지만 엄마의 힘이 너무 셌다. 꽉 움켜잡은 손톱이 내 손목과 팔을 마구잡이로 할퀴어서 신음이 흘러나왔다. 문이 열리고 강제로 밀쳐졌다. 거친 손길에 넘어진 후 망연자실한 상태로 고개를 들자 악귀처럼 일그러진 엄마의 얼굴이 보였다. 지금껏 저렇게 괴롭고 끔찍한 엄마의 표정을 본 적이 없었다.

내가 엄마한테 저런 표정을 짓게 만든 건가? 나 때문인 거야?

심장이 철렁 내려앉는데 눈앞에서 문이 닫혔다. 나는 얼른 달려가 문고리에 매달렸다.

"제가 잘못했어요!"

다급히 문을 두드렸지만 안에서 돌아오는 반응은 없었다. 이미 굳게 잠긴 문은 영원히 열리지 않을 것처럼 보였다. 마치 이 세상에 나 혼자만 남겨진 것 같았다. 서럽고 두려운 기분에 나는 온몸을 떨었다.

"어, 엄마! 엄마! 형! 죄송해요! 제가 잘못했어요! 다시는 안 그럴게요! 한 번만 용서해 주세요! 용서해 주세요, 엄마! 제발……!"

"……겨우 찾았나 했더니."

귓가에서 낮은 음성이 들렸다. 어디선가 많이 들어본 목소리였다. 흠칫 놀라 고개를 들자 복도 저편에 누군가 서 있는 것이 보였다. 늦은 시각이었고, 불이 켜지지 않은 곳이었기 때문에 상대의 모습이 잘 보이지 않았다.

"누, 누구세요?"

내 질문에 그가 걸음을 옮겼다. 천천히 다가올 때마다 드리워진 그늘이 걷어지면서, 가려졌던 그의 모습이 서서히 드러났다. 나는 눈을 크게 떴다. 오늘 오후, 아르바이트를 하러 가는 길에 만났던 바로 그 금발 남자였다.

"왜 여기에……."

생각지 못한 만남이라 그 순간만큼은 절박한 감정도 잊었다. 당황하며 묻자 남자는 시큰둥하게 대답했다.

"그건 내가 물어야 할 말 같은데."

"예?"

"대체 뭘 하는 거냐."

주저앉아 있는 내 모습을 내려다보는 시선이 차갑다. 왠지 몹시 불쾌해 보이는 표정이었다. 그는 짜증 난다는 듯이 나를 바라보고는(그런데 왠지 그 짜증이 날 향한 것 같진 않았다) 깊이 한숨을 내쉬었다. 그리곤 내 팔을 붙잡아 부축해서 일어나게 했다.

"아, 가, 감사합니다."

"쯧, 뿌리치고 달아나기나 하니까 그렇지."

"네?"

"되묻는 것이 특기인 줄은 몰랐군."

그가 어이없다는 듯이 웃으며 손등으로 내 이마를 툭 쳤다. 우와, 이 사람 웃을 줄도 알았구나. 무심한 표정만 보다가 웃는 얼굴을 보니 인상이 완전히 달라진 것 같았다. 남자는 더러워진 내 옷을 털어주며 옷깃을 정돈해 주었다. 닿는 손길에서 따뜻한 체온이 느껴졌다. 익숙하지 않은 일이라 얼굴이 벌게지는 느낌이었지만 싫진 않았다.

"험한 꼴은 이제 충분히 겪었겠지? 그만 돌아가자."

"도, 돌아가요? 어디로요?"

어리둥절해져서 바라보자 남자가 살짝 멈칫하더니 얼굴을 찌푸렸다. 그때였다.

"이봐, 당신 지금 뭐 하는 거야?"

뒤쪽에서 누군가 화난 음성으로 소리쳤다. 돌아본 나는 깜짝 놀랄 수밖에 없었다. 그곳에 태진이 있었던 것이다.

"태, 태진아?"

이런 늦은 시각에 태진이 왜 여길 온 거지? 나한테 급히 전할 말이라도 있었나? 반가운 기분이 들어야 하는 게 맞는데, 상황이 너무 뜻밖이다 보니 당혹감이 더 컸다. 사실 수상하기로는 내 앞에 있는 금발의 남자가 더하긴 했지만.

그래, 아무리 생각해도 정말 이상한 사람이었다. 나는 새삼스럽게 남자를 쳐다보았다. 적어도 태진은 우리 집 위치라도 알고 있기라도 하지, 이 사람은 그런 것도 아니다. 게다가 날 찾아올 이유도, 명분도 없었다. 그런데도 남자는 오히려 태진을 방해꾼처럼 응시하고 있었다.

"또 저건가."

남자가 짜증스럽다는 듯 머리를 쓸어 올리고는 사나운 눈빛으로 태진을 노려보았다.

"방해하지 마."

그 순간이었다. 내게 빠르게 다가오던 태진의 동작이 갑자기 멈췄다. 말 그대로였다. 주춤거리는 것도, 물러난 것도 아니라 그냥 그대로 몸이 굳었다. 마치 멈춘 동영상 속 한 장면을 보는 것 같았다.

"태, 태진아? 하태진?"

"그렇게 불러도 이제 반응하지 않을 거다."

다급하게 부르자 남자가 단조로운 어조로 말했다. 나는 숨을 크게 몰아쉬고 남자를 노려보았다. 방금 전까지만 해도 아무렇지 않았던 그의 존재가 두렵게 다가왔다. 뭔가 상황이 이상하게 돌아가고 있었다. 무섭다. 무서워서 죽을 것 같았다.

"무, 무슨 짓을 한 거야? 태진이한테 무슨 짓을 한 거냐고!"

"아무 짓도 하지 않았어. 그냥 악몽을 잠시 멈춘 것뿐이야. 네가 자꾸 깊이 들어가려고 하니까."

"악몽이라니! 대체 무슨 소리를 하는 거야!"

"아직도 깨닫지 못하는 거냐? 정말 단단히 홀렸군."

"무슨 소리를 하는 거냐니까!"

"후우……. 엘, 일단 진정해. 나와 차분히 대화를……."

"엘 아니야!"

강한 부정에 그는 입을 다물었다. 찌푸린 시선이 내 의도를 탐색하듯 가만히 응시하는 것이 느껴졌다.

"엘 아냐. 내 이름은…… 엘이 아니라고……."

나는 실성한 사람처럼 중얼거렸다. 내가 무슨 말을 하는 건지 나도 알 수가 없었다. 그런 내 모습을 한동안 가만히 내려다본 남자가 곧 한숨을 내뱉는 것처럼 말했다.

"좋아, 그럼 다르게 부르지."

그 말에 어깨가 움찔 떨렸다. 선뜻 받아들이는 걸 보니 그는 내 원래 이름을 알고 있는 게 분명했다. 그런데 왜일까. 그가 내 본명을 부른다고 생각하니 더 싫었다. 그 입에서 '지훈'이란 이름이 나오면 견딜 수 없을 것 같았다. 나는 눈을 질끈 감고 두 귀를 틀어막으려고 했다. 하지만 그 순간 들려온 건 전혀 뜻밖의 단어였다.

"아들."

"……!"

"나랑 얘기 좀 하자, 아들."

쿵

심장이 아래로 떨어지는 것 같았다. 지금 내가 무슨 소리를 들은 걸까. 분명 두 귀로 똑똑히 들었는데, 이상하리만치 현실감이 느껴지지 않았다. 전혀 예상하지 못했던 말이라서 그런 걸지도 모르겠다. 멍하니 고개를 들자 남자가 담담한 표정으로 시선을 받았다.

"……아들?"

"이름은 싫다며."

"그게 아니라…… 왜 나를 아들이라고 불러……?"

"네가 내 아들이니까."

"……무슨 말을 하는 건지 모르겠어."

남자에게 잡혀 있던 팔을 뿌리쳤다. 하지만 남자는 이번엔 간단히 물러나지 않았다. 오히려 내 어깨를 더욱 강하게 잡은 그가 진지한 얼굴로 한 글자씩 끊어내듯이 입을 열었다.

"아니, 넌 이미 알고 있어. 건방지게 내게 말을 놓고 있는 게 그 증거잖아. 이제 그만 정신 차려. 이 이상 머물면 아무리 너라도 반드시 정신세계가 무너진다. 널 위해 주는 유일한 친구? 그런 알량한 방어 기제 따윈 오래가지 못해. 아니, 앞으로는 오히려 그게 역으로 너를 공격하려 들 거다. 그럴 목적으로 만들어진 주술이니까."

"주……술?"

"그래. 너만이 아니라 네 동행인 전부 그 안에서 헤매는 중이지. 네가 이러고 있는 동안 네 친구들은 점점 미쳐가고 있을 거다. 그대로 내버려 둘 거냐?"

"친구? 미쳐가다니?"

"기억해 내. 이곳에 오기 전까지 넌 어디서 무엇을 하고 있었지? 함께 있던 사람들은? 아니, 일단 이것부터 제대로 대답하는 게 좋겠군. 아깐 대답하지 않고 달아났었지? 다시 한 번 묻겠다. 내가 누구냐?"

"……모르겠어."

남자의 질문에 나는 고개를 저었다. 그러자 그는 씁쓸한 표정을 지었다.

"모르는 게 아니라 '알고 싶지 않다'겠지. 자, 아들. 전부 들어줄 테니 말해 봐. 왜 나를 기억하고 싶지 않은 거지?"

"왜냐니……. 난 다른 사람 대타 같은 거 싫어."

아들이란 단어에 가슴 안이 술렁거렸다. 그래서일까. 나도 모르게 대답이 튀어나왔다. 흠칫 놀라 얼굴을 굳히는데 남자는 아무렇지 않게 다음 말을 이었다.

"가족한테 무시당하고 맞는 건 괜찮고?"

"그, 그래도 그들은 '나'를 바라봐. 다른 사람의 대신은 아니야. 그들이 아무리 날 싫어해도, 날 욕하고 저주한다고 해도…… 그건 온전히 나를 향한 거야. 게다가 이곳엔 아프면 위로해 줄 친구도 있고……."

"그래서? 계속 여기서 살고 싶은 거냐? 이게 전부 네가 만들어 낸 가짜라고 해도?"

"……가짜?"

"그래. 이곳에 있는 모든 건 네 멋대로 꾸며낸 환상일 뿐이다. 실제론 넌 이들 사이에서 이미 죽은 사람이잖아. 벌써 잊은 거냐?"

"그게 무슨……."

그 순간 불현듯 눈앞에 이상한 광경이 펼쳐졌다. 눈물을 삼키고 있던 친구들. 검은 탁자 앞에 하나둘씩 놓이던 국화꽃들. 누군가의 장례식장으로 보이는 곳에서 태진이 상주의 표식을 한 채 서 있었다. 그가 들고 있는 영정 사진에 나는 숨을 삼켰다. 검은 리본을 두른 액자 속에 담긴 사람이 이상하리만치 눈에 익었다. 그럴 수밖에 없었다. 그건 바로 나였으니까.

"아……."

그래, 그러고 보니 난 이미 죽었던가. 퍼뜩 떠오른 사실에 나는 천천히 고개를 들었다. 그 순간 부드러운 감각과 함께 어깨 아래에서 무언가가 출렁거리는 것이 느껴졌다. 손을 내밀자 물을 머금은 것 같은 푸른색 실타래가 사뿐히 손가락 사이에 감겨들었다. 그것이 내 머리카락이라는 것을 깨닫는 데는 조금 더 시간이 걸렸다.

나는 조금 멍한 기분으로 주위를 둘러보았다. 음침한 기운을 내뿜던 차디찬 아파트의 복도도, 굳어 있던 태진의 모습도 어느새 전부 사라지고, 주위가 컴컴한 암흑으로 물들어 있었다. 사라지지 않고 그대로 존재하고 있는 건 나와 눈앞에 있는 금발의 남자밖에 없었다. 그제야 나는 내 눈앞에 서 있는 남자가 누구인지 정확히 알아볼 수 있었다. 누구보다 냉정하고 엄격한, 그러면서도 다정한 눈빛을 한 그는…….

"……엘뤼엔?"

맞아, 그런 이름이었지. 탁한 감각이 사라지고 일시에 시야가 트였다. 그러자 그때까지 깨닫지 못했던 것들이 하나둘씩 떠오르기 시작했다. 이를테면, 지금 내 앞에 있는 그가 이곳에 있어선 안 되는 존재라는 거라든가.

"어?"

찬물을 뒤집어쓴 것처럼 정신이 번쩍 들었다. 이제야 자각한 현실에 절로 헛숨이 삼켜졌다. 엘뤼엔이라니! 뭐야, 정말 엘뤼엔이라고? 말도 안 돼! 왜 엘뤼엔이 이곳에 있는 거지? 여긴 던전 안이었던 거 아니었어?

나는 조금 당황스러운 기분으로 눈앞의 남자를 다시 살펴보았다. 맙소사! 잘못 본 게 아니다. 다시 보고 또 확인해 봐도 정말 엘뤼엔이 틀림없었다. 산만해진 내 행동에 그 역시 내 상태를 파악한 것 같았다. 시선이 마주치자 그는 푹 한숨을 내쉬었다.

"이제야 정신이 들었군. 하나밖에 없는 아들이란 게 속만 썩이긴."

"어어, 저, 저기? 지금 뭐가 어떻게 된 거야, 엘뤼엔? 나 방금 전까지 던전에……."

"어떻게 되긴 뭐가 어떻게 돼. 네가 쓸데없이 마음이 약해서 별 시답지도 않은 주술 따위에 걸려든 거지."

혼란에 빠진 나를 향해 엘뤼엔은 쯧쯧 혀를 차며 말했다. 나는 그의 말을 이해 못 한 채 되물었다.

"자, 잠깐만. 주술이라고?"

"그래, 주술. 일단 정신 들었으니까 눈부터 떠라. 그게 순서인 것 같으니."

"뭐? 그건 또 무슨…… 으악!"

그의 말이 끝남과 동시에 주위의 모든 것들이 유리처럼 와장창 깨졌다. 바닥을 딛는 감각도 어느새 사라진 채였다. 사태를 깨달았을 땐 난 이미 빠르게 추락하고 있었다.

4.

"허억!"

눈을 떴을 때 가장 먼저 나를 반긴 건 희뿌연 빛을 밝히고 있는 천장이었다. 주위는 꽤 넓은 홀로 보였고, 나는 맨바닥에 누워 있었다. 여기가 어딜까. 그리고 난 왜 이러고 있는 거지? 온몸에 감각이 돌아오는 것이 늦었다. 뭔가 굉장한 꿈을 꾼 것 같은데 사태 파악이 잘 되지 않았다.

"깼으면 그만 일어나. 그 상태로 다시 잠들고 싶은 게 아니라면."

"……!"

멍하니 눈만 깜빡이고 있는데 귓가에서 익숙한 목소리가 들려왔다. 흠칫 놀라 고개를 돌리자 나를 내려다보는 연푸른색 눈동자와 마주쳤다. 한심하다는 듯 나를 응시하고 있는 시선의 주인은 바로 엘뤼엔이었다.

"……어? 엘뤼엔?"

그의 모습을 보자마자 조금 전의 꿈이 선명히 되살아났다. 아, 그래. 그러고 보니 한국에 있을 때의 꿈을 꿨었지. 현실의 날 잊을 정도로 그 안의 상황에 몰입해 있었는데 엘뤼엔이 나타나서 정신을 차리게 했던 것 같다. 그런데 꿈에서 깨어난 지금도 그가 내 눈 앞에 있다니 어리둥절한 기분이었다. 그게 마냥 꿈인 것만은 아니었다는 건가?

"뭐야, 뭐야? 깼어? 깬 거야?"

그때 엘뤼엔의 옆에서 누군가 고개를 내밀었다. 나는 처음 보는 낯선 남자였다. 키는 엘뤼엔보다 조금 더 큰 편일까. 먹물을 머금은 것처럼 검은 눈동자에 어깨를 살짝 넘는 머리칼 역시 밤하늘만큼이나 짙은 흑발이다. 그와 반대로 피부색은 눈처럼 희어서 드러난 부분마다 마치 빛나고 있는 것처럼 느껴졌다. 엘뤼엔이나 라피스 만큼 화려한 느낌은 아니더라도, 상당히 준수한 외모를 가진 사람 같았다.

여기서 내가 굳이 추측성의 표현을 한 이유는 그의 모습을 정확히 알아 볼 수 없었기 때문이다. 누군가에게 얻어맞기라도 했는지 얼굴이 잔뜩 부어있는 데다가 알록달록한 멍을 한가득 달고 있었으니까. 보기에도 몹시 아플 것 같은 모습을 한 그는 나와 눈이 마주치자 헤벌쭉 웃었다.

"이야, 드디어 정신을 차렸네! 안녕, 엘. 냐하하~ 사랑스러운 밤이지?"

"넌 닥치고 있어."

내가 적당한 대응을 고민하기도 전에 서릿발 같은 목소리가 날아들었다. 엘뤼엔이었다. 그의 싸늘한 시선이 닿자 흑발의 남자는 비련의 여주인공처럼 고개를 숙이며 어깨를 들썩였다.

"흐흑! 너무해, 엘뤼엔. 나는 그저 친우의 아들에게 인사를 건넸을 뿐인데."

"듣던 중 가장 기분 더러운 헛소리군. 친우는 무슨, 누가 네놈 따위의 친우라는 거냐? 친우란 놈이 남의 아들을 벼랑 끝까지 몰아갈 생각을 해?"

"에헷! 설마 그 정도로 이렇게 심하게 충격 받을 줄은 몰랐지. 아이, 그렇게 화내면 무섭잖아, 자기. 설마 또 때리려고? 너무해엥~."

"닥쳐!"

……대체 뭐가 어떻게 된 거지.

좀처럼 이해가 되지 않는 상황이라 나는 멀뚱히 눈을 깜빡거렸다. 내 기억이 맞다면 난 분명 던전 안에 있었다. 엘과 대화를 나누다가 정신이 흐려졌던 것 같긴 한데 이후의 상황이 잘 생각나지 않았다. 눈앞에 엘뤼엔이 있는 것도, 생전 처음 보는 낯선 사람이 내게 친근하게 말을 걸어오는 것도, 무엇 하나 납득이 되는 것이 없었다. 꿈에서 내가 주술에 걸렸다고 했던 것 같은데, 설마 아직도 그런 상태인 건 아니겠지? 왠지 머리도 지끈거리는 것 같고 감각이 둔하기만 한 게 영 수상했다.

이대로 가만히 있는 것보단 나을 것 같아서 나는 천천히 몸을 일으켰다. 마치 뭔가에 취해 있었다가 깬 것처럼 기분이 개운하지 가 않았다. 하지만 곧 들이닥친 사태가 혼몽한 정신을 확 깨게 했다. 무심결에 옆을 돌아본 순간 나는 헛숨을 삼켰다. 이사나를 비롯한 일행들이 모두 내 근처에 쓰러져 있었던 것이다.

"이, 이게 뭐야! 다들 왜 이래?"

화들짝 놀라 소리치자 투닥거리고 있던 두 사람이 대화를 멈추고 돌아보는 것이 느껴졌다. 나는 일단 가장 가까이에 있는 이사나의 상태부터 살폈다. 다친 곳은 없었지만 안색이 굉장히 좋지 않았다. 게다가 무슨 꿈을 꾸는 건지 눈물을 하염없이 흘리고 있었다.

"이사나! 이사나, 일어나 봐! 이사나?"

어깨를 흔들어봤지만 이사나는 흐느끼면서도 정신을 차리지 못했다.

"흐흑, 흐으윽. 죽……일 거야. 전부 다…… 죽여버릴……거야."

덜덜 떨고 있는 입술 사이에서 이해할 수 없는 말들이 흘러나왔다. 얼마나 심하게 울었는지 퉁퉁 부은 눈가가 벌겋게 물들어 있었다. 어찌할 바를 몰라 우왕좌왕하고 있는데 옆에서 기척이 느껴졌다. 어느새 다가온 엘퀴엔이 몸을 굽히고 있었다.

나는 급박한 상황도 잊은 채 잠시 그 모습을 멍하니 바라보았다. 어깨 아래 흐트러진 금실 같은 백금발하며, 조각같이 수려한 얼굴은 분명 엘퀴엔이 틀림없다. 하지만 바로 코앞에 그의 얼굴이 있는데도 여전히 현실감이 느껴지지 않았다. 엘뤼엔은 내 시선은 전혀 신경 쓰지 않은 채 이사나의 턱을 잡고 이리저리 살폈다. 잠시 후 이어지는 말에 나는 다시 당황했다.

"감정 상태가 정상이 아니군. 이미 꿈에 먹혔나."

"꾸, 꿈에 먹혀? 그게 무슨 말이야?"

"너희들 전부 주술에 걸렸다고 했잖아. 벌써 잊은 거냐?"

잊지 않았다. 하지만 그건 꿈속에서 들은 말이었다. 그걸 눈앞의 엘뤼엔이 알고 있는 걸 보니 역시 그게 전부 꿈이었던 건 아닌 모양이다. 아니면 지금 이 순간도 꿈이거나. 왠지 후자가 더 그럴듯하게 여겨졌다.

"정신 차려. 이건 현실이다."

내가 하는 생각을 읽었는지 엘뤼엔이 내 이마에 꿀밤을 놓으며 말했다. 나는 아파서 얼얼한 이마를 부여잡은 채 작은 저항을 시도했다.

"하지만 그 얘기를 한 건 꿈속이었잖아?"

"그래. 네가 깨어나려고 하지 않아서 내가 직접 의식에 개입해 끌고 나왔지."

"그런 게 가능해?"

"가능하니까 지금 네가 이렇게 눈을 뜬 거잖아. 자꾸 달아나려고 해서 내가 얼마나 애먹었는지 알긴 하는 거냐? 거기서 또 나를 뿌리쳤다면 너도 이 꼴이 됐을 거다."

그러면서 그가 가리킨 것이 쓰러져 있는 내 일행들이라서 나는 마른침을 꿀꺽 삼켰다.

"그래, 엘. 좀처럼 깨어나지 않아서 엘뤼엔이 얼마나 걱정했다고. 나 엘뤼엔이 이렇게 초조해하는 거 첨 봤다니까?"

"넌 닥치고 있으랬지."

이번에도 낯선 남자가 친근한 어조로 끼어들었고, 엘뤼엔이 그를 향해 으르렁거렸다. 그래도 그의 성격에 없는 사람 취급하지 않고 대응을 한다는 게 신기했다. 사이가 좋은 건지 안 좋은 건지 헷갈리는 관계였다.

나는 다시 다투기(엘뤼엔이 일방적으로 화내고 있었지만) 시작하는 두 사람에게서 시선을 떼고 일행들을 바라보았다. 아무래도 엘뤼엔이 실제인 것도 맞고 그가 날 구해준 것도 맞는 것 같은데, 자세한 정황을 물으려니 당장 눈앞에 있는 일행들의 상황이 너무 심각했다. 이사나가 가장 안 좋아 보이긴 했지만 다른 사람들 역시 상태가 비슷하긴 마찬가지였다. 아무리 흔들어도 깨어나지 않았고, 다들 괴로운 신음이나 헛소리 같은 것들을 중얼거리고 있었다.

"저, 저기. 그 주술이라는 게 대체 뭘 어떻게 하는 거야? 왜 다들 일어나지 않지?"

내 질문에 엘뤼엔이 흑발 남자를 윽박지르던 걸 멈추고 다시 내 쪽으로 시선을 돌렸다. 평소보다 조금 피곤해 보이는 모습이었다.

"이미 경험했잖아. 의식에 침투해 괴로운 감정을 불러일으키는 주술이다. 기억하고 싶지 않은 과거에 빠트리든, 평소 두려워하는 일을 경험하게 만들든. 어떤 식으로든 죄책감이나 절망, 고통, 분노 같은 것들을 자극해서 궁지로 몰아가지. 네 경우엔 정신력이 버텨 줘서 좋은 기억도 함께 공존했지만."

"좋은 기억? ……태진이 말이야?"

"그래. 그 친구와의 기억이 네 정신을 지키는 방어 기제 역할을 했다. 하지만 보통은 악몽만 끊임없이 이어져서 오래 버티지 못해."

"그, 그렇구나."

그러고 보니 꿈속에서 극단적으로 불안해질 때마다 태진이 나타났던 것 같다. 어쩐지 그의 등장에 위화감이 느껴진다 싶었는데, 그게 설마 그런 이유였을 줄이야. 납득이 되자 뭉클한 감각이 퍼졌다. 태진은 전생에서도 나를 몇 번이나 지탱해 주었던 친구였다. 이젠 다시는 만날 수 없을 거라고 생각해서 억지로 잊고 있었는데 이런 식으로 그의 존재감을 다시 확인하게 되다니. 마치 그가 지금도 여전히 날 지켜주고 있는 것 같다는 생각이 들었다.

그러나 엘뤼엔은 달갑지 않은 반응을 보였다. 방어를 한 건 다행이지만, 내가 그와의 추억에만 매달려서 현실로 돌아올 생각을 하지 않는 바람에 더 곤란했다는 것이다. 아무래도 엘뤼엔을 만날 때마다 태진이 나타난 것이 그의 입장에선 내심 충격이었던 듯했다. 나는 머쓱하게 웃다가 다시 본론으로 화제를 돌렸다.

"그보다 주술을 풀려면 어떻게 해야 해? 나도 꿈속으로 들어갈 수 있어?"

"방법을 알면 못 할 건 없지. 이젠 주술을 푸는 것밖에 못 하겠지만.”

“그게 무슨 소리야?”

“꿈에 먹혔다고 했잖아. 타인이 중간에서 개입할 수 있는 단계는 이미 지났다. 이대론 깨어나더라도 온전한 정신은 아닐 거다.”

온전한 정신이 아니라니. 그럼 미쳤다는 건가? 충격적인 사실에 가슴 안이 덜컥 내려앉았다. 나는 안절부절못하며 일행들을 바라보았다. 그러고 보니 계속 헛소리를 중얼거리는 게 비정상적이긴 했다. 특히 흐느끼는 이사나는 실성한 사람처럼 보였다.

“사람마다 정신력이 다르니까 정도의 차이는 있겠지. 일단 네 계약자는 확실히 망가진 것 같군.”

“그럴 수가……. 치, 치유술로 고칠 수 있을까?”

“정신질환도 상처의 일종이니 불가능하진 않아. 하지만 치유해도 기억은 남는다. 지금처럼 환각을 통한 기억은 강렬하게 각인되는 편이라 후유증을 크게 겪을 거야. 다른 방법을 함께 쓰는 게 좋아.”

“다른 방법?”

“먼저 치유부터 해라. 설명은 그 다음이니까.”

“아, 으응!”

나는 서둘러 일행들의 머리 위에 치유의 힘을 불어넣었다. 다행히 효과는 곧장 나타났다. 오래 지나지 않아 앓는 소리가 멈추더니 이상 증세가 사라진 것이다. 한결 나아진 안색이나 편안해진 숨소리를 보니 다들 괜찮아진 것 같았다.

그 모습을 확인한 엘뤼엔이 한 손을 펼쳤다. 그러자 그의 손에서 은은한 푸른빛이 감돌더니 마치 연기처럼 뭉쳐져 천천히 뻗어나가기 시작했다. 허공을 맴돌던 푸른빛은 이내 일행들 머리 위로 하나둘씩 스며들었다. 단지 그것뿐, 그 외에 딱히 겉으로 드러난 현상은 없었다. 대체 뭘 한 거지? 의아한 심정으로 바라보자 엘뤼엔이 차분한 말투로 말했다.

"주술에 걸린 순간부터의 기억을 지웠다."

"어? 기억을?"

"잔상을 남기지 않는 가장 확실한 방법이지. 어떤 꿈을 꿨든 이걸로 아예 경험한 적이 없는 상태가 되었을 테니 후에 쓸데없는 여파를 겪을 일은 없을 거다."

"정말? 다행이다. 생각보다 간단히 해결됐네."

"너였다면 경우가 달랐겠지."

"응? 나?"

뜻밖의 말에 돌아보자 엘뤼엔이 씁쓸한 얼굴로 말했다.

"정령왕은 정신이 무너지기 쉽지 않지만, 한번 무너지고 나면 복원 또한 간단하지 않아. 지금처럼 빠른 치유도 어렵고 기억을 강제로 지우는 건 더욱 불가능하지. 네가 꿈속에 끌려들어 갔으면 지금처럼 손을 쓰기 힘들었을 거다."

"그, 그렇구나. 그럼 나 되게 위험했던 거네?"

"그걸 이제야 알았다니 너도 참 어지간하군. 내가 괜히 왔을 것 같아? 갑자기 느낌이 이상해서 찾아봤더니 이런 일에 휘말리기나

하고. 쯧."

"아하하, 미, 미안해."

"이럴 땐 고맙다고 하는 거다."

한숨을 내쉬며 내 머리를 쓰다듬는 손길에 가슴 안이 따뜻해졌다. 그가 날 위해 여기까지 와 준 애정은 분명 거짓이 아니다. 그럼에도 약간 서글픈 기분이 드는 건 그게 다른 사람을 투영하고 있기 때문일 것이다. 그러고 보니 그는 엘을 봤을까? 그를 발견하고 무슨 표정을 지었을까?

퍼뜩 떠오른 생각에 나는 일행들을 살폈다. 그런데 누워 있는 사람들 속에서 엘의 모습이 보이지 않았다. 잘못 본 건가 싶어 나는 눈을 몇 번 비비고 다시 자세히 살펴보았다. 하지만 여전히 그의 모습을 찾을 수 없기는 마찬가지였다. 뭐야, 어디에 있는 거지? 안도감이 사라지고 머릿속이 순식간에 차가워졌다. 내가 빠르게 주위를 두리번거리자 엘뤼엔이 다시 머리를 쓰다듬었다.

"일행들은 걱정할 것 없다. 기억을 지우면서 자극을 줬으니 이제 곧 의식을 찾을 차례야. 정신이 들면 주술은 저절로 풀릴 거다."

"어, 아, 아니. 그게 아니라…… 한 명이 없어."

"뭐?"

"엘이 안 보여. 저, 저기. 그러니까 엘뤼엔이 예전에 알던 그 엘 말이야. 의식을 잃기 직전까지 나랑 같이 있었거든. 어, 어떡하지? 어디 다른 곳으로 혼자 떨어졌나 봐."

그런데 엘뤼엔에게선 아무런 반응이 없었다. 불안해하며 쳐다보니 그가 묘한 표정으로 나를 응시했다가 이내 한숨을 내쉬었다.

"그래, 그러고 보니 그 문제가 있었지."

놀라지 않고 단조롭게 중얼거리는 것을 보니 그는 이미 엘의 존재를 알고 있었던 모양이다. 하긴, 그러고 보니 꿈속에서도 꽤 담담한 반응이긴 했었다. 남의 대신이 싫다는 말에 얼굴을 찌푸리긴 했지만 그게 무슨 소리냐고 묻진 않았다. ……그리고 부정하지도 않았지.

한참 전부터 각오하고 있던 일임에도 막상 이런 순간이 닥치자 마음이 편하진 않았다. 나는 억지로 태연한 척 말했다.

"일단 엘부터 찾아야겠어. 우리들을 여기로 데려온 게 엘뤼엔인 거 맞지? 혹시 엘이 어디에 있는지도 찾을 수 있겠어? 얼른 찾으러 가야……."

"아니, 그럴 필요 없다."

"응? 그게 무슨……."

냉정할 정도로 단호한 대답에 나는 흠칫 놀라 그를 돌아보았다. 엘뤼엔은 내가 아닌 다른 곳을 응시하고 있었다. 그의 싸늘한 시선이 닿은 곳에 한 사람의 모습이 보였다. 지금까지 있는지도 몰랐던 흑발의 남자였다. 그새 상처가 다 나았는지 엉망이던 피부가 깨끗했다. 말끔해진 얼굴은 짐작한 대로 꽤 준수한 편이었다. 필사적으로 시선을 피하던 흑발의 남자는 엘뤼엔이 손가락을 까닥이자 침울한 얼굴로 다가왔다.

"이 상황을 보면서 뭔가 할 말이 있을 텐데?"

"내가 잘못했어."

말을 끝마치기 무섭게 대답이 이어졌다. 한참 전부터 이 대사를 준비하고 있었던 것 같았다. 남자가 어색하게 웃어 보였고, 엘뤼엔은 작게 코웃음을 쳤다. 그와 동시에 흑발의 남자가 허윽, 앓는 소리를 내며 허리를 구부렸다. 엘뤼엔이 그의 배를 무릎으로 가격한 것이다.

"소개하지. 이번 일의 원흉이다."

지켜보는 내가 식은땀이 나는 상황에서, 엘뤼엔이 혼자 평온한 얼굴로 말했다. 그의 표정만 보면 아무런 일도 일어나지 않은 것 같았다. 물론 그 아래 주저앉아 부들거리고 있는 흑발 남자를 보면 절대 그렇지 않다는 걸 알게 되지만.

"워, 원흉? 무슨 원흉?"

"너도 한 대 쳐라. 아니, 고작 한 대로 끝낼 일은 아니겠군. 네가 낼 수 있는 가장 강한 힘으로 열흘간 쉬지 않고 패도 된다. 형벌의 신인 내가 허락하지."

들으면서도 무슨 소리를 하는 건지 도무지 파악이 되지 않았다. 그런 나 대신 배를 움켜쥔 채 끙끙거리는 흑발의 남자가 그의 말에 반응했다.

"에, 엘뤼엔. 그렇게 맞으면 아무리 나라도 죽거든?"

"죽으라고 하는 거다. 이참에 깨끗이 소멸해버려."

"흐에에, 너무해."

남자가 칭얼거렸지만 엘뤼엔은 전혀 아랑곳하지 않았다. 도리어 그는 아연한 심정으로 서 있는 나를 채근하듯이 말했다.

"뭐 하고 있는 거냐. 마음껏 때려. 후환은 염려하지 말고."

"……나야말로 묻고 싶은데. 대체 아까부터 뭘 하는 거야?"

"뭐긴. 네 손으로 되갚을 기회를 주겠다는 거다."

"되갚다니, 뭘?"

"아아, 마침 주역들이 다 모일 차례군."

엘뤼엔이 여전히 이해할 수 없는 말을 마쳤을 때였다. 누워 있는 일행들 사이에서 신음 소리가 들려왔다. 그들의 의식이 돌아오기 시작한 것이다.

"으으……."

가장 먼저 눈을 뜬 사람은 시벨리우스였다. 나는 서둘러 다가가 일어나는 그를 부축했다.

"시벨! 괜찮아? 정신이 좀 들어?"

"으응? 엘? 엘이야?

내가 악몽에서 깼을 때와 마찬가지로 시벨리우스 역시 바로 정신을 되찾진 못했다. 눈을 몇 번 깜빡이는 동안 그의 흐린 눈동자에 차츰 초점이 잡혔다. 이윽고 나를 확인한 그의 눈빛이 흔들렸다.

"……지훈이었군. 미안."

뚜렷한 경계선에 나도 모르게 쓴웃음이 지어졌다. 이젠 익숙해질 법도 한데 아직도 이런 모습을 볼 때면 서운한 기분이 먼저 들었다. 그래도 속내를 한 번 털어놓은 탓인지 예전보다는 나를 대하는 시선이 부드럽다. 지금은 그것만으로도 상당한 발전이었다.

"어디 아픈 곳은 없어?"

"응, 조금 어지러운 걸 빼면 아무렇지 않아. 어? 그러고 보니 다들 한곳에 있네? 우리들 전부 다 흩어졌던 거 아니었어? 뭐가 어떻게 된 거지?"

시벨리우스가 근처에 누워 있는 일행들을 발견하곤 어리둥절한 표정을 지었다. 엘뤼엔의 말대로 주술에 걸렸을 때의 상황은 전혀 기억하지 못하는 것 같았다. 그사이 다른 사람들도 하나둘씩 의식을 차렸다. 얼굴을 잔뜩 찌푸린 데르온, 어리둥절해하는 이사나에 이어 알리사까지 눈을 뜨고 나니 안도의 한숨이 저절로 흘러나왔다. 다행히 다소 멍해 보이는 것 외에 다들 별다른 문제는 없는 것 같았다.

"다들 괜찮아?"

일행들은 잠긴 얼굴로 고개를 끄덕였다. 정신은 들었어도 아직 몸을 움직이지는 못하는 눈치였다. 그나마 기운을 차린 데르온이 갈라진 목소리로 물었다.

"뭐가…… 어떻게 된 겁니까?"

"주술에 걸렸었어요. 지금은 괜찮아요."

"물의 왕께서 주술을 푸신 겁니까?"

"그건 아니지만, 도움을 받았어요."

"도움이요?"

반문하는 데르온의 얼굴에 의아한 표정이 떠올랐다. 시벨리우스도 그도, 아직 우리들 외의 다른 존재는 깨닫지 못한 것 같았다.

"그런데 엘은?"

그때 일행들을 돌아보던 시벨리우스의 얼굴이 굳었다. 그들 사이에 엘의 모습이 보이지 않는 걸 깨달은 것이다. 무슨 말부터 해야 할까 망설이고 있는데 예상치 못한 일이 벌어졌다. 갑자기 불쑥 다가온 누군가가 시벨리우스를 끌어내 벽으로 던지는 게 아닌가!

쿠웅!

"허억!"

"뭐, 뭐야!"

지축을 뒤흔드는 것 같은 요란한 소음에 아직 비몽사몽하고 있던 일행들이 벌떡 몸을 일으켰다. 나 역시 깜짝 놀라 얼굴을 굳힐 수밖에 없었다. 갑자기 일어난 상황도 당황스러웠지만, 무엇보다 이런 무식한 일을 벌인 사람의 정체가 가장 뜻밖이었다. 화사한 금발을 흩날리고 있는 미형의 남자. 바로 엘뤼엔이었던 것이다.

"엘뤼엔?!"

"쿠, 쿨럭! 쿨럭! 뭐, 뭐야!"

거의 처박히다시피 날아간 시벨리우스는 의식을 잃진 않았지만 피를 한 움큼이나 토해냈다. 이와 비슷한 광경을 언젠가도 한 번 본 적이 있었다. 예전에 라피스도 이런 일을 겪었더랬지. 시벨리우스 역시 그때의 라피스만큼이나 이 사태를 이해하지 못해 혼란스러운 표정이었다. 반대로 엘퀴엔의 얼굴은 그때나 지금이나 여전히 평온하기만 했다.

"네가 깨어나길 기다렸지. 그동안 잘도 내 아들을 갖고 놀았더군."

"대체 무슨 말을……."

느닷없이 공격을 당한 것에 분노한 듯 시벨리우스가 일그러진 얼굴로 고개를 들었다. 하지만 그 얼굴은 정작 엘퀴엔과 마주하자 그대로 얼어붙었다.

"……!"

꽤 오랜 시간 침묵이 흘렀다. 멍하니 벌려진 입술 사이로 경악에 찬 신음이 터져 나왔다. 마치 귀신이라도 본 것 같은 모습이었다. 나는 그가 느끼고 있을 충격을 이해했다. 그에게 엘퀴엔은 이미 소멸한 줄 알고 있던 과거의 정령왕이다. 죽은 사람이 눈앞에 나타난 심정일 테니 충분히 놀랄 만도 했다.

"뭐, 뭐야. 너……. 설마……엘퀴네스?"

부릅뜬 시선이 엘퀴엔의 모습에서 못 박힌 듯 떨어지질 않았다. 한참 만에 터진 질문에 엘퀴엔은 두 눈을 가늘게 떴다. 시벨리우스는 이미 대답을 들은 사람처럼 헐떡였다.

"마, 말도 안 돼. 너 엘퀴네스 맞지? 맞아! 틀림없어! 그 얼굴은 분명……!"

"날 본 적이 있나?"

"본 적이 있냐니! 엘퀴네스잖아?"

"엘뤼엔이다."

"……뭐, 뭐?

"난 엘뤼엔이라고 했다."

그 말에 대한 반응은 정작 다른 곳에서 나왔다. 데르온이 소스라치게 놀라서 외친 것이다.

"엘뤼엔? 서, 설마 형벌의 신 엘뤼엔?"

본인도 의식하지 못했던 일인지 데르온은 소리친 즉시 자신의 손으로 입을 틀어막았다. 물론 그래 봤자 이미 쩌렁쩌렁한 고함이 울려 퍼진 뒤였지만 말이다. 엘뤼엔이 힐끗 시선을 보내자 데르온은 마비된 사람처럼 몸을 부르르 떨었다. 아, 그러고 보니 마족들이 엘뤼엔을 두려워한다고 했던가. 어쨌거나 그가 꺼낸 말의 파장은 몹시 컸다. 말 그대로 신이 눈앞에 강림해 있는 상황이었다. 이사나와 알리사는 물론, 시벨리우스 역시 얼빠진 얼굴로 엘뤼엔을 바라보고 있었다.

"시, 신이라고? 형벌의 신 엘뤼엔? 하지만 그 얼굴은……."

"한때 엘퀴네스이긴 했지."

"……여, 역시! 그렇다면!"

"그런데 그게 너와 무슨 관계가 있지?"

"뭐?"

멈칫한 시벨리우스를 보며 엘뤼엔은 피식 비소를 흘렸다.

"하여간 이놈이고 저놈이고. 이미 소멸한 선대에게 미련이 참 많기도 하군. 이렇게 멍청한 놈들을 연달아 만나기도 쉽지 않은 일인데 말이야."

"우, 웃기지 마! 누가 네 녀석이 반가워서 이러는 줄 알아? 난 그저 엘이……."

"엘이 뭐?"

"크! 뻔뻔한 것도 정도가 있어! 소멸해서 그대로 사라진 것도 아니고 신이 됐다고? 이렇게 멀쩡히 살아 있었으면서 대체 그동안 뭘 한 거야! 엘이 4천 년이나 갇혀 있는 동안 찾아볼 생각도 안 하다니! 너무하잖아!"

"무슨 소리를 하는 건지 모르겠군. 내 아들이 언제 갇혀 있었다는 거냐?"

"뭐? 아, 아들?"

"그래 내 아들 말이다. 여기에 엘이 내 아들 말고 또 누가 있지?"

냉소가 흐르는 얼굴로 그가 나를 가리켰다. 엘뤼엔이 왜 이러는 거지? 시벨리우스가 무슨 말을 하는 건지 모를 리가 없을 텐데. 나는 조금 당황해서 그와 시벨리우스를 번갈아 바라보았다. 안 그래도 조마조마한 기분으로 지켜보고 있는 참인데 엘뤼엔이 예상치 못한 행동을 하니 입 안이 더 바짝 마르는 것 같았다. 시벨리우스 역시 아무런 반응을 하지 못하고 멍한 표정을 짓고 있었다. 그러다 곧 상황을 파악한 듯 얼굴을 일그러트렸다.

"하, 뭐야. 이제야 알겠군. 그러니까…… 지금의 엘퀴네스를 네 아들로 삼았다 이거지? 그래서 이제 진짜 엘은 아무래도 좋다는 거야?"

"진짜 엘이라……."

"모른 척하지 마! 네가 엘과 닮은 가짜를 만들어 냈잖아! 결국 처음부터 이럴 생각이었던 거지? 엘 대신 그를 아들로 삼으려고! 네 그 이기적인 생각 때문에 몇 사람이 피해를 입은 줄……!"

"……그래, 네가 멍청하게 그 말에 넘어가서 내 아들을 괴롭혔다는 얘긴 들었지."

"뭐?"

그 순간 시벨리우스가 목을 감싸 안은 채 숨이 막히는 소리를 내뱉었다. 당황해서 바라보자 그의 몸이 천천히 허공으로 떠올랐다. 마치 누군가 멱살을 잡아서 들어 올리는 것 같았다.

"누가 가짜라고? 누가 누구를 대신해? 한 번 더 내 앞에서 지껄여 보시지."

"큭! 커윽! 너……! 너어!"

부릅뜬 눈에 새빨간 핏줄이 섰다. 바닥에 닿지 않은 다리가 필사적으로 버둥거렸지만 오히려 숨이 더 가늘어지고 있었다. 저항하면 저항할수록 더 강하게 압력을 느끼는 것 같았다. 자칫하면 사람을 잡을 기세라 나는 급히 엘뤼엔을 만류했다.

"엘뤼엔! 뭐 하는 거야! 그만해!"

"끼어들지 마라, 엘. 지금도 충분히 봐주고 있는 거니까."

그의 말이 끝나는 것과 동시에 시벨리우스의 몸이 바닥에 떨어졌다. 정말 죽일 생각까지는 없는 모양이었다. 물론 당하는 사람의 입장에서 그런 배려(?)가 고맙게 느껴질 리는 없었다. 주저앉아 한동안 숨을 몰아쉬던 시벨리우스가 눈앞에 선 엘뤼엔을 사나운 눈빛으로 노려보았다. 엘뤼엔은 전혀 아랑곳하지 않은 채 무심히 그를 내려다보고 있었다. 무기체를 응시하듯 아무런 감정이 없는 시선이라 오히려 무섭게 느껴졌다. 하지만 그 모든 것들도 이어진 질문에 비할 바는 아니었다.

"일단 묻겠는데, 넌 대체 누구냐?"

"……뭐?"

툭하고 내뱉듯 건네진 엘뤼엔의 질문에 나는 당황해서 숨을 삼켰다. 수많은 전개를 예상해 봤지만 이것만은 전혀 생각지 못했던 상황이었다. 시벨리우스 역시 한 대 얻어맞은 것 같은 얼굴을 하고 있었다.

"날 모른다고?"

"난 원래 관심 없는 녀석을 기억에 담아 두는 편은 아니다. 하지만 넌 정말 모르겠더군. 너도 그렇고, 네가 말하는 그 엘이라는 인간도."

덧붙여진 말은 더욱 곤혹스러웠다. 엘이 누군지 모른다니. 지금 그렇게 말한 게 맞는 건가? 굳어진 나만큼이나 시벨리우스는 혼란에 빠진 모습이었다. 그가 울 것 같은 얼굴로 소리쳤다.

"그, 그게 무슨 소리야! 난 그렇다 쳐도, 엘은 네 계약자였잖아? 어떻게 계약자를 잊을 수가 있어?"

"잊어? 뭔가 착각하고 있는 것 같은데. 내게 과거의 기억이란 묻어두는 것뿐, 잊히는 게 아니다. 하물며 인간 계약자라면 잊고 싶어도 잊을 수 없는 기억이지."

"하지만 모른다며!"

"그래, 모른다. 그런 계약자는 없었으니까."

"……!"

흡, 하고 짧은 숨이 터졌다. 두 눈을 부릅뜬 시벨리우스를 보며 엘뤼엔이 차게 웃었다.

"왜 놀라지? 내 아들이 알려주지 않았나? 엘퀴네스를 소환한 인간은 그가 계약한 꼬마가 처음이라고 말이야. 설마 들어본 적 없다고 하진 않겠지."

"그, 그런……분명 그렇게 말하긴 했지만……. 그건 사실이 아니잖아? 내 기억으로는 분명……!"

"네 기억 따위엔 별로 관심 없다. 하지만 너를 제외한 모두가 알고 있는 사실만은 확실히 말해 두지. 난 인간에게 소환된 적도 없고, 계약하지도 않았다."

판결을 내리는 재판관처럼 단호한 음성이 울렸다. 한순간에 주위의 모든 소음이 사라지고 무거운 침묵이 깔렸다. 시벨리우스도, 나도 한참 동안 아무 말도 할 수 없었다.

엘에게 소환된 적도 없고 계약하지도 않았다……라고? 그럼 엘은 뭐지? 그가 지금까지 내게 했던 말들은?

나는 한참을 느릿하게 숨을 내뱉었다. 내 얼빠진 표정을 본 엘뤼엔이 푹 한숨을 내쉬었다. 그가 책망하는 듯한 시선으로 나를 바라보았다.

"이런 일이 있었으면 제일 먼저 나한테 확인을 받았어야지. 바보같이 왜 마냥 휘둘리고 있었던 거냐."

"그, 그치만……맞다고 할까 봐……."

"그게 겁이 나서 처음부터 묻지도 않았다? 내가 너한테 상당히 신용이 없는 아버지인 모양이군."

"그게 아니라…… 아니, 그치만 이상하긴 했잖아. 그날 처음 본 것에 불과한 나를 갑자기 아들로 삼겠다고 한 것도 그렇고. 아무리 생각해도 그렇게 한 이유가 따로 있을 것 같아서……."

"네가 마음에 들었다고 했잖아. 그게 이유가 되지는 않았던 거냐?"

"마, 마음에 든 게 엘이랑 닮아서일 수도 있잖아."

"하?"

"내 외모도, 성격도…… 선대의 바람으로 형성된 거라고……."

"너까지 그 말을 믿는 거냐? 그래서 내가 널 그와 닮도록 만들어냈다?"

우물거리며 고개를 끄덕이자 엘뤼엔은 눈을 감은 채 머리를 짚었다. 금방이라도 화를 낼 것 같았는데 의외로 이어진 대답은 차분했다.

"……후대의 성정이 선대의 영향을 받는다는 건 틀린 말은 아니다. 하지만 말 그대로 영향을 받는 수준이야."

"그게…… 무슨 소리야?"

"바란다고 해서 전부 똑같이 이뤄지는 게 아니라는 거다. 반영은 되지만, 타고난 본성이 바뀔 정도는 아냐. 특히 외형에 관해서 결정할 권한 같은 건 없다. 네 외모는 너만 지닐 수 있는 고유의 것이다. 다른 사람을 닮는 건 불가능해."

"그, 그럼 일부러 이런 모습으로 만든 게 아니란 거야?"

"당연한 말을 하는군. 정령왕은 타고난 본 모습에 가장 가까운 외형을 지닌다. 영혼까지 완전히 소멸하지 않는 한 영원히 지녀야 하는 모습이지. 그런 게 고작 남의 의사로 결정된다니, 선대의 권한을 너무 크게 생각하는 것 아니냐? 게다가 내가 후대에게 바란 건 그렇게 거창한 것도 아니었다."

"뭐였는데?"

반사적으로 물은 말에 엘뤼엔은 살짝 얼굴을 찌푸렸다. 대답이 내키지 않는 듯했다. 그래도 내가 시선을 떼지 않자 그는 곧 어쩔 수 없다는 듯이 입을 열었다.

"정말 별거 아니다. 그저, 내 다음 세대는 좀 더 주위와 어울릴 수 있는 녀석이었으면 했다. 그것뿐이야."

"어? 주위와 어울리는?"

"내가 그러지 못했으니까."

한숨처럼 답하는 말에 나는 조용히 숨을 삼켰다. 내가 아는 사실과 달라서 안심이 되기도 했지만, 엘뤼엔의 바람이 의외라서 당혹스럽기도 했다. 주위와 어울릴 수 있길 바랐다니. 저 무심한 표정을 하고 그런 다정한 소망을 기원했을 줄은 몰랐다.

하지만 생각해 보면 엘뤼엔은 처음 만난 순간부터 단 한 번도 내게 다정하지 않은 적이 없었다. 한눈에 내가 지닌 외로움을 알아보았고, 그것을 비웃는 대신 품으로 안아주었다. 아버지가 되기로 한 것도 나를 위한 선물이었다. 그게 나한테 필요하기 때문이라고 했었지.

무어라 설명하기 힘든, 형용할 수 없는 감정들이 솟구쳐 올랐다. 안도감과 창피함, 기쁨과 죄책감이 서로 번갈아 자리를 바꾸는 기분이었다. 우스꽝스러울 것이 분명할 표정을 감추기 위해 고개를 푹 숙이자, 가볍게 한숨을 내쉰 엘뤼엔이 한 손으로 내 머리를 덮었다.

"이제 오해가 풀린 거냐?"

"미, 미안해. 내가 잘 알아보지도 않고……."

"사과할 건 없다. 하지만 앞으로 한 가지만은 반드시 명심해라. 내 아들은 너밖에 없다."

"……!"

"언젠가는 지금보다 성장해서 더 이상 네게 부모의 자리가 필요하지 않게 될 때도 오겠지. 그래도 난 여전히 네 아버지로 있을 거다."

나도 모르게 눈을 들었다. 어쩌면 그의 진위를 파악하기 위해서였을지도 모른다. 어쨌거나 그 순간엔 그래야 할 것 같았다. 고개를 똑바로 들고, 꿈같은 말을 건네는 얼굴을 확인해야 했다. 이 순간의 기억을 분명한 증거로 남기고 싶었다. 그런 내 생각을 엘뤼엔도 읽은 것 같았다. 그는 피하지 않고 오히려 제대로 보란 듯이 나와 시선을 맞췄다.

"내가 헛소리를 할 만큼 한가한 신이 아니라는 건 네가 제일 잘 알겠지."

"……응."

"그래, 그거면 됐다."

무표정하던 얼굴에 천천히 미소가 번졌다. 부드럽게 휘어진 물색 눈동자에 떠오른 것은 명백한 안도감이었다. 그 모습을 보고서야 나는 그가 내 반응을 살피고 있었다는 사실을 깨달았다. 세상천지 무서울 것이 없다는 잔혹한 형벌의 신이, 고작 내 작은 반응 따위에 일희일비하고 있는 것이다. 그 사실이 믿어지지 않아서 나는 몇 번이나 눈을 감았다 떴다. 아직도 환상 속에 있는 건 아닌가 싶었는데, 엘뤼엔은 사라지지 않고 여전히 그대로 존재하고 있었다.

"남의 이야기 같은 건 듣지 마. 내 말을 믿어라. 마음껏 네 권리를 주장하고 차지해. 넌 그래도 된다. 네 아버지인 내가 허락한다."

주문 같은 말들이 귓가에 쏟아져 내렸다. 머리를 쓰다듬는 손길이 따뜻해서 눈물이 날 것 같았다.

나는 얼른 고개를 끄덕였다. 누군가의 말 한마디로 이렇게 구원을 받는 기분을 느낄 수 있을 줄은 몰랐다. 지금까지 끌어안고 아등바등 지키느라 벅차기만 한 기분이었는데, 갑자기 모든 것이 가벼워진 것 같았다.

5.

꿈처럼 아늑하던 분위기는 그다지 오래가지 않았다. 시벨리우스의 우렁찬 고함 소리 때문이었다.

“자, 잠깐 기다려! 엘을 모른다니 그럴 리가 없어! 전부 거짓말이야! 그럼 내가 기억하는 과거의 일들은 다 뭐지? 내가 아는 엘은?”

그 말을 듣고서야 나는 아직 해결하지 못한 문제들이 남았다는 사실을 깨달았다. 그래, 맞아. 그럼 엘은 뭐지? 고개를 번쩍 들고 쳐다보자 엘뤼엔은 가볍게 얼굴을 찌푸렸다.

“글쎄, 난 누군지 전혀 모르겠군. 그게 정말 존재했던 인물이긴 한 건가?”

“그거야 당연한 거 아냐? 얼마 전에 엘과 재회도 했고, 지금까지 쭉 같이 다녔어! 다들 내 말이 맞지?”

그의 질문에 지켜보고 있던 일행들이 당황해서 고개를 끄덕였다. 나 또한 마찬가지였다. 모두의 반응을 확인한 시벨리우스가 의기양양해져서 소리쳤다.

“그것 봐! 나 혼자 착각하고 있는 거라면 엘이 현실에 나타날 리도 없잖아? 일단 엘을 만나 보고 나서 얘기해! 그를 보면 기억이

날지도……!"

"아아, 그거라면 큰 의미가 없을 것 같군. 이미 만났으니까."

"뭐?"

뜻밖의 대답에 놀란 사람은 시벨리우스만이 아니었다. 나 역시 당황해서 엘뤼엔을 쳐다보았다. 이미 엘을 만났다니. 지금까지 그를 없는 사람인 것처럼 취급한 사람의 입에서 나올 만한 대답은 아니었다. 하지만 모두를 혼란에 빠트린 엘뤼엔은 정작 무슨 문제냐는 표정을 짓고 있었다. 그가 시큰둥하게 고개를 돌리고 말했다.

"들었나? 네가 나설 차례인 것 같군. 뭐라고 해명을 해보시지그래, '엘'?"

"……!"

그 말에 나는 깜짝 놀라 엘뤼엔이 응시하는 쪽을 바라보았다. 그런데 그곳에 있는 사람은 엘이 아니었다. 보이는 건 흑발을 늘어트린 남자의 훤칠한 뒷모습이었다. 조금 전 엘뤼엔에게 얻어맞은 사람이라는 건 한눈에 알 수 있었다.

"엘……?"

시벨리우스와 일행들은 모두 어리둥절한 표정을 지었다. 엘을 부르며 바라본 곳에, 그를 전혀 연상할 수도 없는 엉뚱한 남자가 있으니 그럴 수밖에 없었다.

흑발의 남자는 어디론가 가려다 멈춘 듯한 모습을 하고 있었다. 엘뤼엔과 시선이 마주치자 남자는 어색하게 미소 지었다. 물론 엘뤼엔은 전혀 웃지 않았다. 안 그래도 흉흉한 눈빛만 더 싸늘해졌을 뿐이었다.

엘뤼엔이 서늘한 눈짓을 보내기 무섭게, 흑발의 남자가 재빨리 다가와 그의 옆에 섰다. 오랫동안 학습된 것처럼 숙련된 동작이었다. 하지만 엘뤼엔은 흡족해하기보다 오히려 짜증스러운 표정을 지었다. 설마 또 때리는 건 아니겠지. 조금 전 엘뤼엔이 다짜고짜 남자를 구타했던 것이 떠올라 나는 불안한 기분으로 둘의 모습을 지켜보았다. 일전의 상황을 알지 못하는 일행들도 조심스럽게 그들을 주시하고 있었다.

그러고 보니 저 남자는 대체 누구일까. 엘뤼엔과는 어떤 관계인 거지? 상급신인 그를 편하게 대하는 걸 보면 범상치 않은 존재인 건 맞는 것 같은데, 받는 대우가 워낙 형편없어서 정체를 짐작하기가 쉽지 않았다. 엘뤼엔이 그더러 원흉이라고 지칭했던 말이 머릿속을 맴돌긴 했지만 그 또한 정확한 의미를 파악하긴 힘들었다.

사람들의 시선이 모두 자신에게 쏠리자 흑발의 남자는 난처한 듯이 볼을 긁적였다. 하지만 천성이 고민을 오래 하는 편이 아닌 듯, 곧 그의 얼굴 가득 헤픈 웃음이 떠올랐다.

"냐하, 모두들 안녕? 달콤한 꿈에 취하기 좋은 밤이야. 나와 같이 춤이나 한 판……."

"닥치고 제대로 얘기해."

이번에도 엘뤼엔의 살벌한 음성이 그의 발랄한 인사를 가로막았다. 흑발의 남자는 잠시 입술을 삐죽였다가(직후 엘뤼엔이 살벌하게 노려보자 다시 냉큼 웃었지만) 짧게 헛기침을 했다.

“흠흠, 소개가 많이 늦었군. 다들 내가 누군지 몹시 궁금하겠지? 그래, 다 이해해. 갑자기 나타난 이 잘생긴 남자가 대체 누구인가 싶겠지. 뭐, 딱히 잘생기지 않았다고 여겨도 상관없어. 사람은 누구나 다 자기만의 취향이 있는 거니까. 물론 매우 의심스러운 취향이라고 확신하지만.”

“너 계속 헛소리하면…….”

“알았어, 알았다니까. 나 참, 우리 엘뤼엔은 성질이 너무 급해서 탈이야. 그렇게 화만 내면 나처럼 된다?”

“죽고 싶은 건가?”

“에에이, 농담이야, 농담. 하여간 금방 정색하긴. 아무튼 시간을 너무 끌었네. 이쯤에서 정식으로 인사할게. 난 카노스라고 해.”

부산한 사람이라고 생각한 순간 들려온 이름에 나는 잠시 고개를 갸웃했다. 왠지 어디서 많이 들어본 이름이었다.

그때 털썩 하고 둔탁한 소리가 들렸다. 돌아보니 데르온이 엉거주춤한 자세로 앉아 있었다. 자리를 털고 일어나려다가 다시 주저앉은 듯한 모양새였다. 부릅뜬 눈이며 멍하니 입술을 벌리고 있는 모습이 마치 넋이 나간 사람 같았다.

시기상 남자의 이름에 반응한 모습이라 나는 조금 긴장했다. 다른 사람도 아니고 저 침착한 데르온이 저렇게 놀랄 정도라니. 애초에 평범한 사람일 거라 여기진 않았지만 생각보다 더 대단한 존재인 것 같았다. 게다가 그의 행동이 가장 두드러졌을 뿐 다른 사람들도 상태가 거의 비슷했다. 이사나와 알리사는 사레가 걸린 듯 계속 기침을 내뱉는 중이었고, 시벨리우스는 물고기처럼 입만 벙긋거리고 있었다. 아무래도 모두가 잘 알고 있는 이름인 것 같았다.

나는 그의 정체를 파악하기 위해 머리를 굴렸다. 엘뤼엔과 함께 나타난 걸로 봐선 그 역시 상급신일 가능성이 컸다. 신들 중에 카노스라는 이름이……어? 잠깐만, 카노스? 카노스라고?

"……마신 카노스?!"

뒤늦게 떠오른 사실에 등골이 쭈뼛 섰다. 경악해서 소리치자 흑발의 남자가 생긋 웃었다.

"정답! 참 잘했어요."

"……!"

말도 안 돼! 정말 저 남자가 마신이라고?

설마 정말로 긍정할 줄은 몰랐기 때문에 숨이 턱 막혔다. 다른 사람들도 새삼 충격 받은 듯 안색이 급격히 창백해져 있었다.

"어, 어떻게 이곳에 마신이……."

언젠가는 만나야 할 존재라고 생각하긴 했지만, 이런 방식은 결코 아니었다. 만나면 묻고 싶은 것도, 확인하고 싶은 것들도 참 많았는데 막상 눈앞에 있는 남자가 마신이라고 하니 머릿속이 새하얘져서 아무 생각도 떠오르지 않았다.

"후후, 놀랐구나? 그러고 보니 이 모습으로 만나는 건 처음인가? 초면은 아니지만 만나서 반가워."

멋대로 성큼 다가온 흑발의 남자— 아니, 마신 카노스가 내 손을 붙잡고 상하로 마구 흔들었다. 나는 얼떨결에 그가 하는 대로 내버려 두다가 흠칫 놀라서 뿌리쳤다. 무례하다고 여길 수 있는 행동이었지만 그는 별로 상관하지 않는 눈치였다. 얼굴은 여전히 서글서글하게 웃고 있었고 호의를 담은 시선으로 나를 바라보고 있었다.

말로만 듣던 카노스가 이런 사람이었을 줄이야. 지금까지 마신이라고 하면 그저 험악하고 무섭게 생긴 모습밖에 상상하지 못했는데, 생각보다 준수하고 부드러운 인상이라 당황스러웠다. 생김새도 그렇지만 말투나 성격 또한 예상과는 굉장히 많이 달랐다. 어? 잠깐, 그런데 초면이 아니라고?

"……언제 저희와 만난 적이 있다는 소리인가요?"

그는 분명 '이 모습으로 만나는 건 처음'이라고 말했다. 이전에 이미 서로 만난 적이 있단 뜻이다. 내 질문에 카노스는 잠시 묘하게 웃더니 고개를 끄덕였다.

"그래. 만난 적이 있었지."

"그, 그래요? 어디서요?"

학술원에 있던 마신교 관련자들 중 한 명이었을까? 아니면 그 이전? 딱히 짐작 가는 부분이 없어서 갈피가 잡히지 않았다. 혼란스러워하는 날 보며 카노스는 생글 웃었다.

"누군지 한번 맞춰 봐."

"네?"

"모르겠어? 별로 어렵지는 않을 텐데. 힌트를 줄까? 조금 전에 엘뤼엔이 날 뭐라고 불렀게?"

재밌다는 듯 반짝이는 검은 눈동자에 식은땀이 흘렀다. 엘뤼엔이 뭐라고 불렀냐니. 그거야…….

"……."

결론을 도출하기까진 오래 걸리지 않았다. 그러자 머릿속이 순식간에 차가워졌다. 마신이 끼어든 건 '엘'에 관한 이야기를 하던 도중이었다. 엘뤼엔은 엘을 이미 만났다고 했고, 뜬금없이 그를 돌아보며 해명을 하라고 했다. ……그리고 그를 엘이라고 불렀지.

"설마……."

나는 눈앞에서 웃고 있는 마신을 바라보며 신음했다. 너무 어이가 없어서 믿고 싶지 않은데, 그것밖에는 떠오르지가 않아 입 안이 바짝 마르는 기분이었다. 하지만 마신은 내 기분을 배려할 생각 따위는 전혀 없는 것 같았다.

"맞아, 내가 엘이었어."

"……!"

천연덕스럽게 대꾸하는 말에 여기저기서 숨을 삼키는 소리가 울려 퍼졌다. 갑자기 머리가 지끈거리기 시작했다. 엘이라니. 그가 엘이었다고? 그럼 진짜 엘이 아니었단 건가? 4천 년 동안 갇혀 있었다는 건? 그게 전부 다 거짓말이었다는 거야?

엘이 가짜였다니. 이제야 원흉이라는 게 무슨 의미였는지 알 것 같았다. 그렇지 않아도 엘의 존재 자체가 의심스러워진 상황이었는데, 그의 고백으로 인해 완전히 결론이 내려진 느낌이었다. 어디서 무슨 말부터 꺼내야 할지 갈피가 잡히지 않았다. 대형 폭탄을 터트린 주제에 카노스는 홀로 태평해 보였다. 자신이 내뱉은 말의 파장을 전혀 신경 쓰지 않고 있는 게 분명했다.

"말도 안 돼!"

그 순간 누군가 앞으로 튀어나와 마신의 멱살을 붙들었다. 얼굴을 가득 일그러트린 시벨리우스였다. 누구보다도 그가 가장 이 충격적인 상황을 받아들일 수 없었을 터였다. 그의 새파란 눈동자에 형형한 빛이 번뜩였다.

그 행동에 데르온도 가만히 있지 않았다. 마신은 마족들의 창조주이고, 데르온은 바로 그 마족의 일원이었다. 누구라도 자신의 신에게 함부로 구는 모습을 용납할 리가 없었다.

"이봐! 감히 마신께 무슨 짓이야!"

"닥쳐!"

데르온이 달려들자 시벨리우스는 거칠게 그를 밀쳐냈다. 평소였다면 힘에서 밀릴 리가 없을 텐데, 지금은 시벨리우스가 심하게 흥분한 탓인지 예상보다 쉽게 떨어져나갔다. 데르온이 다시 다가서지 못한 건 카노스가 손을 들어 저지했기 때문이었다.

"카, 카노스 님!"

"괜찮으니 물러서라, 데르온. 나한테 할 얘기가 있는 것 같으니."

카노스의 말에 데르온이 신음을 삼키며 뒤로 물러섰다. 그러면서도 그의 얼굴은 잔뜩 상기되어 있었다. 카노스가 자신의 이름을 불렀단 사실에 감격한 것 같았다. 반대로 시벨리우스는 더 화가 나서 이를 갈았다. 그는 눈꺼풀조차 깜빡이지 않고 집요하게 카노스를 노려보고 있었다.

"네가 엘이었다고? 그동안 우리와 함께 했던 엘이, 진짜 그가 아니라 네가 연기한 가짜였다고? 그걸 날더러 믿으란 거야?"

험악하게 다그치는 말에 카노스는 멱살이 잡힌 와중에도 느긋하게 웃었다.

"글쎄, 네가 믿지 않든 말든 딱히 상관없는데? 난 사실을 말했을 뿐이니까."

"거짓말 하지 마! 그럴 리가 없어! 네가 엘일 리가 없잖아! 그가 가진 능력도, 성격도, 심지어 사소한 말투와 표정조차도! 전부 내가 기억하는 엘과 똑같았어! 그런데 어떻게 네가……!"

"하하, 그거야 당연하지. 그 엘은 네 기억에 있는 모습대로 구현한 거니까."

"……뭐?"

"나 정도 되는 신이면 남의 머릿속쯤은 훤히 들여다볼 수 있거든."

그 순간 눈앞에서 카노스의 모습이 '엘'로 변했다. 입고 있는 옷, 머리 모양, 착용한 무기까지 전부 우리와 함께 지내는 동안에 하고 있던 엘의 모습 그대로였다. 허를 찔린 듯 움찔거리는 시벨리우스를 향해 금발의 엘이 빙긋 웃었다.

“내가 연기한 엘은, 네가 알고 있는 엘의 모습을 따와서 만들었단 소리야. 그러니 당연히 네 기억에 있는 모습이랑 똑같을 수밖에.”

“…….”

무거운 정적과 함께, 멱살을 잡고 있던 시벨리우스의 손이 힘없이 내려졌다. 비틀거리며 한 발짝씩 천천히 뒤로 물러서는 그의 모습이 위태롭기만 했다. 결국 그는 오래 지나지 않아 바닥에 주저앉았다.

“시, 시벨!”

놀라서 다가가려는데 누군가의 팔이 내 앞을 가로막았다. 엘뤼엔이었다. 그는 내게 고개를 저은 다음, 서늘한 시선으로 시벨리우스를 내려다보았다.

“이제 조금은 알아들었겠지. 내가 지금 널 살려 두는 건 단지 너 역시 저 망할 놈의 장난에 휘말린 피해자이기 때문이다. 결코 네 행동을 용납해서가 아냐.”

“장난……?”

“그래, 장난.”

무심히 응시하는 눈빛 아래 차가운 미소가 더해졌다.

“신 중의 신이라는 마신 카노스는 성격이 괴팍해서 호기심을 악질적으로 발휘하기로 유명하지. 전부터 그는 내가 양자를 들였다는 소문을 듣고 호시탐탐 노리고 있었다. 이렇게 될까 봐 철저히 감추고 있었는데 잠복하던 중에 우연히 알게 된 모양이더군. 변장해서 접근한 것이며, 이 던전에 깔린 주술까지 모두 내 아들을 궁지로 몰아가기 위한 놈의 작품이었다. 넌 그 계획에 보기 좋게 이용당한 거고."

설명을 들은 시벨리우스의 눈동자가 흔들렸다. 나 역시 아연한 심정으로 카노스를 바라볼 수밖에 없었다. 조금 전까지만 해도 '엘'이었던 그는 다시 원래의 모습으로 돌아와 있었다. 그 모습을 보자 그가 정말 엘로 변장해 있었다는 실감이 들었다.

설마 던전 안에 있던 주술들까지 전부 마신의 장난이었을 줄이야. 심지어 그 모든 것들이 날 괴롭히기 위해서였다고 하니 당황스럽기만 했다.

던전에 진입한 순간부터 얼마나 개고생을 했던가. 그동안 겪었던 수많은 고초들이 떠오르자 저절로 얼굴이 굳어졌다. 다른 일행들 또한 나와 같은 심정인 것 같았다. 마지막의 환각은 기억하지 못하더라도, 그전에 겪은 일만으로도 충분히 차고 넘치게 힘들었으니까. 사람들의 시선에 비난이 서리자(심지어 데르온조차도) 카노스는 난처한 표정을 지으며 볼을 긁적였다.

"너무 심하다, 엘뤼엔. 그렇게 말하니까 내가 무슨 악당이라도 된 것 같잖아."

"악당? 그 정도면 차라리 귀엽기나 하겠군. 넌 그냥 악(惡)이다. 구제할 길도 없는 악 덩어리 그 자체."

"우와, 정말 너무하네. 난 그냥 던전에 있던 기존 함정들을 아주 살짝 손본 것밖에 없거든?"

“살짝 손을 봐? 정령왕의 정신까지 무너트리는 주술을 깔아 둔 게 말인가?”

“아니, 정말로 조금이었어. 단지 그 전에 정서를 심하게 불안정하게 만들어서 그 정도의 주술에도 쉽게 걸려들게 만든 것뿐.”

“……그래, 넌 죽고 싶다는 말을 아주 길게 돌려서 하는 재주가 있었지.”

음산하게 중얼거린 엘뤼엔이 카노스의 목을 강하게 틀어쥐었다. 카노스는 과장되게 켁켁거렸고, 그 모습에 발끈한 엘뤼엔이 더 강하게 그의 목을 졸랐다. 저러다 정말 죽이는 게 아닌가 걱정스러울 정도였다. 하지만 엘뤼엔이 머리끝까지 화난 것 같았기 때문에 나는 차마 그를 만류할 수가 없었다. 이번만은 데르온도 끼어들 엄두를 내지 못하는 것 같았다.

“그럼 엘은?”

소란이 멈춘 건 금방이라도 꺼질 것 같은 작은 음성 때문이었다. 돌아본 곳엔 시벨리우스가 망연한 얼굴로 앉아 있었다.

“시벨…….”

“정말 아무도 엘을 기억하지 못하는 거야? 단지 나 혼자만 그를 알고 있는 건가? 그가 존재하지 않은 사람이라고? 그럼 내 기억들은 전부 다 뭐지? 지금도 선명하기만 한 엘의 모습은? 내가 미치기라도 한 건가?”

실성한 사람처럼 중얼거리는 모습에 엘뤼엔이 카노스를 누르고 있던 손을 놓았다. 여전히 불쾌해 보였지만 조금 전보다는 한결

누그러진 표정이었다.

"존재했던 사람일 수도 있지."

대답한 사람은 카노스였다. 뜻밖의 말에 나는 놀라서 그를 바라보았다. 시벨리우스 역시 당황한 얼굴로 바라보고 있었다.

"존재했을 수도 있다고? 그게 무슨 뜻이야?"

"말 그대로야. 내가 변장한 엘은 네 기억을 본 따 만들어 낸 거라고 했잖아? 허구로 만들어진 기억이 그 정도로 자세하진 않거든. 위화감이 들거나 허술한 부분도 없었고, 연결되는 상황마다 전부 빈틈없이 정교했던 걸 보면 꿈이나 환상 따위는 확실히 아니야. 그렇다면 그 기억 속의 존재 역시 실존했단 말이겠지."

"하지만 조금 전엔 분명……."

"물론 그게 사실이라고도 확신할 순 없어. 주신이 정한 순리라는 건 몹시 신비해서, 가끔은 신들조차 알 수 없는 방식으로 흘러가지. 특히 시공간에 얽힌 것들은 대부분 그래. 그 대신 분명한 규칙 하나는 있어. 허용되지 않는 건 아무리 강렬해도 결국은 지워버리고 만다는 거야."

"무슨…… 말인지 모르겠어."

"그럴 거야. 이건 어느 누구도 명확히 밝힐 수 있는 게 아니니까."

빙긋 웃어 보인 후 카노스는 그의 앞에 몸을 굽히고 앉아 손가락 두 개를 펼쳤다.

"요컨대 네가 아는 엘이 정말로 실존한 인물이었다는 전제하에,

그에 관해선 두 가지 경우로 정의할 수 있어."
"두 가지?"
"그곳에 있을 필요가 없는 존재였거나, 있어선 안 되는 존재였거나. 어쨌거나 둘 다 허용이 안 되는 기록이지. 그래서 세상이 지웠을 거야."
"그런……."
"그러니 그는 애초에 없었다고 보는 게 맞아. 네게는 안된 말이겠지만."
단호하게 떨어진 음성에 시벨리우스는 어깨를 움찔 떨었다. 금방이라도 울 것 같은 표정이었지만 조금 전처럼 흥분해서 덤벼들진 않았다. 그 대신 애써 이 상황을 이해하고 받아들이려고 하는 것 같았다. 난 다시금 그에게 다가가려고 했다. 그러자 이번엔 카노스가 고개를 저으며 나를 바라보았다. 한동안 가만히 내버려 두라는 의미를 담은 시선이었다.
어쩔 수 없이 고개를 끄덕이자 그는 대견하다는 듯이 웃었다. 첫인상만큼이나 어른스럽고 부드러운 분위기라 나는 새삼 묘한 기분을 느꼈다. 얼굴만 보면 그가 지금까지 우리를 농락하고 심한 장난을 친 사람이란 사실을 믿기가 힘들었다.
"그래서 말인데. 넌 어떻게 생각해, 엘뤼엔?"
"뭘 말이지?"
카노스가 싱글거리며 묻는 말에 엘뤼엔이 가볍게 눈살을 찌푸렸다. 또 무슨 짓을 하려는 건가 경계하는 눈빛이다. 그 모습만 봐도 엘뤼엔이 그를 전혀 신용하지 않는다는 걸 알 수 있었다. 하지만 카노스는 조금도 신경 쓰지 않는 것 같았다.

"그 과거의 엘 말이야. 그가 정말로 존재한 사람이라면 네 계약자인 것도 사실이라는 소리잖아? 만약 어떤 상황으로 인해 그의 존재가 지워졌고, 저 성마만이 봉인된 영향으로 기억을 온전히 유지하는 거라면? 그럼 굉장한 반전 아니야? 결국 순순히 기억을 잃은 네 쪽이 오히려 바보라는 얘기지."

"헛소리."

"아니, 이거 의외로 중요한 부분이다? 네가 지금의 엘퀴네스를 아들로 삼은 게 바로 그로 인한 영향일 수도 있어."

그 말에 나도 모르게 숨을 멈췄다. 그건 내내 날 괴롭혀 왔던, 내가 가장 신경 써 왔던 부분이기도 했다. 이제 와서 다시 엘뤼엔의 애정을 의심하는 건 아니지만, 그의 반응이 궁금한 건 어쩔 수 없었다. 하지만 조마조마한 심정이 무색하리만치 엘뤼엔은 시큰둥하게 말했다.

"그게 뭐 어쨌다는 거야."

"……!"

"그게 사실이든 아니든 딱히 아무래도 상관없다. 영향은 단지 영향일 뿐. 설령 그 때문에 내가 엘을 마음에 들어 한 것이 맞다 해도, 그건 단지 계기에 지나지 않아."

"오우, 굉장히 단호한데?"

"당연하지. 난 엘을 내 아들로 삼은 이후에 더 소중히 여기게 됐다. 그 가치는 그만의 것이고, 누구도 대신할 수 없다고 확신해."

떨어지는 대답엔 일말의 망설임도 없었다. 나는 참고 있던 숨을 크게 내뱉었다. 박하사탕처럼 청량한 감각이 온몸에 퍼져 나가는 것 같았다. 내가 소중하다고, 내가 지닌 가치는 나만의 것이라고. 다른 사람도 아닌 엘뤼엔이 직접 그렇게 말했다. 그 무엇보다 가장 듣고 싶었던 말을, 바로 내 아버지가.

뺨이 달아오른 게 나 스스로도 확연히 느껴졌다. 아마 지금쯤 토마토처럼 붉어져 있지 않을까. 슬쩍 두 손으로 문지르고 있는데 빤히 들여다보는 검은색 눈동자와 마주쳤다. 장난스럽게 웃는 얼굴을 한 카노스였다. 내가 움찔하자 그는 푸흐흐, 이상한 웃음소리를 흘리고는 호들갑스럽게 떠들었다.

"어머나, 어머나, 소중하대! 사람들 앞에서 대놓고 그런 말을 하다니, 부끄럽잖아~."

"닥쳐. 누가 네놈이 소중하다고 했나? 어쨌든 내 아들을 자극하는 건 이제 그만두지그래. 지금까지 괴롭힌 걸로는 성에 차지 않은 모양이지?"

"냐하하, 눈치챘어?"

"네 녀석의 수작이야 뻔하지. 감히 내 앞에서 그따위 질 낮은 교란을 시도하다니. 그 도전 정신만큼은 높이 사 주마."

파지직, 엘뤼엔의 손에 새하얀 빛이 맺혔다. 언젠가도 본 적이 있는, 신력으로 만든 빛의 구(球)였다. 아, 저거 맞으면 되게 아픈데. 속으로 중얼거리기 무섭게 카노스가 재빨리 뒷걸음 쳤다. 이미 그의 얼굴에 서린 장난기는 완전히 사라져 있었다.

"아, 아니. 잠깐 기다려. 뭔가 심각한 오해가 있는 것 같은데, 난 딱히 네 아들을 괴롭히려고 했던 건 아냐. 정말이야. 누차 말했다시피 원래 주술에 걸리게 할 생각도 없었어. 정말 걸리는 바람에 나도 진짜 당황했다니까? 그냥 가볍게 자극을 주려고 했던 것뿐이었어. 정말로."

"자극이요?"

나도 모르게 물은 말에 카노스는 구원의 손길을 받은 사람처럼 황급히 고개를 끄덕였다.

"인간 같은 정령왕이라니 신기하잖아. 엘퀴네스로 태어났으면 성격이 좀 더러워야 정상인데 애가 너무 온순한 것도 그렇고. 그게 전생의 기억 때문인지 타고난 품성의 영향도 있는 건지 알아보고 싶었어. 감정의 밑바닥까지 몰아붙이면 본성을 좀 드러내지 않을까 하고……."

"그래서 이런 일을 하셨다고요?"

"아니, 난 그냥 화를 낼 줄 알았지. 설마 혼자 속으로 다 삭일 줄 알았나."

뻔뻔한 대답에 주위의 시선이 한층 더 싸늘해졌다. 카노스는 그 시선을 전혀 느끼지 못하는 사람처럼 해맑게 웃었다.

"와아, 정말 의외였어. 보통은 건드리면 발끈하게 되어 있잖아? 심지어 자존감이 높은 정령왕이라면 더더욱. 근데 넌 정말 순하더라. 덕분에 나도 모르게 더 심하게 밀어붙였지 뭐야. 그런 의미에서 엘뤼엔, 한마디만 해도 돼?"

"뭐지?"

"네 아들 좀 귀엽네. 응. 괴롭히는 재미가 있어."

"……변명은 그걸로 끝인가?"

"아악! 잠깐만! 거긴 아까도 때린 곳…… 잘못했어! 내가 잘못했다니까!"

다시금 울려 퍼지기 시작하는 구타 소리를 들으며 나는 식은땀을 흘렸다. 아무리 그래도 마신인데 저렇게 대해도 괜찮은 걸까. 뒤늦은 생각이 떠올랐지만 이미 만류하기에도 늦은 상황이라 할 수 있는 일이 없었다. 데르온은 차마 지켜보기가 힘들었는지 두 눈을 질끈 감고 있었다.

마신이 중간계에 있는 건 휴가를 받았기 때문이라고 했다. 신에게도 휴가라는 것이 주어지는 줄은 몰랐지만, 생각해 보면 아무리 신이라 해도 매일같이 안에 틀어박혀 일만 할 리는 없었다. 그 언젠가 엘뤼엔의 궁처에서 봤던 서류의 양을 생각한다면, 정신 건강을 위해서라도 휴식은 반드시 필요한 부분이었다.

하지만 그 이면엔 남모를 비극이 존재했다. 주인이 부재중인 동안에도 업무는 계속 들어오는데, 마신이 이걸 전부 형벌의 신전—즉, 엘뤼엔에게 일방적으로 떠넘기고 왔다는 것이다. 엘뤼엔의 무자비한 응징에는 그로 인한 분노도 다분히 섞여 있었다. 일을 전부 넘긴 것만으로도 모자라, 그것을 처리하느라 정신없이 바쁜 틈을 타 아들을 골탕 먹이고 있었으니 누구라도 분노할 일이었다.

"마신이 이런 분인 줄 몰랐어요."

사태가 진정된 후 건넨 첫마디에 카노스는 빙긋 웃었다. 그의 얼굴 가득 파랗게 자리 잡은 멍 자국들은 내가 나서지 않아도 이미 빠른 속도로 아물어가고 있었다. 누가 신 아니랄까 봐 경이로운 재생력이었다.

"예상보다 더 근사하지?"

"하하……. 네, 어떤 의미에서는요."

"좋은 쪽? 나쁜 쪽?"

"으음, 좋은 쪽이에요."

"어라, 정말?"

"왜요?"

"평가가 꽤 후한데? 지금까지 겪은 일들만 봐도 내게 별로 좋은 감정이 있을 리가 없을 텐데?"

말은 그렇게 하면서도 그 대답이 나쁘진 않았던 모양이다. 즐겁다는 듯이 웃는 얼굴을, 나는 다시금 묘한 기분으로 바라보았다.

그의 말대로 그동안 겪은 일들이 썩 좋은 경험은 아니었다. 사실 그게 아니더라도, 이전부터 마신에겐 좋지 않은 감정들만 있었다. 그가 내린 신탁 때문에 이사나의 아버지가 비참하게 죽었고, 이곳까지 오는 동안 마신과 관계된 자들에게 지독한 짓도 여러 번 당했다. 대공이 벌이고 있다는 끔찍한 인신 제사에도 깊이 관여된 존재였다. 싫어할 이유를 꼽자면야 너무도 많았다. 그런데도 이상하리만치 그가 밉지 않았다.

해맑게 웃는 얼굴 때문인지, 아니면 그가 지닌 특유의 부드러운 느낌 때문인지 모르겠다. 사실 경계하고 싶어도 엘뤼엔에게 얻어맞던 모습을 생각하면 도무지 위험한 존재로 볼 수가 없었다. 아무튼 생각보다 나쁜 사람은 아닌 것 같았다. 그렇게 느끼는 건 나만이 아닌 듯, 이사나 역시 얼떨떨하게 그를 바라보고 있었다.

"넘어가지 마라. 이건 네 생각보다 더 위험하니까."

그나마 완전히 마음을 놓지 않은 건 바로 이어진 엘뤼엔의 경고 때문이었다. 흠칫 놀라 카노스에게서 시선을 떼자 엘뤼엔이 잘했다는 듯 만족스러운 표정을 지었다.

"마기엔 원래 사람을 현혹하는 힘이 담겨 있지. 마신은 그 힘을 가장 진하게 지니고 있는 존재다. 순진해 보이는 얼굴에 방심하면 그대로 홀리게 돼. 가능한 한 가까이 접근하지 않는 게 좋아."

그의 친절한 설명에 나는 마른침을 삼키며 고개를 끄덕였다. 카노스는 자신을 병균 취급한다며 투덜거렸지만, 아니라고 부정하지도 않았다.

"에이, 분위기 좋았는데."

아쉽다는 듯 중얼거리는 모습에 신경이 곤두섰다. 처음부터 내가 호감을 보일 거란 걸 알고 있었던 거다. 그 반응에 기뻐한 것처럼 보였던 것도 의도했던 걸까? 새삼 방심해서는 안 되는 존재라는 생각이 들었다.

그래도 역시 마신과 엘뤼엔의 관계는 의외다. 나는 지치지도 않고 투닥거리고 있는 두 상급신을 힐끔 보았다. 언젠가 엘뤼엔이 마신에 대해 경고한 적이 있기도 하고, 최근 교단끼리 대치하고 있는 상태기도 하니 상당히 험악하거나 전혀 교류가 없을 거라고 생각했었다. 하지만 지금 눈앞에 있는 둘의 모습은 잘 알고 지내는 것만이 아니라 꽤 스스럼없는 사이처럼 보였다(다소 폭력이 동반되긴 하지만 그건 자초한 결과니까 모른 척하자). 왠지 이렇게 말하면 엘뤼엔이 질색할 것 같아서 차마 입 밖으로 꺼내지는 못하겠지만.

"근데 절 언제부터 알았어요?"

"응?"

"잠복하던 중에 저에 대해서 알았다고 했잖아요? 엘로 접근하기 전에 이미 만났단 소리로 들리거든요. 어디서 누구로 잠복했던 건가 해서……."

별 생각 없이 건넨 말에 왠지 분위기가 이상해졌다. 고개를 들자 카노스가 어색하게 웃고 있었다. 내 시선을 피하려고 애쓰는 모습이다. 하지만 그 시도는 오래 지나지 않아 엘뤼엔에 의해 가로막혔다.

"말해."

"으음, 전부 다?"

"그래, 전부."

"아니, 아무리 그래도 거기까지는 좀. 여기 데르온도 있는데……."

대체 무슨 말을 하려고 하는 걸까? 그가 난처한 얼굴로 데르온을 의식해서 나는 어리둥절해졌다. 뜻밖에 자신의 이름이 언급되자 데르온 역시 의아한 표정을 짓고 있었다. 물론 엘뤼엔은 전혀 아랑곳하지 않았다.

"그래서?"

"……아니, 뭐. 생각해 보니 말해도 상관없을 것 같긴 하네. 그래, 말할게. 다 말하면 되잖아."

카노스는 한숨을 내쉬고는 선선히 항복 표시를 했다. 저항은 일찌감치 단념한 기색이었다.

"후, 좋아. 이렇게 된 김에 나도 내 할 말은 해야겠어. 솔직히 나도 좀 억울하다고. 내가 장난을 심하게 친 건 맞는데, 그냥 무작정 일을 벌였던 건 아니거든? 나름대로는 미리 배려도 했어."

"잘도 배려했겠군."

"정말이라니까? 엘, 내가 한 말 기억해? 아무것도 의심하지 말라고 했었지? 의심하는 순간 너의 상냥함이 독이 되어 돌아갈 거라고 말이야."

"네? 아, 네."

"거봐. 난 제대로 경고했다니까?"

카노스가 보란 듯이 나를 가리키며 위풍당당한 표정을 지었다. 물론 그런 말을 듣기는 했다. 설마 그게 이런 뜻이라고는 생각지도 못했단 점에서, 딱히 도움이 된 경고는 아닌 것 같지만 말이다. 게다가 그 말을 한 건 엘이 아니라…….

"루카르엠이 했던……?"

눈이 마주치는 순간 그가 씩 웃었다. 의미심장하게 휘어진 검은 눈동자에 가슴 안이 덜컥 내려앉았다. 딩동댕, 어디선가 실로폰 소리가 울리는 것 같았다.

"뭐, 그런 거야."

내가 한 생각을 못 박는 것처럼, 카노스가 고개를 느긋하게 끄덕였다. 그 의미를 깨닫는 데까진 한참의 시간이 걸렸다. 파악하기 어려워서가 아니라 믿을 수가 없었기 때문이다. 결국, 마주하게 된 진실 앞에 나는 멍하니 입을 벌렸다.

"마, 말도 안 돼. 루카르엠이…… 당신이었다고요?"

"쿠, 쿨럭! 쿨럭, 쿨럭! 쿨럭! 컥! 커억!"

뒤편에서 데르온이 미친 듯이 기침을 내뱉기 시작했다. 당장이라도 피를 토해낼 것 같은 기세다. 그 심정이 처절하게 공감되는 한편으로 금방이라도 졸도할 것 같은 그의 상태가 몹시 염려스러웠다. 하지만 나 역시 뒤통수를 맞은 것처럼 얼얼한 감각에 정신을 놓고 있기는 마찬가지였다.

지금 내가 무슨 표정을 짓고 있는지도 모르겠다. 처음 그의 정체를 알았을 때도, 심지어 엘이라는 사실을 밝혔을 때조차 이보다 놀라지는 않았던 것 같았다. 한동안 우리를 줄기차게 따라다닌, 무슨 생각을 하는지 알 수가 없었던 그 얄미운 마족의 정체가 마신 카노스였다고?

"아, 역시 이건 좀 충격이 큰가?"

이사나와 알리사는 물론, 상념에 빠져 있던 시벨리우스조차 이 상황엔 넋을 잃은 것 같았다. 한참 동안 말을 잇지 못하고 있는 우리의 모습에 카노스는 느긋하게 웃었다. 처음엔 조금 난감해하는 듯하더니, 막상 판이 벌어지자 다분히 이 상황을 즐기는 얼굴이었다.

"나 참, 이걸 어떻게 할 거야, 엘뤼엔. 다들 너무 놀라서 굳어버렸잖아. 내가 곤란해지는 게 그렇게 보고 싶었어? 우리 엘뤼엔은 심술쟁이."

낯간지러운 타박에 엘뤼엔의 얼굴이 곧장 일그러졌다. 타고나기를 표정 변화가 거의 없는 편이라고 생각했는데 오늘 본 것만 해도 벌써 수차례였다. 그에게서 이렇게 과격한 반응을 끌어낼 수 있다니. 충격적인 정체에 정신이 없는 와중에도 새삼 그가 대단하게 여겨졌다.

"내 이름 앞에 끔찍한 호칭 붙이지 마라. 게다가 네놈의 어디가 곤란해하고 있단 거냐?"

"아니, 이래 봬도 정말 곤란해하고 있는데. 다른 사람은 몰라도 데르온한테까지 밝힐 생각은 없었다고. 나름대로 그동안 완벽하게 위장해 왔었단 말이야."

"자업자득이다."

"응, 그건 그래."

냉정한 타박이 무색하리만치 카노스는 상큼하게 대답했다. 그 태연한 반응에 모두가 어이없어하는 것이 적나라하게 느껴졌다.

좀처럼 속을 읽을 수 없는 행동을 하는 점은 확실히 루카르엠과 닮았다. 왜 진작 그를 연상하지 못했는지 이해가 되지 않을 정도로. 심지어 데르온에게 밝힐 생각은 없었다는 걸 보니 단순히 흉내 낸 정도가 아니라 정말로 그가 루카르엠 본인이었던 모양이다. 그럼에도 나는 다시 한 번 묻지 않을 수가 없었다.

"저, 정말 당신이 루카르엠이에요? 장난하는 게 아니고?"

"후훗, 장난이었으면 좋겠어?"

"그치만 루카르엠은 마계 4대 공작 중 한 사람이잖아요. 공작은 마왕의 명을 받는 존재 아니었어요? 마신이 대체 왜 마족으로 활동을?"

"음, 글쎄. 그냥 심심해서?"

천진하게 웃는 얼굴에 잠시간 말문이 막혔다. 그의 뒤쪽에서 엘뤼엔이 다시 인상을 찌푸리고 있는 것이 보였다. "그렇게 심심하면 일을 해." 라는, 싸늘한 목소리가 들려 왔지만 카노스는 아무것도 듣지 않은 듯이 행동했다. 진중함이라곤 조금도 찾기 힘든 모습이라 이 순간에도 그가 장난을 치고 있는 거라는 쪽에 마음이 더 기울었다. 그러나 사실을 확인할 기회를 갖기도 전에 카노스가 화제를 전환했다.

"그나저나 계속 중간계에 내려와 있어도 괜찮겠어, 엘뤼엔? 슬슬 한계일 텐데?"

그의 장난스러운 시선이 말없이 서 있던 엘뤼엔을 노골적으로 훑어 내렸다. 나를 비롯한 일행들의 시선도 자연스럽게 그를 향했다. 자신을 향해 쏟아지는 눈길들이 불쾌했는지 엘뤼엔은 살짝 눈썹을 찌푸렸다.

"굳이 강조하지 않아도 알아."

"우후후, 이러고 있는 사이에도 벌써 서류가 몇 년 치는 쌓였을걸?"

"닥쳐. 그게 다 네놈 때문이잖아."

싸늘하게 일갈하는 엘뤼엔의 대답을 듣고서야 나는 돌아가는 상황을 눈치챘다. 그가 신계로 귀환할 시간이 다가오고 있는 것이다.

신들은 중간계에 머물 수 있는 시간에 제한이 있다고 했었다. 엘뤼엔이 처음 이곳에 내려왔을 때도 얼마 지나지 않아 거의 강제적으로 돌아가야 했던 것이 떠올랐다. 그때에 비하면 지금은 상당히 오래 버티고 있는 편이었다.

초조한 기분으로 바라보자 아니나 다를까, 내 시선이 뜻하는 바를 읽었는지 엘뤼엔이 천천히 고개를 끄덕였다. 정말로 헤어질 시간인 것이다.

"가는 거야?"

"그래. 이제 시간이 다 됐다."

"그렇구나……."

이미 짐작하고 있었는데도 막상 사실을 확인하니 어깨에서 힘이 쭉 빠졌다. 부자로 인연을 맺긴 했지만 엘뤼엔과 나는 거의 일방적으로만 소통하는 관계다. 그가 날 찾아오지 않으면 내 쪽에선 찾아가기도, 연락을 취하기도 힘들었다. 그저 다음을 기약하는 것이 고작일 것이다.

지금까지 딱히 그 사실에 불만을 품은 적은 없었는데, 오늘 그의 존재감을 강렬히 확인하고 난 탓인지 새삼 허전한 기분이 들었다. 그 때문일까. 내가 섭섭한 표정을 짓고 있었나 보다. 그가 어쩔 수 없다는 듯이 내 머리를 쓰다듬었다.

"필요할 땐 언제든 연락해라. 가능한 한 자주 들를 테니까."

"그치만 엘뤼엔은…… 바쁘잖아."

"아무리 바빠도 아들에게 내줄 시간 정도는 있다."

특유의 덤덤한 말투로 엘뤼엔은 아무렇지 않게 내게 거짓말을 했다. 산더미 같은 업무 속에서 시간을 낸다는 게 그의 말처럼 녹록한 일이 아니라는 건 누구보다 내가 더 잘 알고 있었다. 그래도 그렇게 말해주는 게 고마워서 나는 환하게 웃었다. 그런 나를 부드럽게 바라보던 엘뤼엔이 문득 진지한 눈빛을 보냈다.

"그런데 엘, 떠나기 전에 한 가지 확인해 둘 게 있는데."

"응? 뭘?"

"내가 누구지?"

어디서 많이 들어본 질문이라고 생각한 순간 잊고 있던 기억이 떠올랐다. 주술로 만들어진 환상에 갇혀 있을 때, 엘뤼엔이 내게 몇 번이고 물었던 말이었다. 그게 단순히 그의 정체만을 의미했던 것이 아니라는 걸, 지금 그의 질문을 듣고서야 깨달았다. 그가 듣고 싶어 했던 진짜 답이 무엇이었는지도.

"어, 음……. 아버지……?"

조금 머뭇거리다 대답하자 엘뤼엔의 입가에 미소가 맺혔다. "잘했다." 그렇게 칭찬하는 얼굴이 정말로 즐거워 보여서 내 기분 역시 덩달아 따뜻해졌다(왠지 애견 훈련을 받는 것 같아 복잡한 느낌이긴 했지만).

"앞으론 꿈에서라도 다른 녀석을 아버지라고 부르지 마라. 그거 상당히 기분 나쁘니까."

덧붙인 말은 지나가는 듯한 어조와는 다르게 조금 퉁명스러웠다. 뒤끝이 있는 성격은 아니라고 생각했는데, 꿈속에서의 일에 어지간히도 마음이 상한 것 같았다. 그러고 보니 그 당시에도 상당히 불쾌해하긴 했었지.

"응, 다신 안 그럴게."

맹세하듯 건넨 말에 엘뤼엔은 고개를 끄덕였다. 그 순간 그게 신호라도 되는 것처럼 그의 몸에서 천천히 빛 무리가 일어나기 시작했다. 언젠가 신전에서 봤던 마지막 때와 같은 모습이었기에 나는 그 현상의 의미를 곧바로 간파했다. 신계로 강제 송환되고 있는 것이다.

"이제 정말 가야 할 시간이로군. 난 이만 가봐야겠다."

한숨처럼 내뱉는 말에 나 역시 씁쓸히 고개를 끄덕였다. 그런 나를 위로하듯이 엘뤼엔이 다시금 내 머리를 쓰다듬었다. 그러나 작별의 순간의 애틋한 기분은 아주 잠시였을 뿐, 이어지는 말은 나를 빠르게 현실로 이끌었다.

"아마 어렵겠지만 카노스는 적당히 무시해라. 대다수가 쓸데없는 말들일 테니 진지하게 생각할 필요도, 귀담아들을 필요도 없다. 느낌이 이상하다 싶으면 일단 패. 일이 벌어진 후엔 이미 늦으니까."

"응, 알았…… 자, 잠깐. 근데 그게 무슨 말이야?"

무심코 대답하다 나는 화들짝 놀라 고개를 들었다. 마치 까다로운 도구의 사용법을 알려주듯 차분히 당부 사항을 읊던 엘뤼엔이 왜 그러냐는 시선으로 바라보았다.

"보다시피. 저 간사한 놈을 다루는 법을 알려주는 건데."

"아, 아니, 그게 아니라……. 왜 그런 걸 알려주는 건데? 마신은 돌아가지 않는 거야?"

"저 녀석은 휴가 중이라고 했잖아. 돌아가는 건 나 혼자다."

"그, 그래?"

머릿속에서 비상등이 켜졌다. 설마 마신이 이곳에 남을 줄은 몰랐다. 그로 인해 피해를 본 것도 많은 만큼, 당연히 엘뤼엔이 같이 끌고 갈 거라고 생각했기 때문이다.

"너무 걱정하지 않아도 된다. 어차피 그리 오래 머물진 않을 테니."

하지만 그렇게 말하는 엘뤼엔 역시 정작 이 상황이 마음에 들지 않는다는 표정을 짓고 있고 있었다. 그가 해준 말이 이렇게 믿음직스럽지 않게 들리기도 처음이었다. 슬그머니 돌아보자 시선을 받은 카노스가 의미심장하게 웃었다. 조금 전 아무렇지 않게 '루카르엠'이라 밝히던 때와 똑같은 얼굴이라 어깨가 흠칫 떨렸다. 아무래도 그에게는 조금 더 시달려야 할 운명인 모양이다. 안 그래도 만만치 않은 상대인데 유일하게 그를 저지할 수 있는 엘뤼엔마저 돌아간다니. 왠지 남은 시간이 순탄치 않을 거란 예감이 드는 건 단순한 기분 탓만은 아닐 것이다. 마치 불곰을 묶어둔 족쇄가 곧 풀린다고 말하는 것 같았다.

하지만 그런 내 기분이야 어쨌든, 엘뤼엔은 곧 새하얀 빛이 되어 사라졌다. 완전히 사라지기 직전 그가 카노스에게 무언의 시선을 보내는 것이 보였지만 그 눈빛에 담긴 의미까지는 읽을 수 없었다. 다만 카노스만은 알아들은 듯이 가볍게 어깨를 으쓱이고 있었다.

그러고 보니 엘뤼엔은 내가 의식이 없을 때 이미 카노스와 대면했겠지. 같이 돌아가지 않는 것에 뭔가 다른 이유가 있는 걸까? 마신이 이곳에 오래 머물지 않을 거라 확신하던 것도 그렇고, 아무래도 내가 알지 못하는 부분이 존재하고 있는 것이 분명했다.

이윽고 흩뿌려진 빛의 잔상마저 완전히 사라지고, 흐트러졌던 공기가 차분히 가라앉았다. 마치 꿈에서 막 깨어난 것 같은 기분이었다. 물론 그게 끝이 아니라 시작임을 나는 어느 때보다 여실히 느끼고 있었다. 지금부터 가장 큰 골칫덩이를 해결해야 한다는 사실도.

"이야~ 이런 걸 놀랄 노 자라고 표현한다지? 저 얼음 동상 같은 엘뤼엔이 아들을 들인 것도 믿을 수가 없는데, 이렇게 친히 찾아와서 살뜰히 챙겨 주기까지 할 줄이야. 이래서 뭐든 오래 살고 볼 일이라니까?"

바로 그 골칫덩이가 말했다.

뻣뻣한 목을 억지로 돌리자 나를 내려다보고 있는 카노스의 얼굴이 시야에 들어왔다. 시선이 마주치기 무섭게, 그가 빙긋 웃었다.

"자, 그럼 얘기를 계속해 볼까?"

제6화

1.

"무슨 얘기를 해요?"

"뭐든. 나한테 할 얘기가 많을 것 같은데?"

경계하며 묻는 말에 카노스는 느긋하게 대꾸했다. 기운차게 기지개를 켜는 모습이 꼭 결박에서 풀려나 자유를 찾은 듯한 모양새라 저절로 식은땀이 흘렀다.

할 얘기? 물론 할 얘기는 많긴 했다. 당장 조금 전에 제대로 마무리 짓지 못한 대화만 해도 산더미처럼 쌓여 있었으니까.

……그래, 그러니까 이 사람이 정말 그 루카르엠이었단 말이지.

나는 차분히 그를 위에서부터 천천히 살폈다. 엘뤼엔과 함께 있을 땐 잘 몰랐는데 혼자 있으니 존재감이 정말 뚜렷하다. 압도적으로 큰 키도 그렇고, 몸 전체에 감도는 기류가 사나워서 저절로 시선을 끌었다. 그래선지 부드러운 인상에도 불구하고 전체적으로 보면 다가서기 힘든 느낌이 강했다. 그저 가만히 서 있을 뿐인데도 전신이 전부 흉기인 것처럼 느껴졌다. 딱히 내세우려고 하는 모습이 없는 것을 봐선 그냥 타고난 기운인 것 같았다.

확실히 마신은 마신이구나. 시선이 마주 닿기만 해도 그에게서 전해지는 압력 때문에 손발의 감각이 저릿했다. '엘'이나 루카르엠도 강하긴 했지만 이렇게 위협적인 느낌을 주는 사람은 아니었다. 누구라도 그들을 두고 마신을 연상하진 못했을 것이다. 그러니 내가 속수무책으로 당한 것도 창피해할 일은 아닐 거다. 응, 그렇고말고.

나는 속으로 그렇게 위안하며 지난 그의 모습들을 돌아보았다. 엘도 그렇지만, 매시간 불쑥 튀어나와 나를 약 올리고 귀찮게 굴던 마족이 마신이었다는 사실은 여전히 받아들이기가 힘들었다.

어쩐지 내 이마에 있는 신의 문장에 유난히 관심을 보이더라니. 그저 단순한 흥미라고만 생각했는데 아무래도 그때 내가 엘뤼엔의 양자라는 사실을 알아차렸던 모양이다. 그러고 보니 그 시간 이후로 더 적극적으로 접근하기 시작했던 것 같다. 설마 그때부터 이런 장난을 준비했었던 건 아니겠지. 제법 가능성이 높은 생각이라 얼굴이 저절로 찌푸려졌다.

"자, 그래서 질문은?"

"……."

바로 눈앞에서 카노스의 검은 눈동자가 불쑥 떠올랐다. 그가 얼굴을 바짝 들이민 것이다. 뚫어지게 응시하는 시선에서 어떻게든 질문을 받겠다는 의지가 엿보였다.

하고 싶은 말이 있으면 그냥 하면 됐지, 왜 꼭 질문을 받으려고 하는 건지 모르겠다. 불만스럽게 응시하는 내 눈길에도 불구하고 그는 능구렁이처럼 웃었다. 루카르엠일 때도 그는 순순히 물러나는 법이 없었다. 정체를 드러낸 지금은 더하면 더했지 덜하진 않을 것이다. 나는 그를 노려보길 그만두고 한숨을 푹 내쉬었다.

"무슨 질문을 하라는 건지 모르겠네요. 어차피 진지하게 대답하지도 않을 거잖아요."

"응? 왜 그렇게 생각하는데?"

"루카르엠으로 활동한 이유가 심심해서라면서요."

볼멘소리로 대답하자 카노스는 영문을 모르겠다는 듯 어리둥절한 표정을 지었다.

"그게 왜?"

"왜라뇨! 누가 그런 말을 듣고 성의 있는 대답이라고 생각하겠어요? 신은 할 일이 굉장히 많다고 들었거든요? 마신이라면 특히 더 바쁠 텐데 심심하다는 게 말이 돼요?"

"오, 그건 확실히 일리 있네. 할 일을 안 해서 심심한 거라고 하면 어때?"

"지금 장난해요?"

"흐음~ 이것도 안 통하나? 그럼 네가 생각하기엔 뭐일 것 같아?"

그걸 내가 알면 애초에 질문을 했겠냐!

나는 그렇게 소리치고 싶은 것을 참으며 머리를 짚었다. 루카르엠일 때도 언제나 이런 식이었지. 이 남자와의 대화는 늘 스무고개를 하는 것 같아서 정신건강에 해롭다. 생길 리도 없는 두통이 일어나는 기분이었다. 엘뤼엔이 때리라고 했을 때 모른 척 한 대라도 칠 것을. 내가 왜 그 절호의 기회를 놓쳤을까. 배가 떠난 뒤에 후회한다더니 내가 바로 딱 그 짝이다. 이래서 부모님의 말씀을 잘 들어야 한다는 건가 보다(?).

"저희를 감시하기 위해서입니까?"

그때 우리의 대화를 가르고 딱딱한 목소리가 파고들었다. 비장한 음성의 주인은 바로 데르온이었다. 그는 굳은 표정으로 서서 카노스를 똑바로 응시하고 있었다. 처음에 받은 충격은 많이 가신 듯 한결 차분해진 모습이었지만, 안색은 여전히 창백했다.

"감시라니요, 데르온?"

"그런 소문을 들은 적이 있습니다. 마계에 파수꾼이 있다는."

"파수꾼?"

데르온은 긴장한 얼굴로 고개를 끄덕였다. 그가 전해 준 건 오래된 마계의 역사 한 부분이었다.

"신계에서 막 분리된 직후의 마계는 몹시 혼란스러웠습니다. 그때는 차원의 길도 완전히 막혀 있지 않아서 서로 왕래가 가능했다고 합니다. 그러던 중 승부욕이 앞선 마족 군단이 신족으로 이뤄진 천군을 일방적으로 공격하는 일이 벌어졌죠. 그것을 계기로 두 종족 간에 큰 전쟁이 일어났습니다. 훗날 천마대전이라고 불리는 전쟁의 발발이었습니다."

처음엔 단지 신족과 마족간의 전투였을 뿐이었다. 하지만 수많은 신족들이 죽어 나가자, 그것은 곧 신계 전체의 피해로 이어졌다. 신족은 신과 정서를 교감하는 존재인지라 그들의 고통과 죽음이 신들에게 몹시 큰 타격을 주었던 것이다. 결국 보다 못한 신들까지 전쟁에 가담하기 시작하면서 사태는 걷잡을 수 없이 크게 나빠졌다.

이후 상급신들이 수습에 나선 덕분에 간신히 진정되긴 했지만, 전쟁을 일으킨 주범인 마족을 향한 분노는 쉽게 사그라지지 않았다. 특히 신족을 창조한 천신 이오웬의 분노가 가장 컸다.

신들은 마족의 공격성을 염려했고, 그들이 또 이런 일을 벌이지는 않을까 우려했다. 이에 마족들을 멸족하고 마계 자체를 소멸시키자는 주장까지 제기되었다. 그것을 막은 건 묵묵히 상황을 지켜보고 있던 마신, 카노스였다. 마신은 신계에서도 영향력이 몹시 큰 존재였기 때문에 아무도 그의 반대를 거스르지 못했다. 대신 마신은 그들을 달래기 위해 한 가지 합의점을 제시했다. 마족들에게 족쇄를 걸어 함부로 날뛰지 못하도록 조치하겠다고.

"족쇄요?"

"예, 족쇄에 관해선 여러 가지 의견이 분분했지만, 마계에 파수꾼이 있을 거라는 설이 가장 유력했습니다. 마신이 세운 누군가가, 배후에서 마족들의 세력을 적당히 조율하고 있다고 말입니다."

"……!"

"물론 풍문으로 떠도는 이야기들 중 하나라 한 번도 믿은 적은 없었습니다. 하지만 지금 막 그게 사실일 거라는 생각이 들기 시작하는군요."

즉, 마신이 직접 파수꾼 역할을 했고, 그것을 위해 루카르엠이란 인물을 만들어냈다는 얘긴가?

확실히 심심해서라는 이유보다는 이쪽의 주장이 훨씬 설득력이 있었다. 결국 그의 말대로라면 마왕은 표면적인 위치이고, 실상은 카노스가 직접적으로 마계를 통솔하고 있었다는 뜻이다. 그것도 좋은 쪽이 아니라 안 좋은 방향으로. 족쇄의 목적이라면 마족들의 힘이 커지거나 발전하는 것을 쭉 방해해 왔을 테니까. 마족들을 창조한 마신이, 마계의 확장을 막는 제어 장치 역할을 하고 있었던 것이다.

데르온은 의중을 떠보듯 카노스를 힐끔거렸다. 하지만 카노스는 그저 웃는 얼굴로 그를 가만히 바라보고 있을 뿐, 별다른 반응을 보이지 않았다. 오히려 쳐다본 데르온이 더 움찔해서 황급히 고개를 땅으로 떨궜다.

"저, 저희의 머리카락 색과 눈동자 색이 전부 똑같은 것도 그때 한 약속 때문이라고 들었습니다. 일부러 동일한 특징을 두어 누구나 마족임을 알 수 있게 만든 거라고 하더군요. ……사살하기 쉽도록 말입니다.”

“……!”

마지막 덧붙인 말에 몸이 저절로 움찔했다. 언젠가 루카르엠이 하소연하듯이 떠들었던 말이 떠올랐다. 마족들이 전부 똑같은 머리색과 눈동자 색을 지니게 된 건 다른 신들의 요청 때문이라고 했었다. 마족을 피할 수 있도록, 누구나 알아보기 쉽게 통일시킨 거라고.

흔한 전설이나 민담 같은 거라고 생각했는데 그게 전부 사실이었나 보다. 당시엔 그다지 귀담아듣지 않았던 그 말이 이렇게 살벌한 의미였을 줄은 몰랐다. 생각해 보면 알아보기 쉽다는 건 그만큼 숨기기도 어렵다는 의미였다. 그건 즉 어디에서든 누군가의 표적이 된다는 말이기도 했다. 어떻게 보면 가장 편하게 마족을 피하는 방법일 것이다. 문제의 소지를 미리 제거하면 당연히 문제는 일어나지 않을 테니까.

“제 생각이 맞다고 봐도 되겠습니까?”

“그렇다면 어쩔 생각이지?”

조심스럽게 묻는 말을 카노스가 느긋하게 되받았다. 시험하는 듯한 어조였지만 거의 긍정에 가까운 반응이었다. 나도 모르게 숨을 삼키는데 그 순간 예상치 못했던 일이 벌어졌다. 데르온이 그 자리에서 곧장 무릎을 꿇은 것이다.

“죽여주십시오.”

“데, 데르온?”

나는 깜짝 놀라 데르온을 바라보았다. 카노스는 그저 흥미로운 시선을 보낼 뿐, 별다른 반응 없이 그를 내려다보고 있었다.

"죽여 달라?"

"감히 마신의 계획을 알고도 살아 있을 생각은 없습니다. 제가 당신의 일에 방해가 되기 전에 기꺼이 죽겠습니다. 다만, 마지막 은혜를 베푸시어 당신의 손에 직접 이 하찮은 목숨이 거두어지는 영광을 입게 해주십시오."

뭐야, 상황이 왜 이렇게 흘러가는 거지? 생각지 못했던 전개에 어안이 벙벙해졌다. 본래도 데르온은 어떤 상황이든 쉽게 받아들이고 잘 적응하는 편이긴 했다. 하지만 그건 보다 합리적인 선택을 하는 것일 뿐, 자존심이 없는 건 아니었다. 오히려 이쪽의 일을 대충 처리함으로써 윗선의 명령에 반발하는 심리를 드러내는 것에 가깝다고 생각했다. 마왕에 대해 별로 호의적인 느낌은 아니었으니 아마 내 예상이 틀리진 않을 것이다.

그런 그가 마신에게는 온전히 자신을 낮췄다. 지금까지 모두를 속여 온 것이나 가혹하리만치 냉정한 취급에 항의를 하지도, 화를 내지도 않는다. 그저 의문에 대한 해답을 구하고 순순히 수긍했을 뿐이다. 그의 손에 죽는 것을 영광으로 삼겠다는 말 또한 결코 거짓이 아니었다. 마신은 그걸 어떻게 받아들일까.

나는 힐끔 카노스의 눈치를 살폈다. 그는 흥미롭다는 듯이 데르온을 내려다보고 있었다. 무슨 생각을 하는지 알 수 없기는 여전했지만, 내내 입가에 걸려 있던 미소는 사라진 채였다. 그것만으로 그의 분위기는 완전히 달라졌다. 천진난만하고 능청스러웠던 남자는 사라지고, 서늘하고 위압적인 마신이 그 자리에 서 있었다.

단지 웃지 않은 것만으로도 이렇게까지 분위기가 달라지다니. 그가 계속 생글생글 웃고 있는 건 이런 모습을 감추기 위해서가 아닌가 싶은 생각이 들 정도였다.

"나 참, 정말 고약한 녀석들뿐이라니까."

중얼거린 말에 데르온이 흠칫하며 고개를 들었다. 그 순간 카노스의 손에서 새카만 기운이 연기처럼 피어나기 시작했다. 척 보기에도 심상치 않은 느낌을 풍기는 기운이었다. 그것을 본 데르온이 꿀꺽 마른침을 삼켰다.

"뭐, 소원이라면 이뤄주지 못할 건 없지. 그런데 정말로 죽어도 괜찮겠어?"

"예, 괜찮습니다."

"정말 이렇게 죽겠다고?"

"예!"

망설임 없이 고개를 끄덕이는 표정이 결연하다. 거듭되는 대답에 카노스는 고개를 갸웃거렸다.

"이상하네. 내가 아는 데르온은 이렇게 허무하게 죽는 걸 용납할 위인이 아니었는데 말이지."

"예?"

"네 장래희망 말이야. 천마대전을 다시 일으켜 천신이랑 일대일로 싸우다, 그의 손에 장렬한 최후를 맞이하는 게 꿈 아니었어?"

그런 장래희망을 갖고 있었냐!

나를 비롯한 모두가 뜨악한 시선으로 데르온을 바라보았다. 그는 식은땀을 삘삘 흘렸다.

"그, 그건……."

"우와, 그동안 날 속였던 거야? 이건 좀 괘씸한데? 난 그 이야기를 들었을 때 꽤 거창한 포부를 지닌 상남자라고 생각했는데 말이야."

"아, 아닙니다! 속이지 않았습니다! 물론 그렇게 생각한 적도 있긴 합니다만, 지금도 가능하면 그런 마지막을 맞이하고 싶긴 합니다만. 그건 불가능한 일이니까……."

"그래서 그냥 내 손에 죽겠다고? 어떻게 해서든 신의 손에 죽기만 하면 되는 거였구나? 데르온, 그렇게까지 죽고 싶어 했었을 줄이야. 그건 몰랐네."

"자, 잠시만 기다려 주십시오. 뭔가 대화의 흐름이 이상하게 변한 것 같지 않습니까? 제가 왜 죽고 싶어 하는 게 됩니까?"

"응? 그치만 죽여 달라며. 죽고 싶었던 거 아니었어?"

"딱히 죽고 싶은 건 아닙니다!"

정색하고 답한 뒤 데르온은 곧장 참담한 표정을 지었다. 마신의 언변에 휘말려들었다는 깨달음과, 끝까지 자신의 소신을 지키지 못했단 자괴감 때문인 것 같았다. 하지만 반대로 카노스의 얼굴은 즐거워 보였다. 그의 입가에 미소가 걸리자 특유의 천진난만한 분위기도 다시 돌아왔다. 그는 능글거리는 표정을 지으며 놀리듯이 말했다.

"나쁜 아이네. 죽고 싶지 않은데 왜 거짓말을 해?"

"거, 거짓말은 아니었습니다. 숨이 붙어 있는 자라면 누구나 죽고 싶지 않은 게 당연하지 않습니까? 하지만 당신을 위해서라면 죽을 수 있다는 겁니다."

"하하, 바보구나? 그럼 살아야지."

"예, 예?"

"네가 날 위해서 할 일은 죽는 게 아니거든."

가볍게 떨어진 말에 데르온의 눈이 커졌다. 하지만 카노스는 친절하게 설명을 이어갈 마음이 없는 것 같았다. 그는 당황해하고 있는 데르온을 무시한 채 고개를 돌렸다.

"자, 그럼 이제 다음은 누구지? 그쪽 꼬마 차례인가?"

그렇게 말하며 카노스가 응시한 사람은 다름 아닌 이사나였다. 그를 지목할 줄은 몰랐기 때문에 나는 조금 당황했다. 이사나 역시 숨을 삼키고 있었다.

"저, 말입니까?"

"그래. 나한테 확인하고 싶은 게 있었지?"

이사나의 눈이 커진다 싶더니 얼굴에서 당황하던 기색이 사라졌다. 그 대신 차분하게 가라앉은 시선이 카노스를 진지하게 응시했다. 그것을 본 카노스가 더 짙게 웃었다.

"정말 좋은 표정이야. 그 나이에 그런 눈을 갖기도 쉽지는 않지.”

“…….”

“좋아, 뭐든 물어봐. 그동안 속인 사죄의 뜻으로 가능한 한 뭐든 대답해 줄게.”

“……그럼 사양하지 않고 묻겠습니다.”

의외로 이사나는 움츠리지 않고 대담하게 응수했다. 아니, 어쩌면 자신이 해야 할 일을 정확히 알고 있었기 때문일지도 모른다. 그는 오래전부터 단 하나만을 바라보고 달려가고 있었으니까.

“신탁을……. 신탁의 진정한 의미를 알고 싶습니다.”

짐작했던 대로 이사나가 물은 건 선황이 받은 신탁에 관계된 것이었다. 이 모든 여정의 시작이었으며, 마신만이 해결해 줄 수 있는 답이기도 했다. 바로 그가 신탁을 내린 장본인이었으므로.

“신탁이라……?”

“마신께서 제 아버지의 업을 알리는 신탁을 내리셨지요. 그 이유를 알고 싶었습니다. 말씀해 주십시오. 그가 지은 업이 대체 무엇이기에 그런 가혹한 벌이 내려진 겁니까? 그리고 제 아버지는 대가를 치름으로써 용서를 받으신 겁니까?”

그가 지니고 있던 마음의 무게를 반영하듯, 주변을 감도는 공기가 무겁게 가라앉았다. 아직 정황을 모르는 알리사만은 의아한 얼굴로 분위기를 살피느라 바빴다.

카노스마저도 이런 분위기는 어려워하는 듯했다. 그는 조금 머쓱한 듯이 손가락으로 뺨을 긁었다.

"아아, 그거 말이구나. 뭐, 언제고 알려질 일이긴 하니 말해 주는 게 낫겠지. 하지만 이걸 알면 놀랄지도 모르는데. 들어도 괜찮겠어?"

"……어떤 말씀이든 듣겠습니다."

"진짜 충격 받을지도 모르는데?"

"괜찮습니다."

"흐음, 좋아. 그럼 알려 줄게. 하지만 경고하는데, 진실은 네가 생각한 것보다 더 괴로울 거야."

빙긋 웃는 얼굴로 하는 말이지만 농담은 아닐 것이다. 이사나는 극도로 긴장한 듯 두 주먹을 꽉 쥐었다. 얼마나 참혹한 진실이 떨어질까 싶어 나 또한 충격을 감당할 마음의 준비를 했다. 하지만 이어진 말은 그 모든 예상을 가볍게 상회했다.

"전부 금시초문이야."

"예?"

"신탁이고 뭐고 난 모르는 일이라고. 난 최근 50년 사이에 어느 누구에게도 신탁을 내린 적이 없거든."

"……!"

눈앞이 하얗게 변하는 느낌과 함께 숨 막히는 정적이 흘렀다. 너무 당황스러워서 한동안 생각을 잇는 것조차 쉽지 않았다. 이런 대답을 들을 거라곤 정말 조금도 상상하지 못했다. 상황을 겨우 인지하고 났을 땐 손끝이 급속도로 차가워졌다.

마신은 신탁을 내린 적이 없다.

그 사실이 가리키는 바는 단 하나뿐이었다.

신탁이 가짜였던 거다.

"이사나 씨!"

충격이 컸는지 이사나의 몸이 휘청거렸다. 깜짝 놀란 알리사가 옆에서 그의 몸을 얼른 부축했다. 그 모습을 보고서야 나도 겨우 정신을 차렸다. 간신히 카노스를 쳐다보자 그가 곧장 시선을 맞추며 웃었다. 내가 반응하기를 기다린 것 같은 모습이었다.

"그게…… 정말이에요? 정말 그 신탁이 가짜였어요?"

"내가 내린 적이 없으니 당연히 위조된 거겠지."

"신관이 그런 짓을 해도 돼요?"

"안 되지 물론. 신관은 신의 이름을 절대 사사로이 이용하면 안 돼. 그런 짓을 하면 저주를 받아 죽거나 최소한 사제의 자격을 잃게 되어 있어. 신관이라면 무조건 감당해야 하는 숙명이지."

"하지만 대공은 멀쩡한데요?"

"응, 그러니까 신관이라면, 이라고 말하잖아."

너무 아무렇지 않게 대꾸하는 바람에 의미를 이해하는 게 조금 늦었다. 불현듯 깨닫고만 진실에 나는 그대로 얼이 빠졌다.

"……대공이 신관이 아니라구요?"

그가 지닌 신의 문장도 가짜였다는 거다.

맙소사. 뭐 이런 경우가 다 있지? 아무래도 오늘은 하루 종일 수명에 좋지 않은 일만 생기려는 모양이다. 온도를 느낄 리가 없는데도 주위가 후덥지근하게 느껴졌다. 이사나는 얼마나 놀랐는지 그저 입만 멍하니 벌리고 있었다. 안색이 새파랗다 못해 금방이라도 바스러질 것처럼 하얬다.

"자, 잠깐만요. 근데 왜 신관만 처벌을 받아요? 다른 사람은 위조를 해도 괜찮은 거예요?"

"처벌이 아니라 숙명이라니까. 하품을 하면 눈물이 나듯 그냥 처음부터 정해진 규칙 같은 거야. 그게 싫으면 언제든 그만두면 되고. 그리고 당연히 괜찮다곤 할 수 없지. 스스로 양심을 훼손하는 거잖아. 내세가 아주 괴로워질걸?"

"그것뿐이에요?"

"그게 아니면?"

"그야 당장 혼을 내줘야죠. 신벌을 내린다든가……."

"하하, 귀여워라. 정말 인간처럼 생각하는구나?"

심각한 대화 중인데도 싱글싱글 웃는 얼굴에 나는 얼굴을 찌푸렸다.

"인간은 흔히 죄를 지으면 신에게 벌을 받는다고 생각하지."

"……아니에요?"

"뭐, 아주 틀리진 않아. 신들이 생각하는 죄의 기준과 처벌의 방식이, 인간이 생각하는 거랑 좀 다르다는 것만 빼면?"

"……!"

"인간의 삶은 무수히 짧은 생의 연속이야. 그중 어느 것도 과거와 연결되지 않은 게 없고, 미래로 이어지지 않는 것도 없어. 그러니 당장 눈에 보이는 형태가 전부라고 생각해선 안 돼."

"결국 어떻게든 대가를 치른다는 건가요? 그래도 당장 피해를 입은 사람들은 억울하잖아요."

"그 또한 연속의 고리에 속해 있어. 억울한 건지 아닌지는 현재를 살아가는 존재가 정의할 수 있는 게 아니야. 전부 지나 봐야 알 수 있는 문제거든. 너도 언젠가는 깨달을 테지만."

"그래서 그냥 내버려 둔다고요? 대공이 신관의 신분에 숨어서 무슨 짓을 하는지 알고는 있어요?"

"응, 확실히 나쁜 인간이긴 하더라."

기가 막혀서 바라보는 시선에 카노스는 묘한 웃음으로 마주했다. 물론 나는 전혀 웃을 기분이 아니었다. 대공이 누구던가. 거짓 신탁으로 무고한 사람을 죽이고, 자신에게 저항하는 사람들을 죽거나 괴롭게 하고, 그것도 모자라 수많은 세월 동안 아이들을 납치해서 인신제사를 하는 작자다. 심지어 그 모든 일들이 마신의 이름하에 벌어지고 있었다. 그런데 그걸 어떻게 그냥 내버려 둘 수가 있지?

아무리 인간이 수많은 삶을 산다고 해도 지금 사는 인생은 단 한 번뿐이다. 돌고 도는 인과의 법칙 같은 건 모든 걸 아는 존재한테나 합리적으로 보이는 것이지, 아무것도 모르는 사람에게는 전혀 공평한 일이 될 수 없었다. 그들에겐 현재가 가장 소중하고, 당장 눈앞에서 이뤄지지 않는 일 같은 건 아무런 의미가 없다. 전생의 악인이 후생에서 죗값을 치르더라도, 그에게 고통을 받았던 사람들에게 보상이 돌아가진 않는다. 설령 다른 방식으로 보상을 받더라도 그 사실조차 알지 못하고 넘어갈 가능성이 컸다. 그래도 그걸로 족하다는 건가? 그저 모르고 있는 것뿐이니까?

카노스의 말이 옳을지도 모른다. 어쩌면 그가 말한 대로 나도 언젠가는 그와 같은 생각을 하게 될 날이 올지도 모르겠다. 하지만 지금의 내 귀엔 그가 아무리 장황하게 설명해 봤자 그저 변명하고 있는 것으로밖에 들리지 않았다.

내가 아는 세상은 아직 단순해서, 눈앞에 보이는 결과가 전부였다. 누군가 나쁜 짓을 하고 있는데 그것을 알고도 묵인한다면 그저 공범자일 뿐인 것이다. 하물며 마신은 예전부터 대공이 하는 일에 연관되어 있다는 의혹을 사고 있는 존재가 아닌가. 그는 역시…….

"역시 마신이 배후일지도 몰라. 그렇게 생각했지?"

"……!"

생각하기 무섭게 치고 들어오는 목소리에 나는 흠칫 어깨를 떨었다. 카노스는 내 반응을 즐기는 얼굴을 하고 있었다.

"대공과 마왕이 서로 작당해서 뭔가 일을 꾸미고 있고, 나도 그 일에 관련되어 있다고 의심하고 있었잖아? 내가 그들을 돕고 있는 것처럼 보여?"

"……아니에요?"

"흠, 차라리 그쪽이었다면 나았을지도 모르겠다."

"네?"

"그럼 적어도 골치 아프진 않잖아."

경계하며 쳐다보는 시선에 카노스는 피식 웃었다. 그는 내가 뭐라고 입을 벙긋거리기도 전에 바로 말을 이었다.

"유감이지만 그 건에 관해서라면 오히려 반대쪽이야."

"반대쪽이요?"

"그 둘을 막으려는 쪽."

대답하는 목소리가 어딘지 모르게 자조적으로 들렸다. 먼 곳을 응시하는 그의 시선엔 씁쓸한 여운이 감돌고 있었다.

"……그리고 아니길 바라는 쪽."

2.

"그냥 내버려 둔다면서요."

지금까지 한 말과는 전혀 맞지 않는 대답이라 막으려 한다는 말에도 의심부터 들었다. 떨떠름한 어조로 묻는 말에 카노스는 고개를 가로저었다.

"내버려 두는 게 아냐. 조치하는 방식이 다르다는 거지."

"그치만……."

"인간들의 입장에선 수긍하지 못한다고? 그게 어때서? 신이 굳이 그들의 마음에 드는 방식에 따를 필요는 없잖아? 왜 신이 인간에게 맞춰야 하지? 인간들조차 타인의 방식에 억지로 따라야 하면 기분 상해하면서. 그렇지 않아?"

"……."

딱히 반박할 말을 찾을 수가 없어서 저절로 입이 닫혔다. 잔인한 말이었지만 사실이기도 했으니까. 풀죽은 내 모습이 안쓰럽게 보이기라도 했는지 카노스가 머리를 긁적거리며 한숨을 내쉬었다.

"으음, 할 수 없네. 내가 원래 이렇게까지 친절한 편은 아닌데, 네게 오해받는 건 슬프니까 확실히 얘기해 줄게. 인과의 법칙을 떠나서도 원래 신은 중간계의 일에 가능한 한 직접 개입하지 않도록 되어 있어."

"예?"

"그들의 삶이잖아. 문제가 벌어질 때마다 신들이 전부 해결한다면 그게 무슨 의미가 있겠어? 인간의 일은 인간끼리 해결하는 게 가장 좋아. 그게 옳기도 하고. 특별한 상황, 예를 들어 그 안에서 자력으로 해결하는 게 도저히 불가능한 경우엔 나서기도 하지. 하지만 그것 역시 매우 드문 편이고, 대다수의 일에 신은 간접적으로 돕는 조력자 선에서 그쳐. 그래서 신관이 있는 거야. 그나마 아크아돈은 신관의 권한이 크기 때문에 행사할 수 있는 영향력이 더 크긴 하지만."

"그, 그런 거예요?"

"그래. 방관하는 것처럼 보여도 그럴 수밖에 없는 구조라는 거지."

뭐야, 그럼 처음부터 그렇게 말할 것이지. 괜히 복잡하게 말해서 의도를 헷갈리게 할 건 뭐람? 얼굴을 찌푸리자 카노스는 히죽 웃었다. 그제야 그의 목적을 알 수 있었다. 처음부터 날 골리려고 그런 것이다.

"……진짜 취향 나쁘시네요."

"냐하하, 놀리는 재미가 있어서 그만. 엘뤼엔한테 이를 거야?"

"이르긴 뭘 일러요. 제가 무슨 10살짜리 꼬맹인 줄 알아요?"

"아직 태어난 지 얼마 안 됐잖아? 10살보다 더 어린 꼬맹이 맞지."

윽, 그렇게 말하니 할 말이 없다. 그러고 보니 난 아직 정령왕으로서는 태어난 지 얼마 되지 않았지. 게다가 전생의 기억이라고 해봤자 고작 17년일 뿐이니 신의 입장에서 보면 까마득하게 어려 보일 게 뻔했다. 나는 일찌감치 반발하는 것을 단념하기로 했다. 주어진 현실을 받아들이고 나니 차라리 마음이 편했다.

"그래서, 대공을 막으려고 시도하시긴 했나요?"

"당연하지. 마신관을 사칭했을 때도, 신탁을 내렸을 때도. 난 신관들의 마음을 움직여 여러 차례 대공에게 경고를 전했어. 그러자 그가 내 신관들을 모조리 죽였지."

"……!"

아, 그러고 보니 들은 적이 있었다. 대공이 자신을 반대하거나 신탁을 의심하는 신관들을 전부 다 죽였다고 했었지. 그제야 떠오른 기억에 얼굴이 저절로 굳었다. 그의 입장에선 꽤 분할 일인데도, 카노스는 아무렇지 않게 말을 이어갔다.

"이제 그의 곁엔 내 사람들이 없어. 교단은 많이 변질됐고, 남아 있는 신관이라고 해 봤자 내 목소리를 듣지 못하는 자들뿐이야. 토질이 오염되면 새 싹이 트는 것도 쉽지 않지. 언젠가는 복구되겠지만 꽤 오래 걸릴 거야. 아쉽지만 내가 신으로서 할 수 있는 일은 여기까지야."

"그럴 수가……."

"하지만 어차피 대공은 오래 버티지 못해."

실망하려는 순간 이어진 말에 나는 고개를 번쩍 들었다.

"그걸 어떻게 알아요?"

"처음부터 그렇게 정해져 있으니까."

"처음부터, 라고요?"

"순리와 양심을 거스르는 행위는 섭리에도 어긋나거든. 그래서 세상이 용납하지 않아. 세상의 의지는 곧 그 안에서 살아가는 인간들의 뜻을 움직이지. 가만히 놔둬도 저절로 맞서는 자가 생겨나게 되어 있어. 지금 네 계약자가 그를 치려는 것처럼."

"……!"

그 말을 듣자마자 나와 이사나는 약속한 것처럼 서로를 마주 보았다. 즉, 대공을 치려는 이사나의 행보가 세상의 섭리에 속한 것이고, 그의 손에서 대공의 악행이 끝날 거라는 소리였다. 인간의 일은 인간끼리 해결하라는 게 바로 이런 뜻이었나 보다. 카노스는 눈매를 휘어 접으며 부드럽게 웃었다.

"대공은 결국 현재의 생에서 죗값을 치를 거야. 물론 저지른 죄의 깊이가 너무 크니 후생도 순탄하진 않겠지. 이게 정확한 결론이야. 이제 원하는 답변이 되었어?"

"……깨우쳐 주셔서 참 감사하네요."

"천만에."

비꼬는 말도 느긋하게 되받아치니 오히려 내가 더 민망해졌다. 불퉁한 시선으로 바라보았지만 견고한 성벽 같은 그의 표정을 흩트리기엔 턱도 없었다.

"문제는 시간이 별로 없다는 거야."

"시간이 없다니요?"

"금지된 주술."

"……!"

"정말 그 주술이 부활한 거라면 상황이 완전히 달라지거든."

카노스의 입술에서 미소가 사라지고, 분위기가 달라졌다. 지켜보는 나까지 몸이 저절로 긴장하는 것이 느껴졌다. 그가 무슨 말을 하는 건지는 굳이 물어보지 않아도 바로 이해했다. 대공이 참여하고 있다는 의식, 악신이 태어날지도 모른다는 암흑주술에 대한 것이다.

"그 주술이 끝까지 완성되면 모든 결과가 뒤집힐 거야. 세상의 정해진 섭리도 더 이상 통하지 않게 돼. 인과응보 따윈 없는 세상이 되겠지."

감정을 담지 않은 단조로운 어조 때문에 더 섬뜩하게 들렸다.

이사나가 부르르 떠는 것이 보여서 나는 황급히 물었다.

"진짜 그 주술이에요?"

"글쎄. 의식 자체는 비슷한데 지금은 확언할 수 있는 단계가 아니야. 가장 문제가 되는 부분이 어린 아이들이 너무 많이 희생되고 있다는 것, 그리고 그중 상당수가 생기를 빼앗겼다는 건데……그 힘을 흡수하고 있는 거라면 모를까, 그게 아니라면 반드시 그 주술이라고 볼 수는 없어. 한마디로 말해서 결정적인 증거가 부족한 상태지."

"으음……. 대공의 생각이나 기억을 읽어본다든가, 그런 건 안 되나요?"

"그건 이미 해 봤지."

"해 보셨다고요?"

"그게 가장 알아내기 쉬운 방법이잖아. 기본적인 부분은 다 확인해 뒀어. 대공은 소원을 이루는 주술이라고만 알고 있는 상태야. 제단에 설계된 진법도 그다지 특이할 건 없는 형태였고. 아마 대공의 역할은 미끼에 불과하겠지. 그게 아니면 정말 기우일 뿐이거나."

혼잣말처럼 중얼거리는 얼굴이 진지했다. 휴가라고 하더니, 사실은 주술의 진위 여부를 조사하기 위해 내려와 있었던 건가 보다. 이제야 엘뤼엔이 그를 얌전히 놔두고 간 이유를 알 것 같았다.

정말 '막는 쪽'이었구나. 나는 새삼스러운 시선으로 카노스를 바라보았다. 마신처럼 대단한 존재가 우리와 같은 목적을 갖고 있다고 생각하니 왠지 기분이 설렜다. 장난치고 곤란하게 만들 땐 마냥 행실이 의심스럽기만 하더니, 지금은 그 누구보다 믿음직스럽게 보였다.

잠깐, 그런데 방금 카노스가 한 말이 무슨 뜻이지? 대공의 역할이 미끼였다고? 다른 생각을 하느라 깊게 짚어 보지 않았는데 다시 생각하니 그냥 넘어갈 수 없는 말이었다. 나는 서둘러 정신을 수습하며 물었다.

"대공이 미끼라니요? 그가 이 모든 일을 주도하고 있는 게 아니었어요?"

"아니. 그자는 의식의 일부를 돕고 있을 뿐, 주술을 실행하는 주체는 아니야."

"대공이 아니면……."

"그야 그자의 뒤를 봐주고 있는 존재겠지. 그에게 가짜 신의 문장을 주고, 신관이 될 수 있도록 도운 존재."

그 말을 듣는 순간 내가 떠올린 건 대공의 뒤에 서 있다는 한 존재였다. 데르온을 보내 우리를 감시하게 하고, 루카르엠에게는 이사나를 죽이라고 명령했던 존재. 바로 마왕 말이다.

"설마……."

"참고로 마족의 마력은 마신관의 성력과 비슷한 기운을 풍겨. 계급이 높은 마족의 것일수록 더욱 그렇지. 마왕 정도면 대신관의 성력을 흉내 내기엔 충분했을 거야."

"……!"

내 짐작을 읽었는지 카노스가 고개를 끄덕이며 말했다. 혼란한 머릿속이 결론을 도출하기까진 오래 걸리지 않았다. 나는 최대한 침착해지려고 노력하며 다시금 상황을 확인했다.

“그럼 마왕이 악신이 되려고 하는 건가요?”

“아직 거기까지 밝혀지진 않았다니까.”

“마왕의 기억은 안 읽어본 거예요?”

“안 한 게 아니라 못 한 거야. 지금 마왕은 날 때부터 정신을 방어하는 능력이 유난히 강한 편이었거든. 거의 신과 비슷한 수준이라 그의 생각은 잘 읽히질 않아. 작정하고 감추면 알아낼 재간이 없어.”

“그럴 수가…….”

“아, 악신이라니. 그게 무슨 말입니까?”

탄식하며 중얼거렸을 때, 데르온이 당황하여 묻는 소리가 들렸다. 그동안 오간 대화의 내용만으로 대강의 상황을 파악한 듯, 그의 얼굴이 새파랗게 질려 있었다.

“한때 신의 권능에 도전하려고 해서 금기로 정해진 주술에 대해 들어본 적이 있습니다! 마왕 전하, 아니 카류드리안! 설마 그자가 그 금기를 어긴 겁니까?”

묻고는 있었지만 이미 확신을 담은 말투는 자신의 판단을 확인하는 것에 더 가까웠다. 상대가 마신이라는 것조차 잊어버렸는지 금방이라도 달려들어 다그칠 기세였다. 그게 재밌었는지 카노스가 가볍게 웃으며 대답했다.

"지금 그걸 알아보고 있는 중이다, 데르온. 꽤 높은 확률로 가능성이 있긴 하지만 말이지."

"세상에 맙소사! 어떻게 그런 일이? 그렇지 않아도 최근 그의 행보가 수상하다고 생각하긴 했습니다. 이럴 게 아니라 당장 그자를 심문하시어 자백을 받아내시는 것이……!"

"유감이지만 그건 불가능해. 증좌도 없이 무작정 심문할 순 없거든. 인간들의 왕에게조차 하지 않는 일인데, 하물며 카류안은 마왕이다. 어지간한 신들조차 예의를 갖추고 대하는 존재지."

"하지만!"

"애초에 넌 마족의 일원이면서 너무 쉽게 그를 의심하는구나. 카류안은 모든 공작들의 승인을 받아 정당하게 권좌에 오른 왕이다. 네가 보기에 미덥지 못한 구석이 많더라도, 모시는 이를 신용하지 않는 건 좋은 버릇이 아냐."

"……마신께선 그를 믿으시는 겁니까?"

"아니."

너무나도 당당한 대답에 나는 잠시 어이없어하며 카노스를 바라보았다. 데르온과 이사나, 심지어 알리사마저도 황당해하는 표정을 짓고 있었다.

"그래도 믿어줄 수밖에 없는 상황이긴 하지. 각성 징후가 나타나지 않았으니까."

"각성 징후요?"

되묻는 내게 가볍게 고개를 끄덕인 후 그는 바로 설명을 이어나갔다. 주술이 진행되면 진행될수록, 악신으로서 각성을 앞둔 육체는 점차 변화를 일으키기 시작한다. 몸의 냄새가 바뀌고 수면시간이 점점 길어지며, 피부색을 비롯한 온몸의 색소가 달라지는 것이 일반적이었다.

하지만 그 시기에 가장 두드러지는 증상은 심한 공복감을 호소한다는 점이었다. 육체의 변화를 기력이 따라가지 못하게 되면서, 극도의 허기를 느끼게 된다는 것이다.

"이때의 허기는 음식으로는 해소되지 않아. 그 때문에 닥치는 대로 주위를 공격하기 시작하지. 남의 살이든, 피든, 부족한 기운만큼 타인으로부터 채우기 위해서."

"……!"

"다른 건 다 감출 수 있어도 이 징후만은 숨기지 못해. 이성으로 제어하는 게 불가능하거든. 그래서 사실 그 주술은 끝까지 완성할 확률이 그다지 높지 않아. 대부분은 이 단계에서 저절로 제거되니까. 갑자기 미쳐서 날뛰는 살인귀를 주위에서 얌전히 내버려 둘 리가 없잖아?"

"그, 그렇겠네요. 그런데 마왕은 그런 증상이 없었단 말이죠?"

"그래."

처음 번제가 시작된 기점으로 주술이 진행된 시간을 따져 보면 이미 공복을 느끼는 징후가 나타났어야 한다는 게 카노스의 설명이었다. 마족이라 어느 정도 충동을 제어하는 이성이 뛰어나다고 가정해도, 필요한 마력이 워낙 많기 때문에 조용히 처리하는 건 불가능하다고 했다. 적어도 수백 명분의 힘은 흡수해야 한다는 것이다.

"하지만 마계 어디에도 실종자는 없었고, 수상한 사체도 발견되지 않았어. 수면 시간이 조금 길어지긴 했지만 문제가 될 정도는 아냐. 겉으로 드러난 문제는 전혀 없다고 봐야 해."

뭐야, 그럼 정말 그 주술이 아닌 건가? 알아갈수록 헷갈리는 기분이라 머리가 복잡해졌다. 갑갑한 마음에 얼굴을 찌푸렸을 때였다.

"……물론 겉으로 드러난 문제뿐이지만 말이지."

"네?"

"혹시 마족이 어떻게 태어나는지 알아, 엘?"

알 수 없는 말을 중얼거리기 무섭게 갑자기 화제를 바꾼 카노스가 싱글거리며 나를 돌아보았다. 그 변화가 적응되지 않기도 했지만 질문이 생뚱맞기도 해서 생각이 잠시 멈췄다. 나도 모르게 데르온을 응시했나 보다. 그가 당황한 얼굴로 설명을 시작했다.

"아, 그러니까 백 년마다 한 번씩 번식기가 찾아옵니다. 그때 태어난 알들을 전부 수거하여 카르텐에 가져가, 그곳에서 부화시키죠."

"알이요? 그럼 마족이 난생(卵生)이었어요?"

경악해서 바라보자 데르온은 쑥스럽다는 듯이 웃었다. 저렇게 큰 덩치의 남자가 알에서 태어났다니, 굉장히 어울리지 않아서 내심 당황스러웠다. 하기야 드래곤같이 거대한 종족도 난생인 걸 생각해 보면 별로 특이할 건 없긴 했다. 게다가 과일에서 태어나는 것보다야 훨씬 현실적이기도 하고.

'그런데 왜 갑자기 이런 걸 묻는 거지?'

내 의문을 읽은 듯 카노스가 빙긋 웃었다.

"매 번식기마다 카르텐으로 수거되는 알은 적게는 몇백 개에서 많게는 수천 개 수준이야. 이번 번식기에는 정확히 천오백 개의 알이 수거되었고, 곧 부화를 앞두고 있었지. 참고로 부화 직전의 알은 의식만 없을 뿐 이미 태어난 유체와 거의 다르지 않아."

"……그런데요?"

"그런데 얼마 전 상당히 곤란한 일이 생겼지 뭐야. 숲에 침입자가 들어와서 알을 전부 다 파괴해버렸거든."

"……!"

나도 모르게 고개가 번쩍 들렸다. 내 생각에 확신을 더하는 것처럼 카노스가 은근한 어조로 말했다.

"자, 그럼 여기서 질문. 파괴된 알들이 품고 있던 마력이 과연 어느 정도였을까?"

"……."

벌려진 입이 차마 다물어지지 않았다. 여기까지 들으면 누구라도 상황을 파악할 수밖에 없을 것이다. 있었다. 실종된 수백분의 마력이. 차마 말을 잇지 못하고 있는데 바로 옆에서 털썩, 하고 둔탁한 소리가 들려왔다. 충격을 이기지 못한 데르온이 주저앉으면서 낸 소리였다.

"……설마 그게 도전자를 견제하려고 했던 게 아니라……."

신음조차 제대로 흘리지 못하는 그를 보며 카노스가 고개를 끄덕였다.

"그렇게 생각하는 걸 노렸겠지. 마왕이 왕좌를 지키기 위해 알을 파괴하는 게 드문 일은 아니니까. 덕분에 주술이 진짜일 가능성은 더 커졌지만."

"자, 잠시만요. 그럼 일단 잡아야 하는 거 아니에요? 어쨌든 징후로 의심되는 상황이 벌어진 거잖아요."

다급히 꺼낸 말에 카노스는 어깨를 으쓱였다.

"말했잖아, 결정적인 증거가 없다고. 알을 파괴한 침입자가 그라는 사실을 증명할 길이 없어."

"그렇다고 그냥 두고 본다구요? 그쯤이면 없는 증거를 만들어 내서라도 잡아야죠!"

"그런가?"

"당연하죠! 악신이 태어나면 중간계 전체가 저주받는다면서요! 인류의 목숨이 달렸는데 가장 유력한 용의자를 내버려 둘 여유가 어디 있어요?"

"흐음, 역시 그렇지?"

되묻는 얼굴은 웃고 있었지만, 지독하게 쓴 약을 마신 표정에 가까웠다. 내게 연거푸 확인함으로써 그 스스로의 생각을 정리하는 것처럼 보였다.

"뭐, 그렇지 않아도 어차피 그럴 생각이었어. 염려하지 않아도 증거는 곧 만들어질 거야. 내가 본성에 쳐들어갈 생각이니까."

"카노스 님이요?"

"엄밀히 말하면 루카르엠이지. 마계에서 공작은 왕좌에 도전할 수 있는 위치야. 다른 공작들의 승인을 얻기만 하면 언제든 결투를 청할 수 있지. 그에게 도전해서 정식으로 카류안과 결투를 진행할 예정이야."

"……!"

"이게 왜 증거가 되는지 알겠어?"

솔직히 말하면 잘 모르겠다. 말없이 고개를 젓자 카노스는 피식 웃었다.

"카류안은 날 절대 이길 수 없거든. 설령 날 죽일 수 있는 힘을 갖고 있더라도 말이야."

"그게…… 무슨 뜻이에요?"

"말 그대로야. 카류안이 아니라 그 누구라도, 마족이라면 전부 똑같이 적용되는 사항이지. 각인된 순종이라고 표현하면 이해할 수 있을까? 정령과 정령왕과의 관계도도 이거랑 좀 비슷한데, 하나의 근본에서 파생된 존재는 그 근본을 거역하고 싶어도 거역하지 못하게 되어 있어. 마족들도 마찬가지야. 본인의 의사와는 상관없이 본능이 먼저 거부해."

"……! 혹시 당신이 마신이라 그런 건가요?"

"맞아. 내가 그들을 창조했기 때문이지."

조심스럽게 건넨 질문에 카노스는 선선히 고개를 끄덕였다.

"하지만 악신으로 각성이 진행되고 있는 상태라면 이미 온전한 마족이라고 보기 어려워. 그만큼 본능도 흐려졌겠지. 그는 날 죽이려 들 거고, 궁지에 몰리면 주술로 얻은 힘도 결국 드러낼 수밖에 없게 될 거야. 그리고 그게 피하지 못할 증거가 되겠지."

"그, 그렇군요. 무슨 말인지 알겠어요."

한마디로 함정 수사를 펼쳐 현행범으로 잡겠다는 소리였다. 가장 확실하지만 그만큼 위험한 방법이기도 해서 조금 걱정스러웠다. 내가 염려하며 살피는 것을 본 카노스가 즐거운 듯한 표정을 지었다.

"내가 걱정돼?"

"그거야……."

"난 마신인데? 신들 중에서도 제일 강할걸? 마왕은 상대도 안 될 텐데?"

"그래도 위험한 건 위험한 거잖아요."

"하하, 넌 정말 착하구나. 아깝다. 내가 먼저 발견했으면 내 아들로 삼았을 건데."

아니, 뜻은 고맙지만 그건 사양하고 싶은데요…….

생각이 얼굴에 다 드러났는지 카노스가 배를 움켜쥐고 낄낄거렸다. 아쉬워하는 눈빛은 진짜였던 것 같은데, 내가 보이는 거부감에 섭섭해 하는 기색도 없다. 역시 어디까지가 진심인지 종잡을 수 없는 사람이었다.

"어쨌든 그런 의미에서 데르온, 동쪽 영주인 네 승인이 필요한

데. 협조 좀 해줄래?"

"예? 아, 그, 그거야 물론! 당연히 드리겠습니다!"

대화가 오가는 내내 멍청한 표정으로 서 있던 데르온이 그 말에 화들짝 놀라 소리쳤다. 그는 곧장 손바닥을 편 다음 무어라 중얼거리기 시작했다. 그러자 그의 손 위에서 새카만 마력이 일어나더니 딱딱한 형태로 굳어져 사뿐히 내려앉았다. 둥근 고리를 띄고 있는 모습이 마치 검은색 금속으로 만든 팔찌 같았다. 그 생각이 틀린 건 아니었는지 데르온이 엄숙한 얼굴로 그것을 내밀며 말했다.

"동 영주의 증명서, 마(魔)의 팔찌, 여기 있습니다!"

그 광경을 보자 오랜만에 머릿속에서 저절로 정보가 떠올랐다. 마계 공작들의 증명서는 그들의 마력에 반응해서 물건으로 만들어진다. 이때 각 영토에 해당하는 고유의 형태를 취하게 되는데, 동쪽은 팔찌, 서쪽은 귀걸이, 북쪽은 반지, 마지막으로 남쪽은 목걸이의 형식이었다.

카노스는 데르온의 두 손에 놓인 팔찌를 한참 동안이나 가만히 바라보았다. 달라고 한 쪽에서 받지를 않자 데르온이 어리둥절한 표정을 지었다.

"저, 저어?"

"……흐음, 데르온. 이 디자인은 좀 촌스럽지 않아? 이전 동 공작의 것은 한눈에 봐도 예뻤는데 말이야. 넌 상당히 센스가 없구나?"

"컥!"

"뭐, 좋아. 어차피 장신구로 쓸 건 아니니까. 자크는 당연히 내어줄 테니 세르피스 것만 얻으면 되겠군."

데르온이 울 것 같은 표정을 짓든 말든, 카노스는 상큼하게 웃으며 팔찌를 받아들었다. 나는 그가 팔찌를 끼는 것을 지켜보다가 문득 떠오르는 생각을 물었다.

"이곳엔 데르온의 증명서를 얻으려고 오신 거였어요?"

"음~ 그런 것도 있고, 엘 네게 용건이 있기도 했고."

"저한테요?"

"실은 내가 알 하나를 꿍쳐 둔 게 있거든."

지나가듯이 내뱉은 말은 너무도 태연해서 나는 한순간 내 귀를 의심해야 했다. 무심결에 흘려듣다가 뒤늦게 의미를 파악하자 얼굴이 바로 경직됐다. 지금 내가 무슨 소리를 들은 거지? 알을 꿍쳐 뒀다니? 무슨 알?

"……그거 혹시 마족의 알을 말하는 건 아니죠?"

"물론 마족의 알이지. 달리 뭐겠어?"

"……."

너무도 당연한 것을 묻는다는 시선에 말문이 턱 막혔다. 이번에도 나와 같은 감정을 공유한 일행들이 어이없어하며 바라보는 것이 느껴졌다. 특히 데르온은 얼마나 놀랐는지 체한 사람처럼 가슴을 마구 두드리고 있었다. 그러나 정작 말 한마디로 모두를 충격에 빠트린 장본인은 그런 우리들을 이해할 수 없다는 듯이 바라보고 있었다.

“응? 왜 그렇게 봐? 다 파괴되었다는데 멀쩡한 게 있다니까 놀라워?”

“그야…….”

“그래, 확실히 놀라운 일이긴 하지. 내가 어지간하면 그런 짓은 잘 안 하는데, 색이 참 예쁘더라고. 그래서 마계의 저택에 장식해 두고 실컷 구경하고 있었지. 부화할 때쯤엔 다시 돌려둘 참이었는데 깜빡했다가 얼마 전에야 생각났지 뭐야?”

“깜빡할 게 따로 있죠! 대체 뭘 하고 다니시는 거예요?”

“뭐, 어때. 덕분에 하나는 건졌잖아. 하하하! 이런 게 바로 타고난 선견지명이란 게 아닐까? 역시 난 대단해!”

“그냥 단지 운이 좋았던 것뿐이잖아요!”

“이거나 그거나 결과만 좋으면 된 거지. 어쨌든 내 덕분에 건진 건 맞잖아?”

“그렇긴 하지만…….”

이걸 정말 덕분이라고 생각해도 되는 건가? 수긍하기에도 꺼림칙한 기분에 나는 얼굴을 찌푸렸다. 이제 와서는 새삼스러울 것도 없지만, 카노스는 검지를 좌우로 까닥이며 혀를 차는 등, 적반하장의 반응을 보이고 있었다.

“아무튼 지금 중요한 건 그게 아니야. 알다시피 그 알이 곧 부화할 시기가 다가오거든. 하지만 이제 와서 다시 그 숲에 돌려 둘 수는 없고. 일단은 안전한 곳에 숨겨 두고 있었단 말이지.”

"안전한 장소요?"

"마검이 봉인된 던전이라나 뭐라나. 마침 친구 아들이 거길 방문한다기에 알아봤는데 꽤 주변 환경이 좋더라고. 아무도 접근하지 않는 천연의 요새 같은 곳이지 않겠어?"

"아, 그래요. 마검이 봉인된…… 뭐라고요?! 그럼 여기잖아!"

"오오! 그러고 보니 그렇군!"

"뭐가 '그러고 보니 그렇군'이에요! 처음부터 다 알고 있었으면서!"

버럭 소리를 지르자 카노스는 다시금 냐하하하 하고 특이한 웃음소리를 흘렸다. 이제야 이 망할 마신의 목적을 알 것 같았다. 나는 이를 갈면서도 억측이길 바라며 그의 생각을 확인했다.

"혹시나 싶어서 묻는 건데…… 설마 우리들에게 그 알을 떠넘길 생각은 아니겠죠?"

"그럴 생각이었는데."

억측은 개뿔! 내가 이럴 줄 알았어!

왜 불길한 예감은 항상 들어맞는 걸까. 예상을 조금도 빗나가지 않는 대답에 탄식이 저절로 흘러나왔다. 물론 이런 걸로 미안해할 위인이라면 애초에 이렇게 피곤한 상황을 만들지도 않았을 것이다. 위풍당당한 카노스의 모습은 애초에 염치란 단어가 인간 사회에서만 적용되는 것이었는지 진지한 의문을 품게 만들었다. 그럼에도 화를 터트리지 못한 건 바로 이어진 진지한 말 때문이었다.

"마계를 이끌 미래의 왕이야. 부탁 좀 할게."

"……!"

"오랜 세월 동안 마계를 옭아매고 있던 규제를 끊어낼 운명을 타고났어. 그 아이가 마왕이 되면 마계는 새로운 시대가 열릴 거야. 하지만 그러자면 일단 무사히 성체가 되어야 해."

응시하는 눈빛이 차분하다. 이번엔 장난하는 것 같지 않았다.

나는 목 끝까지 차오른 불만의 말을 간신히 눌러 삼켰다. 오래된 규제라고 하니 짐작되는 것이 있었다. 아마 천마대전이 남겼다는 후유증을 말하는 거겠지. 새 시대라는 건 더 이상 마신의 엄격한 감시를 받지 않는, 자유로웠던 본래의 마계로 돌아가는 것을 의미할 것이다. 그것이 궁극적으로 전 차원에 어떤 영향을 끼칠지는 알 수 없으나, 어쨌든 태어날 아이가 굉장히 중요한 존재라는 것만은 알 것 같았다. 어쩌면 색이 예뻤다는 건 그저 변명일 뿐이고, 사실은 보호하기 위해 숨긴 걸지도 모른단 생각이 들었다.

솔직하지 못한 건지, 그냥 단순히 내가 곤란해하는 모습을 보고 싶었던 건지는 모르겠지만 나는 그를 이해하길 포기했다. 앞으로도 쭉 그를 이해할 수 있는 날이 올 것 같진 않았다.

"……성체가 될 때까지만인 거죠?"

"응응! 마족은 성장 속도가 빨라서 그렇게 오래 걸리지도 않아. 태어나자마자 금방 말도 하고 걷기도 할 테니까 신경 써 줘야 할 것도 많지 않을 거야."

맡아줄 거야? 맡아줄 거야? 설명하는 내내 카노스의 눈동자에 떠오르고 있는 문장을 보며 나는 질린 기분을 느꼈다. 왠지 거절

했다간 내내 악몽에 시달릴 느낌이었다. 결국 나는 한숨과 함께 고개를 끄덕였다.

"알았어요. 제가 보호할게요."

"정말? 고맙기도 해라!"

마음에 없는 말은 아니었는지, 내 두 손을 꼭 붙잡는 카노스의 얼굴이 밝았다. 정말 안심하는 표정이었기 때문에 왠지 모르게 어깨가 으쓱해졌다.

"아, 그치만 정령과 마족은 태생적으로 상극이라서 아무래도 돌보려면 힘든 부분이 많을 거야. 도와 줄 사람을 붙여 줄게."

"도와 줄 사람이요?"

습관적으로 되묻자마자 나는 그가 누구를 말하는 건지 깨달았다. 카노스를 제외하면, 이곳에서 마족에 대해 잘 알 만한 존재는 단 한 명뿐이었으니까. 예상대로, 그의 시선이 긴장한 얼굴로 서 있는 데르온을 향했다.

"데르온, 네게 아이의 보조를 맡기고 싶은데."

"……주군으로 모시고 목숨을 다해 보좌하겠습니다."

갑자기 건네진 제안에도 불구하고 데르온은 당황하지 않고 부복하며 답했다. 임무를 부여받은 기사처럼 사명감에 불타오르는 얼굴이었다. 카노스는 만족스럽게 고개를 끄덕였다.

"그런데 알은 지금 어디에 있는 거예요?"

"검이랑 같이 있지."

"검이요? 무슨 검이요?"

"이 던전의 최하층에 있는 검 말이야. 그걸 가지러 왔던 거 아니었어?"

"헉!"

맞아, 그랬었지! 나는 물론 일행들 모두 크게 헛숨을 삼켰다. 줄기차게 정신없는 일들만 일어나는 바람에, 정작 던전에 들어온 이유를 까맣게 잊어버리고 있었던 것이다. 민망함에 신음을 삼키는 우리들을 돌아보며 카노스가 방긋 웃었다.

"자, 그럼 이제 슬슬 가볼까?"

3.

제 할 말만 마친 카노스가 몸을 돌리려고 하는 것을 나는 다급히 붙잡았다. 그의 입장에선 용건이 다 끝났을지 몰라도, 아직 이쪽은 해결하지 못한 문제들이 남아 있었으니까. 대화가 진행되고 있던 내내 소외되고 있었던 나머지 일행들 말이다.

"다들 괜찮아?"

그들은 아직 자리에서 일어나지도 못한 채 엉거주춤하게 굳어 있는 상태였다. 카노스의 속도에 맞춰 길을 떠났으면 따라나서지도 못하고 그대로 남겨졌을 게 뻔했다.

"으으, 아까부터 무슨 말들을 하는 건지 하나도 모르겠어."

"미안, 알리사. 나중에 전부 다 설명해 줄게."

투덜거리는 알리사를 달랜 후 나는 이사나를 살폈다. 깊은 생각에 잠겨 있었는지 혼탁하기만 하던 눈동자가 내 시선을 깨닫자 차츰 초점이 잡혔다. 그의 삶을 송두리째 뒤바꾼 신탁도, 대공이 사제라는 것도 전부 가짜라는 사실을 알았으니 정말 충격이 컸을 것이다. 여러 가지로 마음이 심란할 텐데 생각보다는 안정적으로 보여 그나마 다행이었다.

"괜찮아, 이사나?"

"응, 오히려 잘됐어."

잘됐다고? 의아해져서 바라보자 이사나는 기운 없는 얼굴로 웃었다.

"신탁이 진짜라고 생각했을 땐 늘 내가 틀린 건 아닌 건지 의심했었으니까. 그를 치는 게 정말 옳은 건지, 내가 얌전히 물러서는 쪽이 하늘의 뜻이 아닐까 고심했었어."

"이사나……."

"하지만 아버지의 잘못이 아니었어. 하늘의 뜻도 아니었지. 오히려 그가 틀렸던 거야. 이제 아무런 잡념 없이 이 싸움에 임할 수 있을 것 같아."

단호하게 말한 눈동자는 한층 깊어져 있었다. 처음 여행을 막 시작했을 때와는 비교가 되지 않을 정도로 성장한 눈이었다. 문득 화려한 마법 아래 감춰져 있는, 그의 진짜 얼굴이 어떤 분위기를 풍기고 있을지 궁금해졌다. 벅찬 기분으로 바라보는 나를, 그가 조심스럽게 응시했다.

“그래서 말인데, 엘. 상황이 많이 달라지긴 했지만, 그래도 그는 나한테 맡겨주지 않을래?”

“응?”

“이기적인 부탁인 거 알아. 하지만 그의 마지막은 내 방식으로 끝내고 싶어.”

이사나가 이런 부탁을 하는 이유를 알 것 같았다. 처음엔 그에게 맞춰 시작한 여정이었지만 모든 것을 알게 된 지금, 대공은 이 세계를 위협하는 공공의 적이었다. 악신의 각성 가능성이 커진 이상 주술의 완성을 막기 위해서라도 마왕에게 협력하고 있는 그를 가만히 내버려 둘 수는 없었다. 정령왕인 내가 직접 나서면 더 빨리 끝낼 수 있을 것이다. 실제로 바로 조금 전까지만 해도 그럴 작정이었다. 그러나…….

‘인간의 일은 인간들끼리.’

카노스가 했던 말이 다시 머릿속에 떠올랐다.

그가 말했던 의미와는 조금 다른 의미였지만, 왜 그렇게 정해져 있는 건지 조금은 이해할 수 있을 것 같았다.

이 싸움은 이사나의 손에서 끝나야 한다. 내가 전부 해결하면 간단할 수는 있겠지만, 아마 그는 평생 제대로 설 수 없을 거란 생각이 들었다. 억울하게 죽은 아버지의 핏값을 자신의 힘으로 받아내지 못했다는 아쉬움이 따라붙을 테니까. 고지식한 이사나는 죽는 순간까지 자신을 자책할 것이다. 그가 한 발 앞으로 나가기 위해서라도 이 과정은 반드시 필요한 부분이었다. 내가 차분하게 응시하자 이사나는 각오를 다진 사람처럼 두 주먹을 꽉 쥔 채 숨을 멈췄다. 극도로 긴장한 얼굴을 보자 실소가 저절로 흘러나왔다. 나는 그의 두 눈을 똑바로 마주보며 말했다.

"뭘 그렇게 걱정해, 이사나. 설마 내가 안 된다고 할까 봐?"

"……! 그, 그럼 맡겨 주는 거야?"

"말했잖아. 이 여행은 널 위한 거라고. 시작도 네가 했으니, 네가 바라는 대로 끝날 거야. 원하는 대로 마음껏 복수하고 승리해. 나는 옆에서 그 모습을 지켜볼게."

"……고마워, 엘."

내가 수락할 거라고는 생각하지 못했는지 이사나의 눈동자가 일렁거렸다. 황금색 눈동자에 물기가 차오르더니 그가 견디지 못하겠다는 듯 고개를 숙였다. 나는 피식 웃으며 훌쩍이는 그의 머리를 끌어안고 등을 토닥여 주었다.

"일단 검부터 찾으러 가자. 대공을 무찌르려면 네 사촌 형을 구하는 게 먼저니까."

"응!"

고개를 끄덕인 후 이사나는 기운차게 몸을 일으켰다. 알리사는 이제 상황을 이해하길 체념한 모습이었다. 묵묵히 치맛단을 털어내던 그녀가 힐끗 옆을 살피며 물었다.

"그런데 이쪽은 그렇다 치고, 저쪽은 어떻게 해?"

"저쪽이라니?"

"시벨 씨 말이야."

'아, 그러고 보니 시벨은…….'

가장 심란한 문제를 떠올리자 자연스럽게 몸이 긴장했다. 혼자만의 시간을 갖게 한 후로 시벨리우스는 계속 방치된 상태였다. 지금쯤이면 그 나름대로 생각을 정리했을 것이다. 힐끔 돌아보니 그도 우리 쪽을 보고 있었는지 시선이 맞았다. 하지만 나와 눈이 마주치기 무섭게 그는 황급히 고개를 돌렸다. 아직 내 얼굴을 보는 게 쉽지는 않은 모양이다. 다시 돌아보지 않으려 하는 뒷모습을 보면서 나는 속으로 한숨을 삼켰다.

엘의 존재 자체가 허상이 된 지금, 우리가 다시 예전처럼 지낼 수 있을지는 알 수 없었다. 솔직히 말하면 아무리 좋게 생각하려고 해도 그다지 희망찬 결말이 예상되지 않았다. 아무 일도 없었다는 듯이 돌아가길 바라는 건 너무 큰 욕심일까? 그와 친구가 되고 싶었던 만큼, 이 상황이 몹시 안타까웠다.

"아하~ 그러고 보니 아직 저 문제가 남아 있었구나?"

옆에서 상황을 지켜보고 있던 카노스도 이제야 문제를 파악한 표정을 지었다. 그러자 다음 순간 사태가 급변했다. 종종걸음으로 시벨리우스에게 다가간 카노스가 그를 강제로 끌고 오기 시작한 것이다.

"자, 자~ 우리 고귀한 성마 씨는 언제까지 그러고 있을 거야? 이제 그만 툴툴 털고 일어나!"

"자, 잠깐! 지금 뭘 하는 거야?"

당황한 시벨리우스가 난색을 표했지만 그런 게 통할 상대가 아니었다. 무의미한 반항을 하는 철부지를 바라보듯, 카노스가 한심하다는 시선으로 그를 훑어 내렸다.

"네가 하도 열심히 땅을 파고 있으니까 그렇지. 애들이 저렇게 신경 쓰고 있는데 가엾지도 않아? 착한 아이들을 울리면 벌 받는다?"

"큭! 이게 다 누구 때문인데?

"글쎄, 누구 때문이려나?"

"그걸 몰라서 물어? 애초에 네가 속이지만 않았어도!"

"네가? 나 이래 봬도 마신이거든? 아까부터 봐줬더니 너무 막말한다?"

"……젠장!"

의외였던 건 거칠게 소리치면서도 시벨리우스가 바로 입을 다물었다는 것이다. 원래 신계에서 살던 종족이라고 하더니, 신의 존재감이 크긴 한 모양이다. 결국 그는 카노스의 손에 이끌려 내 앞까지 강제로 떠밀려 왔다. 내가 바라보자 시벨리우스는 복잡한 표정을 지었다가 고개를 푹 숙였다. 미칠 것처럼 어색한 공기를 견디다 못해 먼저 입을 연 것은 나였다.

"좀 괜찮아?"

"……응."

"저기, 엘의 일은 안됐어. 이렇게밖에 말 못 해서 미안해."

"아, 아니, 괜찮아. 신경 써 줘서 고마워."

시선을 맞추지는 않았지만 고분고분 대답하는 얼굴에 불쾌한

빛은 없었다. 오히려 그보다는 겸연쩍어하는 쪽에 가까워 보였다. 그 모습에 나는 조금 더 용기를 내어 물었다.

"앞으로 어떻게 할 건지는 정했어?"

그의 일족들은 전부 신계로 떠났고, 엘이란 친구도 잃었으니 이제 시벨리우스는 정말 이곳에 아무런 연고도 없는 상태였다. 하지만 왠지 그가 일족들에게 돌아갈 것 같진 않았다. 예상대로 시벨리우스는 천천히 고개를 끄덕이며 말했다.

"세상을 돌아다니며 엘을 찾을 거야, 계속."

"엘을 찾는다고?"

"지워졌다고는 하지만 내 기억에는 남아 있으니 완전히 지워진 건 아니잖아. 어딘가에는 엘을 찾을 수 있는 방법이 있을지도 몰라. 하다못해 그가 남긴 흔적만이라도. 어떻게든 찾아낼 거야."

단호한 표정을 보니 이미 단단히 결심을 굳힌 듯했다. 역시 이렇게 헤어지게 되는 거구나. 이미 예상했던 일임에도 생각보다 충격이 컸다. 나는 잠시 그를 쳐다보았다가 충동을 이기지 못하고 말했다.

"그 여행, 우리랑 같이 하자."

"으응?"

"어차피 당장 갈 곳이 정해진 것도 아니잖아. 단서를 찾을 때까지 만이라도 우리랑 같이하는 게 어때? 낯선 세상을 혼자 떠도느니 네게도 그게 더 나을 것 같은데."

"하지만…… 진심이야? 다른 사람은 몰라도 넌……."

"내가 뭐?"

"……나한테…… 화 안 났어?…… 나 그동안 너한테 심한 말 많이 했잖아."

알긴 아는구나.

묘한 기분으로 응시하자 시벨리우스는 안절부절못하며 시선을 피했다. 본인이 생각하기에도 미안하긴 했던 모양이다. 그러면서도 반짝이고 있는 눈빛은 끝까지 감추지 못한 그의 진심을 내보이고 있었다. 내게 한 짓이 있어 차마 솔직해지지 못했을 뿐, 그 역시 이런 결과를 바랐던 것이 분명했다.

'정말 어쩔 수 없다니까.'

나는 웃음이 나오는 걸 꾹 눌러 참았다.

"확실히, 좀 너무하긴 했지."

모른 척 중얼거리는 말에 시벨리우스의 어깨가 눈에 띄게 움찔했다.

"무작정 엘만 감싸고, 이름이든 인맥이든 전부 다 몰아 줘야 직성이 풀리고. 이쪽 입장은 생각해 보려고도 하지도 않고. 어디 친구 아닌 사람은 서러워서 살겠나. 내가 말을 안 해서 그렇지, 진짜 굉장히 섭섭했어. 그래도 난 우리가 꽤 친했다고 생각했는데. 알고 봤더니 다른 친구랑 닮아서 잘해 준 거였잖아? 우와, 정령왕으로 태어난 이래 이런 취급은 정말 처음이야."

"미, 미안……."

투덜거리는 말을 내뱉을 때마다 어깨가 움찔거리는 강도가 심해져갔다. 죽을상을 하고 있는 모습이, 가만히 내버려 두면 정말로 땅을 파고 들어갈 기세였다. 나는 이쯤에서 그만두기로 하고 그에게 손을 내밀었다.

"그러니까 이제 나랑도 친구하자."

"……어?"

"'엘'이랑은 별개로, 나랑도 친구하면 되잖아. 그럼 둘 다 네 친구니까 서로 굳이 비교할 필요도 없지? 그걸로 전부 용서해 줄게."

그건 이전부터 그에게 쭉 하고 싶었던 말이기도 했다. 가능하다면 나 역시 그와 친구가 되고 싶었으니까.

시벨리우스는 한동안 멍한 얼굴로 내밀어진 손과 내 얼굴을 번갈아 바라보았다. 잠시 후 이어지는 광경에 나는 당황했다. 그의 눈에서 눈물이 떨어지기 시작한 것이다.

"시, 시벨?"

그조차도 자신이 울고 있다는 걸 뒤늦게 인지한 것 같았다. 멍하니 두 눈을 깜빡이던 그가 손으로 뺨을 더듬어 보고는 괴로운 듯이 얼굴을 일그러트렸다. 시벨리우스의 떨리는 손이 내 손을 붙잡았다.

"미안해. 미안해, 엘."

"……어?"

방금 엘이라고 부른 거 맞지? 그가 이렇게 쉽게 날 다시 엘이라고 부를 줄은 몰라서 눈이 저절로 커졌다. 그런 날 보며 시벨리우스는 우는 건지 웃는 건지 알 수 없는 표정을 지었다.

"이렇게 분명한데, 처음부터 한결같이 똑같았는데…… 내가 왜 바보같이 널 의심했을까. 네가 분명히 말했는데. 내가 널 알아보지 못하게 돼도 친구일 거라고. 분명 그렇게 말했었는데……."

"으응?"

"다시 친구가 돼 줘서 고마워. 다시는 이런 실수 안 할게. 네게 상처를 줘서 미안해. 정말이야, 엘. 고마워. 정말 고마워."

사죄와 감사의 말들이 흐느낌을 담고 연거푸 흘러나왔다. 그가 붙잡은 손등 위로 굵은 눈물이 뚝뚝 떨어지고 있었다.

정신없이 쏟아지는 말들은 대부분 이해하기 어려웠지만 한 가지만은 알 것 같았다. 도대체 어느 부분에서 그렇게 느낀 건지는 몰라도, 아무래도 그는 날 여전히 '엘'의 환생이라고 여기기로 한 듯했다.

하긴, 가짜 '엘'이 있었을 때도 계속 헷갈린다고 했으니 그렇게 쉽게 분리해서 보기는 힘들겠지. 나는 난감한 기분으로 시벨리우스를 바라보다가 이사나에게 그랬던 것처럼 그의 머리도 툭툭 쓰다듬어주었다.

사실 이전이었다면 이렇게 쉽게 받아들일 생각은 하지 않았을 것이다. 이미 지독한 경험을 했고, 지우기 힘든 상처도 입었다. 새로운 관계를 열어갈 것처럼 보였다가도, 결국 제 편한 대로 생각하고 마는 시벨리우스에게 섭섭한 마음이 들지 않는 것도 아니었다. 하지만 지금은 아무래도 상관없다는 마음이 더 컸다. 엘퀴엔이 날 인정해줬으니까.

마음이란 게 정말 신기해서, 누군가 날 소중히 여겨준다는 걸 확신하고 나니 더 이상 아무것도 불안하지 않았다. 전에 없던 여유가 생기자 시벨리우스를 대하는 것도 한결 너그러워졌다. 시간이 약이라고 하지 않던가. '엘'과 쌓은 시간만큼, 아니 그보다 더 많은 시간들을 앞으로 같이 쌓아 가면 될 거다. 처음에는 조금 힘들겠지만, 시벨리우스도 곧 받아들일 것이라 믿었다.

짝짝짝, 우리가 서로 마주 보며 웃었을 때 어디선가 박수 소리가 들렸다. 카노스였다.

"좋아, 좋아. 아주 아름다운 결말이야."

방정맞은 말투에 훈훈하던 공기가 한순간에 식었다. 모두가 찌푸린 표정으로 바라보든 말든 그는 한껏 도취된 얼굴로 중얼거렸다.

"이렇게 마음이 넓은 엘퀴네스라니. 난 정말 감동했어. 엘퀴네스들은 대대로 죄다 더러운 성격밖에 없다고 해도 차마 반박할 말이 없었는데 말이야. 이렇게 치유와 화평의 표본인 듯한 엘퀴네스도 가능한 거였잖아? 이제야 체면이 좀 서겠어."

"왜 당신의 체면이 서요?"

"응? 내가 말하지 않았나? 나도 엘퀴네스 출신이거든."

"……."

"그것도 최초의 엘퀴네스였지."

"……."

방금 내가 무슨 이야기를 들은 건지 모르겠다. 마음은 필사적으로 현실을 부정하는데 머리는 그 어느 때보다 냉정하게 상황을 파악하고 있었다. 그러고 보니 마신은 상급신이었지. 그리고 상급신은 반드시 정령왕의 임기를 거친다고 했었다. 그러니까 마신도 한때는 정령왕이었단 소리가 된다.

그걸 왜 이제야 깨달았을까. 당연히 상급신이라는 걸 인지하면서도 거기까진 연상해 보지 못했다. 사실을 깨달은 지금도 그의 정령왕 시절은 상상이 잘 가지 않았다. 심지어 최초의 엘퀴네스였다니. 한마디로 말해 저 사람이 내 시조 같은 존재라는 건가? 그런 건가?

눈이 마주치자 카노스는 생글생글 웃었다. '선배님이라고 불러봐.' 놀리듯이 말하는 얼굴을 나는 조용히 외면했다.

지금 이야기는 그냥 못들은 것으로 해야겠다. 그래, 난 아무것도 듣지 못한 거다. 자기최면이라도 걸어볼 요량으로 반복적으로 중얼거려 보았지만 이미 인식된 정보는 오히려 그럴수록 더 선명하게 떠올랐다.

뭐랄까. 아주 오랜만에 인생의 쓴맛을 느낀 기분이었다.

"준비는 다 마친 거지? 그럼 이제 문을 열어도 될까?"

"무슨 문이요?"

카노스의 말에 나는 어리둥절해하며 주위를 둘러보았다. 꽤 넓은 공간이긴 했어도 문이 보이진 않았기 때문이다. 그런 내게 보란 듯이 카노스가 어느 한 방향을 가리켰다. 그러자 눈앞에서 놀라운 일이 벌어졌다. 아무것도 없는 벽면 위에 마치 그림이 그려지듯 긴 선이 드러나기 시작하더니, 어느새 거대한 철문이 나타난 것이다.

카노스가 가볍게 손가락을 울리자, 마치 그의 명에 따르는 것처럼 철문이 천천히 벌어지기 시작했다. 끼이익, 녹슨 쇠가 맞물리는 소리와 함께 안쪽으로부터 새어나오는 빛이 빠르게 주위로 뻗어 나갔다.

그 순간 들어오는 광경에 나는 눈을 크게 떴다. 활짝 열려진 문 안쪽, 시선이 다다르는 끝에 돌탑처럼 세워진 작은 제단이 있었다.

가장 먼저 눈에 띈 건 제단 위에 세로로 박혀 있는 거대한 흑색의 검이었다. 별다른 장식 없이 단조로운 형태였지만, 나는 한눈에 그것이 우리가 찾고 있던 검임을 알아보았다. 새카만 검신에서 눈을 떼기 힘들 만큼 묘한 기운이 느껴졌기 때문이다. 누가 보아도 범상치 않은 기색의, 마검다운 모습이었다. 그리고 바로 그 아래, 마치 검의 보호를 받듯이 황금색의 알 하나가 붉은 비단에 감싸여 놓여 있었다. 카노스가 말한 마족의 알이 분명했다.

—던전의 최하층까지 무사히 오신 걸 환영합니다, 용사여.

"……!"

상황을 파악하기 무섭게 들려오는 음성에 나는 흠칫 놀랐다. 다른 일행들 역시 눈을 휘둥그렇게 뜨고 있었다.

뭐야, 지금 어디서 들려온 목소리지? 차분하게 울려 퍼진 음성은 아직 변성기가 오지 않은 소년의 것이었다. 카노스를 바라보자 키득 웃은 그가 손가락으로 제단 쪽을 가리켰다. 음성이 다시 울려 퍼진 것과 거의 동시에 벌어진 일이었다.

—내 이름은 파이어 버스터. 위대하신 불의 정령왕 이프리트 님의 산물인, 봉인된 이그니스가 담긴 정령검입니다. 나를 취하는 자, 이 세상의 모든 힘을 얻을 것입니다.

4.

'파이어 버스터.'

그 이름으로 자신을 칭한 존재는 제단에 박혀 있는 마검이 분명했다. 검이 말을 한다는 것 자체가 주는 놀라움 때문인지, 아니면 엄숙한 울림을 담은 말투 때문인지 몰라도, 금방이라도 깨어질 환상을 보는 것처럼 청아하고 신비로운 느낌이 물씬 들었다. 주위를 감도는 공기마저 경건한 것 같았다. 뭔가 대단한 존재 앞에 섰다는, 묵직한 감동이 가슴 가득 차올랐다. 직후 요란한 웃음소리가 터지기 전까지는.

"푸하하하하!"

기차 화통처럼 쩌렁쩌렁한 굉소(轟笑)에 정신이 번쩍 들었다. 홀릴 것처럼 나른하던 공기를 단숨에 박살 낸 주인공은 바로 카노스였다.

"세상의 모든 힘이래! 제까짓 게 세상의 모든 힘을 얻게 해준대! 아이고, 배야! 아이고오!"

그는 벽을 마구 두드려 가며 미친 듯이 웃었다. 너무 심한 것 같다는 생각에 당황했을 때였다.

—뭐야! 그 목소리는 설마…… 이익! 또 카노스 님이에요?

검의 말투가 한순간에 바뀌더니 목소리가 날카로워졌다. 생각지 못한 변화에 나는 눈을 크게 떴다. 그제야 간신히 웃는 걸 멈춘 카노스가 피식거리며 대꾸했다.

"오냐, 나다."

—아, 정말! 대체 왜 자꾸 오시는 거예요? 찾아오라는 용사님은 안 오시고!

"푸훗! 이제 그만 포기할 때도 되지 않았어? 글쎄, 이 던전의 함정들은 한낱 모험가들이 뚫을 수 있을 정도로 만만한 게 아니라니까 그러네."

—그게 다 카노스 님 때문이잖아요! 이프리트 님이 저를 이곳에 두셨을 때까지만 해도 여긴 이렇게 침범하기 어려운 성역 따위가 아니었다고요! 에잇! 이런 알 따위! 알 따위이~ 전부 구워버릴 거야!

"헤에, 한번 해봐. 그거 태어날 때가 다 되어서 절대 안 구워질 걸?"

—으앙! 마신님 미워! 나빠! 진짜 사악해! 다시는 안 놀아!

"……."

울먹이는 외침에 이미 신비로웠던 첫인상 따위는 한 톨도 남아 있지 않았다. 조금 전의 점잖은 말투는 전부 내숭이고, 이 모습이 본 성격인 것이 틀림없었다. 이중인격이라는 말은 들어봤지만 이중검격(?)이 존재할 줄은 몰랐다. 하지만 그것과 별개로 정작 내 신경을 거스르게 만든 건 따로 있었다. 아까부터 반복되고 있는 '이프리트'란 이름 말이다.

—나중에 이프리트 님이 오시면 다 이를 거예요! 카노스님이 날 얼마나 괴롭혔는지 전부 꼬치꼬치 말씀드릴 거라고요! 그때 가서 후회하지나 말아욧!

"안 해. 그래 봤자 내가 더 세거든."

—그, 그럴 리가 없어요! 이프리트 님은 전 차원에서 가장 강하신 분이라고요! 카노스 님은 바보야! 바보! 바보! 바보!

"와아, 지금 네 번이나 날 욕했겠다? 좋아. 한 번 당 백 년씩 쳐서 앞으로 사백 년간 용사는 못 만나는 걸로 하자."

—치, 치사해! 그런 게 어딨어요? 우에엥! 이프리트 니임! 저 좀 이곳에서 꺼내줘요오!

이 순간에도 어김없이 터져 나오는 이름에 얼굴이 절로 찌푸려졌다. 이프리트라니. 내가 아는 불의 정령왕 이프리트를 말하는 게 맞겠지? 마검이 왜 정령왕에게 도움을 요청하는 건지 모르겠다. 마신이 저 지경이라서(?) 차마 따를 수 없다 치더라도, 하다못해 마족에게 매달려야 하는 거 아닌가?

게다가 대화 내용을 들어보니 검을 이곳에 가져다 둔 존재도 바로 이프리트였다는 것 같다. 내게는 전부 금시초문인 이야기였다.

하지만 생각해 보면 지도를 건네주던 당시에 녀석이 뭔가 묘한 여운을 풍기긴 했었다. 검에 대해서도 왠지 잘 알고 있는 눈치였었고.

대체 어떤 사연으로 엮인 사이인 걸까. 자신을 소개했을 때부터 이프리트를 언급한 걸로 봐선 검은 그를 매우 특별하게 여기고 있는 것이 분명했다. 워낙 인상적인 대사라서 뭐라고 했는지는 금방 떠올랐다. 이프리트의 산물, 이그니스가 봉인된 정령검이라고 했었지. 그래, 분명히 그렇게 말했다. 정령검.

"……정령검?"

자, 잠깐! 정령검이라니! 왜 정령검? 마검이 아니고?

벅찬 마음에 바로 깨닫지 못했던 위화감이 뒤늦게 전신을 덮쳤다. 황급히 검을 살펴보니 정말로 뜨거운 불의 기운이 느껴졌다. 등줄기에 식은땀이 흘렀다. 설마, 이건 절대 있을 리도 없고, 있어서도 안 되는 일이지만…… 이프리트한테 속은 건 아니겠지?

—뭐야, 방금! 누가 말하지 않았어요?

침착하게 상황을 정리해 보고 있는데 훌쩍이던 검이 돌연 음성을 높였다. 검 주제에 귀도 밝은지 용케 내 목소리를 감지한 것 같았다.

"내가 말했어."

나는 망설이지 않고 대답했다. 이왕 이렇게 된 거 단도직입적으로 진실을 확인할 생각이었다.

—역시! 다른 사람이 있었군요!

검이 비명처럼 소리를 질렀다. 자신의 생각이 맞았단 사실에 몹시 흥분한 기색이었다. 물론 덩달아 들뜰 기분은 아니라서 나는 힘없이 인사를 건넸다.

"안녕, 만나서 반가워. 일단 네게 물어볼 게 있는데……."

—혹시 용사님이세요? 용사님인 거죠? 이번에야말로 용사님이 나타나신 거예요? 드디어 저를 이 지옥에서 구출해 주려고 오셨군요!

"뭐? 아니, 나는……."

—아아! 용사님! 기다리고 있었어요! 하지만 가슴 아프게도 저는 당신이 절 가질 자격이 있는지 확인해 봐야 해요! 자아! 그런 의미에서 첫 번째 임무를 드리죠! 지금 제 앞에 있는 이 사악한 마신을 무찔러 주세요!

"……."

아마도 이 검은 목소리만 인식할 뿐, 다른 것은 아무것도 알아보지 못하는 것 같았다. 이쪽의 말은 들어볼 생각도 없이 무작정 자기 말만 밀어붙이는 걸 보니 성격도 별로 좋아 보이지는 않는다. 기다렸다는 용사라면서 다짜고짜 자격을 시험하는 것도 이해할 수 없었다. 게다가 마신을 없애라니, 첫 번째부터 너무 레벨이 높잖아!

"와아, 엘이 날 무찔러 주는 거야? 영광인데?"

히죽 웃는 능청스러운 얼굴에 애초에 있지도 않은 전투력이 더 급감했다. 아마도 썩어 있을 것이 분명할 내 표정을 본 카노스가 의아한 듯이 물었다.

"왜 그래? 기분이 별로 좋아 보이지 않네."

"그게……."
"기다렸던 순간이잖아? 바라마지 않던 검을 찾았는데 왜 그렇게 울상을 짓고 있어?"
그 말에 일행들 역시 우울해진 내 분위기를 알아본 듯 당황한 표정을 지었다.
물론 카노스가 정말 이유를 몰라서 물은 건 아닐 것이다. 의미심장하게 웃고 있는 얼굴만 봐도 뻔했다. 그럼에도 모른 척하고 있는 모습이 오히려 내 짐작이 맞다고 말해 주는 것 같아서 마음이 몹시 심란해졌다. 역시 마검이 아니었던 거다. 속았다는 사실에 대한 배신감보다는, 사전에 제대로 알아보지 않고 무작정 떠나온 내 잘못 때문인 것 같아서 속이 쓰렸다.
"지금까지 전부 헛고생한 거네요."
"음? 어째서?"
"어째서라뇨. 우린 저주를 풀 마검을 찾으러 온 거라구요. 정령검이 아니라."
울고 싶은 심정으로 내뱉은 말에 뒤편에 있던 이사나가 당황하는 것이 느껴졌다. 그 역시 눈앞에 닥친 사태를 알아차린 것이다. 하지만 카노스는 이해가 되지 않는다는 듯이 물었다.
"저게 정령검인 것 같아?"
그게 아니면?
되물을 요량으로 응시하자 카노스가 능숙한 동작으로 내 어깨를 붙잡더니 정면을 보게 했다. 갑작스러운 행동에 어리둥절해하는데 그가 뒤편에서 진지하게 물었다.

"자세히 봐. 뭐가 보여?"

"뭐냐니, 그야……."

찌푸린 얼굴로 대답하려던 순간, 눈에 들어온 광경에 나는 입을 다물었다. 자세히 들여다보니 검에 서린 느낌이 뭔가 미묘했다. 타오를 듯 거센 기운은 불의 정령 특유의 것과 비슷한데, 그 안에서 중심을 잡고 있는 존재는 조금 달랐다. 친숙하고 정순한 힘 속에 탁하고 이질적인 기운이 섞여들어 있었다. 그건 마치…….

"인간……."

떠오르는 것을 무심코 중얼거리자 카노스가 고개를 끄덕였다.

"그래, 맞아. 인간의 혼이지. 한없이 정령에 가깝지만, 결코 정령이 될 수는 없는."

"……정말 인간이라고요?"

왜 인간의 혼이 검 속에? 아니, 그보다 인간이면서 어떻게 이렇게까지 정령과 흡사한 느낌이 드는 거지? 마검이 아니란 것보다 정령검이 아니란 사실을 오히려 받아들이기가 힘들었다. 그만큼 정령과 비슷한 느낌이었으니까.

"너랑 비슷한데 잘 풀리지 못한 경우야."

"저랑요?"

"원래 정령으로 태어났어야 했는데, 인간으로 잘못 태어났지."

"……!"

"정령으로 돌아갈 기회가 있었지만, 길을 잘못 드는 바람에 결국 망가졌어. 일반 정령은 한번 자격을 잃으면 그걸로 끝이야. 명계로 가면 평범한 윤회 속으로 끌려들어 가겠지. 그걸 안타깝게 여긴 이프리트가 그의 힘을 나눠주고 이곳에 묶어둔 거야. 이를테면 정령검에 한없이 가까운 에고 소드라고 할 수 있겠네."

"에고 소드……?"

"혼이 들어가 있는, 자아를 가진 검을 말해. 하지만 본인은 자신을 불의 정령검이라고 알고 있어. 인간이었을 때의 기억은 전부 지워졌거든."

귓가에 떨어지는 말들을 들을 때마다 머릿속이 하얗게 비워지는 것 같았다. 나는 멍하니 제단의 검을 응시했다. 새카만 검신 속에서 무릎을 안은 채 웅크리고 있는 작은 소년이 보였다. 소년의 가냘픈 어깨를 붉은 새가 따뜻하게 감싸 안고 있었다. 이프리트의 힘이었다.

나와 똑같았던 처지, 그러나 끝내 돌아오지 못하게 된 작은 아이의 영혼. 과거를 아무것도 기억하지 못하는 건 조금이라도 편하게 살기를 바란 이프리트의 배려였을 것이다. 이 검을 만들었을 때 그가 느꼈을 슬픔이 절절히 느껴져서 나까지 가슴이 아렸다. 물론 그렇다고 해서 날 속인 것이 용서가 되는 건 아니었지만.

"어쨌든 마검은 아니라는 거네요."

감춰진 사정이야 어쨌든 이로써 모든 사실이 분명해졌다. 던전 최하층에 봉인된 검은 마검이 아니라 에고 소드였다. 데르온이 감지했던 마력은 마족의 알에게서 나온 것이었고, 우리의 여정은 실패했다.

차마 인정하고 싶지 않은 결론을 내리려니 입 안이 지독하게 썼다. 그런 내 옆에서 가볍게 어깨를 으쓱인 카노스가 뜻밖의 말을 이었다.

"일단 저것도 마검으로 볼 수 있긴 해. 정확히는 마검화 된 거지만."

"네? 그게 무슨 소리예요?"

화들짝 놀라서 쳐다보자 카노스는 순순히 설명했다.

"에고 소드는 일종의 거울과 같아서 소유하는 사람의 심성을 그대로 반영해. 심기가 곧은 사람의 손에 들어가면 더할 나위 없이 훌륭한 성검이 되지만, 반대로 악한 마음을 품은 사람의 손에 들어가면 마검보다 더 많은 피를 부르지. 하지만 인간의 역사가 늘 그렇듯, 강한 힘은 곧은 사람보다 그렇지 않은 사람의 손에 더 많이 들어가."

"……!"

"저 녀석만 해도 몇 대에 걸쳐서 수천은 죽였을 거야. 진짜 정령검이더라도 그 정도로 많은 피를 묻히면 성질이 변하게 되어 있어. 마검처럼 사기(死氣)를 품기 시작하지."

"그, 그래도 진짜 마검은 아니지 않아요?"

"네가 사용할 용도로는 별 차이 없어. 사실 저주를 풀기 위해 마검이 필요한 이유는 그 안에 스며든 수많은 사람들의 사기가 필요하기 때문이거든."

“그럼…….”

“저 검으로도 저주를 풀 수는 있다는 소리야.”

뭐야, 그럼 속은 게 아니었던 건가? 되찾은 희망에 가슴 안을 묵직하게 짓누르던 기분이 사라졌다. 스스로 의식하기에도 내 얼굴이 밝아지는 것을 느낄 수 있을 정도였다. 그런 내 모습을 본 카노스가 어쩔 수 없다는 듯이 웃었다.

“근데 너한테는 지금 그게 문제가 아닐걸? 저 검을 쓸 수 있겠어?”

“……네?”

“잊었나 본데, 저주를 풀려면 마검 하나를 완전히 파괴해야 해. 사람으로 치면 죽이는 거나 다름없어.”

“……!”

—자, 잠깐만요! 마신을 무찌르라고 했더니 아까부터 둘이서 무슨 말들을 하고 있는 거죠? 날 죽인다고요? 이럴 수가! 그래, 이제 알았어! 당신은 용사가 아니라 마왕이었던 거군요? 그래서 정적인 날 제거하기 위해 온 거였어요! 에잇, 좋아요! 덤벼요! 상대해 드리죠!

놀라서 숨을 멈춘 동안 상황 파악을 하지 못한 검이 헛소리를 떠들었다. 장알거리는 목소리는 시끄러웠지만, 검이 살아 있는 존재라는 사실을 선명하게 인지시키기엔 충분했다. 굳은 표정으로 돌아보는 내 옆에서 카노스가 무심히 중얼거렸다.

“뭐, 이프리트의 입장에선 이제 그만 포기하고 싶기도 하겠지. 나름 아끼던 아이였을 텐데 인간들에게 이용당하는 꼴을 오랫동안 지켜봐 왔을 테니까. 오죽하면 이런 곳에다 직접 봉인시켜 뒀겠어. 하지만 그러면서도 늘 마음이 쓰였을 거야. 그래서 저 검의 마지막을 네게 맡긴 걸지도 모르겠다."

"그럴 수가……."

"자, 그래서 넌 어떻게 할래?"

묻는 말에 선뜻 입이 떨어지지 않았다. 혼란스러운 기분으로 일행들을 돌아보자, 그들 역시 망설이는 얼굴로 나를 바라보고 있었다.

중요한 순간마다 나를 괴롭혀 왔던 문제가 또다시 발목을 붙든다. 육신을 지니지 못한 물건에 불과하다고 해도 영혼과 자아를 가진, 엄연히 살아 있는 존재였다. 이프리트가 어떤 심정으로 만들었는지 느껴지기에 가슴 아플 정도로 애달픈.

솔직한 심정으로는 이런 일에 검을 희생시키고 싶지 않았다. 하지만 저 검을 포기하면 마음이야 편할지 몰라도 처음부터 다시 시작해야 한다. 이제 와서 대체할 다른 마검을 찾을 수 있을지도 모르겠고, 설령 찾는다 하더라도 그것을 얻기까지 앞으로 얼마나 많은 시간을 소요할지도 알 수 없었다. 마치 피할 수 없는 덫에 빠져든 심정이었다.

"이런 점은 여전히 무르구나."

웃음기를 담은 목소리에 어깨가 저절로 움츠러들었다. 비난을 하는 어조도 아니었는데 책망을 받는 기분이라 기분이 한없이 가라앉았다.

"자, 받아."

시무룩해져 있는 내게 카노스가 뭔가를 건넸다. 얼결에 받고 보니 팔뚝만 한 길이의 대거였다. 손에 닿는 순간 따갑게 일어나는 감각에 나는 반사적으로 얼굴을 찌푸렸다가, 깜짝 놀라 눈을 크게 떴다. 검신 전체에 텁텁하고 짙은 죽음의 기운이 흐르고 있었기 때문이다.

"어?"

"그거면 저주는 간단히 풀릴 거야."

입을 삐끔거리며 카노스를 올려다보자 그가 피식 웃으며 말했다. 예상이 맞았다. 마검이었던 거다. 그것도 자아도 없고 영혼도 들어 있지 않은 그냥 평범한(?) 마검.

내가 지금 눈을 뜬 채 꿈을 꾸고 있는 건가? 설마 카노스가 직접 마검을 내어줄 줄 거라곤 생각지도 못했던 일이라 어안이 다 벙벙했다.

"왜……."

"지금까지 장난친 것에 대한 사죄 대신이야. 내가 이래 봬도 양심은 있거든. 감동했어?"

"……처음부터 이럴 생각이었던 거죠?"

아마도 루카르엠이 계약서를 들이밀었을 때부터. 그는 이럴 계획으로 날 여기까지 이끌어 왔을 것이다. 부정할 생각은 없는지 카노스는 씩 웃고는 한쪽 눈을 찡긋해 보였다.

"나 참, 내가 없었으면 어쩔 뻔했어. 이렇게 보니까 나랑 인연을 맺은 것도 영 나쁜 것만은 아니지?"

"하, 하하……그렇네요."

나쁘지 않은 정도가 아니라 절을 해도 모자를 정도다. 병 주고 약 준 기분이 들지 않는 건 아니었지만, 결과가 좋으니 아무렴 어떠랴 싶었다. 물론 심신의 안녕과 건강을 위해 두 번 다시 겪고 싶지는 않았다.

"고마워요, 카노스! 덕분에 살았어요."

진심을 담아 건넨 인사에 카노스는 살짝 눈을 크게 떴다가 피식 웃었다. 나는 마검을 두 손으로 꼭 쥔 채 벅찬 마음으로 일행들을 돌아보았다. 그들의 얼굴 역시 잔뜩 상기되어 있었다. 그 모습을 보니 드디어 길고 긴 여정이 끝났다는 실감이 들었다.

"아, 그렇지. 이것도 받아."

그때 불쑥 떠올랐다는 듯 카노스가 뭔가를 던졌다. 빠르게 날아오는 물체는 동그란 형태에 황금색 표면을 띠고 있었다. 왠지 어디선가 많이 봤다는 생각을 하기 무섭게 나는 경악했다. 방금 전까지 제단에 놓여 있던 마족의 알이었던 것이다.

"으악!"

들고 있던 마검을 던지다시피 이사나에게 넘긴 후, 나는 다급히 달려가 두 팔을 뻗었다. 간발의 차로 받아낸 알은 보기보다 꽤 묵직했다. 단단한 표면 안에선 출렁거리는 감각과 더불어 충만한 생명력이 느껴졌다. 아직 알인 상태임에도 마치 살아 숨 쉬는 아기를 안은 느낌이었다. 놓치지 않았다는 안도감을 느끼자 분노가 치밀어 올랐다.

"알을 이렇게 막 다루시면 어떡해요! 깨지면 어쩌려고!"

"하하, 놀랐어? 괜찮아, 괜찮아. 마족의 알은 부화를 앞둔 시점에선 오리하르콘만큼이나 단단해지거든. 어지간한 충격에는 꿈쩍도 하지 않아."

"그래도……!"

"정말이야. 높은 탑에 올라가서 떨어트려도 멀쩡할걸? 그치, 데르온?"

"아, 예! 그렇습니다!"

이제 적응이 될 만도 하련만 데르온은 여전히 카노스 앞에서 긴장을 풀지 못했다. 그가 군기가 바짝 들어간 얼굴로 대답하자 카노스가 그것 보라는 표정을 지었다.

"들었지? 그러니까 너도 그냥 편하게 다뤄도 돼. 만약 금이 간다면 부화한다는 뜻이니까 그때부터 신경 써 주면 될 거야."

"……알았어요. 그런데 그게 언제인데요?"

"글쎄, 아마 한 달 정도 걸리려나?"

"윽, 생각보다 빠르네요. 마족의 아기는 뭘 먹어요? 인간처럼 우유를 먹여야 하나요?"

"아니, 그냥 평범한 음식이면 돼. 생고기면 더욱 좋고. 마족은 날음식을 더 선호하거든."

"신생아한테 생고기를 먹이라고요?"

"금방 자란다고 했잖아. 네가 생각하는 인간 아기랑은 상당히 다를 거야. 뭐, 그리고 어차피 이런 건 데르온이 알아서 할 테니 넌 신경 쓸 것 없어. 자질구레한 잡일은 전부 그에게 맡겨두고 넌 그냥 아이의 대부 역할만 해줘."

"그건 미안하잖아요."

"뭐가 미안해? 그러라고 붙여준 일꾼인데."

"……."

그래도 명색이 마계에서 단 4명밖에 없다는 공작인데 아무렇지 않게 허드렛일 하는 사람 취급이다. 데르온은 왠지 아련한 눈으로 먼 곳을 응시하고 있었다. 벌써부터 그의 고초가 눈앞에 선히 보이는 것 같았다.

"그런데 저건 어쩔 생각이야?"

지켜보는 사람들이 식은땀을 흘리든 말든 카노스는 아무렇지 않게 제 할 말만 이어 나갔다. 그가 가리킨 것이 제단에 있는 검—에고 소드라서 나는 조금 고심했다. 어차피 마검을 얻은 걸로 목표는 다 이루었기 때문에 그에 관해선 딱히 생각해 둔 게 없었다.

—뭐죠? 날 죽일 계획을 짜는 건가요? 말해 두는데! 날 쉽게 죽일 수 있을 거라고 생각하면 오산이에요! 난 이래 봬도 불의 상급 정령인 이그니스라고요! 게다가 날 죽이면 이프리트 님이 가만히 계시지 않을걸요?

여전히 상황을 파악하지 못한 검이 분기에 차서 소리쳤다. 나는 한 귀로 듣고 흘리며 중얼거렸다.

"으음, 글쎄요. 그냥 놔두고 가도 되지 않을까요."

"에고 소드는 꽤 귀한 물건인데. 심지어 정령검과 마검의 성질을 다 지니고 있는 건 전 차원에서 저 녀석이 유일해. 내다 팔기만 해도 부르는 게 값일걸? 아깝지 않겠어?"

"이프리트가 소중히 여기는 아이인걸요. 함부로 취급할 순 없죠. 그의 뜻을 존중해서라도 그냥 두고 가는 게 맞는 것 같아요. ……무엇보다 좀 시끄럽기도 하고. 그치, 이사나?"

"응."

질문을 받기 무섭게 이사나는 곧장 고개를 끄덕였다. 어느 때보다 반응이 빠른 걸 보니 쉼 없이 쏟아지는 목소리에 질린 것이 분명했다. 물론 그건 다른 일행들도 마찬가지였다.

—죽인다고 하면 내가 겁먹을 줄 아는가 본데! 나 이래 봬도 수백 년간 수많은 전장을 누볐던 영웅이라고요! 죽음 따위는 익숙한 존재란 말이에요!

"확실히 시끄럽긴 하네."

"재 숨은 쉬면서 말하는 거야? 귀 아파 죽겠어."

"이 정도면 정신계 고문 마법과 비교해도 부족하지 않은 수준입니다."

—내가 얼마나 대단한 존재인지 들으면 놀랄걸요? 난 말이죠! 평범한 사람을 세상의 영웅으로 만들어 주는 검이라고요! 다들 날 손에 넣으려고 얼마나 동분서주하는 줄 알아요? 백만 대 일! 아니 천만 대 일! 이게 바로 날 차지하려는 사람들의 경쟁률이에요! 내 가치가 그 정도란 말이에요!

"다들 엘의 생각에 동의하는 거야?"

"네, 정신건강에 별로 좋지 않을 것 같아요."

"난 재 싫어."

"저도……."

—왜 다들 아무런 말이 없죠? 내 명성에 겁을 먹은 건가요? 훗, 그래요, 그럴 줄 알았어요! 내가 생각해도 난 정말 대단하거든요! 우리 이프리트 님의 유일한 자랑이자 긍지이니까요! 아하하하하하!

"그럼 그냥 두고 가자."

상큼하게 웃은 카노스가 결론을 내렸을 때였다.

—자, 잠깐만요!

돌아서는 우리를 향해 다급한 목소리가 울려 퍼졌다. 영원히 자기 세계에 빠져 있을 것 같았던 에고 소드가 처음으로 내보인 정상적인 반응이라 우리는 자연히 그를 응시했다.

—지, 진짜 나를 그냥 두고 가는 거예요? 이렇게 훌륭한 정령검인데도요?

에고 소드는 이 상황을 전혀 이해하지 못하는 것 같았다. 자화자찬에 가깝던 말들이 사실은 우리에게 존재 가치를 드러내기 위한 그 나름의 노력이었나 보다.

솔직하지 못한 성격은 이프리트와 닮았다. 인간으로 태어나긴 했어도 본성이 불의 정령인 건 감출 수 없는 모양이다. 물론 그렇다고 해서 우리가 내린 결정이 달라지진 않았다. 나와 일행들은 잠시 서로를 마주 보다가 말했다.

"미안해. 우리는 딱히 정령검이 필요하지 않거든."

—내가 그렇게 부족해 보이나요?

“아냐, 네가 부족하다는 게 아니라, 정말 필요하지 않아서 그래. 애초에 이곳엔 온 건 저주를 풀기 위한 마검을 얻기 위해서라, 영웅이 되는 검에는 관심이 없어.”

—그렇군요……. 내가 필요하지 않은 거군요.

분명한 생각을 전하자 에고 소드는 담담한 말투로 중얼거렸다. 위풍당당한 기세는 어디 갔는지 한층 위축된 기색이었다.

—아쉽네요. 이번에야말로 이 갑갑한 공간을 떠날 수 있을 줄 알았는데.

그것만이면 괜찮았을 텐데 이어진 말이 내 발을 잡아끌었다. 시끄럽기만 할 때는 단호하게 무시할 수 있었건만, 마치 버림받은 아이처럼 풀죽은 모습을 보니 외면하는 게 쉽지 않았다. 에고 소드 역시 내가 갈등하는 것을 알았는지 한층 더 간절한 목소리로 말했다.

—저기요. 당분간만이라도 안 될까요? 내가…… 아니, 제가 정말 오랫동안 이곳에 갇혀 있었거든요. 오랜만에 바깥세상을 보고 싶어서 그래요. 저 이래 봬도 굉장히 편한 동행이에요! 식량도 축내지 않고 옷도 필요하지 않고 숙소가 따로 필요한 것도 아니거든요.

“그거야 넌 검이니까…….”

—그쵸! 바로 그거예요! 제가 검이라서 이렇게나 장점이 많다니까요? 그러니까 어떻게든 안 될까요? 진짜 얌전히 지낼게요, 네?

……이 정도면 비굴한 수준이 아닐까.

일행들을 돌아보니 다들 떨떠름한 표정인 게 별로 내키지 않아 보였다. 특히 알리사는 필사적으로 고개를 좌우로 흔들고 있었다.

아무리 사정이 딱하다곤 해도 수다쟁이 검을 들고 다니는 일은 부담이 되는 모양이었다. 나 역시 흔들리는 마음을 다잡았다.

"정말 미안한데……."

—아참, 그거 아세요? 전 불의 정령이라 화기가 강해요. 이게 뭐가 좋으냐면요. 제 주인이 되면 길운이 많이 생겨요. 피부가 환해져서 외모도 좋아지고, 병에도 잘 걸리지 않고요.

어, 이건 좀 끌리는데.

거절하려던 입이 저절로 입이 다물어졌다. 그러고 보니 불의 정령은 인간들에게는 장수와 행운의 상징으로 여겨질 만큼 일상을 윤택하게 만드는 존재였다. 진짜 정령검은 아니라고 해도 같은 힘을 지니고 있으니까 비슷한 효과는 줄 것이다. 물론 우리 일행들은 다들 평범한 인간과는 거리가 먼 존재인 만큼 반드시 필요한 부분은 아니긴 하지만…….

—출세하고 부자가 되는 운도 굴러 들어와요!

"데려가자."

"……."

단숨에 뒤바꾼 결정에 일행들이 황당해하는 표정으로 바라보는 것이 느껴졌다(카노스는 벽을 치고 웃느라 바빴지만). 나도 민망하긴 했지만 어쩔 수 없었다. 자고로 운이란 있을 때 잡아야 하는 것이다! 길운이 들어오는 데다가 부자까지 된다는데 그냥 놔두고 가는 건 손해 보는 짓이 아니겠는가!

—정말이요? 정말 절 데려가시는 거예요?

"그래, 데리고 나가 줄게."

—와아아! 다시 말 바꾸시면 안 돼요?

에고 소드의 목소리가 날아갈 듯이 가벼워졌다. 어린아이처럼 좋아하는 모습에 일행들도 어쩔 수 없다는 듯한 표정을 지었다. 하지만 누가 이프리트 계열 아니랄까 봐, 에고 소드는 끝까지 만만치 않았다.

—그럼 일단 용사의 의식을 치러주세요!

"……그게 뭐야?"

—뭐긴요. 제 주인이 되는 의식이죠. 전 용사의 검이니까요! 의당 용사의 검을 소유하는 일엔 그만한 엄숙한 행사가 필요한 것 아니겠어요? 무, 물론 그렇게 거창한 건 아니고, 그냥 형식적인 거예요.

구겨지는 분위기를 느꼈는지 에고 소드가 급히 변명하듯이 덧붙였다. 어차피 데려가기로 한 거 적당히 기분을 맞춰주자 싶어서 나는 한숨을 내쉬었다.

"뭘 어떻게 하면 되는데?"

—헤헷, 간단해요. 제 손잡이를 잡고 제단에서 뽑아주세요.

"그거면 돼?"

—네, 그거면 돼요.

의외로 정말 별거 없어서 나는 조금 긴장을 풀었다. 어차피 검을 가져가려고 해도 뽑아야 했기 때문에 딱히 의식이라고 할 만한 것도 아니었다. 그러나 후딱 끝낼 작정으로 다가가려고 하자 에고 소드가 냉큼 뒷말을 덧붙였다.

—아, 그치만 의식에 응하실 분은 반드시 인간이어야 해요. 전 인간이 아닌 주인은 섬기지 않아요.

"……너 말이야. 그런 식으로 야금야금 조건을 하나씩 붙일 생각인 거지?"

—아니에요. 이건 그저 절대 전제일 뿐이에요. 누구에게나 반드시 지켜야 할 규칙은 있잖아요.

"정말 그 외의 다른 조건은 없는 거야?"

—네! 그 대신 이것만은 절대 양보 못 해요. 그럴 수 없다면 그냥 이곳에 남는 것을 택하겠어요. 자, 어서 결정하세요. 절 데려가겠다는 약속을 지키실 건지, 아니면 신의를 저버릴 건지.

"……."

이미 데려가겠다고 했으면서 네가 이제 와 어쩌겠냐는 투다. 이런 걸 두고 주객전도라고 하는 거겠지. 기가 막혔지만 그래도 이렇게까지 말하는 걸 보면 정말 포기할 수 없는 부분이긴 한 모양이다. 하긴 애초에 나와 이사나가 이 여정을 시작하게 된 것도 바로 저것이 원인이었다. 저 검을 인간만 들 수 있다고 했기 때문이었으니까. 그게 주인으로 삼는다는 뜻인 줄은 몰랐지만.

"자, 이사나, 뭐해? 어서 가서 검을 뽑아."

"네? 제가요?"

시벨리우스가 등을 떠밀자 이사나는 당황한 표정을 지었다. 검 자체에 저항감을 느끼기보다는 자신이 가져도 되는지 부담스러워하는 것 같았다.

“저 검은 인간만 섬긴다고 하잖아. 길운이 드는 검 같은 건 나나 엘한테는 별로 필요하지도 않고. 어차피 저 검의 주인이 될 사람은 너밖에 없는 것 같은데?”

“으음, 그치만 인간이라면 알리사도…….”

“나만큼이나 큰 검을 들라고? 난 싫어.”

추천하기 무섭게 돌아온 대답에 이사나는 입을 다물었다. 그녀의 말대로 소녀인 알리사가 들기엔 상당히 큰 장검이긴 했다. 결국 이사나는 얌전히 상황을 받아들이고 제단 앞으로 걸어갔다. 그래도 여전히 걱정이 되긴 했는지 자신 없는 어조로 물었다.

“저기…… 파이어 버스터라고 했지? 정말 나로 괜찮아? 여기 대단한 사람들 많이 있는데. 마족도 있고…… 유니콘도…….”

—아뇨! 다 필요 없어요! 제 주인은 오직 인간이어야 해요, 인간! 인간이 이런 던전 밑바닥까지 오는 일이 어디 그렇게 쉬운 줄 아세요? 그거야말로 진정한 용사의 모습! 잔말 말고 당장 절 뽑아주세요! 어서요!

“으음, 알았어. 그럼 잘 부탁할게.”

심호흡을 한 후 이사나는 손을 뻗어 에고 소드의 손잡이를 잡았다. 바로 그 순간 당황스러운 일이 벌어졌다. 갑자기 검신에서 시뻘건 불길이 일어나더니, 그의 몸을 순식간에 집어삼킨 것이다.

화르르륵!

“이사나!”

조금도 예상하지 못했던 일이라 나와 일행들은 모두 놀랄 수밖에 없었다. 경악해서 달려가려는데 누군가 나를 뒤에서 붙잡았다.

돌아본 곳에는 카노스가 있었다.

"괜찮아. 위험한 건 아니니까."

"불덩어리가 사람을 덮쳤는데 그게 무슨 말이에요?"

발끈해서 대꾸하자 카노스는 느긋하게 웃으며 손가락으로 앞을 가리켰다. 그 방향을 따라 시선을 돌린 즉시 나는 숨을 크게 삼켰다. 이사나를 삼킨 불덩어리가 태양처럼 환하게 빛나면서 천천히 양옆으로 갈라지고 있었다. 더불어 드러나기 시작한 광경을 보자 안도감이 차올랐다. 빛 속에 서 있는 이사나는 상처 하나 없이 무사했다. 단 하나, 눈에 띄게 달라진 점만 빼면.

"뭐, 뭐야. 이사나 씨……맞아?"

멍하니 묻는 알리사의 목소리가 흔들렸다. 다른 일행들 역시 조용히 숨을 죽인 채 눈을 부릅뜨고 있었다. 그럴 수밖에 없었다. 완전히 모습을 드러낸 사람은 그들이 알고 있던 이사나가 아니었으니까.

마지막으로 봤을 때보다 한층 성장한 키. 솜털처럼 부드러워 보이는 금색의 머리카락 아래 단정하고 매끄러운 얼굴선이 이어지고 있었다. 감고 있던 눈을 뜨자 푸른 보석을 박아 넣은 것처럼 새파란 눈동자가 천천히 빛을 발했다.

오랜만에 보는 반가운 모습에 나도 모르게 입가에 미소가 번졌다. 마법이 사라진, 이사나의 원래 모습이었다.

5.

엘과 일행들이 파이어 버스터와 고군분투하는 그 시각, 형벌의 궁처는 주인의 부재로 중단되었던 업무가 바쁘게 재개되고 있었다. 잠깐 자리를 비운 사이 쌓인 서류는 이미 예상했던 대로 탑을 이루다 못해 집무실 밖까지 넘쳐흐르고 있는 상태였다. 그중 대부분이 마계의 것이라는 사실을 확인한 엘뤼엔의 눈빛이 잠시 살벌해졌지만(이 순간 파견된 마신의 천사들은 모두 벌벌 떨었다) 그는 늘 그래 왔듯이 별다른 불평 없이 묵묵히 일에 전념했다. 상급신으로서는 매우 드물게 성실한 그의 진면모가 이번에도 어김없이 발휘되는 순간이었다.

주인이 성실한 건 모시는 이들에게는 매우 큰 축복인지라 궁처의 천사들은 모두 흐뭇해졌다. 업무는 빠른 속도로 진행됐고, 흐트러졌던 일상은 금세 본래의 모습을 되찾았다. 뜻밖의 훼방꾼만 없었더라면 계속 그랬을 터였다.

"엘뤼엔 님!"

"……."

문을 열고 쳐들어오다시피 나타난 남신의 모습에 엘뤼엔은 한숨을 내쉬며 들고 있던 깃펜을 내려놓았다. 누군가 궁처에 접근하고 있다는 건 일찌감치 느꼈지만, 침입 경보를 울려 거부의 뜻을 강력하게 피력한 참이었다. 그가 막고자 마음먹으면 어지간한 자들은 감히 그의 궁처에 들어올 엄두도 내지 못한다. 하지만 불행히도 상대는 그것을 무시하고 넘어올 수 있는 몇 안 되는 존재들 중 하나였다.

빌어먹을 최고신.

엘퀴엔은 속으로 욕설을 삼키며 눈앞에 서 있는 명계의 신 섀넌을 노려보았다. 게다가 이번에 방문한 것은 그 혼자가 아니었다. 처음 보는 여인이 그와 함께 있었다.

여인은 어지간한 남신들보다 쭉 뻗은 장신이었다. 분홍빛이 감돌아 생기가 도는 피부, 훤칠한 키만큼이나 날카롭고 시원시원한 이목구비가 우아한 암표범을 연상시켰다. 푸른색 동공이 박힌 눈동자는 달빛이 스며든 듯이 밝은 은색. 파스텔 톤의 머리카락은 무지개처럼 여러 가지 색이 혼합되어 있었는데, 높이 올려 묶었음에도 허리 아래까지 풍성하게 흔들려 마치 거대한 모피를 두른 것처럼 보였다.

타고나기도 화려한 외향인데 하필 옆에 있는 사람이 음침한 느낌을 풍기는 섀넌이다 보니 여인의 화사함이 더욱 돋보였다. 아슬아슬하게 가린 차림이 그녀의 늘씬한 육체를 고스란히 드러내고 있었지만, 전신이 단련된 탓인지 선정적이기보다는 위협적인 전사의 느낌에 더 가까웠다. 몸에서는 꽃 향이 감도는 햇살 냄새가 짙게 풍겼다.

밝고 화사한 외형, 마른 볕이 느껴지는 체향은 천의 속성 신들에게서 나타나는 가장 큰 특징이었다. 하지만 그게 아니라도 엘퀴엔은 그녀의 정체를 바로 알아보았다. 저 섀넌과 나란히 나타날

만한 존재라면 어차피 뻔했으니까.

"천신과 명계의 신이 이곳엔 무슨 일이지? 사이좋게 산책할 장소라면 잘못 고른 것 같은데."

엘뤼엔은 굳이 귀찮은 기색을 숨기지 않았다. 어차피 방해하지 말라는 경고를 무시하고 쳐들어온 자들인 만큼 정중하게 맞이해줄 생각은 조금도 없었다.

그의 불퉁한 행동에 섀넌이 난처한 표정을 지었지만 여인—천신 이오웬은 아무렇지 않게 넘겼다. 그녀는 오히려 관찰하듯이 엘뤼엔을 빤히 응시했다.

"당신이 바로 말로만 듣던 그 엘뤼엔이야?"

"무가치한 질문이군."

"……싹수없는 대답을 보니 확실히 엘퀴네스 출신은 맞구나."

웃을 기분은 아니었으나 그녀는 가볍게 웃었다. 소문이 무성한 형벌의 신을 직접 보는 건 처음이었다. 상급신이니 어느 정도 얼굴이 반반할 거라고는 생각했지만, 기대 이상으로 아름다운 남자라 사실 조금 놀란 상태였다.

특히 그를 이루고 있는 색들이 그러했다. 마속성의 신들은 대개 어두운 색을 지니는 경우가 많은데, 그의 머리칼은 눈부시도록 밝은 금색이었다. 이렇게 화사한 금발은 천의 계열의 신들 중에서도 보기 드물었다. 눈동자 또한 투명한 하늘을 담고 있는 것처럼 색이 맑았다. 싸늘하게 가라앉은 눈빛은 결코 성격이 좋아 보이진 않았지만, 오히려 그래서 더 시선을 끄는 느낌이었다. 이 사실을 아는 사람이 별로 없다는 게 아쉬울 만큼.

'엘퀴엔 크리노 루사테'. 마속성의 상급신이자, 형벌과 저주라는 파괴적인 힘을 지닌 신. 그리고 신계에서 가장 골칫덩이였던 제2의 마계, 바이톤의 담당자.

이오웬은 머릿속에 있는 정보를 차분히 되짚었다. 한때 멸망 직전에 치달았던 바이톤이 그가 부임하자마자 빠른 속도로 정상화된 일화는 너무나 유명해서 모르는 신이 없을 정도였다. 하지만 무엇보다 엘퀴엔이 주목을 받은 이유는 그가 엘퀴네스 출신이었기 때문이다.

다른 정령왕들도 사정이 많이 다르진 않지만 그중에서도 엘퀴네스는 유독 신의 길을 거부하는 편이었다. 엘퀴엔이 태어나기 전까지, 많지도 않은 상급신들 중에서 엘퀴네스 출신은 마신 카노스와 지옥의 신 크라제, 단 두 명밖에 되지 않았다. 그들은 모두 압도적으로 강한 한편 하나같이 성격이 괴팍하기로도 유명했다. 마신은 말할 것도 없고, 지옥의 신은 걸어 다니는 시한폭탄이라는 별칭까지 붙을 정도였다.

그런 상황에서 세 번째 엘퀴네스 출신인 상급 신이 태어났으니 모두의 관심이 쏠리는 건 당연한 일이었다. 심지어 그는 역대 최강의 엘퀴네스로 평가받는 존재라고 했다. 신들은 엘퀴엔이 무시무시한 괴물일 것이라 예상했다. 아무도 수습하지 못하던 바이톤을 부임하자마자 곧바로 평정하는 것을 보고는 더더욱 확신했다.

그러나 명성(?)에 비해 의외로 엘퀴엔은 그의 선배들처럼 두드러지는 횡포를 부리지는 않았다. 오히려 너무 조용해서 문제였다. 그는 주위의 모든 것들을 철저히 무시했을 뿐만 아니라 어디에도 모습을 드러내지 않았다. 신들의 연회는 물론, 중요한 회의에조차 단 한 번도 참석하질 않아 지금까지 그의 얼굴을 아는 이가 거의 없을 정도였다.

그는 완전한 고립을 택했고, 누구와의 교류도 원하지 않았다. 장난삼아 강제로 쳐들어간 마신 카노스를 성벽에 거꾸로 매달았다는 소문까지 돌았다. 덕분에 아무도 엘뤼엔의 궁처를 찾아갈 엄두를 내지 못했다. 어떤 의미에서는 가장 괴팍한 성격이기는 했다.

이오웬 역시 섀넌이 한 말만 아니었다면 일부러 만나러 올 생각은 하지 않았을 것이다. 그럴 리 없다는 걸 알면서도 속아주는 기분으로 온 것이었는데, 실제로 보니 정말이었다. 짜증을 섞어 찌푸린 시선도, 모든 것에 무감해 보이는 말투도, 빛을 담은 듯한 머리색과 눈동자마저도. 언젠가의 그를 떠올리게 만들어서 심장이 쿵 떨어지는 기분이었다. 이게 그리움인지 거북함에서 기인한 감정인지는 그 자신조차 정의할 수 없었지만. 그녀는 자신도 모르게 말했다.

"당신, 정말 예전의 카노스랑 많이 닮았네."

"……시비 걸러 온 건가?"

단숨에 일그러지는 얼굴을 보고 이오웬은 다시 웃었다. 닮긴 했지만 감정을 숨기지 않고 드러내는 점은 조금 달랐다. 이오웬은 이쪽이 더 마음에 들었다. 방문할 때만 해도 내키지 않은 마음이 더 강했는데, 지금은 진작 찾아오지 않았던 것이 후회될 정도였다.

"나랑 술친구 하지 않을래?"

그녀의 뜬금없는 제안에 엘퀴엔과 섀넌이 동시에 얼굴을 찌푸렸다. 엘퀴엔의 표정이 짜증에 가깝다면, 섀넌은 또 시작이냐는 탄식에 가까웠다.

천신 이오웬은 고상한 외모와는 다르게 천부적인 술꾼이었다. 하루에도 몇 번씩 거한 술자리를 만들어야 직성이 풀려서, 그녀의 지인들은 한번 붙잡히면 며칠씩 술독에 빠져 지내야 하는 일이 허다했다. 섀넌 역시 줄기차게 시달려온 희생자 중 한 명으로서, 새로운 피해자가 생기는 광경을 지켜보는 것이 달가울 리가 없었다.

하지만 다르게 말하면 그만큼 엘퀴엔이 그녀의 마음에 들었다는 뜻이기도 했다. 이오웬이 술자리를 좋아한다고는 하지만 아무하고나 어울리는 것은 아니었기 때문이다. 신들 중에는 이오웬의 술자리에 초대되는 것을 영광으로 삼는 자들이 많았다. 물론 엘퀴엔에겐 해당 사항이 없는 일이었지만.

"헛소리 말고 찾아온 용건이나 말해."

"하하! 굉장한걸! 내 제안을 대놓고 헛소리라고 말한 신은 네가 처음이야. 왠지 점점 더 마음에 드는데?"

대화가 통할 상대가 아니다.

빠르게 판단을 내린 엘퀴엔은 말없이 섀넌을 응시했다. 그 시선의 의미를 파악한 섀넌이 어색하게 웃었다.

"으음, 죄송합니다. 우선 갑작스러운 방문을 용서하십시오. 도저히 가만히 있을 수가 없어서 그만……. 아, 그렇지만 이오웬을 데려온 건 절대 고의가 아니었습니다. 저 혼자 간다고 했는데 굳이 따라온다고 고집을 부리는 바람에……."

"알았으니까, 용건."

"……카노스를 만나고 오셨다 들었습니다."

역시 그건가.

예상한 대답을 들은 엘뤼엔은 가볍게 혀를 찼다.

온갖 장소에서 다양한 사자(死者)가 모여드는 명계는 수많은 정보들의 창고이기도 했다. 그것을 총괄하는 입장이다 보니 섀넌은 딱히 염탐하지 않아도 주위의 소식에 밝은 편이었다. 하물며 탐색하고자 하는 상대라면 말할 것도 없다.

그가 자신을 주시한다는 것은 알고 있었지만 생각했던 것보다 정보를 접하는 속도가 빨랐다. 과연 초대 '바람'이로군. 엘뤼엔은 심드렁하게 중얼거렸다. 이 상황이 달갑진 않았으나 덕분에 무시하지 말라며 투덜거리던 이오웬이 조용해진 것만은 마음에 들었다. 물론 한 가지 사실은 정정할 필요가 있었다.

"내가 만나러 간 건 내 아들이다. 그 녀석이 아니라."

"하지만 카노스를 만나신 것도 사실이잖습니까? 그와 단둘이 대화를 나누신 것도 다 알고 있습니다."

"알고 있으면서 굳이 날 찾아온 이유가 뭐지? 대화의 내용까진 파악하지 못한 건가?"

"당연한 말씀을 하시는군요. 아무리 저라도 거기까지 알아내는 건 불가능합니다."

"그래서 아예 대놓고 물어보시겠다?"

"……다른 때였다면 저도 이런 무례한 행동은 하지 않습니다."

차마 아니라고는 말하지 못하는 섀넌을, 엘뤼엔은 이채 어린 눈으로 응시했다. 어이없긴 하지만 차라리 솔직하게 나오니 불쾌하지는 않았다. 어차피 그가 궁금해하는 내용이야 뻔했으므로, 엘뤼엔은 시간을 오래 끌지 않기로 했다.

"카노스라면 악신과 관련된 일을 조사하고 있는 것 같더군. 주술의 증거를 찾는 중이라고 했다."

"……! 그, 그게 정말입니까? 그가 정말 그렇게 말했습니까?"

"들은 그대로다."

믿을 수 없다는 듯, 섀넌은 크게 숨을 삼켰다. 그 옆에서 이오웬 역시 뭐라 표현하기 힘든 표정을 짓고 있었다. 쉽게 받아들이지는 못하는 기색이었지만, 그들이 원하는 대답인 것만은 분명했다. 얼굴에 화색이 감돌기 시작한 두 신을 보며 엘뤼엔은 묵묵히 당시의 상황을 상기했다.

아들의 변고를 느끼고 이동했을 때, 그를 맞이한 건 전혀 뜻밖의 인물이었다. 신계에서 사라진 이후로 행방이 묘연했던 카노스가 기다렸다는 듯이 손을 흔들고 있었던 것이다. 말갛게 웃는 그의 얼굴을 보자마자 돌아가는 상황이 파악됐다. 엘뤼엔은 즉시 그를 걷어찼고, 앓는 소리를 내며 쓰러지는 카노스의 멱살을 움켜쥐었다.

"너 대체 무슨 생각을 하고 있는 거냐. 너무 오래 살아서 머리가 돌아버리기라도 한 건가?"

"끄응, 오래 산 거 알면 조금은 연장자 대우를 해주지 않을래, 엘뤼엔? 혹시 하극상이란 단어 알아?"

"계속 헛소리를 지껄이면 진짜 하극상이 뭔지 알게 해주지."

"아아, 서러워라. 이래서 먼저 태어나면 손해라니까."

"닥쳐. 무슨 짓을 하고 다니는 건지나 제대로 말해."

"무슨 짓?"

어리둥절한 표정을 지은 뒤, 카노스는 무슨 말인지 이해했다는 듯 빙긋 웃었다.

"아아, 요즘 섀넌이 내 뒤를 캐고 다니는 그거 말이야? 그가 너한테 그렇게 말했어? 내가 악신의 각성에 일조하고 있는 것 같다고?"

"알면 해명을 해 보시지."

"난 아냐."

돌아온 대답은 빨랐다. 엘뤼엔이 의심의 시선을 거두지 않자 카노스는 어색하게 웃었다.

"정말 아니야. 나한테 수상한 구석이 완전 많다는 건 인정하지만. 천성이 신비스러운 걸 어쩌겠어? 그렇다고 악당으로 몰아가면 섭하지. 나도 나름대로 증거를 찾는 중이었다고."

"그럼 증거나 계속 찾을 것이지, 내 아들은 왜 건드린 거냐?"

"으음, 그것에 관해서라면 꽤나 복잡한 사연이 있는데……."

"간단히 줄여서 말해."

"그냥 궁금했어."

이번에도 냉큼 뱉어진 대답에 엘뤼엔은 두 눈을 가늘게 떴다. 카노스는 그 눈을 정면으로 응시하며 웃었다.

"한번 확인해보고 싶더라고. 본성을 잃어버린 정령왕이 온전한 힘을 되찾고 세상에 눈을 뜨면 어떻게 될지."

"그건 네가 함부로 관여할 일이……."

"그래도 그 아이가 널 아버지라고 여길지."

"……."

"마음을 준 것을 잃어버린 네가 어떤 표정을 지을지도."

"……."

속삭이듯 낮아진 음성은 명백한 도발을 품고 있었다. 엘뤼엔의 표정은 변하지 않았다. 단지 잡고 있던 멱살을 풀고 손을 떼었을 뿐이었다.

"그런 게 알고 싶으면 거울이나 봐."

"……뭐?"

"그걸 확인할 용기가 없는 거 아니었나?"

무심한 한마디에 카노스의 눈빛이 흔들렸다. 한 대 얻어맞은 사람처럼 멍한 표정이었다. 그러더니 그는 곧 미친 듯이 웃기 시작했다.

'정말 미친놈 같았지.'

다시 생각해도 불쾌해지는 기분에 엘뤼엔은 얼굴을 찌푸렸다. 물론 카노스는 그 이후 엘의 상태를 확인한 엘뤼엔으로부터 무자비하게 얻어맞았다. 그 순간을 떠올리면 엘뤼엔은 지금도 여전히 이가 갈렸다. 흔들어 깨워도 일어나지 않는 아들을 보면서 얼마나 당황했던가. 환상에 갇힌 아들이 그 안에서 겪은 험한 꼴을 생각하면 씹어 먹어도 시원치 않았다.

카노스가 무슨 생각을 하는지는 알 바 아니지만, 그의 쓸데없는 짓거리에 자신과 아들이 휘말리는 건 사양이다. 악신에 관한 조사만 아니었더라면 그대로 끌고 돌아와 집무실에 영원히 처박아 뒀을 것이다. 그렇게 하지 못한 것이 지금도 가장 한이었다.

"저어……."

가까이에서 느껴지는 인기척에 엘뤼엔은 눈썹을 들어올렸다. 섀넌이 멀뚱한 얼굴로 그를 바라보고 있었다.

"뭐지? 용건은 끝난 게 아닌가?"

어서 꺼지지 않고 뭐 하냐는 시선이 아직 자리에 머물러 있는 두 상급 신을 냉담하게 훑었다. 어디에서도 받아보지 못한 대접이라 섀넌과 이오웬은 서로 어색한 시선을 교환했다.

"엘뤼엔 님도 아셔야 할 것 같아서 말입니다. 악신에 관한 정보들을 수집하는 과정에서 몇 가지 흥미로운 사실들을 알았습니다."

엘뤼엔은 집어 들려던 서류를 내려놓고 팔짱을 꼈다. 계속 말해 보라는 뜻이었다. 미적거리면 쫓겨날 기세라 섀넌은 얼른 다음 말을 이었다.

"일단 제물에 관한 것인데, 평범한 아이보다 이능력을 타고난 아이일수록 그 피가 각성을 앞당기는 촉매제 역할을 한다고 합니다. 특별한 운명이나 영혼 또한 마찬가지인데, 희생된 아이들 중에 신의 영혼이 있는 걸 확인했습니다."

"신의 영혼이라……."

"두 명이나 됩니다. 전체 필요량을 수치화하는 건 어렵긴 합니다만, 그들에게서 얻은 힘만으로도 이미 상당수 조건을 만족시켰을 겁니다. 이대로라면 각성은 말 그대로 시간문제인 셈이지요. 어쩌면 각성을 막는 것보다 태어난 악신을 소멸시킬 방법을 찾는 것이 더 현실적일지도 모르겠습니다."

설명하는 얼굴은 두꺼운 안경에 가려져 잘 보이지 않았지만 조금 침울해 보였다. 그 모습을 지켜보던 이오웬이 답답하다는 표정을 지으며 투덜거렸다.

"소멸시킬 방법이라니. 애초에 악신은 주신의 권능에 맞먹는 존재잖아. 우리가 상대나 되겠어?"

"물론 어렵긴 합니다만, 각성 직후를 노린다면 아주 불가능한 것만도 아닙니다."

"각성 직후?"

"각성 전후로는 한동안 불완전한 상태니까요. 우리 모두가 힘을 합치면 본격적으로 활개 치기 전에 움직임을 잠시간 봉할 수는 있을 겁니다. 그때가 뭔가를 시도해볼 수 있는 유일한 순간이겠죠. 문제는 그의 소멸에 필요한 조건인데…….”

“그런 게 있긴 한가?”

이번에 질문을 건넨 건 엘퀴엔이었다. 섀넌은 목이 타는 얼굴로 천천히 고개를 끄덕였다.

“필요한 조건을 이루면 악신이 될 수 있듯, 반대로 일정 조건을 이루면 소멸시키는 것도 가능하다고 합니다. 물론 이 부분은 좀 더 정확히 알아볼 필요가 있습니다만…… 가장 중요한 조건은 찾아냈습니다.”

“그게 뭐지?”

엘퀴엔과 이오웬은 물론, 근처에 있던 모든 천사들까지 모두 섀넌의 입을 주목했다. 대답하기에 앞서 섀넌은 마른침을 꿀꺽 삼켰다. 이 말을 함으로써 일어날 파장을 감당할 수 있을지는 그조차 자신할 수 없었다. 하지만 침묵하고 그냥 넘어갈 수 있는 일도 아니었다. 결국 그는 한숨을 내쉬며 고했다.

“……상급 신 하나의 목숨입니다.”

『정령왕 엘퀴네스』 8권에서 계속

외전:
과거, 그리고 남겨진 자의 시간

"하태진!"

뒤쪽에서 들려온 음성에 태진은 막 달리려던 자전거를 멈췄다. 몰려 있는 또래의 무리들 중에서 낯익은 얼굴 하나가 그에게 손을 흔들고 있었다.

"오랜만이다, 김규현."

규현은 중학교 때부터 줄곧 인연을 이어온 친구였다. 학년이 달라지면서 소원해지긴 했으나 지금까지 꾸준히 연락을 주고받는 얼마 안 되는 사람 중 한 명이기도 했다. 태진이 인사를 건네자 이름을 불린 규현이 신난 얼굴로 달려왔다.

"진짜 오랜만이다. 반 바뀐 후로는 처음이지? 일요일인데 어디

가냐?"

"독서실."

"징한 새끼. 그렇게 토할 것처럼 공부해 놓고 오늘 같은 날도 공부냐?"

"그러는 넌?"

"난 애들이랑 놀러 가려고 나왔지. 학교에서 매일 시달리는 것도 끔찍한데 일주일 중 하루쯤은 쉬어야 하지 않겠어?"

"지망 대학에 떨어지고도 그 말이 나오나 보자."

"켁! 아주 저주를 걸어라."

원망하듯 일그러지는 얼굴에 태진은 피식 웃었다. 그 얼굴을 잠시 묘하게 응시하던 규현이 물었다.

"그러지 말고 너도 우리랑 같이 갈래?"

"너희랑?"

"응, 머리도 비울 겸 같이 게임이나 한 판 하자. 마침 인원도 한 명 부족했거든."

태진은 말없이 뒤쪽의 아이들을 응시했다. 그의 시선이 닿을 때마다 아이들은 불편한 표정으로 쭈뼛거렸다.

"일 없다."

"야, 그러지 말고……."

"됐어. 이왕 노는 거 재밌게들 놀아. 난 이만 간다."

"……그래, 그럼 다음에 봐."

"응."

가볍게 고개를 끄덕인 태진이 돌아보지 않고 페달을 밟았다. 그를 태운 자전거가 미끄러지듯이 멀어지는 것을 보며 규현은 씁쓸하게 중얼거렸다.

"거참, 완전히 예전 모습으로 돌아갔네."

그제야 멀찌감치 떨어졌던 아이들이 규현을 향해 몰려들었다.

"야, 저 녀석 3반 하태진 맞지? 이번 모의고사 전교 1등 한 녀석."

"응, 걔 맞아."

"걔 예전엔 되게 밝고 활기찬 녀석 아니었냐? 요즘은 왠지 무뚝뚝한 느낌이야."

"맞아. 잘 웃는 녀석으로 기억하고 있었는데. 키가 커서 그런가? 이미지가 엄청 변한 것 같아."

한마디씩 쏟아지는 말들에 규현은 어깨를 으쓱였다.

"아니야, 걔 원래 저랬어. 요 몇 년간이 좀 괜찮았던 거지."

"그래?"

"응, 저 정도면 오히려 양호한 거야. 중1 때부터 알았는데 그때는 진짜 장난 아니었어. 얼굴 잘난 놈이 집안도 잘 만나서 주위에서 죄다 떠받들어 주기만 하니까 콧대가 얼마나 높았는지. 초등학교 때는 별명이 싸가지 왕자였다더라. 착한 지훈이 놈이랑 어울리면서부터는 그나마 사람이 되나 싶었는데……."

"지훈이?"

"아! 나 누군지 알아. 작년에 교통사고로 죽은 강지훈 말이지?"

아이들 중 한 명이 단번에 이름을 알아듣고 아는 척을 해 왔다. 규현은 한숨을 내쉬며 우울한 얼굴로 고개를 끄덕였다.

"둘이 제일 친했거든."

*　　*　　*

"나도 그때의 일은 후회한다."

태진은 자신의 앞에 서 있는 남자를 무감한 시선으로 바라보았다. 낡아서 너덜너덜해진 양복을 입은 채 초라하게 고개를 숙이고 있는 남자는 아무리 나이를 적게 잡아도 그의 아버지뻘은 되는 것 같았다. 그리고 실제 나이도 그러했다. 1년 사이 부쩍 초췌해진 얼굴 탓에 못 알아볼 뻔했지만, 태진의 기억에 그 목소리만은 선명히 남아 있었다.

> "장례식은 무슨 장례식이야. 화장해서 그냥 아무 데나 뿌리면 그만이지!"

지훈의 장례식에 대해 물었을 때, 그 아버지란 작자가 했던 대답이었다. 그때 그렇게 뻔뻔한 얼굴로 대꾸했던 남자가 지금은 초라한 모습으로 후회의 표정을 짓고 있었다. 그의 아들, 지훈의 유골을 묻은 나무 앞에서였다.

그가 어떻게 이곳을 알았는지, 무슨 심경의 변화로 찾아온 건지 태진은 별로 궁금하지 않았다. 대충 지나가는 소문으로 듣기는 했다. 육십 평생 건강하게 살던 남자가 지훈이 죽은 후 갑자기 병을 얻은 모양이다. 잘 다니던 직장도 그만두고, 모아둔 돈은 병원비로 전부 쏟아 붓고 있다는 것 같았다. 제 술버릇을 이기지 못하고 부인에게 손찌검을 시작하는 바람에 부부 사이의 불화도 커졌다고 들었다.

큰 아들은 친구들의 물건을 훔치다 고소를 당했고, 작은 아들은 술자리에서 옆 테이블과 시비가 붙어 폭행을 휘두르다 유치장 신세를 졌다. 이전까지 운 좋게 피해가던 것들이 전부 한꺼번에 빠른 속도로 터지고 있었다. 마치 불행을 막아주던 것이 사라진 것처럼.

"그래도 지훈이 그놈이 정말 착한 놈이었지. 내 억지를 전부 다 받아주는 녀석은 그 아이밖에 없었어. 내가 그때는 왜 그렇게 그 아이를 미워했는지. 내가 생각해도 정말 이해할 수가 없다. 정말 큰 잘못을 했어."

씁쓸한 얼굴에 떠오른 참회의 표정에 거짓은 없었다. 아마도 진심일 것이다. 하지만 태진은 결코 동정하지 않았다. 지금 그가 겪는 고난은 그 스스로 만들어 낸 것이었으니까. 여기서 그를 동정하면, 그런 식으로 가버린 친구의 죽음을 모욕하는 거나 다름없다는 생각이 들었다. 그래서 그는 반대로 비수를 박는 쪽을 택했다.

"그래서, 잘못했다고 말하면 뭐가 달라집니까? 아저씨를 용서할 수 있는 지훈이는 이미 죽고 없는데요."

"그, 그건……."

"마음이라도 편해지시려고요? 굉장히 뻔뻔하시네요. 평생 괴롭히신 걸로 충분하시지 않나요? 죽어서 아쉬운 착한 막내아들? 그딴 게 있었단 사실로 비참한 현실을 위안하고 싶어요? 그래서 제 친구가 쉬는 걸 방해하러 온 겁니까?"

"아, 아니다, 태진아. 오해야. 나는 그저…… 오늘이 지훈이 기일이라……."

"지훈이 기일? 그게 아저씨와 무슨 상관인데요?"

"난 지훈이 아버지야!"

"아, 그래요? 말씀 한번 잘하셨네요. 지금 지훈이가 잠들어 있는 그 땅, 그 나무, 다 제가 했어요. 아저씨와 아저씨 가족들은 그때 뭘 했는데요?"

"……."

역정을 내려던 남자가 입을 다물었다. 변명할 말이 있을 리가 없었다. 장례식은 이틀간 진행됐지만, 지훈의 가족들은 발인에조차 참여하지 않았다. 부모보다 앞서 간 불효자식이란 이유로. 사실은 그저 귀찮았던 것뿐이면서. 그날 그곳에 있던 지훈의 친구들은 그들의 무정함에 더 많이 울었다.

지훈이 묻힌 이곳을 찾아오기 위해서 수소문을 해야 했을 것이다. 아버지란 자가, 아들의 무덤이 어디에 있는지도 알지 못했으니까. 태진은 경멸하는 눈으로 남자를 노려보았다.

"양심이 있다면 그 입으로 지훈이의 아버지란 말은 하시면 안 되죠. 아직도 낳기만 하면 부모인 줄 아시나 보네요."

"나, 나는……."

"역겨우니까 다시는 찾아오지 마세요."

"태, 태진아!"

애처로운 부름이 들려왔지만 태진은 결코 뒤돌아보지 않았다. 그것이 그의 절친한 친구였던 지훈에 대한 유일한 보상이라고 생각했다. 어쩌면 그 녀석도 한 번쯤은 이런 식으로 가족을 외면하고 싶었을지도 몰랐다. 그러나 마음 약한 녀석은 언제나 자신의 핏줄을 외면하지 못했다. 제기랄. 저절로 욕지기가 치밀어 올랐다.

휘이잉

4월 특유의 강한 바람이 그의 머리카락을 마구 흩뜨렸다. 지훈이 죽은 날도 꼭 이런 바람이 불었었다.

'벌써 1년인가…….'

태진은 시간이 너무 빨리 지나간다고 생각했다. 장례를 치른 게 바로 엊그제였던 것 같은데, 어느새 1년이라 시간이 훌쩍 지나가 있었다. 지금도 학교에 가면 교실 한 곳에 앉은 지훈이 그를 돌아보며 환하게 웃어줄 것만 같았다. 하지만 이제 학년이 달라졌고, 교실도 바뀌었다.

하루가 다르게 자라는 그와는 달리 지훈은 영원히 그 모습에서 멈춰 서 있었다. 지훈이 성장한 모습은 상상이 잘 가지 않았다. 그리하여 다시금 깨닫고 만다. 강지훈. 보기만 해도 가슴이 따뜻해졌던 자신의 소중한 친구를, 이제 다시는 볼 수 없다는 것을.

"그런 식으로 가버리다니. 치사한 자식."

이미 몇 번이고 중얼거렸던 말이 또다시 튀어나왔다. 교통사고를 당했다는 지훈은 아무런 외상이 없었다. 그 모습이 얼마나 멀쩡했는지, 태진은 병원에서 그의 얼굴을 보았을 때 죽은 것이 아니라 잠들어 있는 거라고만 생각했다.

그랬다. 잠들어 있었다. 그래서 깨우려고 했는데, 감겨 있는 친구의 무거운 눈꺼풀은 아무리 불러도 떠지지 않았다. 마치 처음부터 그렇게 죽기 위해 태어난 것 같았다. 지금까지 본 모습 중에서 그 마지막 얼굴이 가장 평온해 보였으니 무슨 말을 더 필요로 하겠는가.

"그래도 그렇지, 너무 일찍 가버렸잖아……."

겨우 17살이었다. 고등학교 1학년, 그것도 첫 학기가 시작된 지 얼마 되지도 않았던 시기였는데, 갑자기 덧없이 가버렸다. 아직 세상을 떠나가 버리기엔 너무 이른 나이였다. 졸업하면 독립해서 멋지게 살아보겠다고 다부진 계획도 세웠었다. 절대로 그렇게 죽어버릴 녀석이 아니었는데…….

태진은 입술을 악물었다. 내일 보자며 손을 흔들고 교실을 나가던 친구의 뒷모습이 아직도 생생하게 떠오른다. 그것이 마지막이 될 거라곤 꿈에서조차 상상해 본 적도 없었다.

죽음 따위, 자신들과는 관계없는 일이라고 생각했다. 그때는 그런 줄로만 알았다. 적어도, 그날 처음 봤던 지훈과는 전혀 상관없었던 이야기였다.

지훈과 태진이 친해진 건 15살, 학년이 막 바뀌었을 무렵이었다. 하지만 사실 태진이 그를 안 것은 그보다 조금 더 이른 중1, 초여름의 날이었다.

그날은 이른 아침부터 비가 내렸다. 태진은 비 오는 날을 썩 좋아하지 않았다. 눅눅한 공기도 그렇지만, 옷이 젖는 게 싫었다. 새벽부터 일어나 정성껏 드라이한 머리카락이 축 늘어지는 것도 마음에 들지 않았다.

그는 투덜거리며 현관으로 들어섰다. 얼른 교실에 들어가 젖은 옷을 닦고 싶다는 마음뿐이었다. 물이 튀지 않도록 조심하면서 우산을 접고 있는데 누군가 서 있는 것이 보였다. 웬 작은 녀석이 한 손을 밖으로 뻗은 채 떨어지는 빗물을 가만히 받고 있었다.

저게 무슨 청승이래?

태진은 그렇게 생각했다. 평소였으면 그냥 무심코 지나쳐 갔을 광경에 시선이 간 것은 녀석의 표정 때문이었다. 뚝뚝 떨어지는 빗물을 응시하는 얼굴이, 왠지 무언가를 굉장히 그리워하는 것처럼 보였다. 비에 젖어 반사되는 피부가 희미하게 빛나는 것 같았다. 마치 그대로 녹아 스러지기라도 할 듯이.

"야! 강지훈! 너 또 빗물 맞고 앉아 있냐!"

"안 맞았거든!"

누군가 깔깔거리며 소리치는 소리에 발끈하는 대꾸가 이어졌다. 금방이라도 증발할 것처럼 아슬아슬한 분위기는 어느새 사라져 있었다. 이름이 강지훈이구나. 태진은 속으로 중얼거리면서 요란하게 다투기 시작하는 무리를 스쳐 지나갔다. 별로 특색 있는 광경도 아니었는데, 이상할 정도로 인상이 깊게 남았다. 누군가의 행동을 주시해서 본 것이 처음이라 그랬을지도 몰랐다.

"1반 강지훈? 알아, 걔 되게 착해."

같은 반이 되면서 친해진 규현에게 물었더니 선뜻 대답이 돌아왔다. 마음을 터놓는 몇 사람만 정해두고 기본적으로는 낯을 가리는 자신과는 다르게, 지훈은 두루두루 사람들과 친하게 지내는 편인 것 같았다. 주변의 평가도 전부 좋았다.

"애가 참 성실해. 선생님한테 허락받고 알바도 다니는 것 같더라. 그래서 가끔 맛있는 것도 사줘."

"중학생인데?"

"그니까. 진짜 대단하지?"

"그러게. 대단하네."

한번 존재를 인식하고 난 탓일까. 같은 반도 아니었고, 어울릴 기회도 딱히 없었지만 그날 후로도 태진은 종종 지훈을 발견했다. 복도에서 장난치는 모습도 심심치 않게 마주쳤고, 점심시간에 매점에서 경쟁하다 보기도 했다. 장마철이 시작된 후로는 더 자주 볼 수 있었다. 비가 오는 날이면 어김없이 현관 앞에 나와 빗물을 맞고 있었기 때문이다.

지훈은 비 오는 날엔 유독 더 활기를 띠었다. 평소에도 활기차긴 하지만 비가 오는 날엔 온몸에서 생기가 넘쳐흐르는 것 같았다. 컨디션이 좋아서라기보다는 그저 기분이 들뜨는 것을 감추지 못하는 듯했다. 어쨌거나 보는 사람의 기분까지 덩달아 상쾌해지는 듯해서, 태진은 습기 때문에 몸이 축 늘어질 때면 일부러 그를 구경하러 가기도 했다.

그 기묘한 관계는 지훈이 모르는 상태로 1년 이상 지속되었다. 서로 인사 한 번 섞어본 적 없는 사이였지만, 이미 태진에게 지훈은 뒷모습만 봐도 알아볼 만큼 익숙해진 친구 중 한 명이었다. 그래서 캄캄한 골목에 있던 지훈도 한눈에 알아보았다.

학년이 바뀐 지 얼마 되지 않았을 무렵, 학원을 마치고 집으로 돌아가던 길. 태진은 어둠 속에서 낯익은 모습을 알아보고 걸음을 멈췄다. 지훈이 여러 명의 불량배들한테 둘러싸여 시비를 당하고 있었던 것이다.

교복을 보니 근처 고등학교에 다니는 질 나쁜 학생들인 것 같았다. 다른 때라면 조용히 경찰에 신고만 하고 끝냈겠지만, 지훈은 이미 그의 친구였다. 얼굴을 보니 벌써 몇 대 맞았는지 뺨이 부어있었다. 더 다치기 전에 구해야 한다는 생각이 들었고, 정신을 차렸을 땐 이미 그 앞을 막아서고 있는 상태였다.

어릴 때부터 반강제적으로 익혀왔던 검도가 이때만큼 고마웠던 적은 없었다고, 태진은 훗날 회상했다. 그렇지 않았다면 자기보다 큰 상대와 겨룰 엄두는 내지 못했을 테니까. 게다가 운 좋게도 고등학생들은 덩치만 컸지 싸움은 잘 못하는 편이었다. 덕분에 태진은 그들을 전부 내쫓는 쾌거를 이룰 수 있었다.

"야, 괜찮아?"

"으응, 도와줘서 정말 고마워. 어디 다친 곳은 없어?"

"다친 건 너잖아."

"아하하, 그러네."

엉망이 된 자신의 몰골을 보고 머쓱하게 웃는 지훈을 보며 태진은 혀를 찼다. 그는 가방을 뒤져 몇 가지 상비약들을 꺼냈다. 운동을 하다 보면 다치는 일도 있어서 혹시 몰라 지니고 다니던 것들이었다.

"자, 이거 써."

"앗, 괜찮은데……."

"나도 괜찮으니까 그냥 써."

"……고마워."

"뭘 이 정도 가지고. 근데 너 너무 늦은 시간에 다니는 거 아니야? 알바 하는 것도 좋지만 앞으로 이쪽 골목으로는 다니지 마. 저 형들 말고도 불량배들 많이 모이는 길이니까."

태진의 충고에 지훈은 얼른 고개를 끄덕였다. 이후 두 사람은 별다른 인사도, 자기소개도 없이 헤어졌다. 지훈은 경황이 없었고, 태진의 입장에선 이미 알고 있는 사이라고 생각하는 중이라 새삼 자기소개를 할 필요를 느끼지 못했기 때문이다. 하지만 다음 날부터는 상황이 조금 달라졌다. 지훈이 학교에서 태진을 알아본 것이다.

"어!"

"응?"

복도에서 마주친 순간 눈을 휘둥그렇게 뜨는 지훈을 보며 태진은 어리둥절해졌다. 이어진 말에는 더욱 얼굴을 찌푸렸다.

"너 어제 걔 맞지? 싸움 엄청 잘하던 녀석!"

"……뭐?"

"맞잖아! 나 구해준 거 너 맞지? 우와아, 같은 학교였구나! 게다가 같은 2학년! 진짜 반갑다! 난 2학년 5반 강지훈이라고 해!"

"새삼 무슨 말을…… 아……."

그때서야 태진은 이전까지 지훈과 말을 섞어본 적이 없었다는 사실을 깨달았다. 계속 지켜보기만 했을 뿐. 자기 혼자 아는 사이라고 생각하고 있었다는 것도.

"지금 생각해도 진짜 멍청했지."

그때의 일을 떠올린 태진은 씁쓸하게 웃었다. 지우고 싶은 창피한 순간 중 하나였지만, 다행히 지훈은 그 사실을 몰랐다. 그래서 태진은 끝까지 모른 척했다. 어쨌거나 그 날을 기점으로 두 사람은 급속도로 친해졌고, 3학년이 될 무렵엔 이미 절친한 친구가 되었다.

지훈은 천성이 유한 성격이었다. 잘 화내지 않고 누구에게나 친절한 부분은 태진에게는 없던 것이었다. 그에게 감화된 영향인지 태진도 전보다 부드럽고 유쾌해졌다는 말을 많이 듣게 됐다. 다른 친구들하고도 쉽게 어울릴 수 있게 되었다.

어디를 가도 서로 붙어 다니는 일이 많아지면서, 태진은 전에는 발견하지 못했던 것들을 알아보기 시작했다. 지훈이 유독 몸이 약한 편이라든가, 아직 중학생이면서 빨래 같은 집안일이나 학비를 대부분 스스로 해결하는 것들이라든가. 이상할 정도로 자주 다친다는 것까지.

처음엔 별로 이상하게 생각하지 않았다. 돈을 버는 건 집안 형편이 어려워서인가 보다 했고. 자주 다치는 건 덤벙거려서 그런 거라는 지훈의 말을 믿었다. 그래서 그 상처가 일방적인 형태라는 것을 깨달았을 땐 눈앞이 캄캄해지는 것 같았다.

인내심 있게 추궁하자 머뭇거리던 지훈도 결국 진실을 고백했다. 그는 가정 폭력의 피해자였다. 가족들의 철저한 방관 하에 만들어진, 그들의 분노를 발산할 장난감.

지훈이 태어난 당시 집안 사정이 급속도로 나빠졌다고 했다. 아이 때문은 아니었지만, 지훈의 부모는 누구든 원망할 곳이 필요했고, 그것을 갓 태어난 아이의 탓으로 돌렸다. 계획도 하지 않았는데 불쑥 들어선 아이라 더욱 그랬다.

결국 그들은 어려운 형편을 핑계 삼아 아직 젖도 못 뗀 아이를 외가에 맡겼다. 세 돌이 지났을 무렵 다시 가족의 품으로 돌아왔지만, 애착을 이루지 못한 관계는 이미 틀어진 채였다. 그들은 어린 지훈을 가족으로 받아들이지 못했고, 그때부터 모진 괴롭힘과 폭력이 시작됐다.

처음엔 밥을 제때에 안 주거나 울거나 채근해도 안아주지 않는 것에 그쳤다. 그러나 지훈이 다섯 살이 되면서부터는 본격적인 손찌검이 이어졌다고 했다. 말이 느리다는 이유로, 음식을 흘린다는 이유로, 어린아이라면 누구나 할 수 있는 사소한 실수를 트집 잡아 폭력을 행사했다. 보다 못한 주민들이 경찰에 신고해도, 결국 친부모란 이유로 아이는 다시 그들 손으로 돌아갔다.

그렇게 반복되는 악순환 속에서 지훈은 살아남기 위해 웃는 법을 배웠다. 말이 조금만 없어도 반항하는 거냐며 빈정거리는 가족들에게 유일하게 잘 보이는 방법은 항상 웃고 있는 것뿐이었다. 작고 작은 육체는 성인의 힘 앞에서는 무력할 수밖에 없었고, 저항은 감히 생각조차 할 수 없었다.

그럼에도 지훈은 가족들에게 잘해야 한다는 생각을 끊어내지 못했다. 그런 모진 가족이라 해도 자신의 혈육이라는 그 사실 하나 때문이었다.

옆에서 보고 있는 게 더 답답해서 미칠 지경이었다. 정신 차리라고, 네가 그래 봤자 아무것도 변하지 않는다고. 모진 말을 퍼부어서라도 현실을 깨닫게 해주고 싶었다.

차마 그렇게 하지 못했던 건, 이미 만신창이나 다름없는 친구를 또 다시 상처 입히고 싶지 않았기 때문이다. 옳은 말은 누구나 해줄 수 있으니까. 자신은 묵묵히 옆에서 지탱해 주고 위로해 주는 휴식처가 되고 싶었다. 실제로 지훈은 그런 태진을 매우 고맙게 여겼다. 아마 다그쳤다면 오히려 부담을 느끼고 멀어졌을 것이다.

하지만 지금은 말했어야 했다고 생각한다. 그랬다면, 적어도 이렇게 후회스럽게 끝나지는 않았을 테니까. 어쩌면 지훈도 그렇게 쉽게 삶을 놓지 않았을지도 모른다. 이제 와서는 전부 부질없는 가정일 뿐이지만.

태진은 천천히 고개를 들어 하늘을 바라보았다. 모래바람이 불고 있었지만, 햇살만큼은 강하게 쏟아져 내리고 있었다. 1년 전 오늘, 지훈 역시 이런 하늘을 보면서 눈을 감았을까? 그래서 그렇게 미련 없이 떠나버렸던 걸까?

"……나쁜 새끼. 어차피 죽을 거면 아버지한테 맞을 때나 죽지. 교통사고가 뭐냐. 교통사고가. 왜 끝까지 그 사람들 좋은 일만 해주고 가냐."

지훈은 단어장을 보는 중이었고, 신호를 무시하고 돌진하는 차를 발견하지 못했다. 그게 정확한 사인(死因)이었다. 시험이 코앞이긴 했지만 지훈은 원래 그렇게 열심히 공부하는 편은 아니었다. 오직 그날만 특별했다.

태진과 성적을 걸고 내기를 했기 때문이다.

"왜 하필 나 때문에 죽냐고! 이 나쁜 놈아!"

악문 입술에서 피가 터졌는지 비릿한 맛이 느껴졌다. 그의 눈에서는 눈물이 흐르고 있었다. 1년 전 이날에는 오히려 실감이 나지 않아서 흐르지 않았던 것이었다. 지금은 외면하고 싶어도 서러울 정도로 잘 알고 있다. 지훈은 이제 세상에 없다. 아예 존재하지 않는 사람이 되어 버렸다.

"난 환생 같은 거 믿지 않아. 아니, 믿지 않을 거야."

울지 않으려고 노력할수록 흐느낌이 더욱 심해진다. 태진은 하늘을 노려보다시피 응시한 채 중얼거렸다.

"왠지 알아, 강지훈? 죽어서 너 찾아가야 하는데 네가 다른 데로 샜을까 봐 그런다. 그렇게 어이없게 죽어버린 거, 반드시 사과받아낼 거야. 그러니까 다시 태어나지 말고 저승에서 얌전히 기다려. 알았어?"

사후의 세계가 천국과 지옥, 두 가지로만 나뉘어 있으면 좋겠다. 그럼 적어도 그의 친구가 어디에 있는지만은 알 수 있을 것이다. 지훈은 착했으니까 천국으로 갔겠지. 운이 좋으면 만날 수도 있는 거고, 설령 그렇지 않다 하더라도 그의 거처를 알지 못해 가슴 아파하는 일은 없으리라.

그래서 태진은 환생을 믿지 않았다. 다시 태어나도 서로가 서로를 알아보지 못하게 되는 건 싫었다. 그렇게 되면 이제까지 이어온 자신과의 인연은 단순한 전생으로만 치부될 것 같았다.

그러나 만약, 그의 바람과는 달리 정말로 환생이란 게 존재한다면 부디…….

"다음 세상에서는 너를 위해 주는 사람들의 곁에 있기를……."

그리하여, 다시는 보답 받지 못하는 애정 때문에 네가 가슴 아파하는 일이 없기를.

*　　　*　　　*

"악몽을 꿨었지?"

뜬금없는 질문에 나는 어리둥절해하며 카노스를 바라보았다. 수많은 방법들 중에서 하필 환상을 택한 이유에 관해 물었더니 돌아온 대답이라 더욱 당황스러웠다.

"악몽이요?"

"루카르엠이랑 처음 만났을 때 말이야. 잠을 설쳤었잖아."

"아."

기억을 떠올리는 건 어렵지 않았다. 그때 나는 엘프 엔딜 때문에 매우 심란했던 상태였다. 그가 처한 상황이 과거의 내 모습을 떠올리게 만들었기 때문이다. 그런 기분으로 잠들었더니 꿈에 부모님이 나타났고, 괴로운 기분으로 눈을 떴다.

"정령왕이 악몽을 꾸는 건 흔하지 않지."

그때 어둠속에서 루카르엠이 했던 말을, 카노스가 또다시 재현했다.

"네게 심리적으로 약한 부분이 있다는 뜻이잖아? 그걸 자극하면 어떻게 될지 궁금했어."

"……그래서 그런 주술을 준비하신 거군요."

"그래도 잘됐잖아? 덕분에 아버지의 애정을 확인할 수도 있었으니까."

그건 피해자가 스스로 위안 삼아 할 말이지 가해자가 할 말은 아니거든요? 나는 그렇게 말하고 싶은 것을 참으며 한숨을 내쉬었다.

"근데 그건 무슨 악몽이었어?"

"꿈 내용까진 모르셨나 봐요?"

"정령왕도 정신력이 강하니까. 무의식일수록 침범하기 어렵거든."

그러니까 가르쳐 줘. 응? 가르쳐 줘! 귀찮게 달라붙는 마신을, 나는 질린 기분으로 밀어냈다.

"뭐, 별거 아니었어요. 그냥 흔한 개꿈이었죠."

"호오? 개꿈이라?"

"네, 개꿈이요."

—네가 정령왕이 아니었어도, 그들이 널 사랑했을까?

그때 들었던 말은 지금도 똑똑히 기억하고 있다. 나는 씁쓸하게 웃었다.

"정령왕으로 태어난 후로는 모든 게 잘 풀리기만 하니까, 뭔가 좀 무서웠나 봐요. 평범한 인간으로 태어났다면 있을 수 없는 행운일 거라고 여긴 것 같아요. 이런 좋은 사람들과 만나지 못했을 거라고요."

"지금은 그렇게 생각하지 않아?"

"네, 생각해 보니까 정령왕이 아니었을 때도 전 친구가 있었더라고요. 제가 아무것도 아니고, 부족한 것투성일 때에도, 절 아껴 주고 좋아해 주던 친구가요."

이것 또한 환상을 겪고 나서 분명히 깨달은 사실 중 하나였다. 비참하다고 생각했지만, 그곳에서도 난 혼자가 아니었다. 카노스도 짐작했는지 빙긋 웃었다.

"그 녀석 말이지? 엘퀴엔을 곤란하게 만들던 '방어기제'."

"맞아요. 태진이라고 하는 친구인데. 저랑 정말 친했거든요. 제가 그렇게 죽어서 진짜 충격이 컸을 거예요. 아무리 꿈이라도 작별 인사 정도는 할 걸 그랬나 봐요. 그냥 바로 깨어나지 말걸."

"큭큭! 그랬다간 엘퀴엔의 속이 시커멓게 타들어 갔을걸? 거기서 더 오래 머물렀으면 넌 정말 깨어나지 못했을 거야. 그건 네 친구도 진정으로 바라는 일이 아닐 거다."

"……그건 그러네요. 누구보다 제가 잘되길 바라던 녀석이었으니까."

지금도 눈을 감으면 선명히 떠오른다. 친구들과 함께 웃으며 오가던 등하굣길, 교실에서 서로 주고받던 장난들. 나를 발견하면 환하게 웃으며 손을 흔들던 태진의 얼굴도.

하지만 과거는 어디까지나 과거일 뿐. 나는 이제부터 앞을 보며 살아가야 한다. 다행히 내 주위엔 그때의 그만큼 나를 사랑해 주는 사람들이 있었다. 스스로 의심하지 않는 한, 절대 불행해지지 않으리라.

그러니까 태진아. 만약 네가 지금도 슬퍼하고 있다면, 그러지 않았으면 좋겠어.

내가 괜찮은 것만큼, 그 녀석도 괜찮았으면 좋겠다.
언제나 씩씩하고 활기차던 친구를 떠올리며, 나는 마음속으로 조용히 기원했다.

행복해라, 강지훈.

문득 귓가에서 낯익은 목소리가 스치는 것 같은 착각이 일었다. 울고 싶어질 만큼 그리운 느낌이었다.

캐릭터 프로필

이름: 시벨리우스 룬
생일: 7월 7일
키: 180cm
종족: 유니콘
성별: 남(男)
외형연령: 21세~23세
머리카락과 눈동자 색: 은발, 청안
그 밖의 특징: 유니콘(성마) 일족의 제1왕자.
본모습은 황금색의 긴 뿔을 지닌 새하얀 유니콘. '룬'의 혈통을 상징하는 날개를 지니고 있다. 인간 세상에서는 주로 블루 엘프의 모습으로 변장하여 다닌다. 일족 최강의 전사이자 뛰어난 주술사이기도 하다.
성격은 냉정하고 경계심이 강한 편이었지만 지금은 많이 둥그레졌다. 특히 생애 첫 친구인 엘에게는 무조건적으로 약한 면이 있다. 손재주가 좋아서 흥미를 보인 것은 금방 배우는 편이다. 그중에서도 요리 솜씨가 수준급.

캐릭터 복불복 QnA

이공카 카페(http://cafe.daum.net/shakito) 회원분들의 질문 중에서 제비뽑기로 선택했습니다.
(**스포일이 상당수 포함**되어 있으므로 주의 부탁드립니다.)

(음음음 님의 질문)

Q. 생이 끝나면 다음에는 무엇으로 태어나고 싶은가요?

A. 다음엔 드래곤으로 태어나고 싶어. 라피스보다 훨씬 더 강하고 멋있는 드래곤으로!

Q. 엘과 헤어지게 된다면 많이 슬프실까요?

A. 잠깐의 작별은 괜찮지만, 영원히 헤어지게 된다면 아마 세상이 끝난 것만큼 슬플 거야. 그런 일은 일어나지 않기를 바랄 뿐이야.

Q. 예전 성격과 비교해서 너무 많이 변한 자신의 성격에 만족하시

나요?

A. 응, 난 지금의 내가 더 마음에 들어. 친구도 훨씬 많아졌고, 무엇보다 엘이 이런 나를 더 좋아하니까.

(하린 님의 질문)

Q. 4000년 후에 나와서 엘한테 이런 말 저런 말 다 한 거 좀 나빴는데, 그거 왜 그런 거예요! 이유를 대라고!

A. 으윽, 그, 그건 내가 정말 너무 했지. 내가 착각한 게 창피하기도 했고, 그 사실을 인정하고 싶지가 않았달까. 그래서 전부 엘 탓으로 돌렸던 것 같아. 정말 많이 잘못했다고 생각해. 다시는 그러지 않을 거야. 제발 용서해줘.

(희유 님의 질문)

Q. ……아스는 엘이 없는 곳에서 구체적으로 어떤 마왕입니까?

A. 그 마신에 그 마왕이군. ……이런 느낌의 마왕?

Q. 시벨, 당신이 못하는 건 뭡니까?

A. 으응? 나 못하는 거 많아. 옷은 적당히 만들 수 있지만 옷감을 짜는 법은 모르고, 가죽을 다룰 순 있어도 신발은 못 만들고, 보석 세공은 부끄러운 수준인걸. 무기 제작도 관심은 있지만 아직……왜 그런 눈으로 봐?

(미친모자장수 님의 질문)

Q. 왜 하필 블루 엘프로 변신했나요? 특별한 이유가 있나요?

A. 음, 딱히 특별한 이유라기보다는. 내가 어릴 때 블루 엘프가 마을에 머물다 간 적이 있는데 그의 모습이 참 인상적이었거든. 그래서 자연스럽게 그렇게 정하게 된 것 같아.

Q. 인간으로서의 엘이 좋아요, 아님 엘퀴네스로서의 엘이 좋아요? (동일인물이긴 하지만)

A. 둘 다 좋지만, 인간 엘 쪽이 더 좋긴 해. 내가 만든 요리를 먹어줄 수 있으니까.

Q. 자신이 제일 자신 있는 요리 한 개! 또는 엘퀴네스에게 가장 해주고 싶은 요리 한 가지를 선택하면?

A. 음, 글쎄. 지인들에게 가장 평가가 좋았던 건 버섯과 쇠고기를 채소와 함께 조린 요리였어. 사랑하는 가족들과 정답게 둘러앉아 식사하는 광경을 떠올리면서 만든 요리였지. 먹는 사람에게 그립고 행복한 느낌을 들게 하는 요리를 만드는 게 내 꿈이거든. 엘에게도 그런 요리를 해줄 거야. 그래서 조만간 한식이란 걸 배울 생각이야.

(에테르넬 님의 질문)

Q. 엘이 나중에 인간의 삶을 택하여 기억을 다 잃어버린다면 어떻게 할 건가요?

A. 만약 그런 일이 생긴다면 내가 할 일은 무조건 하나야. 이번엔 내가 먼저 다가가서 그의 친구가 될 거야.

네 칸 만화

1. 내가 지켜 줄게!

2. 내가 만들어 줄게!

3. 억울하다

4. 훈훈한 결말

신력 맛 좀 봐라